정비석 장편소설

小說 초한지 楚漢志

②

범우사

차 례

위조된 조칙 · 11
호해胡亥의 등극 · 18
유방劉邦과 번쾌 · 29
패공으로 추대 · 43
항량項梁과 항우項羽 · 54
항우의 부인 우虞미인 · 66
군사 범증范增 · 76
항량의 전사 · 90
항우의 패기 · 102
9전 9승 · 111
조고의 천하 호령 · 127
명장의 변신 · 140
노공과 패공 · 150
약법삼장 · 159
현인 여이기와의 만남 · 165

172 · 장량과의 만남
181 · 무혈 점령
187 · 망이궁의 비극
200 · 뇌물 작전
207 · 함양咸陽 입성
216 · 간언諫言
222 · 10만 군 생매장
231 · 범증의 책동
237 · 항백項伯의 우정
246 · 범증의 계략
255 · 홍문鴻門 대연회
273 · 범증의 충언
283 · 항우의 횡포
289 · 초패왕楚覇王
296 · 금의 환향
305 · 여산궁驪山宮 발굴

진시황제 秦始皇帝

초패왕 항우 楚霸王 項羽

여후 치 呂后 雉

한고조 유방 漢高祖 劉邦

한신韓信

소하蕭何

장량張良

진평陳平

제2권 군웅할거 群雄割據

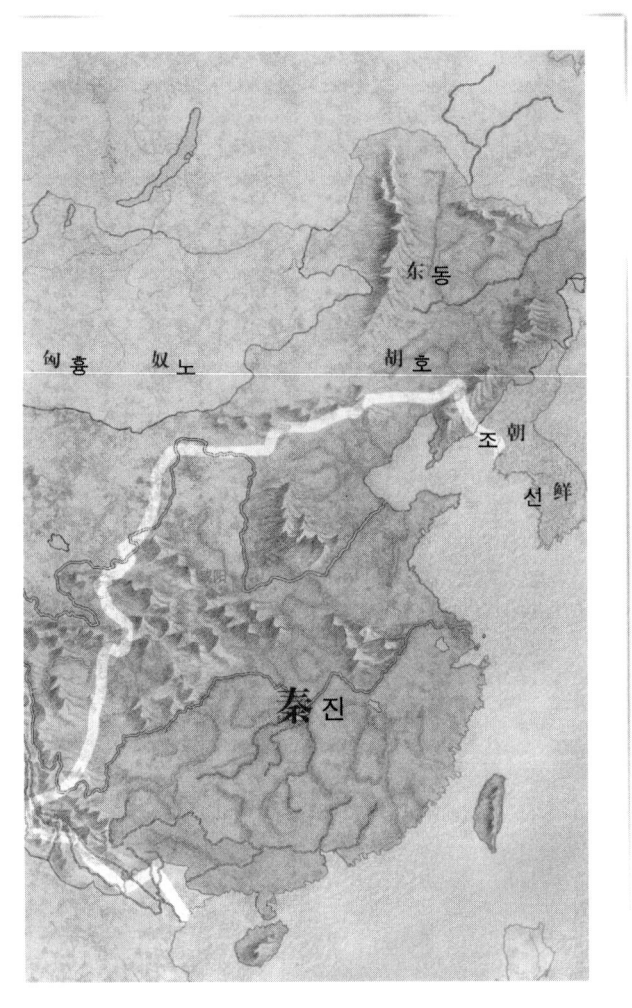

진秦 통일의 시대(B.C. 210년 전후)

위조된 조칙

대진제국大秦帝國의 태자太子 부소扶蘇는 학덕이 높고 효성이 극진한 선비형의 청년이었다.

그는 백성을 사랑하는 마음이 극진하여, 부제父帝가 무고한 백성들을 함부로 살해하는 꼴을 보고 의분義憤을 참지 못해 간언諫言을 올렸다가, 황제의 분노를 사서 멀리 북방으로 유배되는 몸이 되었다.

태자의 유배지流配地는 만리장성 축조 공사 현장과 가까운 관계로, 부소는 날마다 공사 현장을 찾아가 몽염 장군과 함께 나라의 장래를 걱정하는 것을 그날그날의 일과로 삼아 오고 있었다. 부소와 몽염은, 나이는 비록 20여 세의 차가 있었지만 나라를 걱정하고 백성들을 사랑하는 마음만은 똑같아서, 두 사람은 간담상조肝膽相照하는 심우心友였던 것이다.

부소가 태자의 몸으로 유배 생활을 계속한 지도 어느덧 만 4년째로 접어드는 어느 여름날.

그날도 부소는 부제의 안강을 기원하는 마음에서 함양에 요배遙拜를 올리고 우울한 심정을 달래며 책을 읽고 있노라니까, 돌연 몽염 장군이 내방하였다.

"장군께서는 바쁘신 중에 어인 일로 여기까지 왕림해 주셨소?"

몽염 장군은 부소에게 큰절을 올리고 나서 대답한다.

"함양에서 칙사勅使가 온다는 기별이 왔기에 달려왔사옵니다."

부소는 적이 놀라며 묻는다.

"함양에서 칙사가……? 아바마마께서 무슨 일로 소자에게 칙사를 보내시는 것일까요?"

"모르기는 하겠습니다마는, 황제 폐하께서는 태자 전하의 유배를 푸시고, 전하를 함양으로 불러 올리시려고 칙사를 보내 오시는 것이 아니겠습니까? 태자께서 유배 생활을 해 온 지도 어느덧 4년여. 귀하신 몸으로 그동안 고초가 너무도 많으셨사옵니다."

"죄지은 몸이 벌 받는 것을 어찌 고생이라고 할 수 있겠소. 유배 생활을 하는 덕택에 몽염 장군과 가까운 사이가 된 것이 나는 무엇보다도 기쁘오."

"말씀만으로도 몸에 넘치는 영광이옵니다. 후일에 태자 전하께서 등극하시면, 소장은 신명을 다해 충성을 바치겠나이다."

태자 부소는 몽염 장군의 손을 다정하게 움켜잡으며 말한다.

"만약 내가 등극할 날이 오거든, 우리 두 사람은 선정을 베풀어 태평성대를 이루어 보기로 하십시다. …… 그러나 그런 날이 과연 오기는 올 것인지, 나는 얼른 믿어지지가 않는구려."

"태자께서는 무슨 그런 불길한 말씀을 하시옵니까. 태자께서 등극하실 날은 반드시 오고야 말 것이옵니다."

마침 그때 멀리서 요령搖鈴 소리가 들려오더니, 종자從者가 문 밖에 달려와 급히 아뢴다.

"태자 전하! 함양에서 황제 폐하의 칙사가 오셨사옵니다."

태자와 몽염은 부랴부랴 예복을 갖춰 입고, 조서詔書를 받들려고 방 한복판에 서안書案을 내놓았다.

이윽고 칙사는 서안 위에 조서를 올려놓으며 서슬이 퍼렇게 말한다.

"황제 폐하의 조칙詔勅이오. 태자와 몽염 장군은 조칙을 봉독하고 즉시 어명대로 거행하시오. 지체 말고 분부대로 거행하라는 폐하의 특명이셨소."

태자에게 그렇게 호령하는 칙사는, 실상인즉 조고의 심복 부하인 염락閻樂이라는 불한당패였다. 태자 부소는 옷깃을 바로잡으며 무릎을 꿇고 조서를 읽어 내려오는데, 그 내용은 다음과 같았다.

시황 37년 7월 13일, 짐은 일찍부터 경세經世의 대본大本은 효孝를 근본으로 삼아 윤리倫理를 확립해 나가야 한다고 일러 왔느니라. 그러므로 자식 된 자는 마땅히 아비를 공경하고 아비에게 복종해야 옳은 일이거늘, 진황실秦皇室의 장자인 너 부소는, 자기 자신의 직책에 충실하지 못할 뿐만 아니라 때로는 황제인 짐에게 방자스러운 국정비방國政誹謗의 상소문까지 올려 국가의 기강을 크게 문란하게 만들었으니, 이는 조종지법祖宗之法으로 보아 도저히 용서할 수 없는 일이로다. 이에 짐은 호해를 태자로 책립하고자 그대를 폐위廢位하여 서인庶人으로 격하하는 터이니, 그대는 스스로의 죄를 깨닫고 마땅히 자결自決의 길을 택할지니라. 이 조서와 함께 사약賜藥을 내리는 이유는 바로 그 점에 있는 것이다. 그리고 몽염은 만리장성 공사를 책임 맡은 지 이미 7년이 지났건만 아직도 완공을 못 했을 뿐만 아니라, 변방에서 많은 군사를 거느리고 날마다 가렴주구苛斂誅求만 일삼고 있어서 그 또한 용서할 수 없는 일이니, 몽염도 그대와 함께 자결하기를 명한다. 군명君命은 추상 같은 법이니, 지체 말고 실천에 옮겨라.

부소는 조서를 읽어 보고 눈물을 흘리며, 옆에 앉아 있는 몽염 장군에게 말없이 조서를 내밀어 주었다. 몽염은 조서를 자세히 읽어 보고 나서 침착한 어조로 태자에게 말한다.

"태자 전하! 이 조서는 태자와 소장을 죽여 없애려고 거짓으로 꾸며 보낸 가짜 조서임이 분명하옵니다. 황제 폐하께서는 지금 변방을 순찰중이시므로, 여행중에 이런 조칙을 내리셨을 리가 만무하시옵니다. 소장의 휘하에 있는 30만 대군은 태자를 끝까지 수호해 드릴 것이오니, 태자께서는 조금도 염려 마시옵소서."

몽염의 추측은 과연 정확하였다. 그 조서는 조고가 이미 서거한 시황제의 이름으로 조작해 보낸 가짜 조서임이 틀림없었다. 그러나 부소는 워낙 고지식한 성품인지라, 고개를 가로저으며 말한다.

"누가 감히 황제의 이름으로 가짜 조서를 꾸며 보낼 수 있겠소. 그런 일은 생각조차 할 수 없는 일이오."

몽염은 부소가 고지식한 것이 하도 안타까워서 머리를 조아리며 다시 말한다.

"태자 전하! 이 조서는 태자를 폐위시키고, 호해 공자를 태자로 옹립하려는 간신배들이 거짓으로 꾸며 보낸 조서임이 틀림없사옵니다."

그러나 부소는 여전히 고개를 가로저으며 말한다.

"이 조서에는 부제의 옥새玉璽가 분명하게 찍혀 있는데 어찌 가짜라고 의심할 수 있겠소. 나는 아바마마의 어명에 따라 자결하기로 결심하였소."

"자결은 언제든지 할 수 있는 일이옵니다. 황제 폐하 전에 사실 여부를 한번 문의해 보시고 나서 자결하셔도 늦지 않사옵니다."

"자결하라는 어명을 받은 몸이 조서의 진가眞假를 문의해 본다는 그 자체부터가 효도에 어긋나는 일이라고 생각하오."

"그건……."

"불효의 죄를 또다시 범할 수는 없는 일이오. 몽염 장군은 나의 자결을 방해하지 말아 주시오."

부소는 이미 결심한 바 있어서, 즉석에서 사약을 마시고 죽어 버렸다. 몽염은 부소의 시체를 부둥켜안고 통곡하며 한탄했다.

'아아, 어떤 간악한 무리가 성인 군자 같으신 동궁 전하를 이 꼴로 만들어 놓았단 말이냐. 황제께서 천신만고로 천하를 통일하신 지 불과 10여 년, 동궁이 등극하시면 반드시 태평성대를 이루시게 되리라고 확신하고 있었는데, 태자께서 이미 불귀의 객이 되셨으니 대진제국이 망할 날도 이제는 멀지 않은 것 같구나. 나라가 이 꼴이 될진댄, 백성들의 고혈을 말려 가며 만리장성을 쌓을 필요가 어디 있었더란 말이냐.'

몽염은 시체를 부둥켜안고 한바탕 울고 나서, 칙사 염락을 노려 보며 말한다.

"칙사는 돌아가서 이렇게 전해 주오. 이 조서가 진짜였다면, 나도 어명을 따라 서슴지 않고 자결했을 것이오. 그러나 나는 이 조서를 진짜라고 믿지 않기 때문에 자결을 하지 않을 생각이오. 나는 황제 폐하로부터 변방을 수호하라는 중책을 맡고 있는 몸인 까닭에, 금후에도 변함없이 변방 수호에 만전을 기하기로 하겠소."

영락은 몽염 장군의 명석한 판단에 간담이 서늘해 왔다. 그러나 칙사의 위신상 한 마디 하지 않을 수 없었다.

"그러면 장군은 어명을 끝까지 거역하겠다는 말씀이오?"

그러자 몽염은 영락을 분노의 눈으로 노려보며 호통한다.

"나는 어명을 거역하는 것이 아니고, 다만 기군망상欺君罔上하는 간신배들의 속임수에 놀아나 개죽음을 당하고 싶지 않을 뿐이오. 이 이상 잔말이 많으면 칙사의 목을 베어 버릴 테니 당장 돌아가시오."

가짜 칙사 염락은 그 소리를 듣자 오금이 저려 와서 다시는 입을 열지 못하고 황급히 돌아가 버렸다. 칙사 염락이 변방으로부터 돌아와 조고에게 사실대로 고하니, 조고는 일희일비一喜一悲하면서 승상 이사와 상의한다.

"부소가 자결했다니, 그것만도 커다란 성공이옵니다. 그러나 몽염은 '어떤 놈이 이런 가짜 조서를 만들어 보내더냐'고 호통을 치면서, 자기는 절대로 자결하지 않겠노라고 하더랍니다. 이 일을 어찌했으면 좋겠습니까?"

이사는 그 말을 듣고 당황해 하면서 묻는다.

"뭐라고요? 몽염 장군은 그 조서를 가짜라고 호통을 치더라구요? 그렇다면 몽염은 30만 대군을 휘몰아쳐 우리한테 덤벼 올지도 모를 일이 아니오?"

"소인이 걱정하는 것도 바로 그 점인 것이옵니다. 만약 몽염이 저희들에게 의심을 품고 군사를 일으켜 온다면, 저희들의 모든 계획이 수포로 돌아갈 뿐만 아니라 승상께서는 목숨을 보존하시기조차 어려우실 것이옵니다."

사태의 위급성을 느끼자, 조고는 이사를 궁지로 몰아넣었다. 이사는 본디 몽염과 함께 시황제에게는 쌍벽을 이루는 충신이었다. 그러기에 그들 두 사람은 개인적으로도 무척 가까운 사이였다. 그러나 조고와 결탁하여 태자를 죽여 버린 지금에 와서는 누구보다도 두려운 사람이 몽염 장군이다. 그러기에 몽염 장군까지 죽여 없애기 전에는 마음을 놓을 수가 없어서 이사는 결연히 말한다.

"몽염은 30만 대군을 거느리고 있는 태자의 심복이오. 태자가 우리 손에 죽은 줄 알면 몽염은 절대로 가만 있지 않을 것이오."

"소인이 걱정하는 것도 바로 그 점인 것이옵니다."

"그러니까 어떤 수단을 써서라도 몽염만은 반드시 죽여 없애야 하오."

"어떤 수단을 써야 몽염을 죽일 수 있겠습니까?"

이사는 한동안 심각한 생각에 잠겨 있다가 문득 고개를 힘있게 들며 말한다.

"아무리 생각해도 자객刺客을 보내 죽일 수밖에 없을 것 같구려. 몽염이 30만 대군을 언제 휘몰아쳐 올지 모르니 자객을 급히 보내야 하오."

"좋으신 생각이시옵니다. 그러나 자객을 보내더라도 몽염이 만나 주지 않으면 실효를 거두기가 어려울 것이 아니옵니까? 승상께서는 그 점을 어떻게 생각하시옵니까?"

"음……."

이사는 또다시 심사숙고하다가,

"내가 몽염에게 보내는 친서親書를 써 줄 테니, 그것을 가지고 가게 하오. 나의 친서만 가지고 가면 몽염은 자객을 반드시 만나 줄 것이오."

하고 말했다.

"명안이시옵니다. 그러면 친서를 곧 써 주시옵소서."

그리하여 자객은 이사의 친필 서한을 가지고 가서 몽염 장군을 쉽게 만날 수 있었다. 몽염 장군은 이사를 믿고 자객을 만났다가 그 자리에서 자객의 손에 목숨을 빼앗기고 말았던 것이다.

그 모양으로 조고는 이사의 지혜를 교묘하게 이용해 가면서 대진 제국의 실권을 사실상 한손에 장악하였다.

호해胡亥의 등극

조고는 승상 이사를 자기편으로 끌어들여 태자와 몽염을 몽땅 죽여 없앴으니, 이제는 세상에 두려울 것이 없었다.

조고는 이사에게 지시하듯 말한다.

"이제는 우리를 방해할 자가 아무도 없으니, 황제의 유해를 온량차輻輬車로 모시고 함양으로 돌아갑시다. 함양에 도착하여 상喪을 발표함과 동시에, 호해胡亥 공자를 이세 황제二世皇帝로 즉위卽位시켜야 합니다. 그리고 함양에 돌아갈 때까지 황제가 생존해 계셨을 때처럼 아침 저녁의 수라상水剌床도 반드시 진상하도록 해야 합니다."

이사는 조고의 위압적인 태도가 몹시 아니꼬웠다. 그러나 이제는 싫든 좋든 간에 운명을 같이하는 수밖에 없었다.

이리하여 일행은 함양을 향하여 길을 떠나게 되었는데, 시체를 숨겨 둔 온량차 안에는 조고 이외에는 아무도 출입을 못 하게 하였다. 게다가 수라상을 생존했을 때와 똑같이 아침저녁으로 꼬박꼬박 진상했으므로, 시황제가 죽은 사실을 아는 사람은 아무도 없었다.

그런데 시일이 경과함에 따라 곤란한 문제가 하나 발생하였다.

시체가 썩어 가는 고약한 냄새만은 어찌할 도리가 없었던 것이다.

때마침 찌는 듯한 무더위가 계속되어서 시체 썩는 냄새는 코를 찌를 지경이었다.

"아니, 어디서 이런 고약한 냄새가 풍겨 오는 것이냐?"

"누가 아니래! 며칠 전부터 고약한 냄새가 풍겨 오기 시작하더니, 이제는 악취가 코를 찌르지 않는가?"

시종과 호위병들 사이에 그런 소문이 퍼져 나가자, 조고는 냄새의 구실을 다른 데로 돌리기 위해 소금에 절인 생선 수십 차를 구해다가 온량차의 뒤를 따라오게 하면서,

"황제께서 소금에 절인 생선을 좋아하시기 때문에 부득이 냄새나는 생선을 가지고 가는 터이니, 모든 사람은 냄새가 다소 고약하더라도 폐하께 대한 충성심으로 참아 주기 바란다."

하는 특별 통고까지 내렸다.

그리하여 20여 일 만에 함양에 돌아오자 시황제의 상喪을 공포함과 동시에 호해를 후계자로 옹립했으니, 그가 바로 대진제국의 이세 황제였던 것이다.

독자들은 일찍이 《천록비결天籙秘訣》이라는 책에 '망진자호야亡秦者胡也'라는 말이 실려 있었음을 기억하고 계실 것이다. 진시황은 '망진자호야亡秦者胡也'의 '호胡'를 '북방 오랑캐'로 잘못 해석하고, 나라를 망치지 않으려고 만리장성을 쌓기 시작했건만, 후일에 알고 보니 정작 진나라를 망친 사람은 '북방 오랑캐'가 아니고 시황제의 둘째아들인 호해였다.

문제의 인물인 바로 그 호해가 이세 황제로 등극하게 된 것이었다.

조고는 호해를 황제로 등극시킨 바로 그날 밤에도 '경축 선물'이라는 명목으로 호해에게 많은 미녀들을 안겨 주었다. 호해를 미녀들의 품안에서 놀아나게 해 놓고, 황제의 권력을 자기가 맘대로 휘

두르려는 계획이었음은 말할 것도 없었다.

호해는 워낙 바보 같은 인물이었다. 그러면서도 계집만은 극성스럽게 좋아하였다.

그는 등극을 하고 나자, 조고에게 이렇게 말했다.

"나는 인생만을 즐기고 있을 테니, 모든 국사는 그대가 알아서 처리하시오."

"황은이 망극하옵니다. 그러면 모든 국사는 폐하의 어명에 의하여 소인이 전담해 나가도록 하겠습니다."

그쯤 되고 보니, 진나라의 황제가 누구인지를 분간하기가 어려울 지경이었다. 황제가 바뀌고 나니 나라에는 할 일이 많았다. 승상과 대부들도 새로 임명해야 하고, 시황제의 장사도 속히 치러야 할 형편이었다.

조고는 이사에게 은밀히 말한다.

"황제께서는 민심을 일신하기 위해 승상을 비롯하여 모든 대부들을 깨끗이 갈아 버리라고 분부하셨습니다. 그러나 소인이 극히 반대하여 승상만은 계속 유임하게 되셨으니, 승상은 그런 줄 아시고 오늘부터는 새 황제를 위해 배전倍前의 충성을 다해 주시옵소서."

이사가 승상의 자리에서 밀려나게 된 것을 자기가 우겨서 유임시켰다는 말이다. 조고가 그런 식으로 나오니, 제아무리 자존심이 강한 이사도 조고에게는 머리를 들 수가 없었다.

"나를 위해 그처럼 애써 주셨다니 고맙기 그지없소이다. 이 기회에 귀공貴公도 큼직한 벼슬자리 하나쯤 얻어 두는 것이 좋을 것 같은데, 귀공은 그 점을 어떻게 생각하시오?"

어차피 공동 운명체가 된 이상에는 피차간에 사이가 좋아야 할 것 같아서, 이사는 조고의 환심을 사려고 엉뚱한 말을 제안해 보았다. 환관에게 벼슬을 준다는 것은 있을 수 없는 일이다. 이사는 그러한 법규를 누구보다도 잘 알고 있으면서, 조고의 비유를 맞추려고 일부러 그런 제안을 해 보았던 것이다. 조고는 속으로 코웃음을 쳤다.

'흥! 네가 이제야 나의 실력을 알아본 모양이구나.'

그러나 겉으로는 어디까지나 공손한 태도로 말한다.

"그러잖아도 황제 폐하께서는 소인에게도 특별하신 은총을 내려 주셨습니다."

"특별한 은총이라니……? 어떤 은총을……?"

"황제 폐하께서는 소인에게 황공하옵게도 '낭중령郎中令'이라는 특별 직함을 내려 주셨습니다."

"낭중령……? 우리나라의 직제職制에는 그런 벼슬자리는 없는 것으로 알고 있는데……?"

"황제 폐하의 어명이면 그만이지, 직제 같은 것이 무슨 상관이겠습니까."

조고가 약간 나무라는 듯한 기색을 보이자, 이사는 당황히 손을 흔들며 말한다.

"벼슬자리를 얻으셨다니 어쨌든 축하합니다. 낭중령의 직책은 어떤 것이던가요?"

"폐하의 말씀에 의하면, '낭중령'은 폐하를 대신하여 무슨 일에나 명령을 내릴 수 있는 직책이라고 하셨습니다."

이사는 그 말을 듣자, 자기도 모르게 조고에게 머리를 수그려 보였다.

시황제의 장례는 그해 9월에 치렀다. 그의 시체는 그가 생전에 마련해 두었던 여산묘릉驪山墓陵에 매장되었는데, 장례식에 동원된 인원은 무려 30만 명에 달했다.

그나 그뿐이랴. 그의 무덤 속에는 진귀하기 짝 없는 수많은 보물들도 함께 매장하였고, 아방궁에 살고 있던 3천 궁녀들 중에서 아기가 없는 궁녀는 한 사람도 남기지 않고 순장殉葬시켰다.

명색이 궁녀일 뿐이지 시황제와 살을 섞어 보지 못한 궁녀들도 2천 명이 넘었건만, 그들은 단지 '궁녀宮女'였다는 이유로 무참하게 생매장을 당하고 말았던 것이다.

진시황이라는 전대 미문의 전제 군주는 살아서는 죄 없는 백성들을 수백만 명씩이나 학살하더니, 죽은 뒤에까지 수천 명의 미녀들을 생매장을 하게 했으니, 진시황이야말로 인류의 역사에 전무후무한 대악령大惡靈이었던 것이다.

시황제가 죽고 나자, 오랫동안 억압되어 있던 불평객들이 전국 각지에서 머리를 들고 일어나기 시작하였다. 진승陳勝과 오광吳廣 등이 대택향大澤鄕이라는 곳에서 반기를 들고 일어난 것은 시황제가 살아 있을 때의 일이었거니와 시황제가 죽었다는 소문이 알려지자, 전국에 숨어 있던 지사志士, 의사義士들은 제각기 빼앗겼던 조국을 되찾으려고 우후죽순처럼 무기를 들고 일어났다.

그중에서도 가장 대표적인 인물은 오吳나라를 본거지로 삼고 무력 봉기한 항량項梁, 항우項羽의 숙질叔姪과 패현沛縣을 근거지로 삼고 무력 봉기한 유방劉邦 등등이었다.

그 모양으로 세상에는 심상치 않은 조짐이 보이고 있건마는 권력 장악에만 급급한 조고와 이사의 눈에는 그와 같은 객관적인 정세가 보일 턱이 없었다.

낭중령 조고가 승상 이사에게 물어 본다.

"태자 대신에 호해 공자가 등극했다고 하여 세상에서는 뒷공론들이 몹시 분분한 모양입니다. 불안한 정국을 어떡해야 신속히 안정시킬 수 있겠소이까?"

이사에 대한 조고의 말투는 어느덧 옛날과는 달라졌다. 이사는 몹시 못마땅하게 여겨졌지만, 이제 와서는 어쩔 수가 없었다.
이사는 속으로는,
'어디 두고 보자. 네가 언젠가는 나의 손에 나가떨어질 날이 있을 것이다.'
하고 울부짖듯 다짐했다.
그러나 그는 겉으로는 어디까지나 충성스러운 어조로 말한다.
"정국이 불안한 것은 사실이지요. 불안한 정국을 신속히 안정시키려면, 현 정권에 대한 불평객들을 철저하게 숙청해 버려야 할 것이오."
이사는 옛날의 동료들을 그냥 살려 두어서는 승상 행세를 하기가 거북할 것 같아서 그런 제안을 하였다. 조고는 아무것도 모르는 체하고 이사에게 반문한다.
"불평객들을 철저하게 숙청해야 한다고 말씀하셨는데, 불평객들이란 어떤 사람들을 의미하는 것입니까?"
이사가 대답한다.
"전조前朝에 고관 벼슬을 지낸 사람들은 모두가 불평객들이지요. 그 사람들은 신제新帝에게 한결같이 반심을 품고 있어서, 언제 어디서 어떤 역모를 일으킬지 모르니, 정국을 안정시키기 위해서는 그런 사람들을 모조리 죽여 없애야 한다는 말씀이오."
"승상의 생각에는 저도 동감입니다."
조고는 거기까지 말하고 잠시 뜸을 두었다가 다시 말한다.
"지금 함양에는 몽씨蒙氏 성을 가진 사람이 천여 명이 살고 있다고 들었는데, 그들도 몽염 장군 관계로 현 정부에 불평이 많은 모양이니, 그들은 어떻게 처리하는 것이 좋겠습니까?"
"그들도 불평객임이 틀림이 없으니까, 후환이 없기 위해서는 그들도 응당 죽여 없애야 할 것이오."

조고는 고개를 끄덕여 보이고 나서 말한다.
"골치 아픈 일이 또 하나 있습니다."
"어떤 일이오?"
"승상께서도 알고 계시다시피, 선제에게는 후궁後宮들의 몸에서 태어난 공자가 서른한 명이 있습니다. 그런데 일부의 구세력들은 그들을 업고 나와 제위帝位를 찬탈篡奪하려는 움직임이 있는 모양인데, 그 문제는 어떻게 처리하는 것이 좋겠습니까?"
실상인즉 조고가 가장 걱정하고 있는 것은 바로 그 문제였다.
태자 부소가 보위에 올랐다면 그런 문제는 애당초 일어나지도 않았을 것이다. 그러나 태자를 죽이고 보위를 불의不義로 강탈했기 때문에, 다른 공자들도 "이왕이면 나도 한번……"하는 생각에서 일부의 구세력과 결탁하여 제위를 빼앗아 보려는 움직임을 보였던 것이다. 그 문제는 조고로서는 커다란 위협이 아닐 수 없었다. 그러기에 조고는 이 기회에 그 문제도 한꺼번에 해결하고 싶었다.
그 문제에 대해 이사는 이렇게 대답한다.
"선제에게는 매우 불충스러운 언사이기는 하지만, 정국의 안정과 국가의 기틀을 신속히 확립하기 위해서는 한 사람의 공자도 남기지 않고 없애 버리는 것이 상책일 것이오."
조고는 속으로 회심의 미소를 짓는다.
"그러는 것이 상책이겠습니까?"
"물론이지요. 국가라는 것은 사람의 신체와 같아서, 일단 병든 부분은 과감하게 도려내 버려야만 건강을 제대로 유지할 수가 있는 법이오."
"……승상의 말씀은 들을수록 명담이시옵니다."
조고는 이사가 무엇 때문에 그처럼 강경하게 나오는지 그 이유를 잘 알고 있었다. 옛날의 동료들을 그냥 살려 두고서는 승상의 권력을 맘대로 휘두를 수 없기 때문에, 구세력을 무자비하게 소탕해 버리자는 것이었다.

조고는 그러한 사정을 잘 알고 있었기 때문에 이사를 앞잡이로 이용해 교묘하게 자기 세력을 강화해 가고 있었던 것이다.

조고가 이사에게 묻는다.

"폐하께서 윤허만 내려 주시면, 승상은 불평객들을 모조리 소탕해 주실 수 있겠습니까?"

이사가 대답한다.

"물론이오. 불평객들을 모조리 소탕해 버려야만 정국을 안정시킬 수 있을 것이오."

"좋습니다. 승상께서 그처럼 자신 있게 말씀하시니, 소인이 어떡하든지 폐하의 윤허를 얻어내도록 하겠습니다."

조고는 그렇게 말하며 속으로는 쾌재를 불렀다. 시국에 대한 불평객들을 깨끗이 제거해 버리려면 적어도 4, 5백 명은 죽여 없애야 할 판이기에, 조고는 그처럼 끔찍스러운 임무를 이사에게 맡겨 버릴 생각이었던 것이다.

조고는 대궐에서 나와 이사에게 말한다.

"모든 것은 승상의 뜻대로 하시라는 폐하의 윤허가 내리셨습니다. 승상께서는 그런 줄 아시고 불평객들을 깨끗이 제거하시어 정국을 신속히 안정시켜 주시옵소서. 폐하께서는 승상을 누구보다도 신임하고 계시옵니다."

이에 이사는 신바람이 나서 자기에게 불리한 인물들을 모조리 학살하기 시작했는데, 그 형태가 잔인하기 이를 데 없었다.

가령, 지난날 자기와 함께 벼슬을 지내다가 밀려난 사람들은 한 사람도 남기지 않고 죽여 버렸고, 몽씨 성을 가진 사람은 어린 아이들까지 잡아 죽였고, 호해의 동생들인 31명의 공자들까지 한 명도 남기지 않고 암살해 버렸다.

자기 딴에는 적성분자敵性分子들을 철저하게 소탕해 버리면 자기 세력이 튼튼해지리라고 생각했던 것이다.

옛글에 "사슴을 쫓는 자는 산을 보지 못한다〔逐鹿者不見山〕"는 말이 있거니와, 이사는 눈앞의 권력에 눈이 어두워 조고에게 이용당하고 있다는 사실을 전연 깨닫지 못하고 있었던 것이다.

이사는 공자들을 모조리 죽여 없애고, 마지막으로 부소의 아들 자영子嬰까지 죽이려고 하였다. 그러자 조고가 제지하며 말한다.

"자영 공자만은 죽이지 말라는 어명이시옵니다."

"왜 자영만은 죽이지 말라는 것이오?"

"태자를 흠모해 오던 민심이 지금은 그의 아들인 자영 공자에게 쏠려 있기 때문에, 그를 죽이면 민심이 소란해지기 때문인 줄로 알고 있사옵니다."

물론 그 말은 '어명'이라고 내세운 조고 자신의 생각이었다.

자영까지 죽여 버리면 민심이 소란해질 것 같아서 조고는 민심을 수습하기 위해, 자영만은 어디까지나 높이 받들어 모실 생각이었던 것이다.

그런 점으로 따진다면, 학식이 풍부한 이사보다도 무식한 조고의 생각이 훨씬 단수가 높았다.

조고는 그처럼 무서운 인물이었던 것이다.

이사가 기존 권력층을 소탕해 버린 데는 그 나름대로 엉뚱한 꿈이 있었다. 기존 세력을 일소해 버리고 새로운 세력을 구축해 놓은 뒤에, 조고 한 사람만 제거해 버리면 온 세상은 자기 것이 된다고 생각했던 것이다.

이사가 권력층 소탕에 열을 올린 이유가 바로 그 점에 있었고, 조고의 수모를 줄기차게 참아 온 이유도 바로 그 점에 있었다.

조고는 조고대로 이사를 교묘하게 이용해 왔지만, 이사는 이사대로 조고를 이용하여 실권을 장악한 뒤에는 조고를 무슨 명목으로든지 한칼에 베어 버릴 생각이었던 것이다.

그런 의미에서 본다면, 두 사람은 숙명적으로 도저히 공존할 수 없는 불구대천不俱戴天의 정적政敵이었다.

이사가 수많은 권력층 인사들을 한꺼번에 살해해 버리자, 민심이 크게 흉흉하였다.

"승상이란 나라를 다스리는 것이 아니고 사람을 죽이는 것이 직책이라더냐!"

"이사가 유능한 인사들을 잡아다 모조리 죽여 버리는 것은, 황제까지 몰아내고 결국에는 자기 자신이 제위에 오르려는 역모임이 분명하다."

백성들 간에는 그와 같은 유언비어가 파다하게 퍼져 나갔다. 그것은 백성들 자신의 비난성이기도 했지만, 조고가 배후에서 그와 같은 유언비어를 계획적으로 퍼뜨려 나간 탓이기도 했던 것이다.

그러한 유언비어가 널리 퍼져 나간 어느 날, 조고는 부랴부랴 대궐로 달려 들어와 황제에게 이렇게 고해 바쳤다.

"폐하! 큰일났사옵니다. 승상 이사가 반역을 도모하고 있사옵니다."

호해는 호들갑스럽게 놀라며 소리친다.

"뭐야? 승상이 반역을 도모한다고……? 그렇다면 그놈을 당장 체포하여 참형에 처하라!"

"어명에 의하여 분부대로 거행하겠사옵니다."

이리하여 이사는 당장 조고의 손에 체포되어 고문을 당하게 되었다. 고문은 처절하기 이를 데 없어서, 이사는 마침내 없는 죄를 자기 입으로 불어 버렸다.

죄명도 무시무시한 '반역대죄反逆大罪'!

이사와 그의 일가족은 수레 위에 결박을 당한 채, 백성들의 조소를 받으며 함양 거리로 끌려 다니다가 마침내 형장의 이슬로 사라지고 말았다.

그는 형장의 이슬로 사라지기 직전에 옆에 있는 아들을 바라보며 혼잣말로 이렇게 탄식하였다.

"이 애야! 우리가 고향에서 낚시질을 다닐 때가 얼마나 즐거웠더냐."

이사를 증오의 눈으로 바라보던 백성들도 그 말을 듣고 나서는 모두들 측은한 눈물을 흘렸다.

권력이 무엇이기에 권력의 세계는 그렇게도 무자비한 것일까. 권력의 세계에는 죽느냐 죽이느냐의 혈투가 있을 뿐, 타협이라는 것은 있을 수 없었다.

조고는 권력 투쟁에서 이사에게 승리를 거둠으로써, 사실상 진나라의 전권을 독차지하였다. 그러나 조고의 권력도 과연 며칠이나 갈 것인지, 그것은 두고 봐야 할 노릇이었다.

유방劉邦과 번쾌

진시황이 죽고 호해가 황제로 등극했을 무렵, 패현沛縣에는 유방劉邦이라는 청년이 있었다.

유방은 어려서부터 무술에 능하여 사상泗上이라는 마을의 정장(亭長:洞長格)이 되기는 했으나, 본시 벼슬에는 욕심이 없어 낮이나 밤이나 술과 계집으로 세월을 보내고 있었다. 그러면서도 성품이 활달하고도 인자하여 모든 사람들을 너그럽게 포섭하는 특성을 가지고 있었다.

유방은 본시 체구가 장대한 데다가, 얼굴은 용龍같이 특이하게 생겼다. 게다가 왼편 넓적다리에 점이 72개나 있어서, 관상가觀相家들은 그를 '후일에 큰 인물이 될 사람'이라고 은근히 두려워하고 있었다(관상가들의 그러한 예언은 정확하게 들어맞았으니, 유방이야말로 후일에 진나라와 초나라를 평정하고 4백 년의 국기國基를 일으켜 놓은 한漢나라의 고조高組가 되었던 것이다).

그런데 유방 자신은 남들이 자기를 어떻게 보든지 일체 아랑곳 아니 하고 매일같이 술과 계집만으로 세월을 보내고 있어서, 일반 사람들은 그를 '천하의 난봉꾼'이라고 손가락질을 하기가 예사였다.

그 무렵 그 지방에는 여문呂文이라는 60객 도학자가 있었다. 여문은 일반 학문에도 해박했지만, 특히 관상학에 있어서는 그를 따를 사람이 아무도 없었다.

여문은 어느 날 술집 앞을 지나가다가 유방의 관상을 보고 첫눈에 혹해 버렸다. 그리하여 생면부지의 유방에게 이렇게 말했다.

"여보게, 젊은이! 내가 자네한테 술을 한잔 대접하고 싶으니, 나와 함께 우리 집으로 가지 않겠는가?"

유방은 어리둥절한 표정으로 묻는다.

"노인장께서는 무슨 이유로 저에게 술을 주시겠다는 것이옵니까?"

"이 사람아! 늙은이가 술을 한찬 대접하겠다는데 무슨 말이 많은가!"

"알겠습니다. 저는 워낙 술이라면 사족을 못 쓰는 놈이라, 술을 주시겠다면 무조건 따라가겠습니다."

노관상가 여문은 유방을 데리고 집에 와 술잔을 나누는데, 유방의 얼굴은 볼수록 제왕지상帝王之相이 분명하였다.

이에 여문은 내심 굳게 결심한 바 있어서 안방으로 들어와 마누라에게 이렇게 말했다.

"여보 마누라, 지금 사랑방에 젊은 손님이 한 사람 와 있는데, 우리 집 큰딸 아이 안顔을 그 청년과 결혼시키기로 하겠소."

마누라는 너무도 뜻밖의 말에 기절초풍을 할 듯이 놀란다.

"영감님은 정신이 도셨나 보구려. 그 아이는 현령縣令에게 주기로 이미 약속이 되어 있지 않소. 그런데 어떻게 다른 사람과 결혼을 시키겠다는 말씀이오?"

"그런 약속 따위는 파기해 버리면 그만 아닌가. 모든 것은 내가 알아서 결정할 테니, 마누라는 나만 믿고 있어요."

그래도 마누라는 화를 벌컥 내며 극성스럽게 반대하고 나온다.

"어떤 일이 있어도 그건 안 돼요. 현령을 사위로 맞는 것이 얼마나 영광스러운 일인데 그것을 마다고 하세요?"

마누라가 강경하게 반대하고 나오는 것도 무리는 아니었다. 현령이라면 한 고을의 사또가 아니던가. 사또를 사위로 맞이하면 장인 장모도 호강을 하게 될 것은 뻔한 일이다.

그러나 여문 노인의 입장에서 보면 사또 따위는 문제가 되지 않았다.

"여보 마누라. 당신도 잘 알고 있다시피, 우리 집 큰딸 아이는 보통내기가 아니오. 황후皇后의 기상을 타고난 그 아이를 어째서 현령 따위에게 주어 버리자는 것이오?"

"영감님은 그 아이가 황후가 된다는 것을 무엇으로 보장하시우?"

"관상학상으로 보아서 그 아이는 틀림없이 황후가 될 기상이란 말야."

"영감님의 관상 따위를 누가 믿어요?"

등잔 밑은 어두운 법이라던가, 늙은 마누라는 영감님의 관상 실력을 애당초 믿으려고 하지 않았다.

여문 노인은 어처구니가 없어 너털웃음을 웃으며 말한다.

"당신이 나의 의견에 끝까지 반대할 생각이라면, 그 아이를 이 자리에 불러다 놓고 본인더러 결정하게 합시다."

"맘대로 하시구려. 물어 보나마나 그 애는 현령한테 시집가겠노라고 대답할 거예요."

두 내외는 딸을 그 자리에 불러서 자초지종을 자세하게 설명해 준 뒤에 이렇게 물어 보았다.

"너는 현령한테 시집갈 테냐, 그러잖으면 장차 제왕이 될지도 모르는 유방이라는 청년한테 시집갈 테냐?"

처녀 안은 워낙 기상이 웅장한 성품인지라, 깊이 생각해 보지도 아니하고 즉석에서 이렇게 대답한다.
"현령은 싫어요. 유방이라는 청년한테 시집가게 해 주세요."
늙은 어머니는 너무도 기가 차서 호통을 친다.
"네가 정신이 있느냐. 어째서 현령을 마다하고 '천하의 난봉꾼'에게 시집을 가겠다는 것이냐?"
"어머니! 제 일은 저한테 맡겨 주세요. 사내 대장부가 난봉을 부릴 줄 모른다면, 그런 사내를 무엇에 쓰겠어요. 자고로 영웅이 호색한다는 말이 있지 않아요? 유방이라는 청년이 아버님 말씀대로 장차 제왕이 될지 어쩔지 그것은 두고 봐야 할 일이기는 하지만, 젊은 그에게는 그런대로 미래라는 것이 있지 않아요? 그러나 현령이라는 사람은 이미 한계에 도달해 버린 과거의 사람이거든요."
아버지 여문은 딸의 명쾌한 대답을 듣고 크게 감탄하였다.
"과연 너는 황후의 재목이 분명하다. 네 뜻을 알았으니, 이제는 이 애비가 알아서 처리하겠다."
여문 노인은 사랑방으로 달려나와 유방과 술잔을 다시 주고받다가 문득,
"여보게 유방! 나에게는 사랑스런 딸이 있으니, 자네는 내 딸아이와 결혼을 해 주게나. 그 아이는 보통 아이가 아니네."
하고 말했다.
처음 만난 유방을 사위로 맞이할 결심이었던 것이다.
유방은 너무도 뜻밖의 말에 어리둥절하였다.
"노인장께서는 지금 무슨 말씀을 하고 계시는 것입니까?"
여문 노인은 유방에게 새삼스레 술잔을 권하면서 말한다.
"나에게는 자식으로 자매가 있는데, 큰딸의 이름은 '안顔'이라고 하네. 그 아이는 보통 아이가 아니니까, 자네가 그 아이와 결혼을 해달라는 말일세. 다시 말하면, 자네는 내 사위가 되어 달라는 말

이지."
 "노인장과 저는 오늘이 초면입니다. 그런데 무엇을 보고 저한테 따님을 주시겠다는 것입니까?"
 "자네가 궁금한 모양이니 모든 것을 사실대로 말해 줌세. 나는 관상학에는 자신이 있는 사람이네. 자네와 나는 오늘이 초면이기는 하지만, 관상학상으로 보아 자네는 먼 장래에 반드시 제왕이 될 사람이야. 그래서 자네한테 내 딸을 주는 것이네."
 "제 얼굴이 먼 장래에는 제왕이 될 상이라구요? 아무튼 잘 보아 주셔서 고맙습니다. 허기는 사람의 팔자란 알 수 없는 것이니까, 저라고 제왕이 되지 못하리라는 법은 없겠지요. 제왕은 종자가 따로 있는 것이 아니니까요. 이러나저러나 저는 지금으로서는 장가를 들 형편이 못 되옵니다. 따라서 노인장의 말씀에는 사양을 하는 수밖에 없겠습니다."
 유방은 완곡히 거절해 버렸다.
 그러나 여문 노인은 여전히 끈덕지게 설득한다.
 "이 사람아! 자네가 장가들 형편이 못 된다는 것은 무슨 소린가? 어째서 장가를 못 가겠다는 것인지, 그 사유를 한번 들어보세."
 두 사람이 술잔을 나눠 가며 그런 대화를 주고받을 바로 그때, 뒷문 밖에서 아까부터 그들의 이야기를 엿듣고 있는 처녀가 한 사람 있었으니, 그 처녀는 여문의 딸인 안랑顔娘이었다. 안랑은 문틈으로 엿본 유방의 얼굴이 첫눈에 흡족하게 여겨져서,
 '아버지는 나의 신랑감을 정말로 잘 골라 주셨구나. 나는 어떤 일이 있어도 저 청년과 결혼하리라.'
하고 혼자 마음을 굳게 먹고 있었다.
 그러나 유방은 그런 줄도 모르고 여문에게 이렇게 말하는 것이 아닌가.

"저는 지금 형편으로는 결혼할 수 없는 사유가 세 가지가 있사옵니다."

"무슨 사유인지 어서 말해 보게."

"첫째는 아직 나이가 어려 학문을 제대로 배우지 못한 때문이옵고, 둘째는 아직 수양을 제대로 쌓지 못해 인생의 목표를 뚜렷하게 정립定立하지 못한 때문이옵고, 셋째는 집이 가난하여 아직 처자식을 먹여 살릴 돈이 없기 때문입니다."

뒷문 밖에서 그 말을 엿들은 안랑은 크게 실망하였다. 거절을 당하리라고는 생각조차 못 하고 있었기 때문이었다.

그러나 여문은 그래도 단념할 생각을 아니 한다.

"이 사람아! 그게 어디 결혼 못 할 사유가 되는가. 자네 말을 들어 보니, 나는 자네의 사람됨이 더욱 믿음직스럽기만 하네."

유방은 여문에게 술을 따라 올리며 다시 말한다.

"저는 학문도 없고, 용기도 없고, 재산도 없는 놈인데 뭐가 믿음직스럽다는 말씀입니까?"

그러자 여문은 약간 나무라는 기색을 보인다.

"이 사람아! 나는 재산을 보고 자네에게 딸을 주려는 것은 아니네. 그 점은 오해하지 말아 주게."

"그러나 처자식을 먹여 살릴 재산은 있어야 할 것이 아닙니까. 불알 두 쪽밖에 없는 저에게 무슨 까닭으로 딸을 주려고 그러시는지, 저는 도무지 그 이유를 모르겠습니다."

"불알 두 쪽이 있으면, 그것만으로 장가들 자적은 충분하지 않은가. 하하하!"

여운은 한바탕 큰소리로 웃고 나서 다시 정색을 하며 말한다.

"내가 왜 자네를 믿음직스럽게 여기는지 그 이유를 말해 줌세. 사람이란 자기 자신을 정확하게 알고 있는 것처럼 어려운 일은 없는 법이네. 그런데 자네는 자기 자신의 부족한 점을 너무도 잘 알고 있으니, 그 얼마나 믿음직스러운 청년인가. 보통 청년들 같으면 내가 딸을 준다고 하면 누구나 감지덕지했을 걸세. 그러나 자네는 생각이 깊어서 매사를 냉철하게 처리해 나가려고 하니, 그 또한 믿음직스러운 점이 아닌가. 얼굴이 워낙 제왕지상帝王之相으로 태어난 데다가 생각하는 바가 또한 그처럼 신중하니, 내가 어찌 사위로 탐을 내지 않을 수 있겠는가."

"노인장께서 보잘것 없는 저를 지나치게 잘 보아 주셔서 송구스럽습니다."

"그러면 나의 딸과 결혼을 해 주겠다는 말인가?"

"글쎄올시다."

"내 입으로 그런 말하면 자네가 믿어 줄지 모르겠네마는, 내 딸 역시 용모로 보나 기상으로 보나 자네의 배필로 부족함이 없는 아이일세. 내가 보기에는 자네와 내 딸은 하늘이 정해 주신 천정배필인 것 같아. 내가 자네에게 간곡히 부탁하는 것도 바로 그 때문일세."

유방은 아무 대답도 안 하고 한동안 깊은 생각에 잠겨 있었다. 그러다가 문득 고개를 들며 조용히 말한다.

"매우 죄송스러운 말씀이오나, 제 결혼 문제는 이 이상 거론하지 말아 주셨으면 고맙겠습니다."

여문은 크게 실망하며 말한다.

"그래……? ……내가 그토록 애원을 해도 안 되겠다는 말인가?"

"죄송합니다. 형편이 여의치 않아서 부득이……."

"2, 3년쯤 기다려 주면 가능하겠는가?"

"글쎄올시다. 그때 사정이 어떻게 될지는 모르겠습니다마는 2, 3년 후라도……."

유방이 거기까지 말했을 바로 그때, 별안간 뒷문이 사르르 열리며 안랑이 방안으로 들어오더니 유방에게 눈인사를 해보이고 나서,

"아버님! 소녀의 혼담에 대해서는 소녀도 한 말씀 여쭙고 싶은 말씀이 있사옵니다."

하고 말하는 것이 아닌가. 여문 노인은 사랑하는 딸이 별안간 사랑방에 뛰어든 것을 보고 깜짝 놀라며,

"아니, 네가 어째서 여기에 나타났느냐. ……이왕 나왔으니 유 군에게 인사를 드려라. ……여보게 유 군! 이 아이가 바로 나의 큰딸인 안顔일세."

하고 두 사람을 서로 소개시켜 주었다.

유방은 깊은 관심을 가지고 처녀의 얼굴을 바라보았다. 특별히 아름다운 얼굴은 아니지만, 미간 사이가 널찍한 것이 '보통 처녀'는 아닌 것 같았다. 처녀 안은 유방에게 머리를 공손히 수그려 보이며 당돌하게도 이렇게 말하는 것이었다.

"소녀는 아까부터 뒷문 밖에서 두 분의 말씀을 시종일관 엿듣고 있었사옵니다. 남의 말을 엿듣는 것이 예절에 벗어나는 일임은 알고 있사오나, 소녀의 일생에 관한 혼담婚談이옵기에 실례를 무릅쓰고 엿들었사오니, 그 점 너그럽게 용서해 주시옵소서."

"아닙니다. 이야기가 혼담이고 보니, 본인이 엿들었기로 나무랄 일은 아닐 것이오."

유방은 어색한 말투로 대답하였다. 안랑은 어디까지나 도도한 자세로 흐트러짐 없이 계속 말한다.

"그처럼 너그럽게 양해해 주시니, 고맙기 그지없사옵니다. ……유랑께서는 조금 아까 '지금으로서는 결혼할 수 없는 사유'를 몇 가지 말씀하셨습니다. 그런데 혹시나 그것은 소녀와의 결혼을 거절하기 위한 단순한 핑계가 아니셨는지, 소녀는 그 점을 분명히 알고

싶사옵니다."
 눈썹 한번 까딱하지 않고 야무지게 따지고 드는 바람에 유방은 어안이 벙벙해 왔다.
 "천만에, 싫으면 싫다고 사실대로 말할 일이지 무엇 때문에 핑계까지 대가면서 거절하겠소. 다만 나는 지금으로서는 장가갈 수 없는 사정을 사실대로 말했을 뿐이오. 그 점은 오해가 없기를 바라오."
 안랑은 그제야 마음이 놓이는지 얼굴에 가벼운 희색을 띠며,
 "그렇다면 소녀는 안심이옵나이다."
하고 명랑한 목소리로 속삭이듯 말하는 것이 아닌가.
 "안심이라니, 뭐가 안심이란 말씀이오?"
 이번에는 유방이 물어 볼밖에 없었다.
 그러자 안랑은 별안간 수줍은 듯 얼굴을 붉히며 대답한다.
 "아까 유랑께서 말씀하신 사유는 결혼을 못 하실 사유도, 아무것도 아니라고 생각되었기 때문이옵나이다."
 "학문이 부족하고, 용기가 없고, 처자식을 먹여 살릴 돈이 없는 것이 어째서 결혼 못 할 사유가 되지 않는다는 말씀이오?"
 "……."
 안랑은 유랑의 얼굴을 따뜻한 눈매로 그윽이 바라보기만 할 뿐, 아무 말도 아니 한다. 옆에서 듣고만 있던 여문 노인이 그제야 빙긋이 미소를 지으며 딸에게 말한다.
 "네가 유 군에게 첫눈에 반한 모양이로구나. 학문이 없고, 용기가 없는 것이 어째서 결혼 못 할 사유가 되지 않는지, 시원스럽게 대답해 보아라!"
 유방은 처녀의 얼굴을 새삼스레 바라보았다. 보면 볼수록 호감이 가는 얼굴에다가 성품이 쾌활한 것도 마음에 들었다.

'이만한 여자라면 지금이라도…….'

유방은 맘속으로 그렇게 생각하며,

"학문이 부족하고, 용기가 없고, 돈이 없는 것이 어째서 결혼 못 할 사유가 되지 않는지, 안랑의 생각을 솔직하게 말씀해 주시죠. 참고삼아 꼭 들어 보고 싶소이다."

하고 말했다. 안랑은 빙그레 미소를 지어 보이며 대답했다.

"유랑께서 그처럼 말씀하시니, 소녀의 생각하는 바를 솔직하게 여쭙겠나이다. 첫째 지금으로서는 학문이 부족하여 결혼을 못 하시겠다고 하셨으나, 학문이라는 것은 일생을 두고 배워도 끝이 없는 것이옵니다. 그러므로 학문 연구를 위해 일생을 독신으로 살아가시려면 문제가 다르겠지만, 어차피 결혼을 하시려면 지금 결혼하시나 2, 3년 후에 결혼하시나 마찬가지일 것이옵니다."

유방은 그 말을 듣고 안랑의 명석한 사리 판단에 크게 감동하였다.

"듣고 보니 과연 그럴듯한 말씀이군요. 그러면 용기가 없고 돈이 없는 것은 어떻게 되는 거죠?"

"유랑께서는 용기가 없는 것도 결혼 못 할 사유의 하나라고 말씀하셨습니다. 그러나 용기라는 것은 어떤 사태에 부닥쳐야만 비로소 용솟음쳐 오르는 것이지, 아무 일도 없을 때에 용기가 솟아나는 것은 아니옵니다. 그리고 마지막으로 돈이 없어 결혼을 못 하겠노라고 말씀하셨으나, 돈이라는 것은 있다가도 없고 없다가도 생겨나는 것이옵니다. 지금은 비록 피천 한 푼 없는 알거지라 하더라도, 두 사람이 결혼 후에 힘을 모아 노력하면 천하를 내 것으로 만들 수 있는 일인데, 지금 당장 돈이 있고 없는 것이 무슨 상관이겠나이까?"

"옛? 두 사람이 결혼 후에 힘을 모아 노력하면 천하를 내 것으로 만들 수도 있다구요?"

유방은 안랑의 거대한 포부를 엿본 것 같아서 크게 놀라며 반문하였다.
 여문은 이때다 싶어서, 얼른 대답을 가로막고 나선다.
"이 사람아! 나는 자네가 제왕지상帝王之相을 타고난 인물이라고 말한 바 있지만, 이제니 말이지 내 딸 역시 자네에 못지않은 제왕지상을 타고난 계집아이라네. 그러니까 내 딸과 결혼하면 자네는 틀림없이 제왕이 될 수 있을 걸세."
 유방은 그 소리에 또 한 번 놀라며 묻는다.
"따님께서도 저와 똑같이 제왕지상을 타고난 여인이라는 말씀입니까?"
"물론이지. 그러니까 자네와 내 딸은 하늘이 정해 주신 배필이라고 말하지 않았는가. 여러 말 말고 자네는 내 딸과의 결혼을 승낙해 주게."
"좋습니다. 안랑같이 훌륭한 처자를 제가 어찌하여 싫다고 하겠습니까!"
 이리하여 이날 두 사람은 정식으로 약혼을 하게 되었는데, 이날의 신부 안랑이야말로 먼 훗날에 '여태후呂太后'로서 천하를 주름잡은 바로 그 여인이었다.
 유방과 안랑과의 약혼이 성립되자, 여문은 즉석에서 축하연을 베풀었다. 그리하여 술이 몇 순배 돌아갔을 바로 그 때에 문득 대문 밖에서 몹시 왁살스러운 목소리로,
"이 댁이 여문 노인 댁이신가요?"
하고 고함을 지르는 소리가 들려오고 있었다.
 여문이 몸소 일어나 나와 보니, 대문 밖에는 키가 9척이나 되는데다가 얼굴이 시꺼먼 수염으로 뒤덮여 있는 몹시 험상궂게 생긴 젊은이 하나가 떡 버티고 서 있었다. 여운이 관상을 보니, 얼굴은 비록 험상궂게 생겼어도 예사 인물이 아니었다.

"자네가 무슨 일로 내 집을 찾아왔는가?"

괴청년은 머리를 꾸벅해 보이고 나서,

"나는 여기서 멀지 않은 곳에 살고 있는 번쾌樊噲라는 놈입니다. 유방이라는 어른이 이 댁에 와 계시다기에, 그 어른을 찾아뵈려고 왔습니다. 유 대인이 이 댁에 계시거든 저를 잠깐 만나게 해 주십시오."

하고 말하는 것이다. 생김새는 험상궂어도 관상학상으로 보아 쓸 만한 인물임은 틀림이 없었다.

"유방을 만나게 해 줄 테니 이리 들어오게."

번쾌는 여문을 따라 들어와 유방을 만나자, 방바닥에 넙죽 엎드려 큰절을 올리며 말한다.

"유 대인 전에 인사 여쭙겠습니다. 저는 이 지방에 살고 있는 번쾌라는 놈입니다. 직업은 비록 개백정 노릇을 해먹고 있으나, 나라를 일으켜 보려는 큰 뜻을 품고 유 대인을 일부러 찾아뵈러 왔사옵니다."

유방은 불의의 침입객侵入客이 번쾌임을 알고, 그의 손을 덥석 붙잡아 일으켜 앉히며 말한다.

"오오! 이 지방에 번쾌라는 지사志士가 계시다는 소문은 진작부터 들어 알고 있었지만, 오늘 이렇게 만나게 될 줄은 꿈에도 몰랐구려. 나를 일부러 찾아와 주셨다니 정말 고맙소이다."

번쾌는 감격한 듯 머리를 주억거리며 말한다.

"평소에 흠모해 오던 유 대인을 이렇게 만나 뵙게 되어 다시없는 영광입니다. 유 대인께서는 혹시 진승陳勝과 오광吳廣의 무리가 진시황에게 등을 돌리고 초국楚國 재건再建 운동을 전개해 나가고 있는 사실을 알고 계시옵니까?"

유방은 웃으면서 대답한다.

"내가 어찌 그것을 모를 리가 있겠소. 내 비록 겉으로는 술미치광이 행세를 하고 있지만, 진승과 오광의 반란 사건뿐만 아니라 진시황이 죽고 나자 전국 각지에서 영웅호걸들이 천하를 얻어 보려고 저마다 들고 일어나는 사실도 죄다 알고 있다오."

"그러한 사실들을 속속들이 알고 계시다면, 유 대인께서는 어찌하여 아직도 술과 계집만으로 허송세월을 하고 계시옵니까?"

번쾌의 질책은 은근히 신랄하였다.

"허송세월……? 하하하."

유방은 혼잣말 비슷이 중얼거리며 통쾌하게 웃고, 번쾌에게 술을 권하며 말한다.

"급히 먹는 밥에 목이 멘다고 합니다. 매사에는 때가 있는 법이오. 때가 오기 전에 서두르는 것은 도로무공徒勞無功이기에 나는 오랫동안 술과 계집으로 헛된 세월만 보내고 있었다오."

번쾌는 그제야 유방의 참마음을 알아본 듯 말한다.

"유 대인의 대지大志는 알아 모시겠습니다. 그러나 지나치게 신중을 기하다가는 때를 놓쳐 버릴 우려도 없지 않을 것이옵니다. 진시황이 죽음으로써 지금 천하에는 주인이 없어졌습니다. 유 대인께서 궐기하실 때는 바로 지금이 아닐까 싶사옵니다. 유 대인께서 궐기하신다면, 저도 견마지로犬馬之勞를 다할 터이오니 천하대세를 속히 도모하도록 하시옵소서."

"고맙소이다. 그러잖아도 진작부터 동생공사同生共死할 동지들을 은밀히 규합하고 있던 중이오. 귀공이 불시에 내방하여 나의 잠을 깨워 일으켜 주니, 나도 이제는 마음을 새롭게 먹을 생각이오. 자, 그런 의미에서 이 축배를 한잔!"

번쾌에게 새삼스레 술잔을 권하면서 말한다.

"오늘은 나에게 두 가지의 커다란 경사가 있었소. 오늘이야말로 나에게는 다시없는 대길일大吉日인가 보오."

"두 가지의 경사란 어떤 것을 말씀하시는 것이옵니까?"

"그 하나는 귀공 같은 믿음직스러운 동지를 만난 것이고, 그 둘은 가인佳人을 만나 백년지계百年之契를 맺게 된 것이오."

번쾌는 그 말을 듣고 깜짝 놀라며 묻는다.

"아니 그럼, 유 대인께서는 오늘 약혼을 하셨다는 말씀입니까?"

"그렇소. 이 어른이 바로 나의 장인 어른이시오. 어서 인사드리시오."

그때까지 입을 굳게 다문 채 두 사람의 이야기를 듣고만 있던 여문은 별안간 만면에 미소를 띠며 말한다.

"대장부와 대장부의 만남은 마치 고기가 물을 만난 것만 같네그려. 자네들 두 사람이 뜻을 같이 한다면, 천하 대사인들 어찌 이루어 놓지 못할 것인가. 그런데 나로서는 번쾌에게 소원이 하나 있네."

"노인장께서 저에게 무슨 소원이……?"

"나에게는 딸이 둘이 있는데, 큰아이는 이미 유방과 약혼을 했으니까, 작은 아이는 번쾌 자네가 맡아 주면 고맙겠네."

"저는 개백정이라 불리는 천한 몸이옵니다. 그러한 저에게 어찌 따님을 주시겠다는 말씀이시옵니까."

"천한 세상을 모르는 사람은 만인의 친구가 될 수 없는 법이네. 두말 말고 내 딸을 맡아 주게."

유방도 크게 기뻐하며 권하는 바람에, 번쾌는 즉석에서 여문 노인의 작은 사위가 되기로 결정하였다. 그리하여 장차 천하 대사를 도모할 유방과 번쾌는 동서간同壻間이 된 것이었다.

패공으로 추대

여문 노인은 두 명의 사위를 한꺼번에 얻게 된 것이 크게 기뻐서 유방과 번쾌의 손을 붙잡고 감격 어린 어조로 말한다.

"자네들도 알고 있다시피 시황제가 죽은 뒤에 호해胡亥가 이세 황제로 등극은 했으나, 그자는 황제의 재목이 못 되는 인물이야. 그러니까 사실상 지금의 천하에는 주인이 없는 셈이야. 그러므로 누구든지 덕이 높고 백성들을 사랑할 줄 아는 사람이 들고 일어나면 일약 천하의 주인이 될 수 있다는 말이네. 그런데 유방 자네는 덕德과 용용을 겸비한 데다가 제왕지상帝王之相까지 하고 있고, 번쾌 자네는 비록 제왕지상은 못 되어도 출장입상지상出將入相之相이 분명하므로, 자네들 두 사람이 뜻을 같이하면 천하를 얻기가 결코 어려운 일은 아닐 걸세. 나는 장인으로서 간곡히 부탁하노니, 자네들 두 사람은 부디 마음을 모으고 힘을 합하여 도탄 속에서 허덕이는 백성들을 태평성대로 구출해 주게."

번쾌가 그 말을 듣고 즉석에서 대답한다.

"그러잖아도 저는 시황제가 죽고 나자, 이 나라의 주인이 될 만한 어른을 찾아다니다가 결국은 유방 대인을 찾아오게 되었던 것이옵니다. 게다가 유방 대인과는 동서지의同壻之義까지 맺게 되었으니 이제부터는 유방 대인을 주공主公으로 모시며, 천하를 얻으려는 데 전력을 기울이도록 하겠습니다."

유방은 그 말을 듣고 번쾌의 손을 힘차게 움켜잡으며 말한다.

"오오, 그대가 부족한 나를 그처럼 생각해 주니 이렇게 영광스러운 일이 없네그려. 그러나 부덕不德한 나 같은 사람이 '주공'이 된다는 것은 너무도 주제넘은 일이네. 그러니까 사리사욕을 떠나서 오로지 도탄 속에서 허덕이는 백성들을 구출한다는 순수한 마음으로 어지러운 세상을 바로잡는 데만 힘을 기울여 보기로 하세."

번쾌가 손을 내저으며 대답한다.

"계급 관계를 떠나서 오로지 구국제민救國濟民하는 깨끗한 마음으로 일해 보자는 그 말씀은 고맙기 그지없는 마음이시옵니다. 그러나 많은 사람들이 함께 모여 큰일을 도모하려면 명령 계통이 확립되지 않아서는 안 되는 법이옵니다. 그러므로 오늘부터는 형님을 주공으로 모시고, 매사를 형님의 명령에 따라 거동할 것이옵니다. 형님께서는 주공의 중책을 사양치 말아 주시옵소서."

여문 노인은 그 광경을 보고 소리 내어 감탄한다.

"오오, 군신지의君臣之義가 벌써부터 아름답구나."

번쾌가 유방에게 다시 말한다.

"저에게는 생사를 같이할 동지들이 많사온데, 그들도 형님을 만나 뵈면 무척 기뻐할 것이옵니다."

번쾌에게서 '생사를 같이할 동지들이 많다'는 말을 듣고 유방은 크게 기뻤다.

"생사를 같이할 동지들이 많다니, 그들은 어떤 사람들인가?"

번쾌가 대답한다.

"뜻을 같이하는 동지들을 모조리 열거하려면 한이 없사오므로 가장 중요한 동지 두 사람만을 말씀드리겠습니다. 한 사람은 소하蕭何라 하옵고, 또 한 사람은 조참曹參이라고 하옵니다."

"그들 두 사람은 지금 어디서 무슨 일을 하고 있는 사람들인가?"

"모두가 현청縣廳에서 주리主吏로 근무하고 있는 공무원들이옵니다."

유방은 그 대답에 적이 실망하며 말한다.

"뭐야? 관록官祿을 먹고 살아가는 공무원들과 천하 대사를 함께 도모하겠다는 말인가. 공무원들이란 누구를 막론하고 권력 앞에는 충견忠犬이나 다름없는 법인데, 그런 사람들과 어떻게 천하 대사를 도모할 수 있다는 말인가!"

그러나 번쾌의 태도에는 자신이 만만하다.

"그 점은 조금도 염려 마시옵소서. 소하와 조참은 비록 관록을 먹고 살아오기는 하오나, 진시황의 전제 정치에는 옛날부터 이를 갈아 오던 희대稀代의 지사志士들이옵니다."

"비록 공무원의 신분이기는 하지만, 믿을 만한 동지들이란 말인가?"

"물론입니다. 천하 대사를 도모하는 데 제가 어찌 믿지 못할 사람과 손을 잡겠습니까. 소하와 조참은 지략이 풍부하고 경륜이 웅대하여 모두가 재상의 재목들이옵니다. 제가 일단 그들로 하여금 형님을 찾아뵙도록 하겠습니다."

"자네가 그토록 신임하는 인물들이라면 나도 기꺼이 만나 보기는 하겠네마는……."

두 사람의 대화가 거기에 이르자, 이번에는 여문 노인이 미소를 지으며 유방에게 말한다.

"아랫사람이란 윗사람이 쓰기에 따라서 졸장부拙丈夫를 대장부로 만들 수도 있고, 대장부를 졸장부로 전락시킬 수도 있는 법이네. 그러므로 윗자리에 앉아 있는 사람은 아랫사람들을 전적으로 신임하고 독려하여, 그의 능력을 최대한으로 발휘하도록 해 줘야 하는 법이네. 내가 듣기에는 소하와 조참은 범인凡人이 아닌 것 같으니, 조속한 시일 안에 예를 갖추어서 그들을 꼭 만나 보도록 하게."

"장인 어른의 귀하신 말씀 깊이 명심하고, 꼭 실천에 옮기도록 하겠습니다."

유방과 번쾌는 이날 오랫동안 술을 나누어 마시며 환담하다가 석양 무렵이 되어서야 여문 노인의 집을 나왔다. 그리하여 둘이 함께 길을 걸어오고 있노라니까, 저 멀리 5백여 명의 노역부들이 관리에게 끌려가고 있는 광경이 눈에 띄었다. 유방은 그들을 보자 얼굴에 분노의 빛이 솟구쳐 올랐다.

"아니, 진시황이 죽은 지가 언제인데 저놈들은 아직도 노역부들을 잡아가고 있는 것이야!"

번쾌도 분노의 빛을 보이며 말한다.

"진시황이 죽은 지가 오래건만, 그의 망령亡靈은 아직도 시퍼렇게 살아남아서 백성들을 여전히 괴롭히고 있단 말인가!"

그리고 유방의 얼굴을 새삼스레 바라보며,

"형님! 인솔자引率者를 숫제 죽여 버리고 저 사람들을 해방시켜 주면 어떻겠습니까?"

"그러잖아도 나 역시 그런 생각을 하고 있는 중이네. 지금이 어느 때라고 아직도 백성들을 노역부로 잡아간다는 말인가!"

유방은 그 말을 함과 동시에 인솔자 앞으로 다가가서,

"당신은 무슨 이유로 이 사람들을 잡아가오?"

하고 시비조로 따져 물었다.

인솔자는 유방을 아니꼬운 눈매로 쩨려보더니,

"이 사람들을 잡아가거나 말거나 당신이 무슨 상관이오. 관가에서는 이 사람들을 여산驪山으로 데려다가, 시황제의 능묘陵墓에서 치산공사治山工事를 시키려는 것이오."
하고 대답한다.

"시황제가 죽은 지 몇 달이 지났는데, 아직도 노역부들을 강제로 끌어가느냐 말이오?"

"뭐야? 네놈이 뭔데 불경스러운 말을 함부로 씨부려대고 있느냐! 네놈이 내 손에 죽고 싶어서 안달이 난 모양이구나."

인솔자는 버럭 화를 내며 금방이라도 목을 쳐 갈길 듯이 칼을 뽑아 드는 것이 아닌가.

유방은 번쾌에게 고갯짓을 해보이며 말한다.

"누가 누구의 손에 목이 날아가는가 한번 겨루어 볼까!"

유방의 입에서 그 말이 떨어지기가 무섭게, 번쾌는 번개같이 덤벼들더니 인솔자를 한 주먹으로 쓰러뜨려 버린다. 그야말로 눈 깜짝할 사이에 쥐도 새도 모르게 인솔자를 죽여 버린 것이었다.

"형님! 인솔자를 죽여 없앴으니, 이제는 형님께서 저 사람들을 집으로 돌려보내 주십시오."

유방은 노역부들을 한자리에 모아 놓고 이렇게 말했다.

"시황제가 죽었는데도 불구하고 당신네를 노역부로 징발해 온 것은 관리들의 커다란 잘못이었소. 인솔자를 죽여 없앴으니, 당신네들은 마음 놓고 집으로 돌아가 생업에 종사하도록 하시오. 금후에도 당신들을 괴롭히는 자가 있으면 내가 목숨을 걸고 당신들을 도와주겠소."

한번 끌려 나가면 살아서는 돌아오지 못할 줄 알고 있었던 노역부들은, 너무도 뜻밖의 구원에 감격의 눈물을 흘리며 유방에게 묻는다.

"선생은 누구시기에 저희들을 이처럼 사지死地에서 구출해 주시옵니까?"

 그러자 번쾌가 앞질러 대답을 가로맡는다.

 "이 어른으로 말하면, 사지에서 허덕이는 백성들을 구출해 주시는 유방 장군이시다. 금후에도 너희들을 괴롭히는 자가 있으면 언제든지 유방 장군을 찾아오라. 장군께서는 너희들의 구세주救世主가 되어 주실 것이다."

 유방은 노역부들을 해방시켜 주고 번쾌와 함께 집으로 돌아와 다시 술을 마시기 시작하였다. 두 사람은 한결같이 두주斗酒를 불사不辭하는 호주가豪酒家여서, 마셔도 마셔도 취할 줄을 몰랐다.

 번쾌는 술을 마셔 가며, 유방에게 말한다.

 "형님께서 천하의 주인이 되시려면, 우선 우리가 활동할 수 있는 근거지부터 마련해야 할 것입니다. 지금 패현의 현령이라는 자는 학정虐政으로 실인심失人心을 하고 있으니, 그자를 쫓아내고 형님께서 우선 그 자리에 올라앉으시면 어떠하겠습니까?"

 유방은 고개를 기울이며 묻는다.

 "큰일을 도모하려면 근거지를 마련할 필요는 있지만, 그러나 현령을 쫓아내기가 쉬운 일이겠는가?"

 "현청縣廳에는 소하와 조참 등의 동지들이 있으니까, 그들과 협의하면 현령 하나쯤 죽여 없애기는 어려운 일이 아니옵니다."

 "동지를 되도록 많이 규합해야 하겠지만, 사람을 함부로 죽이는 것은 삼가야 할 일이네."

 그러한 이야기들을 주고받던 바로 그때 문득 대문 두드리는 소리가 들려 오기에 나가 보니, 대문 밖에서는 난데없이 장정 10여 명이 웅성거리고 있었다.

 "그대들은 웬 사람들인가?"

 그러자 장정들은 유방에게 일제히 허리를 굽혀 인사를 올린다.

"저희들은 오늘 낮 장군님에게 구원받은 노역부들이옵니다."
"아, 그래. …… 그러면 집으로 돌아가지 않고, 이 밤중에 무슨 일로 나를 찾아왔는가?"
"장군님께서는 도탄 속에서 허덕이는 백성들을 구출해 주신다고 말씀하셨기에, 저희들은 장군님의 부하가 되고자 이렇게 찾아온 것이옵니다. 저희들은 신명을 기울여 장군님께 충성을 다할 것이오니, 부디 부하로 용납해 주시옵소서."
유방은 그 말을 듣고 크게 기뻤다.
"자네들이 나를 따르겠다면, 내 어찌 그대들의 호의를 마다하겠는가. 그러면 안으로 들어가 술이나 나누면서 얘기하세."
유방은 장정들을 방안으로 데리고 들어와 술을 한잔씩 나눠 주면서 묻는다.
"자네들은 모두 몇 명이나 되는가?"
"이 자리에 앉아 있는 사람은 10명뿐이오나, 저희들과 뜻을 같이 하는 동지들은 50명이 넘사옵니다. 그들도 다 함께 용납해 주시옵소서."
"물론 그래야 하겠지."
이리하여 유방은 일약 50여 명의 부하를 거느리는 수령이 되었다. 수령이 된 이상 부하들을 먹여 살리는 책임을 피할 길이 없었다. 그러나 항산恒産이 없는 유방으로서는 50여 명을 먹여 살린다는 것은 너무도 어려운 일이었다. 사정이 딱하게 되자, 번쾌가 해결책을 들고 나온다.
"형님! 이러다가는 부하들을 굶겨 죽이게 되겠습니다. 현령의 자리를 아무래도 저희들이 빼앗아 버려야 하겠습니다."
유방이 번쾌에게 말했다.
"부하들을 먹여 살리기 위해 현령의 자리를 우리가 빼앗아야 하겠다는 말에는 나도 수긍이 가네. 그러나 50여 명에 불과한 부하들만 가지고 어떻게 현령의 자리를 빼앗을 수 있겠는가?"

"그 점은 염려 마시옵소서. 제가 수일 안으로 소하와 조참을 이곳으로 비밀리에 불러다가, 형님과 함께 계략을 꾸며 보도록 하겠습니다."

그로부터 며칠 후, 번쾌는 소하와 조참을 유방에게 소개시켰다. 소하가 유방에게 머리를 조아리며 아뢴다.

"유 장군님의 말씀은 번쾌 동지를 통해 자세히 들었사옵니다. 그러잖아도 저희들은 진작부터 많은 동지들을 규합해 놓고, 유덕有德하신 어른께서 세상을 바로잡아 주시기를 바라고 있던 중이었습니다. 만약 유 장군께서 정의의 기치旗幟를 들고 일어나시면, 저희들은 즉각 호응하여 궐기하겠습니다."

"고마우신 말씀이오. 그러나 패성沛城을 점령하려면 무력武力이 있어야 할 텐데, 나에게는 훈련을 받지 않은 장정 50여 명이 있을 뿐이니 그 일을 어떡하오."

"알겠습니다. 그러면 제가 수일 안으로 다량의 무기를 보내 드릴 테니, 장군께서는 장정들에게 군사 훈련을 시급히 시켜 주시옵소서. 훈련만 잘 시켜 놓으면 50명도 대단한 병력입니다."

"잘 알겠소. 무기를 꼭 좀 부탁하오."

"염려 마십시오. 장정들에게 훈련을 잘 시켜 밖으로부터 현청을 공격해 오고, 안에서는 저희들이 호응해 나가면 현청을 점령해 버리기는 결코 어려운 일이 아니옵니다."

그러나 유방 쪽에서는 50여 명의 부하만 가지고 큰일을 일으키기가 불안스럽기 짝이 없었다.

"소하 동지!"

"예, 무슨 말씀이시옵니까?"

"힘으로 직접 대결하기보다도 무슨 계교를 써서 패성을 무혈 점령할 방도는 없겠소?"

"무혈 점령이오? 참으로 좋으신 생각이시옵니다. 싸우지 아니하고 점령할 수 있다면, 그보다 더 좋은 일이 어디 있겠습니까."

"소하 동지는 지략이 풍부한 분인 줄로 알고 있으니, 싸우지 아니하고 이길 수 있는 계책을 한번 생각해 보아 주시오."

"알겠습니다."

소하는 눈을 감고 오랫동안 깊은 침묵에 잠겨 있더니, 문득 활연히 뜨며 말한다.

"좋은 계교가 떠올랐사옵니다."

"어떤 내용이오?"

"장군께서는 현청을 무력으로 점령하려고 하실 것이 아니라, 어느 날 밤에 현령에게 보내는 무시무시한 격문檄文을 화살에 매어 성 안으로 쏘아 들여보내십시오. 그러면 현령은 공포에 떨게 될 것이고, 백성들은 억울하게 죽지 않으려고 성문을 자기네의 손으로 열어 줄 것이옵니다. 그렇게 되면 싸움을 아니 하고도 성을 점령할 수 있을 게 아니옵니까?"

유방은 감탄의 무릎을 치며 소하에게 말한다.

"소하 동지는 과연 천하의 모사謀士이시오. 그 격문은 소하 동지 이외에는 아무도 쓸 사람이 없으니, 수고스러우신 대로 그 격문도 동지가 써 주시면 고맙겠소이다."

"그러면 장군님의 명령에 따라 격문을 소생이 쓰기로 하겠습니다."

그리고 소하는 즉석에서 다음과 같은 격문을 썼다.

패현령은 보아라!

천하는 진나라의 가혹한 학정에 시달린 지가 너무도 오래 되어, 각지의 영웅호걸들은 도탄 속에서 허덕이는 백성들을 구출하고자 저마다 궐기하도다. 이에 나 유방은, 혼돈한 사회 정세를 좌시할 수가 없어 드디어 정의의 기치를 들고 일어났다. 그리하여 공의公義에 의하여 패주沛主가 되어 천하 대사를 도모하고자 하는 터이니, 현령은 목숨이 아깝거든 성문을 열고 조속히 항복함으로써 성 안의 백성들을 전화戰火에서 구하도록 하라. 만약 천명天命에 순응하지 않으면 그대는 삼족이 멸하게 될 것이고, 그로 인해 무고한 백성들도 무참하게 희생될 것이니, 만에 하나라도 후회가 없기를 바란다.

정의군 사령관 유방 보냄

유방은 소하가 집필한 격문을 읽어 보고, 또 한 번 무릎을 치며 감탄하였다.

"과연 소하 동지는 천하의 명문가이시오. 아무리 우매한 현령도 이 격문을 읽어 보고는 자진 항복하지 않을 수가 없을 것이오. 그 탁월한 지략과 그 명석한 문장은 아무도 따르지 못할 것이니, 나는 동지를 얻음으로써 천하를 얻은 셈이오."

"홍은이 망극하옵니다. 그러면 소생은 곧 패성으로 돌아가 기다리고 있을 터이오니, 좋은 날을 택하시어 격문을 쏘아 보내시옵소서. 그동안에 소생은 장군님을 패주로 맞아들일 만반의 준비를 갖추고 기다리겠사옵니다."

소하가 돌아가 무기를 보내 오자, 유방은 부하들에게 군사 훈련을 맹렬히 실시하였다.

그로부터 얼마 후, 어느 날 밤에 유방이 문제의 격문을 화살로 쏘아 보내니, 백성들이 그 격문을 먼저 주워 보고 한결같이 공포에 떨며 말한다.

"우리가 전화의 제물이 되지 않으려면 현령을 우리 손으로 죽여 없애고, 덕망이 높은 유방을 성주님으로 삼으면 될 게 아닌가."

"누가 아니래! 우리들이 살아 남으려면 현령을 반드시 우리 손으로 갈아 버려야 하네."

그 모양으로 백성들은 저마다 들고 일어나, 마침내 현령을 자기네 손으로 죽여 없애고, 성문을 활짝 열어 유방을 기꺼이 맞아들였다. 그리하여 모두들 유방을 성주로 받들어 모실 것을 진심으로 환영하였다.

유방은 몇 차례 사양을 하다가 마지못하는 척 성주의 자리를 수락하였다. 그리고 소하·번쾌·조참 등을 돌아보며,

"내가 오늘날 패공의 자리에 앉게 된 것은, 오로지 동지들 덕택임을 거듭 감사드리오."

하고 동지들의 노고에 대한 칭찬을 잊지 않았다.

항량項梁과 항우項羽

항량項梁과 항우項羽는 초楚나라의 명장이었던 항연項燕 장군의 후예後裔들이다. 그들 숙질叔姪이 진작부터 천하를 도모할 웅지雄志를 품고, 기회를 노리고 있다는 사실은 이미 말한 바 있었다.

통일천하의 절대권자였던 시황제가 죽고 나자, 전국 각지에서는 영웅호걸이라고 자칭하는 어중이떠중이들이 저마다 천하를 잡아보려는 야망을 품고 호시탐탐虎視耽耽 기회를 노리기가 예사였는데, 항량과 항우도 그런 부류에 속하는 인물들이었던 것이다. 항량과 항우는 거창한 야망을 품고 있으면서도 사정이 허락지 않아, 오랫동안 회계會稽라는 곳에서 우울한 세월을 보내고 있었다.

그러한 어느 날, 회계 성주城主인 은통殷通이 천만 뜻밖에도 항량에게 만나자는 전갈을 보내 왔다.

항량은 조카인 항우를 불러 상의한다.

"성주 은통이 나를 만나자고 사람을 보내 왔는데, 만나도 괜찮을 것 같으냐?"

"성주가 무슨 일로 아저씨를 만나려는지 모르겠으나, 성주를 만나 본들 손해날 일은 없지 않겠습니까. 저쪽에서 만나자면 얼마든지 만나 주시죠."

"허기는 우리가 손해 볼 일은 없으니까 만나 보기로 하지."

항량은 그날로 성주 은통을 찾아갔다.

은통은 항량을 정중하게 맞이하며 말한다.

"시황제가 죽고 나자, 지금 전국 각지에서는 영웅호걸들이 천하를 호령해 보려고 저마다 궐기하고 있는 중이오. 때가 때인 만큼 나도 진나라에 등을 돌리고 일어나 천하를 도모해 보았으면 싶은데, 항량 장군은 나를 도와줄 수 없겠소? 이 일이 성공하는 날이면 장군의 은공은 결코 잊지 않을 것이오."

요컨대 시황제를 대신하여 황제가 되고 싶으니 자기를 도와 달라는 부탁이었다. 항량은 그 말을 듣고 어처구니가 없었다.

'자기를 몰라도 분수가 있지, 너 같은 조무래기가 어찌 감히 황제의 자리를 넘겨다본단 말이냐!'

그러나 겉으로는 머리를 정중하게 수그려 보이며 엉뚱하게 대답한다.

"성주께서 일어나신다면 소생은 전력을 기울여 도와 드리겠습니다."

은통은 크게 기뻐서 항량의 손을 힘차게 움켜잡으며 말한다.

"고맙소이다. 항량 장군이 나를 도와주신다면 대사는 이미 성공한 것이나 다름이 없게 되었소. 떠돌아 가는 소문에 의하면, 장군 휘하에는 항우라는 장사가 있다고 들었는데, 그게 사실이오?"

"예, 있사옵니다. 우는 저의 조카 아이옵니다."

"아, 그래요. 항우 장군은 힘이 천하장사인 데다가 기개氣槪가 웅장하여, 세상 사람들은 그를 '역발산 기개세力拔山氣蓋世의 항우'라고 불러 온다고 하는데, 항우 장군은 그렇게도 대단한 인물이오?"

성주 은통이 내심으로 탐을 내고 있는 장수는 항량이 아니라 그의 조카인 항우였던 것이다. 항량은 은통의 검은 뱃속을 모를 리가 없었다.

그러나 그는 자기 나름대로 생각하는 점이 따로 있어서, 시치미를 떼고 이렇게 대답하였다.

"우는 올해 24살이온데, 힘에 있어서는 그 애를 당해 낼 사람이 아무도 없사옵니다. 그 아이는 장차 큰 인물이 되리라고 믿사옵니다."

은통은 군침을 삼키며 묻는다.

"허어……, 항우가 그렇게도 뛰어난 인물인가요?"

"힘도 천하의 장사이지만 기상이 또한 웅장하니, 난세亂世에는 그런 사람이라야 큰 인물이 될 것이 아니오니까?"

은통은 그 말을 듣고 나자 항우가 더욱 탐이 났다.

"항우가 그런 인물이라면 나도 꼭 한 번 만나고 싶구려. 그 사람을 나한테 한번 보내 줄 수 없겠소?"

"그러시죠. 만약 우를 부하로 쓰신다면, 성주께서 계획하시는 대사가 틀림없이 성공하실 것이옵니다."

"그렇다면 더욱 만나고 싶구려. 장군께서 돌아가시거든 항우를 꼭 좀 보내 주시오."

항량은 집으로 돌아오자, 곧 항우를 불러 이렇게 말했다.

"은통이 천하를 도모할 생각에서 너를 부하 장수로 쓰고 싶다면서, 너를 자기한테 곧 좀 보내 달라고 하더라."

항우는 그 말을 듣더니 관자놀이가 들먹거리도록 노한다.

"뭐요? 은통 같은 졸때기가 나를 부하로 쓰겠다구요? 아니 그래, 아저씨는 그런 놈을 그냥 살려 두고 돌아오셨습니까?"

"하하하, 살려 두지 않으면 어떡하겠느냐. 너는 은통의 부하가 될 생각이 없다는 말이냐?"

"아저씨는 그걸 말씀이라고 하고 계십니까?"

항우는 분노를 참지 못해 길길이 날뛰다가,

"가만 있자! 그런 놈을 살려 두어서는 심통이 풀리지 않으니, 저는 지금 당장 달려가서 그놈을 물고를 내고 오겠습니다."

하고 주먹을 불끈 쥐며 방에서 달려나가려고 하는 것이 아닌가. 항량은 약간 당황하는 빛을 보이며,

"우야! 그놈을 죽이려거든 내일 나하고 함께 가자!"

하고 큰소리로 제지하였다.

"주먹으로 한 번만 후려갈기면 그만인데, 무엇 때문에 아저씨가 동행을 하시겠다는 것입니까?"

"나도 생각이 있어서 그런다. 잔소리 말고 거기 앉거라. 너는 앞뒤를 생각지 않고 매사를 너무 서두르는 것이 큰 결점이니라."

항우는 마지못해 그 자리에 도로 주저앉으며,

"은통 같은 졸때기 한 놈쯤 때려죽이는 데 무슨 절차가 필요합니까?"

하고 투덜거린다. 그러나 항량은 침착하게 대답한다.

"그런 게 아니다. 성주를 때려죽여 우리에게 어떤 소득이 있는지, 우리로서는 그 점을 신중히 생각해 봐야 할 게 아니냐?"

항우는 그제야 깨달은 바가 있는 듯 고개를 끄덕인다.

"아차, 그렇군요. 그놈을 때려죽임으로써 우리가 어떤 이득을 볼 수 있을지 그 점이 더욱 중요할 것 같군요."

그리고 잠시 골똘한 생각에 잠겨 있다가, 별안간 얼굴을 번쩍 들면서 이렇게 외친다.

"아저씨! 이왕이면 은통이란 놈을 죽여 없애고, 아저씨께서 성주의 자리를 타고 앉으시면 어떠하겠습니까? 그렇게 되면, 우리도 천하를 도모할 수 있는 근거지가 확고해질 것이 아니겠습니까?"

항량은 고개를 끄덕이며 말한다.

"잘 생각해 주었다. 내가 진작부터 노리고 있는 점이 바로 그 점이다. 그러나 성주를 죽이고, 내가 그 자리를 타고 앉으려면 백성들을 납득시킬 만한 대의명분大義名分이 반드시 있어야 한다."

"졸때기 한 놈쯤 죽여 버리는데, 무슨 대의명분이 필요합니까?"

"모르는 소리! 성주를 죽이는 데도 대의명분이 필요하지만, 성주의 자리를 타고 앉으려면 대의명분이 더욱 필요하다. 대의명분도 없이 어떻게 성주가 되겠다고 날뛰겠느냐?"

"대의명분 같은 것은 아무렇게나 꾸며대면 되는 것이 아니옵니까?"

"무슨 소리! 대의명분의 내용은 반드시 백성들을 위하는 내용이라야 한다. 은통은 백성들에게 미움을 산 데다가, 지금은 진나라에 역모까지 도모하고 있는 중이다. 그러므로 그 점을 대대적으로 내세워 가면서 그자를 살해해 버리면 우리들의 행동은 단순한 살해가 아니라, 백성들을 위한 당당한 의거義擧로 간주될 것이다. 그렇게 되면 백성들은 나를 성주로 받들어 모시려고 할 것이 아니겠느냐?"

항우는 그 말을 듣고 크게 감탄하였다.

"과연 옳으신 말씀입니다. 그러면 아저씨는 지금 당장 저와 함께 은통을 만나러 가십시다. 그래서 제가 대의명분을 내세워 은통을 때려죽일 터이니, 아저씨는 백성들의 성원을 얻어 성주가 되어 주십시오. 우리가 장차 천하를 도모하려면, 지금부터 그와 같은 비상수단을 써야 할 것입니다."

그리하여 항우는 항량과 함께 은통을 찾아가게 되었다. 은통은 두 사람에게 환영연을 베풀어 주며, 항우에게 말한다.

"항우 장군의 선성先聲은 진작부터 익히 들었소이다. 오늘은 이렇게 일부러 찾아와 주어서 얼마나 고마운지 모르겠구려."

그러자 항우는 퉁명스러운 어조로,

"내가 일부러 찾아온 것이 아니라, 당신이 나를 만나자고 했다면서요? 당신은 알지도 못하는 나를 무슨 권세로 오라가라하셨소?"

하고 대뜸 시비조로 나왔다. 은통은 겁에 질려 몸을 떨며 항량에게 묻는다.

"내가 항우 장군을 왜 오시라고 했는지, 아직 아무 말씀도 하지 않았던가요?"

항량은 시치미를 떼곤 은통에게 이렇게 대답한다.

"성주께서 직접 말씀하시는 것이 좋을 것 같아서 우에게는 아직 아무 얘기도 하지 않았습니다. 우를 부르신 이유를 본인에게 직접 말씀하십시오."

"아, 그래요? 그러면 내가 항우 장군에게 직접 부탁하기로 하지요."

그리고 이번에는 항우에게 말한다.

"진나라는 이미 망조亡兆가 들었기에 이 기회에 나는 천하를 도모해 볼 생각이니, 항우 장군은 나를 꼭 좀 도와주기 바라오. 일이 성취되면 장군의 은공은 잊지 않을 것이오."

그러자 그 순간 항우는,

"뭐야? 너 같은 졸때기가 진나라를 배반하고 천하를 도모해 보겠다는 말이냐! 그렇다면 네놈은 배은망덕한 역적이 아니냐. 너 같은 역적은 도저히 살려 둘 수 없다."

하고 우뢰 같은 고함을 지르며 은통을 한 주먹으로 때려죽여 버렸다. 그리고 밖으로 달려나와 거리거리를 누비고 돌아가며 백성들에게 이렇게 외쳤다.

"이 고을의 성주라는 자가 역적을 도모하기에, 나는 항량 장군의 명령에 의하여 그자를 나의 주먹으로 때려죽여 버렸소. 항량 장군은 본시 초나라의 명장이셨던 항연 장군의 후예이시니 그분을 성주로 받들면 여러분은 진나라의 가혹한 질곡桎梏에서 벗어나 옛날처럼 초나라의 태평성대를 다시 누릴 수 있게 될 것이오."

백성들은 그 말을 듣고 저마다 환호성을 질렀다. "진나라의 가혹한 질곡을 벗어나 옛날처럼 초나라의 태평성대를 다시 누릴 수 있다"는 말이 백성들에게 압도적으로 먹혀 들어갔던 것이다. 그리하여 항량은 백성들에 의하여 성주로 추대되었다. 항량은 수천 군중들 앞에서 감격의 눈물을 뿌리며, 자신의 포부를 이렇게 외쳤다.

"친애하는 초국 동포 여러분! 우리들은 진나라의 쇠사슬에서 벗어나, 초나라를 다시 일으킬 때가 이제야 도래하였습니다. 백성들을 보호하고 초나라를 재건하는 것은 나에게 주어진 지상 명령입니다. 나는 일개 성주로 만족할 것이 아니라 진나라를 철저하게 때려 부수고 만천하를 초나라 일색으로 구현시켜 놓고야 말 것입니다."

그 말을 들은 백성들은 항량을 열화와 같이 환영하였다. 그리하여 항량과 항우는 은통의 군사였던 8천여 명을 일약 부하로 삼을 수 있었다.

그 무렵 강동江東에서는 진영陳嬰이라는 의사義士가 2만여 명의 독립군을 길러 오고 있었다. 진영은 항량이 성주가 되었다는 소식을 듣자 스스로 달려와 항량과 합류하였다. 게다가 인근 각지에서 뜻을 같이하는 젊은이들이 꼬리를 물고 몰려와서, 항량의 군사는 불과 몇 달 사이에 5, 6만의 대군大軍으로 불어났던 것이다.

항량은 회계 성주가 되면서 그 세력이 나날이 강대해 가고 있었다. 그러나 항량과 항우에 대한 세평世評이 좋은 것만은 아니었다.

더구나 은통과 교분이 두터웠던 계포季布와 종이매鍾離昧 같은 의사들은, 은통이 항우의 손에 타살되었다는 소문을 전해 듣고 크게 분노하였다.

그리하여 회계로 급히 달려와, 항우에게 서슬이 퍼렇게 따지고 들었다.

"그대는 남의 고을의 성주를 주먹으로 때려죽이고 그 자리를 빼앗아 버렸다 하니, 그것을 어찌 의義라고 할 수 있겠는가. 은통을 때려죽인 이유를 분명히 말해 보라. 그대의 행동이 이치에 합당치 않으면 우리들은 단연코 용서치 않으리로다."

엔간한 인물 같으면 그런 엄포를 받고 겁을 내지 않을 수가 없었을 것이다. 그러나 항우는 태연자약한 얼굴로 껄껄껄 웃고 나서 이렇게 대답한다.

"은통은 국록을 먹고 살아가면서 반역을 도모한 자다. 세상을 바로잡아 보려는 항량 장군께서 어찌 그런 자를 살려 둘 수 있었겠는가. 진나라는 이미 국운이 다하여 이제는 초나라가 일어날 판이니, 그대들도 우리와 함께 진나라를 거꾸러뜨리고 초나라를 일으켜 보는 것이 어떻겠는가. 그대들은 구차스럽게 은통의 죽음 따위에 구애되지 말고 천하대세에 순응하여 우리와 함께 초나라를 일으키기로 하자. 그러면 그대들의 공적은 청사에 길이 빛날 것이다."

항우의 기개가 너무도 당당하므로 계포와 종이매는 자기들도 모르게 머리가 절로 수그러졌다. 그리하여 머리를 조아리며 말한다.

"실상인즉 우리들도 진작부터 초나라를 일으켜 볼 생각에서 영도자를 찾아 헤매던 중이었습니다. 장군께서는 이 기회에 저희들을 모두 거두어 주시옵소서."

"좋소이다. 백성들을 구출하려는 의거에 가담해 주신다면 어찌 마다하리오."

이리하여 항우는 계포와 종이매를 즉석에서 도기 장군都騎將軍으로 임명하였다. 이로써 항량과 항우의 군사는 10만 명에 육박할 만큼 불어났다. 항우는 계포, 종이매 등과 술을 나누면서 말한다.

"지금 전국 각지에서 군사를 기르고 있는 의사들이 많다고 들었는데, 그대들 이외에 우리와 행동을 같이해 줄 의사들이 또 없겠소?"

그러자 계포가 대답한다.

"도산塗山 속에는 우영于英과 환초桓楚의 두 의적장義賊將이 8천여 명의 부하를 거느리고 칩거蟄居하고 있습니다. 지금은 도둑질을 해먹고 있으나, 그들의 마음을 돌려 대장으로 발탁하면 장군께서 대업을 도모하시는 데 많은 도움이 되실 것이옵니다."

항우는 계포의 말을 듣고 크게 기뻤다.

"도산 속에 그런 장수가 숨어 있다면, 그들을 곧 만나러 갑시다. 그들이 의를 아는 사람이라면, 우리의 동지가 될 수 있을 것이오."

항우는 계포를 데리고 즉시 도산으로 떠났다. 그러나 수문장守門將은 항우 일행을 영내營內로 들여보내 주려고 하지 않았다.

"당신은 어떤 사람이기에 우리들의 두령님을 감히 함부로 만나려고 덤비오?"

항우는 그들의 군율軍律이 매우 엄격한 것을 보고 내심 감탄해 마지않으며 수문장에게 말한다.

"나는 초국 대장 항량 장군의 명령에 의하여, 너희들의 두령을 만나러 온 항우 장군이다. 내가 여기서 기다리고 있을 테니 너희들의 두령에게 항우 장군이 왔다는 말을 전하라."

수문장이 본부로 달려들어가 그 말을 전하니, 우영과 환초가 몸소 달려나와 항우를 반갑게 맞아들인다.

"장군의 선성은 익히 들었소이다. 오늘은 무슨 용무로 이처럼 깊은 산속까지 찾아오셨소?"

우영과 환초는 위풍이 당당한 것이, 첫눈에 보아도 대장의 재목이 분명하였다. 항우가 그들에게 말한다.

"진나라가 무도한 까닭에, 지금 전국 각지에서 조무래기 영웅들이 벌떼처럼 봉기하여 무고한 백성들을 몹시 괴롭히고 있소이다. 두 장수는 좀처럼 만나 보기 어려운 호걸이라고 들었소. 그런데 어찌하여 도탄 속에서 허덕이는 백성들을 구할 생각은 아니 하고 이 깊은 산중에서 도둑놈 노릇만 하고 계시오. 나의 숙부 항량 장군께서는 진나라를 쳐부수고 육국六國의 원수를 갚으려고 궐기하셨으니, 두 분도 우리와 함께 새로운 왕업王業을 일으켜 나가기로 합시다."

환초가 고개를 갸웃거리며 대답한다.

"진나라가 망조가 들었다고는 하지만, 아직도 막강한 군사를 가지고 있지요. 따라서 개세蓋世의 영웅이 나오기 전에는 진나라를 당해 낼 사람이 없을 것이외다. 장군은 의병義兵을 섣불리 일으켰다가 패하는 날이면 천하의 웃음거리가 될 터인데, 그 점을 어떻게 생각하시오?"

항우는 그 말을 듣고 하늘을 우러러 크게 웃었다.

"하하하, 당신네들은 나 자신이 바로 '개세의 영웅'이라는 것을 모르시는 모양이구려. '역발산 기개세力拔山氣蓋世의 영웅'이란 바로 나를 두고 일러 오는 말이오. 당신네들은 아직 그런 소문도 듣지 못했던가요?"

환초는 놀라 눈을 커다랗게 뜨고 말한다.

"과연 역발산의 용력勇力을 가지고 계신지 한번 실험을 해보기로 합시다. 그래서 그것이 사실이라면 모르거니와, 그렇지 않다면……."

항우의 실력을 알기 전에는 부하가 될 수 없다는 뜻이었다. 항우는 또 한 번 크게 웃으며 말한다.

"나의 용력을 직접 시험해 보기 전에는 나의 부하가 될 수 없다는 말이구려. 하하하, 무엇으로 나의 힘을 시험해 보려는지, 어서 말해 보시오."

환초가 대답한다.

"이 산 아래 우왕묘禹王廟의 정원에 세 발 달린 돌솥[石鼎]이 하나 있소이다. 그 돌솥의 무게는 만 근이 넘을 것이오. 그 돌솥을 자빠뜨렸다가 다시 일으켜 세워 보시오. 사람의 힘으로는 도저히 안 될 일인데, 장군이 그렇게 해보이면 우리 두 사람은 두말 않고 장군의 부하가 되겠소."

"그 돌솥이 어디 있는지 어서 가 봅시다."

일행이 산을 내려와 보니 과연 우왕묘의 뜰에는 거대한 돌솥이 있었다. 높이가 일곱 자에 둘레가 두 아름이나 되는 엄청나게 거대한 돌솥이었다.

"이 돌솥을 땅에 자빠뜨렸다가 다시 일으켜 세우라는 말이오?"

"그렇소. 아무리 장사라도 아마 어려울 것이오."

"이까짓 것이 어렵기는······."

항우가 돌솥에 손을 대고 "깽!" 하며 밀어붙이니, 그 거대한 돌솥이 대번에 땅에 자빠져 버리는 것이 아닌가.

"엣······?"

환초와 우영은 까무러칠 듯이 놀라다가, 아직도 미덥지 않은 듯 다시 말한다.

"자빠뜨리기는 쉬워도 일으켜 세우기는 어려울 것이오."

"일으켜 세우는 것을 보고 싶다면, 그렇게 해보이겠소."

항우는 자빠뜨렸던 돌솥을 다시 일으켜 세우는데, 마치 벽돌 한 장을 일으켜 세우는 것처럼 조금도 힘들어 하지 않았다. 그뿐이랴. 항우는 한 술 더 떠서,

"제자리에서 누였다 일으켰다 하기는 너무도 쉬운 일이니, 나의

진짜 힘을 한번 보여 드리기로 하리다."
하고 말하더니, 그 무거운 돌솥을 두 손으로 번쩍 들어 안고 넓으나 넓은 뜰을 세 바퀴나 돌고 나서 다시 제자리에 갖다 놓는 것이 아닌가.

"어떻소? 이만하면 당신네들의 대장이 될 수 있겠소?"

환초와 우영은 항우 앞에 무릎을 꿇고 엎드리더니, 머리를 땅바닥에 조아리며 아뢴다.

"저희들이 장군님을 미처 알아 뵙지 못하고 죽을 죄를 지었습니다. 오늘의 무례를 관대하게 용서하시고, 저희들을 부하로 거두어 주시옵소서."

"고맙소. 나의 동지가 되어 준다면, 나는 그대들을 대장으로 삼을 것이오."

"다시없는 영광이옵니다. 저희들에게는 부하가 8천여 명이 있사온데, 그들도 모두가 일당백—當百의 정병들이오니 그들을 몽땅 데리고 귀속하겠습니다."

"고맙소. 자, 그러면 막사에 들러서 그들도 직접 만나 보기로 합시다."

이리하여 항우는 두 장수와 8천여 명의 정병들을 한꺼번에 얻을 수 있게 되었다.

항우의 부인 우虞미인

항우는 도산에 있는 산적 막사山賊幕舍에서 하룻밤을 보내고, 다음날 아침에는 환초와 우영을 항량에게 소개하기 위해 두 장수를 대동하고 회계성으로 돌아오고 있었다. 그리하여 얼마쯤 말을 달려오고 있노라니까, 저 멀리 촌중에서 왁자지껄 떠드는 소리가 나더니 청년 하나가 급히 달려와 항우에게,

"장군님! 사람 좀 살려 주시옵소서."

하고 숨가쁜 소리로 애걸을 하는 것이 아닌가. 항우는 말을 멈추며 반문한다.

"사람을 살리라니? 무슨 일이 일어났기에 사람을 살리란 말이냐!"

"우 대인虞大人의 따님이 말을 타고 가다가 늪[沼]에 빠져서 죽게 되었습니다."

"에끼 이놈! 사람이 늪에 빠졌으면 네가 직접 뛰어 들어가 구해 내와야 할 게 아니냐. 젊은 놈이 힘을 두었다가 무엇에 쓰려는 것이냐?"

"그게 아닙니다. 그 늪은 수렁이기 때문에, 힘이 여간 센 사람 이 아니면 한번 들어갔다가는 빠져 나올 수가 없습니다. 그래서 장군한테 부탁을 드리는 것이옵니다."

"아, 그래? 그렇다면 같이 가 보자."

항우가 환초·우영과 함께 현장으로 달려와 보니, 말이 늪에 빠져서 머리만 내젓고 있는데, 처녀 하나가 말 잔등 위에서 갈기를 움켜잡고 비명을 지르고 있었다. 그야말로 위기일발의 순간이었다. 늪가에는 사람들이 수십 명이나 모여 있건만 아무도 그들을 구해 내려고 하지 않는다. 항우는 그 광경을 보고 사람들에게 벼락 같은 고함을 질렀다.

"사람이 죽어 가는데, 너희놈들은 어째서 구경만 하고 있는 것이냐!"

그러자 노인 하나가 항우에게 다가오며 대답한다.

"이 늪은 '마魔의 늪'이라고 해서, 사람이 한번 빠지면 살아 나온 일이 없었습니다. 그런데 누가 죽으려고 들어가겠습니까."

"뭐요? 사람이 한번 빠지면 살아 나오지를 못하기 때문에 저들을 구할 수가 없다구요? 그렇다면 내가 구해 주리다."

항우는 말에서 뛰어내리기가 무섭게 늪 속으로 뛰어들었다.

"장군님! 이 늪은 수렁이기 때문에 들어가셨다가는 큰일나시옵니다."

환초가 큰소리로 만류했으나, 항우는 귓등으로도 듣지 않았다. 정작 늪 속으로 뛰어들어 보니, 과연 물 밑은 무서운 수렁이어서 몸이 자꾸만 수렁 속으로 빠져 들어가 발을 뽑아 낼 수가 없었다.

그러나 항우는 키가 여덟 자가 넘는 데다가, 힘이 워낙 장사이기 때문에 수렁 속으로 빠져 들어가는 몸을 혼신의 힘으로 솟구쳐 올려서, 한걸음 한걸음 인마人馬에게 다가갔다. 말은 이미 지쳤는지 물 위에 머리만 내밀고 허덕거리고, 처녀는 말갈기를 움켜잡은 채 연방 비명만 지르고 있었다. 항우는 수렁 속을 헤엄치듯 달려가, 우선 말 잔등에 달라붙어 있는 처녀의 몸을 한 손으로 번쩍 들어올렸다. 그리고 다른 한 손으로는 말의 엉덩이를 주먹으로 호되게 후려갈기며,

"이 못난 짐승아! 빠져 나오지도 못할 주제에 늪 속으로 뛰어들기는 왜 했느냐!"
하고 고함을 질렀다.

그러자 말은 경풍驚風이라도 하는 듯 몸을 별안간 솟구치더니, 나는 듯이 육지로 헤엄쳐 나가는 것이 아닌가. 항우가 처녀를 허공 중에 높이 치켜들고 육지로 올라오니, 환초와 우영을 비롯하여 지금까지 가슴을 죄며 구경만 하고 있던 사람들이 일제히 환호성을 올린다.

"장군님의 초인적인 용력勇力에는 오직 경탄이 있을 뿐이옵니다."
"장군님이 아니었던들 우희虞姬는 꼼짝 못하고 저승으로 갔을 것이옵니다."

항우는 처녀를 땅 위에 내려놓으며 나무라듯 말한다.
"어쩌자고 말장난을 하다가 이런 봉변을 당했는가?"

처녀는 얼굴을 붉히더니, 머리를 정중하게 수그려 보이며 대답한다.

"소녀의 목숨을 구해 주신 은혜는 일생을 두고 잊지 않겠나이다."
"원, 별소리를 다하는군! 어쨌든 죽지 않은 것만은 다행이다."

그렇게 말하며 처녀의 얼굴을 자세히 바라보니, 나이는 18, 9세 가량 되었을까. 얼굴이 갸름하고 눈이 어글어글하게 빛나는 것이 아무리 보아도 절세의 미인이었다.

항우는 자기 자신이 아직 미혼인 것을 불현듯 깨닫고 가슴이 울렁거리도록 뛰어,

"낭자는 어느 댁 규수인고?"

하고 물어 보았다.

"소녀는 산 너머 마을에 사는 우일공虞一公의 딸이옵니다."

"그렇다면 명문가의 규수인 모양인데, 말을 탈 줄도 모르면서 어쩌자고 말을 함부로 타려고 했었지?"

처녀는 고개를 가로저으며 대답한다.

"소녀는 승마에는 자신이 있었사옵니다. 마침 어느 분이 말 한 필을 선물로 보내 주셨기에, 소녀는 자신을 가지고 타 보았사옵는데 그 말은 워낙 감때가 사나워서, 오늘은 부끄러운 추태를 보여 드리게 되었습니다."

"허어! 낭자의 몸으로 승마에 그렇게도 자신이 있었던가. 그 말이 그렇게도 감때사납더란 말이오?"

"예, 그러하옵니다. 이름을 '오추烏騅'라고 부르는 명마名馬이옵는데, 너무도 감때사납습니다."

항우는 그 말을 듣고 깜짝 놀라,

"뭐야! '오추'는 천하에 하나밖에 없는 명마라고 일러 오는데 낭자가 타고 있던 그 말이 바로 '오추'란 말이오?"

하고 말하며, 항우는 어느새 말이 서 있는 곳으로 달려가고 있었다.

항우가 '오추'한테로 달려가자 우희가 부리나케 쫓아오면서,

"장군님! 오추는 낯선 사람을 물고 차는 고약한 버릇이 있다고 하오니, 조심하시옵소서."

하고 주의를 준다. 항우는 그 말을 듣고 소리를 크게 내어 웃었다.

"하하하, 걱정 말아요. 제아무리 미물이기로 사람을 몰라볼라구."

가까이 다가와 보니, 오추는 과연 천하의 명마답게 몸매가 날렵한 데다가, 전신에 새까만 기름기가 줄줄 흐르고 있었다.

"과연 첫눈에 보아도 명마가 분명하구나."

항우가 탐나게 바라보며 고삐를 잡으려고 하니, 오추는 두 귀를

쫑긋 세우며 항우를 노려보다가, 별안간 뒤로 돌아서며 항우를 걷어차는 것이 아닌가. 엔간한 사람 같으면 순식간에 걷어채어 사정없이 나가떨어졌을 판이었다.

그러나 항우는 번개같이 날아오는 말의 뒷발을 한 손으로 후려쳐서 그 거대한 오추를 땅바닥에 동댕이쳐 버리며 벼락 같은 호통을 지른다.

"이 미련한 짐승아! 네가 사람을 몰라보아도 분수가 있지, 누구 앞에서 감히 못된 버릇을 놀리느냐!"

항우와 명마 오추와의 대결은 눈 깜짝할 사이에 승부가 났다. 오추는 조금 전까지도 기승스럽던 기개가 어디로 갔는지 몸을 부르르 떨며 일어서더니, 두 귀를 축 늘어뜨리고 얼굴을 수그려 버린다.

"네가 이제야 사람을 알아본 모양이로구나! 하하하."

항우가 가까이 다가와 이마빼기를 툭툭 두드려 주니, 오추는 금세 용기를 얻은 듯 얼굴을 힘차게 들며, "오호호홍!" 하고 코를 울려 반기는 기색을 보이는 것이 아닌가. 그 너무도 뜻밖의 광경에 우희는 놀라움을 금치 못했다.

"자고로 명마는 백락(伯樂:周時代의 名馬鑑定家)을 알아본다고 하더니, 오추는 장군님을 알아보고 있는가 보옵니다."

"거드름을 부리지 않는 것을 보면 나를 알아본 모양인걸. 하하하, 자고로 명마는 오기傲氣가 심해서 엔간한 사람은 다루기가 어려운 법이오."

우희는 얼굴을 붉히며 말한다.

"그렇다면 오추가 저를 태우고 늪 속으로 달려 들어간 것은, 저를 곯려 주려고 했기 때문이었던가 보옵니다."

"하하하, 그렇다고 볼 수밖에 없겠는걸. 타지 못할 사람이 탔기 때문에 오추는 화가 났던 것인지도 모르오."

그러자 우희는 무엇을 생각하는지 한동안 침묵에 잠겨 있더니, 문득 입을 열어 말한다.

"장군님! 물필유주物必有主라는 말이 있사옵더니, 오추의 주인은 제가 아니고 장군님인 것 같사옵니다."

항우는 귀가 번쩍 뜨였다.

"아니, 그게 무슨 소리요?"

우희는 얼굴을 고즈넉이 들어 항우를 정면으로 바라다보며 다시 말한다.

"아무리 보아도 오추의 주인은 제가 아니고 장군님이신 것 같사옵니다. 소녀의 목숨을 구해 주신 정표로 오추를 장군님 전에 드리고자 하오니, 장군께서는 웃고 받아 주시옵소서."

항우는 그러잖아도 오추가 아까부터 탐이 나던 참인지라, 우희의 말에 뛸 듯이 기뻤다.

"저렇게 좋은 말을 나에게 주겠다는 말이오?"

"장군님 전에 드린다기보다도, 주인을 찾아 드린다고 말하는 것이 좋은 표현일 것 같사옵니다. 사양 마시고 받아 주시옵소서."

"고맙소. 그러잖아도 나는 진작부터 좋은 말을 한 필 구하고 있던 중이었소. 낭자가 선물로 준다면 기꺼이 받겠소. 그래서 오추를 나의 생명처럼 아껴 탈 것은 물론이고, 오추를 탈 때마다 반드시 낭자를 생각하겠소."

우희는 얼굴을 새빨갛게 붉히며 말한다.

"장군님께서 그처럼 말씀하시니, 소녀에게는 다시없는 영광이옵니다."

항우는 너무도 기뻐서 오추의 콧등을 새삼스레 두드려 준다.

"너와 나는 오늘부터 전야 만리戰野萬里를 함께 달리며, 생사고락을 같이하게 되었구나!"

오추는 항우의 말을 알아들은 듯 앞발로 땅을 툭툭 차더니, 먼 창공을 우러러보며, "오호호호!" 하고 기운 찬 울음을 울어 보인다. 우희는 그 광경을 보고 감격스럽게 소곤거렸다.

"역시 오추의 주인은 장군님이 분명하시옵니다."

항우는 뜻하지 않았던 선물을 얻어 가지고 우희와 작별 인사를 나눈 뒤에 환초·우영 등과 함께 다시 귀로에 올랐다.

오추를 타고 돌아오는 항우의 마음은 한없이 기뻤다. 그러면서도 무엇인가 미진未盡한 기분이 없지 않았다. 환초가 그러한 기미를 재빠르게 알아채고 항우에게 말한다.

"장군은 오늘 오추라는 귀한 선물을 받으시기는 했지만, 그보다도 더욱 소중한 선물 하나만은 놓쳐 버리셨습니다."

"오추보다 더 소중한 선물이라니? 그것이 뭐란 말인가?"

"생각해 보십시오. 우희라는 낭자까지 선물로 받아 오셨더라면 더욱 기쁘셨을 것이 아니옵니까? 제가 보기에 그 낭자는 장군에게 분명히 뜨거운 연정을 품고 있었습니다."

항우는 그 말을 듣자 별안간 말을 멈추었다.

"아차! 나도 그 낭자를 마음속으로는 흠모하면서도 미처 거기까지는 용기를 못 냈었구나! 이 일을 어떡하면 좋지?"

"그 낭자가 장군을 '생명의 은인'이라고 자기 입으로 분명히 말했으니까, 일간 저편에서 좋은 기별이 올지도 모르옵니다. 이제는 그것을 기다릴밖에 없겠지요."

성미가 급한 항우는 고개를 좌우로 흔들며 말한다.

"매사에는 기회라는 것이 있는 법이오. 상대편에서 좋은 기별이 있기를 앉아서 기다릴 것이 아니라, 지금 당장 우씨댁虞氏宅으로 찾아가 청혼을 해야 하겠소."

한번 말하면 물러설 줄을 모르는 것이 항우의 고집이었다. 항우가 말머리를 돌려 우씨댁을 찾아가니, 우희는 마침 아버지에게 '죽을 뻔했던 이야기'를 하고 있는 중이어서 항우를 반갑게 맞아 들인다.

우희의 아버지 우일공虞一公은 70세가 다 된 지사형志士型의 노인 이었다. 항우는 우 노인에게 큰절을 올리며 단도직입적으로 이렇게 말했다.

"소생은 초나라의 비장 항우이옵니다. 조금 전에 '마의 늪'에서 우랑虞娘을 구해 드린 일이 있사옵기에, 그것은 필연코 전생의 인연이 아닐까 싶어서 청혼을 하려고 찾아왔사옵니다."

우일공 노인은 웃으면서 대답했다.

"그러잖아도 자네의 이야기를 지금 딸아이를 통해 자세하게 듣고 있던 중이네. 자네는 지금 나이가 몇 살이나 되는가?"

"스물네 살입니다."

"물론 결혼은 아니 했겠지?"

"결혼을 했으면 어찌 청혼을 할 수 있겠습니까?"

"자네는 장차 어떤 포부를 가지고 있는가?"

"의병들을 널리 규합하여 포악무도한 진을 쳐부수고 초나라를 다시 일으킬 포부를 가지고 있사옵니다. 어떤 일이 있어도 그 일만은 반드시 해내고야 말 것입니다."

"음……, 그 포부가 과연 장하네그려."

우일공 노인은 감탄의 고개를 크게 끄덕여 보이고 나서 말한다.

"나는 마누라가 일찍 죽고, 딸 하나를 정성스럽게 키워 왔네. 다행히 머리가 총명하고 경서에도 통하여 어디에 내놓아도 부끄럽지 않은 아이네. 그 애가 오늘 죽을 것을 자네가 살려 주어서 본인도 자네를 생명의 은인으로 생각하고 있는 모양이니, 내가 어찌 자네의 청혼을 거절할 수 있겠는가. 나는 다만 애비로서 자네에게 다짐

하나만은 받아 두고 싶네."

"허락만 해 주신다면 무슨 다짐이라도 하겠습니다."

"부부란 본디 일련탁생―蓮托生이라고 해서, 살아도 같이 살고 죽어도 같이 죽어야 하는 법이네. 자네가 영광스럽게 되었을 때에 그 영광을 같이 누려야 할 것은 말할 것도 없지만, 사경死境에 빠졌을 때에는 죽음조차도 같이해야 할 터인데, 자네는 그만한 각오가 되어 있는가?"

"생사고락과 일생의 운명을 같이할 것을 거듭 다짐합니다."

우 노인은 그 말을 듣고 딸을 바라보며 말한다.

"아가! 항우의 다짐을 분명히 들었으니, 너는 오늘부터 항우의 배필이 되거라."

우희는 기다리고 있은 듯 항우에게 머리를 수그려 보이며, 무언의 미소를 짓는다. 이리하여 우희는 그날로 항우의 아내가 되었으니, 이 여인이야말로 후일에 항우와 죽음을 같이한 '우미인虞美人'이었던 것이다.

항우가 결혼식을 올리고 신부와 함께 회계로 돌아가려고 하자, 우일공 노인이 사위에게 말한다.

"내가 자네한테 딸 하나만 주어 보내기는 너무도 섭섭해서 좋은 선물을 하나 곁들여 주고 싶네."

"그것은 무슨 선물이시옵니까?"

"우리 가문에 우자기虞子期라는 지사志士가 한 사람 있네. 그 사람은 무예武藝가 출중하여 능히 대장이 될 만한 인물일세. 게다가 그는 평소에 많은 의병들을 길러 오고 있으니, 자네는 그 사람도 같이 데리고 가 주게나. 그러면 자네가 장차 대사를 도모하는 데 많은 도움이 될 걸세."

항우는 그 말을 듣고 더욱 기뻤다.

"장인 어른! 그러잖아도 저는 전국 각지에서 영웅호걸들을 모조리 규합하고 있는 중이옵니다. 우자기라는 장수도 꼭 데리고 가게 해 주시옵소서."

이리하여 항우는 '우자기'라는 장수도 같이 데리고 오게 되었다. 우자기는 평소에 젊은이들에게 많은 신임을 받아 왔기에 그가 항우를 따라간다고 하자, 사방에서 백여 명의 젊은이들도 함께 따라나섰다.

말하자면 항우는 도산으로 의적 두목을 만나러 갔다가 우영·환초의 두 장수와 8천여 명의 부하를 얻었고, 우연한 일로 명마 오추를 얻은 데다가, 우미인을 아내로까지 맞이하게 되었는데, 이제 우자기라는 장수를 또 한 사람 얻게 되었으니 그야말로 재수가 억세게 좋은 편이었다.

그러나 그의 재수는 그것만으로도 끝나지 않았다. 일행이 회계로 돌아오는데, 깊은 산중에서 돌연 한 무리의 군마가 길을 가로막더니 위풍 당당한 대장이 항우에게 외친다.

"네놈들은 어떤 놈들이기에 남의 영내領內를 함부로 횡행하느냐?"

환초가 깜짝 놀라 바라보니 자기 친구인 영포英布였다.

"이 사람아! 자네는 육안六安의 영포가 아닌가. 나는 도산의 환초일세. 지금 이 어른은 역발산 기개세의 영웅 항우 장군이시네. 자네도 나와 함께 항우 장군을 따라가 큰일을 도모하면 어떻겠는가?"

육안의 의병 대장 영포는 '항우'라는 말을 듣더니, 말에서 뛰어내려 허리를 굽혀 인사하며 간곡히 부탁한다.

"장군을 몰라 뵙고 실례가 많았습니다. 바라옵건대, 소장도 함께 데리고 가 주시옵소서."

이리하여 항우는 돌아오는 길에 또 한 사람의 장수를 얻었다.

군사 범증范增

항우는 우영·환초·우자기·영포의 네 장수를 회계로 데리고 돌아와 항량에게 인사를 올리게 하였다. 항량은 네 장수에게 환영연을 성대하게 베풀어 주며 말한다.

"천군을 얻기는 쉬워도 일장을 구하기는 어렵다〔千軍易得 一將難求〕고 했는데, 그대들 네 장수를 한꺼번에 얻게 되었으니 이런 기쁨이 어디 있겠소. 우리 군사가 이제는 20만이 가까워졌으니 진나라를 쳐부수기에 충분할 것 같구려. 오늘이라도 군사를 일으켜 함양으로 쳐들어가는 것이 어떠하겠소?"

항우가 즉석에서 대답한다.

"좋습니다. 명령만 내리시면 저희들은 언제라도 진나라를 쳐부수겠습니다. 우리 군사가 20만이나 되니, 그까짓 썩어빠진 진나라 군사가 백만이기로 뭐가 두렵겠습니까?"

그로부터 얼마 후 항량이 진나라를 치려고 대군을 송두리째 거느리고 회계 땅을 떠나려고 하자 백성들이 앞을 가로막으며 애원하듯 말한다.

"저희들은 오랫동안 진나라의 학정에 시달려 오다가 성주님의 덕택으로 이제야 겨우 마음놓고 살아갈 수 있게 되었습니다. 그런데 성주님께서 저희들을 버리고 떠나시면, 저희는 어떻게 살아갈 수 있겠습니까. 성주께서 이곳을 떠나시려거든 차라리 저희들을 죽이고 떠나시옵소서."

항량은 백성들의 호소에 크게 감동하였다.

"내가 이곳을 떠나기로서니 어찌 너희들을 버리겠느냐. 나는 진나라를 쳐서 만천하의 백성들을 한결같이 구해 주려는 것이니, 금후의 일은 조금도 걱정하지 말아라. 천하를 평정하고 나면 회계 고을에는 특별히 덕망이 높은 태수太守를 보내 줄 것이고, 이 고을 백성들만은 10년 동안 모든 조세組稅까지 면제해 주리라."

항량은 백성들을 가까스로 달래 주고 정도征途에 오르는데, 그 위용威容이 장엄하기 이를 데 없었다. 이제부터 대군을 거느리고 강동江東을 거쳐 진나라의 서울인 함양으로 쳐들어갈 예정이었다.

그런데 일행이 회양淮陽 땅에 이르자, 대장 계포季布가 항량에게 아뢴다.

"저희 군대에는 항우 장군을 비롯하여 전투에 능한 맹장들은 여러 분 계시오나, 정작 군사軍師의 역할을 맡아 주실 어른이 한분도 계시지 아니하옵니다. 다행히 여기서 멀지 않은 산중에 범증范增이라는 지사가 한 분 계시오니, 그분을 우리들의 군사로 모셔 오면 어떠하겠습니까?"

항량이 대답한다.

"그런 분이 계시다면 기어이 군사로 모셔 오고 싶구려. 범증이라는 사람이 어떤 사람인지 좀더 자세하게 말해 보오."

계포는 범증에 대해 이렇게 설명한다.

"범증은 70세를 넘긴 노인이기는 하오나, 그의 지모智謀는 옛날의 손자孫子나 오자吳子를 능가하옵니다. 그분을 군사로 모셔 오기만 하면, 우리는 천하를 쉽게 평정할 수 있을 것이옵니다."

항량은 그 말을 듣고 더욱 기뻐하며 말한다.

"그러잖아도 나 역시 회양 땅에 '범증'이라는 고사高士가 숨어 있다는 소문만은 듣고 있었소. 그러면 계포 장군은 폐백幣帛을 갖추고 가서 그분을 군사로 모셔 오도록 하시오."

계포는 즉시 폐백을 마련해 범증이 숨어 산다는 기고산旗鼓山으로 찾아 들어갔다. 그러나 워낙 험한 산중이어서 범증이 어느 곳에 살고 있는지 알 길이 없었다. 나무꾼에게 물어 보니, 이렇게 대답한다.

"그 어른은 시끄러운 것을 싫어하기 때문에 여기서 30리쯤 떨어진 토굴 속에 살고 계시다오. 당신이 찾아가도 만나 주지 않으실 것이오."

계포가 다시 30리쯤 산속으로 찾아 들어가니, 어느 토굴 속에서 거문고 소리가 은은하게 들려 오고 있었다.

'옳다! 범증 선생은 저 토굴 속에 계심이 분명하구나!'

계포가 가까이 다가가 보니, 토굴 안에서는 백발이 성성한 노인 혼자서 거문고를 즐기고 있는데, 첫눈에 보아도 고귀한 기품이 범증임이 틀림없었다.

계포가 인기척을 해 보이니, 백발 노인은 거문고 뜯던 손을 멈추고 계포를 내다보며 조용히 묻는다.

"그대는 무슨 일로 이 산중에 들어왔는고?"

계포는 범증에게 큰절을 올리고, 폐백을 조심스럽게 내놓으며 말한다.

"소생은 초국 대장 항량 장군의 휘하에 있는 계포라는 장수이옵니다. 지금 진나라의 학정이 무도한 관계로, 전국 각지에서 내로라 하는 영웅들이 벌떼처럼 봉기하여 백성들을 몹시 괴롭히고 있는 중이옵니다. 그러므로 항량 장군께서는 진나라를 평정하여 백성들을 구하고자 군사를 일으켰사옵기에, 선생을 군사로 모셔 가고 싶어서 찾아왔사옵니다."

"나 같은 쓸모없는 늙은이를 군사로 데려가겠다고? 하하하."

범증은 하늘을 우러러 크게 웃고 나서,

"항량이라는 사람이 도대체 어떤 사람인가?"

하고 묻는다.

"항량 장군으로 말씀드리면, 일찍이 초나라의 명장이셨던 항연 장군의 아드님이시옵니다."

"음……, 초나라의 명장이었던 항연 장군에게 그런 아들이 있었던가. 이러나저러나 나 같은 늙은이를 데려가 보았자 아무 쓸모가 없을 테니까 이 폐백일랑 그냥 가지고 돌아가게!"

하고 일언지하에 거절하는 것이 아닌가.

계포는 범증에게 머리를 조아리며 간곡히 설득한다.

"지금 천하가 너무도 어지럽사와, 백성들을 도탄 속에서 구하기 위해서는 누구나가 힘을 모아 진나라를 쳐 없애야 할 형편이옵니다. 하물며 선생은 손孫·오吳를 능가하는 지략을 가지고 계실 뿐만 아니라 춘추도 이미 70세가 넘으셨으므로, 제세구민濟世救民을 위해 마지막 봉공奉公을 하셔야 할 때인 줄로 알고 있사옵니다. 그 옛날 강태공姜太公은 문왕文王을 만나 세상을 구제한 고사故事도 있사오니, 선생께서는 사양치 마시옵고 항량 장군을 도와주시옵소서."

범증은 계포의 간곡한 설득에 많은 감명을 받은 듯 고개를 조용히 끄덕이며 말한다.

"나 역시 진황秦皇의 잔혹한 학정에는 분개를 금치 못해 누군가가 세상을 바로잡아 줄 인물이 없을까 하고 진작부터 생각하고 있던 중이었네. 자네가 항량 장군의 명을 받들고 나를 데리러 왔다니

나도 자네를 따라 나설 마음이 노상 없는 것은 아닐세. 그러나 세상 만사에는 '천수天數'라는 것이 있는 법이야. 내가 자네를 따라가는 일은 오늘밤 천수를 점쳐 보아서 내일 아침에 결정할 테니, 이 폐백은 내일 아침까지 보류해 두게나."

그러나 계포는 폐백을 범증의 품에 억지로 안겨 주며 간곡하게 애원하였다.

"선생님께서 오늘 밤 천수를 점쳐 보시면, 내일 아침에는 마음이 달라지실 지도 모르오니 지금 당장 받아 주셔야 하겠습니다."

범증은 마지못해 폐백을 받으며 말한다.

"그대가 의義를 위해 그처럼 열성적으로 권고하니, 나도 인정상 거절할 수가 없네그려. 그러면 내일 아침에 자네와 함께 산을 내려가기로 하세."

이날 밤, 범증은 밤이 깊기를 기다려 하늘을 우러러 천수를 점쳐 보았다. 그리고 자기도 모르게 장탄식長歎息을 하며 혼잣말로 이렇게 중얼거렸다.

'아아, 항량은 천하의 주인이 될 사람이 아니었는데 내가 그를 따라가기로 약속한 것은 커다란 잘못이었구나. 그러나 장부의 일언은 중천금重千金이니, 폐백까지 받은 이상 이제는 어쩔 수 없이 항량을 돕기로 해야 하겠다.'

다음날 계포와 함께 항량의 진지로 찾아오니, 항량은 진문陣門 밖까지 영접을 나와 범증을 상좌에 모시며 말한다.

"선생께서 나를 위해 이처럼 하산해 주셔서 고맙기 한량없사옵니다. 바라옵건대, 이제부터는 군사로서 많은 도움을 주시옵소서."

범증이 두 번 절하며 말한다.

"장군께서 천하를 의로써 구하시겠다 하오니, 노구老軀는 왕업王業을 이루어 나가시는 데 견마지로犬馬之勞를 다하겠사옵니다."

항량은 범증을 군사로 모시기로 확정하고, 이제 앞으로의 계획에 대해 상의한다.

"우리는 이제부터 강동을 거쳐 함양으로 쳐들어갈 계획인데, 선생은 그 계획을 어떻게 생각하시옵니까?"

범증은 한참 동안 심사숙고하다가, 고개를 조용히 가로저으며 말한다.

"사위四圍의 정세를 잘 모르면서 덮어놓고 함양으로 쳐들어가는 것은 무모하기 짝 없는 일이옵니다. 제가 듣기로는 최근에 패현沛縣에서 유방이라는 사람도 봉기했다고 합니다. 유방의 문제는 잠깐 접어 두더라도, 이미 오래 전부터 반기를 들고 일어난 진승陳勝, 오광吳廣 등이 그 후에 어떻게 되었는지, 그들에 대한 정보를 시급히 알아볼 필요가 있을 것 같사옵니다."

"우리는 우리대로 함양으로 쳐들어가면 될 게 아니오. 진승과 오광 등이 우리와 무슨 상관이란 말씀이오."

범증은 머리를 절레절레 가로저으며 말한다.

"천하는 나 혼자만의 천하가 아니옵니다. 그들의 계획이 순조롭게 진행되어 나가고 있다면, 우리는 그들과도 손을 잡고 함양을 공동으로 공략해야 할 것이옵니다. 만약 그들이 몰락했다면, 어째서 몰락하게 되었는지 그 원인도 충분히 분석해 우리는 그런 전철前轍을 밟지 않도록 해야 할 것입니다."

"진승·오광 등과 섣불리 합작合作했다가 이용만 당하고 발길에 채어 버리면 어떡하지요?"

범증은 그 말을 듣고 파안일소破顔一笑하면서 이렇게 말한다.

"하하하, 세상이란 결국에는 먹느냐 먹히느냐의 싸움인 것이옵니다. 큰 고기는 잔고기를 잡아먹어야만 살아가게 되므로, 우리가 그들에게 잡아먹히느냐, 또는 그들이 우리에게 잡아먹히느냐 하는 문제는, 누가 큰 고기고 누가 작은 고기냐에 따라 결정될 문제인 것이옵니다."

항량은 범증의 대답을 믿음직스럽게 여겨, 곧 사방으로 사람을 놓아 진승과 오광의 소식을 소상하게 알아보았다. 그리하여 진승과 오광 등이 어처구니없게 패망했다는 소식을 듣고 크게 놀라지 않을 수 없었다.

즉 진승은 몇 개의 고을을 점령하고 나자, 스스로 초왕楚王으로 자처해 가면서 많은 미녀들을 거느리고 주색에 탐닉하였다. 장이張耳와 진여陳餘의 두 장수가 눈물을 흘리며 간언을 올렸으나, 진승은 끝끝내 듣지 않고 주색에 미쳐 돌아가다가, 결국에는 진장秦將 장한章邯의 손에 어이없게 죽어 버렸다는 것이었다.

범증은 그 소식을 듣고, 항량에게 따지듯이 묻는다.

"진승이 어찌하여 그처럼 어이없게 패망했는지, 그 원인을 알고 계시옵니까?"

"목전의 소욕小慾에 눈이 어두워, 주색에 빠졌기 때문이 아니겠습니까?"

"물론 그 점도 있사옵니다. 그러나 그보다도 더 중대한 원인은 따로 있다는 것이옵니다."

항량은 얼른 알 수가 없어서 즉석에서 반문한다.

"그보다도 더 중대한 원인이란 무엇을 말씀하는 것이옵니까?"

범증이 진지한 얼굴로 대답한다.

"진승은 대의명분을 내세울 줄을 몰랐기 때문인 것이옵니다. 진승도 처음에는 진나라를 정벌하여 백성들을 구한다고 했습니다. 그러나 정작 세력이 강해지자, 초나라의 왕손王孫을 왕으로 옹립할 생각을 아니 하고 자기 자신이 왕이 되었기 때문에 백성들은 아무도 그를 따르지 않게 된 것입니다. 진승이 패망한 근본 원인은 바로 그 점에 있었던 것이옵니다."

항량은 그 말을 듣고 크게 깨닫는 바가 있었다.

"그러면 우리들은 어떻게 해야 그런 과오를 범하지 않겠소이까?"

"공께서 군사를 일으켜 진을 친다는 소문을 듣고 각처에서 장수들과 백성들이 앞을 다투어 공을 따르는 것은, 공이 초나라의 충신이셨던 항연 장군의 후예이기 때문인 것이옵니다. 그러므로 공께서도 천하 대사를 진심으로 성취하시려면, 초나라의 왕손을 초왕으로 옹립해 놓고 활동하셔야 하옵니다."

"듣고 보니 과연 옳으신 말씀이시오. 그러나 초나라의 왕손들은 진시황의 손에 모두 몰살을 당하고 말았는데, 어디서 그런 사람을 구해 올 수 있겠소?"

"그래도 어딘가에 한 사람쯤은 남아 있을지 모르오니, 그런 사람을 반드시 찾아보셔야 합니다."

항량은 그 말을 옳게 여겨, 대장 종이매鍾離昧에게 다음과 같은 명령을 내렸다.

"그대는 어떤 수단을 써서라도 초나라의 왕손을 한 사람 찾아오도록 하오. 촌수寸數는 멀어도 상관없으니 초왕의 후예이기만 하면 되는 것이오."

종이매는 몇 달 동안 애를 쓴 덕택에, 어느 바닷가에서 초왕의 왕족이라는 23세 먹은 청년을 한 명 발견하였다. 이름을 미심米心이라고 하는 그 청년을 데리고 돌아오자, 항량과 범증은 크게 기뻐하면서 그 청년을 '초회왕楚懷王'으로 옹립하였다.

그리고 범증이 말한다.

"왕을 새로 모셨으니, 이제는 대각臺閣의 기틀도 제대로 갖추셔야 할 것입니다."

그리하여 항량은 국가의 진용을 다음과 같이 임명하였다.

초회왕楚懷王……미심米心
　　무신군武信君……항량項梁
　　대사마부장군大司馬副將軍……항우項羽
　　군사軍師……범증范增
　　군기장군軍騎將軍……계포季布
　　同……종이매鍾離昧
　　편장군偏將軍……영포英布
　　산기장군散騎將軍……환초桓楚
　　同……우영于英
　　同……우자기虞子期

　이상과 같이 초국 진용이 확립되었음을 세상에 널리 공포하니, 초국 백성들은 저마다 전열戰列에 가담하려고 구름떼처럼 모여들었다. 군사 범증의 계략으로 초국의 기틀이 확고하게 잡혀 가고 있었던 것이다.
　그로부터 며칠 후, 초군이 함양으로 출격出擊할 준비를 서두르고 있는데, 난데없는 늙은 장수 하나가 수만 군사를 거느리고 초군 진영으로 달려오고 있었다. 웬일인가 싶어서 산기장군 환초가 마주 달려나오며,
　"그대는 어떤 장수이기에 남의 영내에 함부로 들어오는가! 그 자리에 정지하고 정체를 밝혀라!"
하고 외쳤다.
　늙은 장수는 그 자리에 말을 멈추더니 큰소리로 대답하였다.
　"나는 왕년에 초국 대장이었던 송의宋義라는 늙은이요. 나는 그동안 초국을 재건하려고 3만여 명의 군사를 길러 오고 있는 중인데, 항량 장군이 초왕을 새로 옹립하고 함양으로 쳐들어간다고 하

기에, 나도 합세하고자 군사를 이끌고 찾아오는 길이오."

항량은 그 보고를 받고 크게 기뻐하며 송의를 영내로 불러들여 이렇게 말했다.

"장군이 데리고 오신 군사는 특별히 '경자 관군卿子冠軍'이라고 부르기로 합시다."

송의가 항량에게 건의한다.

"이곳을 도읍都邑으로 정하시기에는 땅이 너무 협소합니다. 여기서 백 리쯤 떨어진 우소盱昭라는 곳에 왕년의 초군 대장이었던 진영陳嬰이 많은 군사를 거느리고 있으니, 진영 장군과 상의하여 그곳을 서울로 정하심이 어떠하겠나이까?"

"진영 장군은 나도 면식이 있는 분이니, 그와 제휴할 수 있다면 그보다 더 좋은 일은 없겠소이다. 그러나 '우소'라는 곳이 과연 도읍지로서 적당한 곳일까요?"

"우소는 지형적으로 난공불락難攻不落의 요새要塞인 것이옵니다."

항량과 항우, 범증 등은 그 말을 옳게 여겨 대군을 이끌고 우소로 이동하기 시작하였다. 그리하여 얼마를 행군해 가다 보니, 저 멀리서 붉은 깃발이 펄럭이며 많은 군사들이 이리로 달려오고 있지 않은가.

"저게 웬 군사들이냐! 내가 직접 나가 알아보리라."

군사 범증이 말을 달려나와 살펴보니, 창검이 번득거리는 수만 군사들 앞에 미목眉目이 수려한 장수 한 사람이 서 있었다.

"귀장貴將은 뉘시오. 성명을 밝히시오."

그 장수는 범증 앞으로 한걸음 나오며 대답한다.

"나는 패현에 사는 유방이라는 사람이오. 항량 장군이 대군을 일으켜 진나라를 친다고 하기에, 나도 초군을 돕고자 하후영夏侯嬰, 번쾌 등의 장수와 함께 10만 군사를 이끌고 왔소이다."

"엣? 유방 장군?"

범증이 깜짝 놀라며 유방의 얼굴을 새삼스레 살펴보니, 그의 얼굴에는 제왕의 기상氣象이 넘쳐 있는 것이 아닌가.

그 순간 범증은 자기도 모르게,

'아차, 나는 주인으로 모셔야 할 사람을 잘못 선택했구나! 그러나 이제는 어쩔 수 없는 일이지!'

하고 내심으로 뉘우쳐 마지않았다.

범증이 유방을 데리고 들어와 항량에게 인사시키니 항량이 크게 기뻐하며 유방에게 말한다.

"유방 장군이 나를 돕기 위해 많은 군사를 거느리고 오셨다니, 이처럼 고마운 일이 없구려. 우리들 모두 다 힘을 모아 진나라를 쳐 없애고 초나라를 세우기로 합시다."

그리하여 항량은 유방과 함께 함양으로 쳐들어갈 태세를 서둘러 갖추고 있었다. 마침 그 무렵에 회음淮陰 땅에 산다는 한신韓信이라는 젊은이가 항량을 찾아와서,

"함양으로 쳐들어가려면 많은 장수가 필요하실 텐데, 나도 병학兵學을 연구한 사람이니, 나를 장수로 기용해 줄 수 없겠소이까?"

하고 장수가 되기를 자원하고 나왔다. 보아하니, 한신은 풍채가 초라하여 장수의 재목이 되어 보이지 않았다.

"자네처럼 초라한 위인이 무슨 장수가 되겠다는 말인가?"

항량이 일언지하에 퇴짜를 놓아 버리자, 범증이 얼른 달려와 항량에게 귀띔을 해 주었다.

"저 사람은 행색은 초라하지만, 관상학상으로 보아 장차 큰 인물이 될 상相입니다. 그대로 쫓아 보내면 후일에 화를 입게 될지 모르니, 장군으로 기용하여 붙잡아 두도록 하시옵소서."

"에이, 여보시오. 저런 위인을 무엇에 쓰려고 장군으로 기용하라

는 말씀이오."

"그런 게 아니옵니다. 저 사람을 그냥 쫓아 보냈다가는 후일에 반드시 후회하게 되실 것이옵니다. 그러니까 어떤 명목으로든지 붙잡아 두셔야 합니다."

"군사께서 아무리 말씀하셔도 저런 사람을 장군으로 기용할 수는 없소이다. 군사께서 그처럼 말씀하시니, '집극 낭관執戟郎官'으로나 채용하기로 하지요."

집극 낭관이란, 요새로 말하면 겨우 위관급尉官級의 지위였다. 군사 범증은 항량의 앞을 물러나오며 혼자 개탄해 마지않는다.

'아아, 무신군(武信君:항량)은 사람을 그렇게도 못 알아보고 있으니, 그런 사람이 어찌 대사를 제대로 성취시킬 수 있을 것인가?'

그러면 범증이 그처럼 높이 평가하고 있는 '한신'이라는 사람은 도대체 어떤 경력을 가지고 있는 사람이었던가.

한신은 회음 땅의 몹시 가난한 집에서 태어나, 어렸을 때에는 거지노릇까지 하였고 지금도 바닷가에서 고기를 낚아 팔아 먹고 살아오는 형편이었다. 그러면서도 포부만은 지극히 원대하여, '사내 대장부로 태어난 이상 나도 언젠가는 남들처럼 천하를 호령하는 인물이 돼야 할 게 아닌가' 하는 생각에서 장검만은 자나깨나 허리에 차고 다녔고, 틈만 있으면 무예를 연습하고 병서를 열심히 탐독해 왔다.

한신은 어려서부터 독학獨學으로 병서를 탐독하고, 무예를 연마하기 장장 10여 년. 이제는 무인武人으로서의 자신이 생겼지만 생활이 가난하기는 역시 마찬가지였다.

어느 날 개울가를 지나가고 있노라니까, 빨래하던 아낙네가 점심을 먹고 있었다. 한신은 하얀 쌀밥을 보자 하도 먹고 싶어, 그 자리에 멈춰 선 채 군침을 삼키며 숟가락 오르내리는 것만 바라보고 있

었다. 표모漂母는 그 모양이 무척 측은하게 여겨져서,
 "배가 몹시 고픈 모양이니 먹다 남은 밥이라도 먹고 가거라."
하고 말하며 반 사발쯤 되는 찬밥을 내밀어 주었다. 한신은 표모가 주는 찬밥을 단숨에 먹어치우고 빈 그릇을 표모에게 돌려 주면서 공손히 머리를 숙여 말했다.
 "후일에 제가 출세하면 오늘의 은혜는 반드시 갚아 드리겠습니다."
 표모는 그 말을 듣고 화를 발칵 내며 한신을 호되게 꾸짖는다.
 "덩치가 커다란 것이 밥도 제대로 못 먹고 다니는 주제에 무슨 은혜를 갚겠다는 말이냐! 나는 네가 불쌍해서 밥을 나눠 줬을 뿐이지 은혜를 갚으라고 준 것은 아니다."
 한신은 아무 말도 못 하고 그 자리를 떠났다. 그로부터 며칠 후 한신은 바다에서 잡은 물고기를 팔려고 장거리로 들고 나갔다. 그러자 장난꾸러기 아이들은 한신이 허리에 차고 있는 장검을 보고 이렇게 놀려댔다.
 "이 자식아! 너는 허리에 검을 차고 다니기는 하지만, 천하에 못나 보이는 놈이다. 네가 용기가 있거든 그 검으로 나를 찔러 보아라."
 한신은 아무 대답도 아니 한 채 물끄러미 바라만 보고 있었다. 장난꾸러기들은 더욱 신바람이 나서,
 "나를 찌를 용기가 없거든 내 사타구니 사이로 기어 나가거라!"
하고 떠들어대는 것이 아닌가. 한신은 아무 소리도 아니 하고, 머리를 수그려 그 소년의 사타구니 사이를 기어 나왔다. 그 광경을 보자 구경꾼들조차,
 "허리에 검은 차고 다니지만, 너야말로 천하에 비겁한 놈이로구나!"
하고 한신을 크게 조롱하였다.
 그러나 그 자리에 서 있던 허부許負라는 노인만은 한신의 앞으로

다가와 어깨를 다정하게 두드려 주면서 이렇게 위로해 주었다.
"네가 지금은 비록 겁쟁이라고 조롱을 당하고 있지만, 관상학상으로 보아 너는 장차 큰 인물이 될 사람이로다. 지금처럼 모든 것을 꾸준하게 참아 가며 자중하여라."
한신은 싱긋 웃고 돌아서며 아무 말도 하지 않았다.
그로부터 몇 해 후에 초군이 함양으로 쳐들어간다는 소식을 듣고 한신은 항량을 찾아와 장군으로 기용해 줄 것을 자원한 것이었다. 그러나 항량은 사람을 잘못 보고 한신을 겨우 '집극 낭관'으로 채용했을 뿐이었는데, 바로 그 한신이야말로 후일에 유방을 도와 천하를 평정한 명장이었던 것이다.

항량의 전사

각설却說…….

불세출의 전제 군주였던 진시황이 죽고 호해가 이세 황제로 등극한 그 후, 진나라의 국정國情은 어떻게 돌아가고 있었던가. 이번에는 그쪽 사정을 한번 알아보기로 하자.

간교하기 짝 없는 환관 조고趙高는 자신의 세력 지반을 견고하게 구축하려고 승상 이사李斯를 내세워 반대 세력들을 모조리 몰살시켜 버리고, 최후에 가서는 이사까지 역모죄로 몰아 죽여 없앴다.

그러고 나서는 조고 자신이 승상의 자리에 오름으로써 진나라의 권력을 한손에 장악하게 되었다. 형식상으로는 '이세 황제'가 어엿하게 존재했지만, 호해는 날마다 주색에만 탐닉耽溺하고 있어서 사실상의 실권자는 조고였던 것이다.

그 무렵 각 지방의 군수들은 승상 조고에게,

"지금 우리 지방에서는 의병들이 궐기하여 백성들을 심히 괴롭히고 있사옵니다. 승상께서는 군사를 파견하시와 반역도들을 신속히 평정해 주시옵소서."

하고 장계狀啓를 빗발치듯 올렸다.

그러나 세력 구축에 여념이 없는 조고는 그와 같은 장계를 조금도 대수롭게 여기지 않았다.

"도둑의 무리는 어느 시대에나 있는 것, 그런 일을 가지고 왜들 야단들이냐. 도둑을 다스리는 것은 지방관의 책임이니 각자는 치안에 만전을 기하도록 하라. 책임을 다하지 못하는 군수는 가차없이 파면 조치하리라."

조고는 군사를 파견하여 치안을 유지할 생각은 아니 하고 도리어 엄포만 놓았다.

그러던 어느 날, 회서淮西 군수郡守 진염陳炎이 함양으로 급히 달려와 승상 조고에게 아뢴다.

"초국 대장 항량은 회왕懷王을 옹립하고, 우소盱昭에 도읍을 정한 뒤에 항우, 유방 등의 장수와 함께 30만 군사로써 함양으로 쳐들어올 기세를 보이고 있사옵니다. 군사를 파견하여 그들을 지금 궤멸시켜 버리지 않으면 함양이 위태롭게 될 것이니, 승상께서는 시급히 조처를 내려 주시옵소서."

조고는 사태가 심상치 않음을 그제야 깨닫고, 대장군 장한章邯을 불러 명한다.

"이즈음 각 지방에서 도둑의 무리가 백성들을 몹시 괴롭힌다고 들었는데, 초국 태생인 항량이라는 자는 초왕을 옹립하고 함양으로 쳐들어올 기미를 보이고 있다고 하니, 장군은 신속히 출전하여 그들을 깨끗이 섬멸시켜 버리도록 하오."

대장군 장한이 조고에게 머리를 조아리며 아뢴다.

"그러잖아도 회서 지방에서 항량이라는 자가 수십만 대군을 거느리고 은근히 함양을 넘겨다보고 있다고 하옵기에, 무척 걱정을 하고 있던 중이옵니다. 승상께서 명령을 내리셨으니 그들을 지체 없이 토벌하고 돌아오겠습니다."

진나라의 대장군 장한은 30만 대군을 거느리고 이유李由·사마흔司馬欣·동예董翳 등의 대장들과 함께 초군박멸楚軍撲滅의 정도에 올랐다.

그런데 회서 부근에서는 제왕齊王과 위왕魏王의 의병들이 별도로 준동하고 있어서, 목적지까지 가려면 우선 그들부터 정벌하지 않아서는 안 될 형편이었다. 그리하여 장한이 제군齊軍과 위군魏軍부터 토벌하고 있노라니까, 항량이 그 정보를 듣고 항명項明에게 응원군 3만을 주어 그들을 도와주게 하였다.

그로써 양군 간에는 일대 혈전이 벌어졌는데, 의병들은 진군을 당해 낼 힘이 부족하여 제왕과 위왕은 모두 전사하고, 응원을 갔던 항명마저 전사함으로써 진군은 크게 승리하였다. 그리하여 동아東阿에까지 진출하여 초군을 본격적으로 공략할 태세를 갖추니, 항량은 사태가 위태로워졌음을 알고 회왕에게 아뢴다.

"신이 직접 나가 적장 장한을 한칼에 베어 진군의 항복을 받아오도록 하겠습니다."

그러자 군사 범증이 한걸음 나서며 말한다.

"장한은 소문난 맹장이므로 혼자 나가시면 위태로우십니다. 항우 장군을 선봉장으로 내세우시옵소서. 저도 함께 따라 나가겠습니다."

항우는 쏜살같이 말을 달려오며 적진을 향하여 외친다.

"나는 초군 부장 항우로다. 장한은 어디 있느냐. 장한에게 할 말이 있으니 나를 좀 만나게 하여라."

장한은 말을 달려나오며 항우를 조롱한다.

"내가 바로 장한이로다. 싸우러 왔거든 국으로 싸우기나 할 일이지 그대가 무슨 할 말이 있다는 것이냐!"

항우가 다시 큰소리로 외친다.

"장한은 내 말을 들거라. 너희들의 이세 황제는 무도하기 짝이 없는 데다가 간신 조고가 또한 간악하기 이를 데 없어서, 민심은 완전히 이반되어 버렸다. 그대는 그러한 실정도 모르고 정의의 기치를 들고 일어선 우리와 싸우려 하고 있으니, 그것은 마치 물고기가 가마솥으로 뛰어드는 것과 무엇이 다르겠는가. 그대는 목숨을 구하고 싶거든 지금 이 자리에서 곱게 항복하라!"

장한은 그 말을 듣고 크게 웃으며 대답한다.

"적반하장反荷杖도 분수가 있지, 내가 누구라고 감히 큰소리를 치느냐. 진군은 천하무적天下無敵의 강군이요, 그대는 이미 망해 버린 초국의 서적鼠賊에 불과하다. 그대는 분수를 모르고 어찌 감히 나에게 덤벼드느냐!"

항우는 그 말을 듣기가 무섭게 장창을 꼬나 잡으며, 질풍신뢰와 같이 장한에게 덤벼들었다. 그리하여 두 장수들 사이에는 용호상박의 일대 백병전이 전개되었다. 장한은 한평생을 전쟁으로 살아온 백전노장이었다. 그러나 폭풍처럼 덤벼드는 항우를 당해 내기에는 나이가 너무도 많았다. 그런대로 10합 20합까지는 당당하게 싸웠지만, 30합을 넘어서면서부터는 숨이 가빠 와서 결국은 도망을 치는 수밖에 없었다.

그러자 이번에는 대장 이유가 싸움을 가로맡고 나온다.

"요 쥐새끼 같은 놈아! 너는 뭐냐!"

항우가 벼락 같은 고함을 지르며 장창으로 이유의 가슴을 찌르려고 덤벼 오니 이유는 혼비백산하여 줄행랑을 놓았다. 사마흔과 동예가 그 광경을 보고 한꺼번에 달려나오며 싸움을 가로맡는다. 1대 2의 유리한 조건이었다.

그러나 사마흔과 동예는 항우를 당할 수가 없었다. 항우는 싸울수록 몸이 날래고 힘이 솟구쳐 올라서 걷잡을 수 없게 좌충우돌해 오니, 사마흔과 동예도 마침내 말머리를 돌려 삼십육계를 놓았다.

"이 쥐새끼 같은 놈들아! 어디로 도망을 가느냐!"

항우는 두 적장을 맹렬하게 추격하였다. 항량이 멀리서 그 광경을 보고 영포·환초·우영 등의 세 장수를 급히 불러 명한다.

"항우가 저렇듯이 무모하게 적진 속으로 깊이 쳐들어가니, 후방이 차단될까 두렵다. 그대들은 군사 5천씩을 거느리고 급히 달려나가 항우 장군을 도와라."

이리하여 이날 진군은 80여 리나 쫓겨가서야 간신히 숨을 돌릴 수가 있게 되었다. 패장 장한은 절치부심을 하면서 막료들에게 말한다.

"적의 세력이 워낙 막강하여 지금 싸워서는 승리할 가망이 전혀 없다. 그러므로 우리는 완병지계緩兵之計를 쓰기로 하겠다."

"완병지계란, 어떤 계략을 말씀하시는 것이옵니까?"

"적에게는 장수다운 장수는 항우 하나가 있을 뿐인데, 항우는 초전에서 대승하여 매우 교만해졌을 것이다. 장수가 교만해지면 병사들은 수비를 게을리 하게 되는 것이다. 지금 싸움을 계속하려다가는 인명 손실만 많을 뿐 아무 이익도 없을 것이니, 당분간은 이곳에 머물러 있다가 단 한 번의 싸움으로 최후의 승리를 거둘 생각이로다."

과연 백전 노장다운 심계深計였다.

한편, 항우는 초전에서 크게 승리하고 본진으로 돌아와 항량에게 고한다.

"내일은 우리 군사를 총동원하여 적을 송두리째 때려부수기로 하겠습니다."

"장한은 천하의 명장이라고 들었는데, 너는 그만한 자신이 있느냐."

"직접 싸워 보니 아무것도 아니었습니다."

"그래……? 그렇다면 내일은 뿌리를 뽑아 버려라."

다음날 항우는 중군中軍이 되고 영포는 우군右軍이 되고 유방은 좌군左軍이 되어, 진고陣敲를 요란스럽게 울리며 30만 대군을 일시에 적진을 향해 휘몰아쳐 나가니 그 기세는 하늘을 뒤엎을 듯 요란하였다.

이에 장한은 형세가 불리한 것을 예견하고 장수들을 긴급 소집하여 군령을 내린다.

"우리는 지금 싸워서는 승리할 가망이 없으니, 눈물을 머금고 일시 후퇴를 해야 하겠다. 그러나 모든 군사가 한 곳으로 후퇴하면 적의 집중 공격을 받게 될 테니, 각 부대는 방향을 달리하여 후퇴하라. 나는 정도定陶로 갈 것인즉, 사마흔과 동예 부대는 복양濮陽으로 후퇴하고, 이유의 부대는 옹구雍丘로 후퇴하라. 분명히 말해 두거니와 오늘의 후퇴는 퇴각이 아니라 이보 전진二步前進을 위한 일보 후퇴一步後退라는 것을 분명히 명심하라."

진군이 세 갈래로 분산 후퇴함을 알자, 항우는 옹구로 추격하여 대장 이유를 한칼에 찔러 죽였고, 유방은 사마흔과 동예의 부대를 백 리나 추격하여 성양城陽이라는 곳에 도달하였다. 유방이 거기서 다시 추격을 계속하려고 하자, 모사謀士 소하蕭何가 간한다.

"적을 궁지窮地에 몰고 가서는 안 되옵니다. 도중에 복병伏兵이라도 있으면 어떻게 막아내겠습니까? 여기서 추격을 멈추도록 하시옵소서."

유방은 그 말을 옳게 여겨 일단 성양에 머물러 있었다.

한편 영포는 장한을 맹렬히 추격해 갔으나, 재빨리 후퇴한 장한은 정도성定陶城의 성문을 굳게 걸어 잠그고 싸우려고 하지 않았다. 영포는 마지못해 그곳에 진을 치고 날마다 싸움을 걸어 보았다. 그러나 장한은 일체 응전하려고 하지 않았다.

마침 그때, 항량이 후군後軍을 거느리고 정도에 당도하여 영포에게 말한다.

"진군이 싸우지 못하는 것을 보면 몹시 피폐한 모양이니, 그렇다면 응원군이 오기 전에 지금 때려부수어야 할 게 아닌가."

영포가 대답한다.

"장한이 성안에 갇혀 있기는 하오나, 그의 병력이 아직도 막강하여 함부로 때려부수기는 매우 어려운 것 같사옵니다."

항량은 그 말을 듣고 꾸짖는다.

"성 안에 갇혀 있는 적을 때려부수기가 뭐가 어렵다는 말인가? 내가 대군을 거느리고 왔으니, 오늘 당장 돌격전을 감행하여 아예 끝장을 내버리기로 하세."

"그것은 장한을 너무도 만만하게 보시는 무리한 작전인 것 같사옵니다."

"무슨 소리! 군령軍令이다. 오늘 밤 자시子時를 기하여 총공격을 감행하라."

군령은 산과 같다〔軍令如山〕고 하던가. 영포는 무리한 작전인 줄 알면서도 항량이 '군령'이라고 하며 나오는 데는 복종을 아니 할 수가 없었다.

진군 총사령관인 장한이 농성籠城해 있는 정도성에 초군은 이날 밤 자시를 기하여 총공격을 퍼붓기 시작하였다. 초군 병사들은 성 안으로 빗발치듯 쏘아 보내는 화살의 엄호를 받아가며, 나무사다리로 개미떼처럼 성벽을 기어올랐다. 성채城砦 하나를 인해전술로써 일거에 점령하려는 야심적인 작전이었다.

그러나 진군의 대항은 이만저만 맹렬한 것이 아니었다. 그들은 성벽 밖으로 바위를 연방 굴려 보내며, 화전火箭을 빗발치듯 쏘아대었다. 그리하여 성벽을 기어오르던 초병들은 바위에 휩쓸려 죽고, 나무사다리가 불에 타서 땅에 떨어져 죽고, 화살에 맞아 죽고……, 죽어 가는 병사들의 비명으로 아비규환을 이루었다.

아군이 크게 불리함을 목격하고 항량은 분노로 몸을 떨며,

"충차衝車를 만들어 성문城門을 파괴하라."

하고 비상 명령을 내린다. 그러나 그것은 무리한 명령이었다. 어느 겨를에 '충차'를 만들며, 충차로 성문을 부수려 한들 적이 보고만 있을 리가 없지 않은가.

군사들이 충차를 만들려고 통나무를 모아 오자, 성 안에서는 절구통 같은 불덩어리를 연방 퍼부어 애써 모아 온 통나무들이 모두 불에 타 버릴 뿐이었다.

항량은 패색敗色이 짙어 올수록 화가 치밀어 올라서,

"이 죽일 놈들아! 성벽으로 기어 올라갈 생각은 아니 하고, 왜들 꽁무니만 빼느냐!"

하고 고래고래 고함을 지른다.

집극 낭관 한신이 항량의 동태를 보다 못해 간한다.

"공격을 퍼부을수록 아군에게 피해만 심할 뿐이니, 오늘 밤은 공격을 일단 중지하고 수비만을 견고하게 하는 것이 상책일 것 같사옵니다."

항량이 벼락 같은 고함을 지른다.

"너는 무슨 돼먹지 않은 소리를 씨부려대고 있느냐! 나는 군사를 일으켜 한 번도 져 본 일이 없었다. 이따위 성채 하나를 공략하지 못하고서야 장차 어떻게 큰일을 도모할 수 있겠느냐!"

그 말에 경자 관군卿子冠軍 대장大將 송의宋義가 옆으로 다가와 충고한다.

"우리는 초전에 승리하여 적을 너무도 가볍게 보아 오고 있었습니다. 적은 초전에서 패한 관계로 정신적으로 오히려 굳게 결속되어 사기가 매우 왕성합니다. 게다가 장한은 천하의 명장이어서, 이

밤으로 승부를 결하기는 매우 어려울 것 같습니다. 한신의 말대로 공격을 일단 중지하고 수비에만 만전을 기하는 것이 좋을 것 같습니다."

"그러면 좋다! 오늘 밤은 공격을 일단 중지했다가 내일 밤 자시를 기하여 본격적으로 공략하기로 하자. 장한 따위를 두려워할 내가 아니로다."

항량은 마음이 교만해져서 장한을 어디까지나 깔보고 있었다. 항량은 정도성 공략에 실패하고 본영으로 돌아오자, 복받쳐 오르는 울분을 참을 길이 없어 혼자 술을 퍼마시고 있었다. 집극 낭관 한신이 그 광경을 보고 또다시 간한다.

"군사는 싸울 때보다도 휴전할 때를 더욱 경계해야 합니다. 적이 오늘 밤에 반격을 가해 올지도 모르오니 장군께서는 술을 삼가시옵소서."

그러자 항량은 또 고함을 지른다.

"너 같은 조무래기가 무슨 잔소리가 그리 많으냐! 내일 밤은 적을 뿌리째 뽑아 버릴 테니 두고 보아라."

그리고 술을 사발로 연방 들이켜는 것이 아닌가. 한신은 맘속으로,

'아아, 항량은 병사兵事를 가히 더불어 논할 자가 못 되는구나!'

하고 탄식하며, 그 자리를 물러나와 버렸다.

그로부터 몇 시간이 지난 뒤였다. 병사들이 곤히 잠이 들어 버린 먼동이 틀 무렵에, 별안간 어디선가 포성이 울려오더니 수만의 적군이 일시에 함성을 올리며 초군 진지로 노도와 같이 엄습해 오는 것이 아닌가. 진고를 울리고 함성을 올리며 일시에 기습해 오는 바람에 초군은 깊은 잠에서 깨어나 우왕좌왕하며 암흑 속에서 창을 찾고 검을 더듬느라고 야단법석이었다.

진군은 그 기회를 이용해서 창으로 찌르고 철퇴로 후려갈기고 하

여, 초군의 시체는 순식간에 땅을 덮었고 그들이 흘린 피는 바다를 이루었다.

술에 대취하여 곯아떨어졌던 항량은 호위병들의 부축을 받으며 원문轅門까지는 무사히 끌려 나왔다.

그러나 때마침 원문을 돌격해 오던 진장 손승孫勝이 항량을 알아보고, 한칼에 목을 갈겨 버린다. 일찍부터 웅지를 품고 초국을 재건하려던 항량은 그 모양으로 어이없게 전사하였다.

그가 만약 지인지감知人之鑑이 풍부하여 한신의 충고를 귀담아 받아들였던들, 그날 밤 그처럼 허망한 죽음은 당하지 않았으리라. 사람을 알아보는 지혜가 없었기에 자기 자신의 목숨까지 그처럼 어처구니없게 잃어버리게 되었던 것이다.

총대장인 항량이 죽고 나니 병사들은 도망을 치기에 정신이 없었다.

송의와 영포 두 장수가 패잔병들을 가까스로 규합하여 진류陳留라는 곳에 진을 새로 쳤을 때, 성양城陽에 주둔중이던 유방이 급보를 듣고 달려왔다.

그러나 병사들의 사기가 워낙 땅에 떨어져 있어서 반격을 가할 기력이 전연 없었다.

참을성 많은 유방은 병사들에게 술을 나눠 주며 위로하며 말한다.

"일승일패一勝一敗는 병가지상사兵家之常事다. 오늘의 패전은 후일에 반드시 좋은 결과를 가져올 것이니, 모두들 낙심 말고 더욱 분발하라."

병사들은 유방의 따뜻한 위로에 모두들 감격의 눈물을 흘렸다.

한편, 송의 장군은 항우에게 패전 소식을 알리려고 옹구雍丘로 급히 달렸다. 송의가 옹구로 급히 달려와 항량의 전사를 알리니, 항우는 땅에 쓰러져 대성통곡하며 울부짖는다.

"나는 어려서부터 아저씨의 슬하에서 자랐고, 병학도 아저씨에게 배워 왔었다. 아저씨는 대의를 표방하고 의병을 일으키셨거늘 대사를 도모하는 도중에 홀연 전사하셨으니, 나는 장차 이를 어찌하란 말인가!"

항우의 울음이 너무나 통절하여 부하 장병들도 모두들 같이 울었다. 군사 범증이 항우의 슬픔을 위로하며 말한다.

"나라를 위해 목숨을 바친 것은 신자臣子로서는 대절大節을 다한 것이옵니다. 비록 무신군이 돌아가시기는 하셨지만, 초나라의 대업大業은 성취된 것이나 다름이 없사옵니다. 우리를 따르는 군사가 30만이 가까워오고 있으니, 그 어찌 장래가 밝다고 하지 않을 수 있으오리까. 바라옵건대, 장군께서는 눈물을 거두시고 무신군의 유지遺志를 계승하여, 하루속히 목적을 달성하시도록 하시옵소서."

항우는 여전히 눈물을 흘리며 대답한다.

"무신군이 최후의 승리를 보지 못하고 돌아가셨으니 이처럼 슬픈 일이 어디 있단 말이오."

범증이 다시 말한다.

"무신군의 공적은 찬란하오나 이미 돌아가신 분은 어쩔 수 없는 일이옵니다. 대업을 완수한 연후에는 묘당廟堂을 새로 짓고 해마다 제사를 융숭하게 지내 드려야 하실 것이옵니다. 그러나 지금은 그런 것을 논의할 때가 아니옵니다. 장군께서 무신군에게 진정으로 효도를 하시려거든 무신군의 직위를 신속히 이어받으셔서, 진나라를 정벌하고 호국을 하루속히 재건하셔야 합니다."

"너무나 슬퍼서 눈물이 자꾸만 복받쳐 오르는 것을 어떡하오."

"아녀자들 모양으로 울기만 하시는 것은 오히려 효도에 어긋나는 일이옵니다. 냉철한 정신으로 돌아오셔서 대업을 성취하는 것만이 참된 효도의 길이라는 것을 아셔야 하옵니다."

항우는 그제야 자기 정신을 되찾아 눈물을 거두며 결연히 말한다.

"군사의 말씀을 이제야 알아들었소이다. 그러면 진류로 달려가 무신군의 장사를 지내고, 그 어른의 후사後嗣도 내가 물려받기로 하겠소."

항우는 모든 장병들을 거느리고 부랴부랴 진류로 달려왔다.

그리하여 유방을 비롯한 모든 장수들과 함께 항량의 장사를 성대하게 지내 주고 그 자리에서 항량의 지위도 계승해 받았다.

그로써 항우는 초군의 최고 사령관이 된 것이었다.

그러나 초군에게는 두 개의 별동 부대別動部隊가 따로 있었으니, 그 하나는 유방을 중심으로 한 '패공 부대沛公部隊'요, 또 다른 하나는 송의를 중심으로 한 '경자 관군卿子冠軍'이었다.

목적은 같아도 주동 인물이 다른 그 세 갈래의 파벌이 장차 어떻게 조화를 이루어 나갈지 그것은 두고 봐야 할 노릇이다.

항우의 패기

진나라의 대장군 장한은 과연 백전 불굴의 명장이었다.

그는 기사회생起死回生으로 초군을 대파하고 나자, 즉시 군사를 돌려 조나라 땅에서 준동하고 있는 또 다른 의병을 토벌하기 시작하였다. 조나라 땅에서는 장이張耳·진여陳餘 등의 의사들이 조왕 헐歇을 받들고 반란을 일으키고 있었기 때문이었다.

조왕 헐은 진군이 쳐들어오자 장이·진여 등으로 하여금 진군을 맞아 싸우게 하였다.

그러나 조군은 노도처럼 몰려오는 진군을 막아낼 수가 없었다. 조왕은 마침내 밤도망을 쳐서 거록성鉅鹿城에 농성하며, 항우에게 응원군을 요청하는 급사를 보냈다.

진류에 머물러 있던 항우는 급보를 받아 보고 범증, 송의 장군과 상의한다.

"우리는 상喪을 당하여 싸울 경황이 없는데 조왕이 구원병을 요청해 왔으니 이를 어찌했으면 좋겠소. 남을 도와주는 것도 좋은 일이기는 하지만 지금 우소에 계시는 회왕께서도 진군에게 공격을 당할 우려가 없지 아니하오. 그러므로 우리는 우소로 달려가 대왕을 수호하는 것이 급선무일 것 같구려."
 범증이 그 말을 듣고, 즉석에서 동의하며 말한다.
 "참으로 좋으신 말씀입니다. 우소는 지리적으로 진군에게 공격당하기 쉬운 곳이니 우리는 이 기회에 수도를 숫제 팽성彭城으로 옮기심이 좋겠습니다."
 "그 말씀에는 나도 동감이오. 대왕의 윤허를 얻어 수도를 옮겨 버리기로 합시다."
 항우는 군사를 거느리고 우소로 달려와 회왕에게 무신군이 전사한 사실부터 보고하였다. 회왕은 너무도 비통하여 목을 놓아 울기만 할 뿐 입을 열지 못했다.
 항우는 회왕을 위로하며 품한다.
 "우리 군사들은 무신군의 전사로 사기가 몹시 침체해 있는 형편이온데, 진군은 조군을 치고 나서 우리에게 공격해 올 것이 분명합니다. 그러므로 수도를 팽성으로 옮겨 놓고 후일을 기함이 좋을 것 같사오니, 대왕께서는 천도遷都의 윤허를 내려 주시옵소서."
 "여러분의 의견이 그렇다면 과인이 어찌 그것을 마다하겠소?"
 이리하여 팽성으로 천도할 준비를 서두르고 있는데, 조왕으로부터 구원병을 요청하는 급사가 또다시 달려왔다.
 "우리는 진군에게 한 달이 넘도록 포위되어 있어서, 시량柴糧이 떨어져 인마人馬가 떼죽음을 당하고 있는 중이오니, 대왕께서는 저희들에게 시급히 구원의 손길을 베풀어 주시옵소서."
 눈물 없이는 읽기 어려운 절박한 사정이었다.
 회왕은 어떡하든지 조왕을 도와주고 싶었다. 그리하여 항우·송의·범증 등등 최고 수뇌 인사들을 긴급 소집하여 상의한다.
 회왕은 긴급 회의를 열고, 여러 사람의 의견을 묻는다.
 "지금 진군에게 포위당한 조군을 꼭 도와주고 싶은데, 여러분은 어떻게 생각하시오?"

항우와 범증이 머리를 조아리며 아뢴다.

"지금 저희들은 남을 도와줄 형편이 못 되옵니다. 그러나 대왕께서 기어이 도와주라는 명령을 내리시면 저희들은 언제든지 출진하여 도와주도록 하겠습니다."

"그러면 지금 당장 군사를 파견하여 조군을 도와주기로 합시다. 송의 장군은 대장이 되고 항우 장군은 부장副將이 되어, 범증 군사와 함께 출전하면 진군을 무난히 격파할 수 있을 것이오."

항우를 제쳐놓고 송의를 최고 사령관으로 임명한 데는 그 나름대로 이유가 있었다. 송의는 항우보다 나이도 많거니와 '경자 관군'이라는 별동 부대의 총대장이었기 때문이었다.

세 장수는 조군을 돕기 위해 20만 군사를 거느리고 즉시 출동하여 안양安陽이라는 곳에 진을 쳤다.

그런데 송의는 일단 진을 치고 나서는, 무슨 까닭인지 며칠이 지나도 싸울 기색을 보이지 않았다.

항우는 의아스럽게 여겨져서 송의에게 묻는다.

"여기까지 와서 어찌하여 진군과 싸울 생각을 아니 하시오?"

그러자 송의는 이렇게 대답하는 것이 아닌가.

"진군은 조군을 포위하고 있기는 하지만, 모두들 지쳐 버려서 싸울 기력이 없는 형편이오. 그러므로 저들이 기진맥진해졌을 때를 기다려 단 한 판의 싸움으로 장한을 생포해 버릴 계획이오."

그 모양으로 보름이 지나도 움직일 생각을 아니 하므로 항우는 화가 동하여 송의에게 따지고 들었다.

"조군이 성안에 갇혀서 굶어 죽어 가는 판인데, 그들을 도와주러 온 우리가 언제까지나 이러고 있을 작정이오? 우리가 밖에서 공격하고 조군이 안에서 호응하면, 진군을 간단히 격파할 수 있는데 어찌하여 허송세월만 하고 있느냐 말이오."

송의가 대답한다.

"급히 먹는 밥에 목이 멘다고 했소. 장군은 어찌하여 그처럼 서두르시오. 싸움에는 장군이 나보다 나을지 몰라도 지략에 있어서는 장군이 나에게 미치지 못할 것이오. 싸우지 않고도 승리할 수 있는 계략이 있는데, 장군은 어찌하여 굳이 피를 흘리자고 덤비느냐 말이오."

그러고 나서 삼군에게,

"누구를 막론하고 나의 허락이 없이 군대를 움직이는 자는 참형에 처한다."

하는 엄명을 내려놓는 것이 아닌가.

그런데 그 무렵 항우는 송의의 놀라운 비밀 하나를 알아내었다. 송의는 맏아들 송양宋襄을 제齊나라에 밀파하여, 재상宰相을 시키려고 비밀공작을 펴고 있다는 사실이었다.

항우는 송의가 모반자謀叛者임을 알고 모골이 송연하였다.

'송의는 제왕齊王과 제휴하여 초군을 송두리째 말아먹을 음모를 꾸미고 있으니 이런 반역자를 살려 둘 수는 없는 일이다.'

이에 항우는 단신으로 송의를 급습하여, 때마침 미희들과 함께 술을 마시고 있는 송의의 목을 한칼에 베어 버렸다.

그리고 '경자 관군'에 소속되어 있는 모든 장수들을 한자리에 불러 놓고 송의를 죽인 사유를 자세하게 설명해 주면서,

"그대들의 주인은 이미 죽어 없어졌으니, 그대들은 장차 어찌할 것인가. 이제부터라도 우리에게 귀순하고자 하는 자는 기쁜 마음으로 받아들이겠지만, 귀순할 뜻이 없는 자는 지체 말고 이곳을 떠나라."

하고 말했다.

경자 관군 장수들은 입을 모아 대답한다.

"주공[宋義]이 반역을 도모했다니, 그의 부하였던 저희들로서는 부끄럽기 짝이 없는 일이옵니다. 진나라를 격파하고 새 나라를 건설할 군사는 역시 초군밖에 없으니, 저희들이 다같이 장군에게 귀순할 것을 허용해 주시옵소서."

이리하여 송의가 거느리고 있는 3만여 명의 '경자 관군'도 고스란히 초군으로 귀순하게 되었다.

항우는 부장副將 환초를 회왕에게 보내 모든 사실을 보고하니, 회왕은 크게 놀라고 크게 기뻐하며 종이매를 특사로 보내 항우를 대장군에 봉하는 동시에 진군을 속히 치라는 어명을 내렸다.

항우는 군은君恩에 감사하며 영포를 선봉장으로 삼아, 정병 2만 기를 주면서 진군을 본격적으로 격파하게 하였다.

영포가 2만 정병을 거느리고 강을 건너 진군을 쳐들어가려고 하자 장한이 그 정보를 듣고, 사마흔과 동예의 두 장수에게 3만 군사를 주면서 강가에 진을 치고 초군을 막아내라고 명했다.

적을 눈앞에 놓고 강을 건너가는 것은 매우 위험한 작전이다. 그러기에 영포는 적진을 건너다보며 항우와 상의한다.

"적전 도강敵前渡江은 아군에게 피해가 막심할 것 같으니, 다른 작전을 쓰는 것이 어떻겠습니까?"

항우는 영포에게 무엇인가 속삭이고 나서,

"작전도 하나의 사술詐術이니, 다소간의 피해를 보더라도 오늘 밤 축시丑時를 기해 도강을 감행하도록 하오. 그래야만 적의 선봉 부대를 내일 아침에 괴멸시킬 수 있을 것이오."

하고 웃으며 말했다.

그날 밤 새벽을 기하여 영포의 2만 군사는 암흑을 뚫고 강을 건너기 시작하였다.

진군은 초군을 건너오지 못하게 하려고 어둠 속에서 화살을 빗발치듯 퍼붓는다.

그러나 칠흑 같은 밤이어서 인명 피해는 별로 많지 않았다.

초군은 드디어 강을 건너와, 초진楚秦 양군 5만여 명은 캄캄한 어둠 속에서 일대 혼전이 벌어졌다. 누가 적이고 누가 아군인지를 분별하기가 어려워, 덮어놓고 아우성을 치며 창으로 찌르고 철퇴로 후려갈기는 무서운 혼전이었다.

그런데 날이 훤하게 밝아 올 무렵이 되었을 때, 홀연 배후背後로부터 3만여 명의 대군이 질풍처럼 휘몰아 오며 진군을 풀이라도 베듯 모조리 때려눕히는 장수가 있었다.

진장 사마흔과 동예가 소스라치게 놀라 살펴보니, 진군을 질풍처럼 휩쓸고 돌아가는 장수는 다른 사람 아닌 항우가 아닌가.

"앗! 항우다……!"

사마흔과 동예는 소스라치게 놀라 말머리를 돌리며 진군에게 외친다.

"항우가 왔다! 모두들 후퇴하라!"

그러나 진군은 미처 후퇴할 사이가 없었다. 뒤에서는 항우의 군사가 덜미를 눌러 오고, 앞에서는 영포의 군사가 휘몰아쳐 와서 진군은 낙엽처럼 쓰러져 죽었다.

사마흔과 동예가 가까스로 도망을 쳐서 하북河北 진지陣地로 달려와 보니, 그곳은 이미 항우의 군사에게 점령되어 있는 것이 아닌가.

그러면 항우는 어느 틈에 강을 건너와 적의 후방 진지를 그처럼 쉽게 점령할 수 있었던 것일까.

항우는 영포에게 도강 명령을 내린 뒤에, 자기 자신은 이내 3만 군사를 거느리고 상류上流로 올라가 적이 없는 곳으로부터 강을 쉽게 건넜다. 그리하여 경비가 소홀한 적의 하북 진지를 한밤중에 점령해 버리고 다시 강변으로 달려와, 사마흔과 동예의 군사를 배후로부터 협공을 했던 것이다.

항우는 적의 허虛를 찌르는 작전을 감행하여 적의 전후방 진지를 모조리 대파한 것이었다. 그로 인해 군량과 무기도 어마어마하게 노획하였다.

항우는 적진을 점령하고 나서, 전군에 긴급 명령을 내린다.

"적이 다시는 준동하지 못하도록 선박船舶과 막사幕舍 등을 모조리 불태워 버려라. 이제부터 사흘 안에 장한의 군사까지 깨끗이 격파해 버릴 것이니, 군량도 사흘분만 남겨 놓고 나머지 군량은 적이 이용하지 못하도록 모두 불태워 버려라."

그 명령을 받고 영포가 반문한다.

"군량까지 사흘분만 남겨 두고, 남은 쌀은 불태워 버리라는 것은 무슨 뜻이옵니까?"

항우가 대답한다.

"진군은 장기외지주둔長期外地駐屯에 지쳐 있기 때문에, 넉넉잡고 사흘이면 충분히 격파해 버릴 수 있다. 불필요한 군량을 끌고 다니는 것도 부담스럽거니와, 장한의 진지를 점령하고 나면 거기서도 군량을 노획할 수 있을 게 아니겠느냐!"

모든 장병들은 그 말을 듣고 사기가 크게 앙양되었다.

그러나 군사 범증만은 항우의 명령을 매우 못마땅하게 여겼다. 사흘분의 군량만 남겨 놓고 나머지 쌀은 모두 불살라 버리라는 항우의 명령은 너무도 우직愚直한 명령이었다.

물론 그로써 항우의 불퇴전不退轉의 결의와 약동하는 패기覇氣는 엿볼 수 있었다. 어쩌면 항우는 모든 장병들에게 사기를 북돋아 주기 위해 일부러 그런 명령을 내렸는지도 모른다.

그러나 이유 여하를 막론하고 경험이 풍부한 노장 범증의 눈에는, 그런 작태가 우자愚者의 오기傲氣로밖에 보이지 않았다.

설사 사흘 안에 완승完勝을 거둘 수 있다손 치더라도 귀중한 쌀을 무엇 때문에 불태워 버린다는 말인가. 그뿐이랴. 만약 항우의 호언豪言대로 사흘 안에 끝내려던 전쟁이 그 이상 오래 계속된다면 그때의 군량미는 어떻게 하겠다는 것인가. 그때에는 모든 군사가 싸우지도 못하고 굶어 죽어야 할 판이 아니겠는가. 범증이 항우의 명령을 심히 못마땅하게 여긴 점은 바로 그 점에 있었다.

그러나 사령관의 명령을 맞대 놓고 비난할 수는 없어서 범증은 종이매 장군을 은밀히 불러 이렇게 말했다.

"항우 장군은 진군을 사흘 안에 섬멸시킬 결심에서 노획한 선박과 장비를 모두 파괴해 버리고 심지어 군량미까지도 사흘분만 남겨 놓고 남은 곡식은 모두 불태워 버리겠다는구려. 다른 것은 몰라도 군량미까지 불태워 버리는 것은 크게 잘못된 처사라고 생각되는데, 장군은 그 일을 어떻게 생각하시오?"

종이매가 대답했다.

"그것은 장병들의 사기를 돋아 주기 위해 일부러 그렇게 하시는 것이 아니겠습니까. 그로 인해 군사들의 사기가 왕성해진 것은 사실입니다."

범증은 고개를 좌우로 흔들며 다시 말한다.

"물론 나도 항우 장군의 그러한 계략을 모르는 바는 아니오. 그러나 전쟁이란 반드시 뜻대로 되는 것은 아니요. 만약 전쟁이 사흘 안에 끝나지 않고 그 이상 오래 끌게 되면 군량 문제를 어떻게 할 것이오?"

종이매는 고개를 끄덕이며 말한다.

"군사의 말씀을 들어 보니, 그 때에는 군량미 기근으로 커다란 혼란이 올 것 같습니다."

"내가 걱정하는 것은 바로 그 점이오. 설령 사흘 안에 결판이 난다 하더라도, 군량미만은 그 이상의 대비가 필요한 법이오. 유비무환有備無患이라는 말은 바로 그런 것을 두고 일러 오는 말이 아니겠소. 그러니까 장군은 항우 장군이 모르게 하남河南에 군량미를 별도로 준비해 두도록 하시오. 그런 일이 생겨서는 안 되겠지만 만약의 경우에는 하남에서 군량을 공급해야 하겠소."

"군사의 원대하신 계략에는 오직 감탄이 있을 뿐이옵니다. 그러면 군사의 명령대로 하남에 군량을 별도로 준비해 두도록 하겠습니다."

종이매는 크게 감탄하며 하남으로 달려가 군량미를 따로 마련해 두었다.

9전 9승

진장秦將 사마흔과 동예는 하남河南 전투에서 초군에게 여지없이 패하고 본영本營으로 급히 돌아와 장한에게 고한다.

"항우가 20만 대군을 거느리고 강을 건너와 지금 우리의 본영으로 쳐들어오고 있는 중이옵니다."

"항우가 직접 쳐들어온다는 말이냐? ……초군의 사기가 어떠하더냐?"

"항우가 목숨을 걸고 싸울 기세를 보여서, 초군은 사기가 지극히 왕성하였습니다."

"음……, 항우가 결사적으로 덤벼 온다면 싸움은 격전激戰을 면하기가 어렵겠는걸."

백전노장인 장한은 자기도 모르게 침통하게 씨부렸다. 그리고 오랫동안 작전 계획을 구상하다가 문득 측근에게 명한다.

"이제부터 건곤일척乾坤一擲의 격전을 치러야 할 판이니, 구호 대장九虎大將들을 모두 이 자리에 불러오너라."

구호 대장이란 왕리王離 · 섭간涉間 · 소각蘇角 · 맹방盟防 · 한장韓章 · 이우李愚 · 장평章平 · 주웅周熊 · 왕관王官, 이 아홉 명의 젊은 장수들에 대한 통칭通稱이었다.

　진군에는 늙은 장수들도 많았지만, 위에 열거한 아홉 명의 장수들은 모두가 새파랗게 젊은 장수들이었다. 게다가 그들의 용맹은 호랑이와 같아서, 장한은 평소부터 그들을 '구호 대장九虎大將'이라는 별명으로 불러 오고 있었던 것이다.

　아홉 명의 젊은 장수들이 나는 듯이 달려오자, 장한은 그들에게 장령將令을 내린다.

　"초장 항우가 지금 20만 대군을 거느리고 우리에게 쳐들어오고 있다. 항우는 워낙 용맹이 뛰어난 효장驍將이어서 정공법正攻法으로 싸우다가는 반드시 패한다. 그러므로 그대들에게 각각 일군一軍씩을 줄 터인즉 그대들은 각기 분산하여 매복해 있다가, 내가 항우와의 싸움이 불리하게 되거든 제각기 교대교대로 달려나와 나를 도우라. 나는 항우를 되도록 깊이 끌어들여 일거에 생포해 버릴 계획이니, 그런 줄 알고 작전에 만전을 기하라."

　과연 명장다운 계략이었다.

　장한이 명령을 내리고 일선으로 말을 달려 나오니, 항우는 장한을 보기가 무섭게 비호같이 덤벼 오며,

　"역적 장한아! 너는 나의 계부(季父:항량)를 살해한 불구대천不俱戴天의 원수다. 꼼짝 말고 칼을 받아라."

하고 외치기가 무섭게 장검을 번개처럼 휘두르며 덤벼 오는 것이 아닌가.

　오는 말이 사나우니 가는 말이 고울 리가 없었다.

　장한도 몸을 날려 마주 싸우며 외친다.

　"이 우직한 도둑놈아! 네놈의 대가리를 베어 나의 술잔을 만들리라. 이 칼을 받아라!"

　용호상박의 격전은 시작되었다.

덤벼들고 피하는 속도가 어떻게나 빠른지, 사람은 보이지 아니하고 다만 뽀얗게 뭉개는 먼지 구름 속에서 창검 부딪치는 소리만이 불꽃을 튀기고 있을 뿐이었다.

항우와 장한이 풍진風塵 속에서 혈전을 계속하기를 무려 50여 합! 마침내 장한이 힘에 겨워 쫓기기 시작하자, 숲 속에 매복해 있던 왕리王離가 함성을 울리며 싸움을 가로맡고 나온다.

항우와 왕리와의 싸움이 새로 시작되었다.

그러나 왕리가 20여 합을 싸우다가 당해 낼 수가 없어 말머리를 돌리는 바로 그 순간, 항우는 어느새 덜미를 움켜잡아 왕리를 땅바닥에 동댕이쳐 버린다.

그러자 초군은 벌떼처럼 덤벼들어 눈 깜짝할 사이에 왕리에게 결박을 지어 버리는 것이 아닌가.

장한은 그 광경을 보고 겁에 질려 말머리를 돌려 다시 쫓기기 시작했다.

그러나 도망하는 장한을 그냥 내버려둘 항우는 아니었다.

"이 역적놈아! 네가 도망을 가면 어디로 가느냐!"

항우는 고함을 지르며 맹렬히 추격해 왔다.

항우가 타고 있는 말은 천하의 준마駿馬인 '오추'다. 쫓고 쫓기는 거리가 시시각각으로 단축되어 올밖에 없었다.

장한은 오래 쫓길수록 불리함을 깨닫자, 감연히 말머리를 돌려 다시 싸우기 시작하였다.

마침 그때, 산허리에 매복해 있던 섭간涉間이 들고일어나 싸움을 가로맡는다.

항우가 섭간을 상대로 10여 합을 싸우다가, 철추로 머리를 후려갈기니 섭간은 어이없게 땅에 떨어져 버렸다.

장한은 대장 송문宋文으로 항우를 막아내게 했으나, 송문 따위는 상대가 되지 않았다.

마침 그때 영포와 환초까지 가세해 오므로, 장한은 삼십육계 줄행랑을 놓을 수밖에 없었다.

항우가 50리를 더 추격해 오다 보니, 어느새 날이 저물어 사방이 어두워졌다.

군사 범증이 항우에게 품한다.

"날이 이미 저물었습니다. 우리는 적진 속으로 너무도 깊숙이 추격해 왔으므로 적의 야습을 크게 경계해야 하겠습니다."

항우가 반문한다.

"진군은 우리한테 여지없이 두들겨 맞았는데 야습을 감행해 올 기력이 어디 있겠소?"

"불경佛經에 '유단 대적油斷大敵'이라는 말이 있사옵니다. 더구나 장한은 칠전팔기七顚八起하는 명장이어서, 오늘 밤을 결코 가만히 넘기지는 않을 것입니다. 우리는 야습에 대한 대책을 충분히 세워야 합니다."

"참으로 좋은 말씀이오. 그러면 거기에 대한 대책은 군사가 직접 세워 주시오."

"분부대로 거행하겠습니다."

항우로부터 '야습에 대한 대책을 세워 두라'는 명령을 받은 범증은 즉시 수백 명의 병사들을 불러서 명한다.

"너희들은 지금부터 산에 올라가 섶나무를 많이 해다가, 본진 막사 안에 가득히 채워 놓아라. 그리고 정문 앞에는 모든 군기軍旗를 정연하게 세워 놓아라."

군기를 정연하게 세워서 겉으로 보기에는 본진이 틀림없는 것처럼 꾸며 놓았지만, 실상인즉 그곳에는 군인은 한 사람도 없게 하였다.

범증은 그러한 작업을 끝내고 나서는 환초桓楚·우영于英·정공

丁公·옹치雍齒의 네 장수를 한자리에 불러 이렇게 명한다.

"오늘 밤에는 적이 반드시 기습을 해올 것인즉, 그대들은 각각 자기 부대를 거느리고 산중에 매복해 있다가, 본진에서 불이 일어나거든 일제히 일어나 적의 퇴로退路를 막아 버려라."

그리고 다음에는 대장 영포英布를 불러 명한다.

"장군은 서쪽 산중에 매복해 있다가 적의 후속 부대가 오지 못하도록 중도에서 진로를 차단해 버리시오."

범증은 방위책을 세워 놓고 항우와 함께 적의 야간 기습을 기다리고 있었다.

한편, 장한은 패잔병들을 가까스로 수습해 소각蘇角이 진을 치고 있는 곳으로 와 보니, 사마흔과 동예의 두 장수가 거기서 장한을 기다리고 있었다.

소각이 장한을 반갑게 맞아 말한다.

"초군은 지금 여기서 30리쯤 떨어진 산중에 진을 치고 있사온데, 그들은 진종일의 전투에 지쳐서 지금쯤은 곤한 잠에 떨어져 있을 것이옵니다. 그러므로 저는 지금부터 적을 동쪽으로부터 정면으로 쳐들어가고, 장군께서는 서쪽으로부터 적을 후방으로 쳐들어가면, 우리는 협공으로 대승을 거둘 수가 있을 것이옵니다."

장한은 그 계략을 듣고 크게 기뻐하였다.

"참으로 좋은 계략이로다. 병법兵法에 '적이 지키지 않는 곳으로 쳐들어가라〔攻所不守〕'는 말이 있느니라. 그대의 계략은 바로 거기에 해당하는 병법임이 분명하다. 그러면 그대는 동쪽으로 먼저 쳐들어가라. 나는 서쪽으로 돌아 들어가, 그대가 싸울 때를 기다려 후방으로부터 적을 섬멸하리라."

장한은 그날 낮에 항우에게 그렇게도 혼이 났건만 초군을 섬멸시키려는 투지만은 조금도 위축되어 있지 않았다.

"그러면 소장이 먼저 출동하겠으니, 장군께서는 때를 기다려 후방으로부터 협공을 해 주시옵소서."

소각은 자기 자신의 신묘한 계략에 어깨가 으쓱해 옴을 느끼며, 만여 군을 거느리고 초군 진지로 야습의 길에 올랐다.

'오늘 밤 전투에서 전과를 크게 올리면, 논공행상論功行賞은 틀림이 없겠지!'

마음 속으로는 그러한 기대까지 품어 보면서…….

이날 밤, 소각의 군사가 초군 본진에 접근해 간 것은 밤도 깊은 삼경三更 무렵이었다.

수색병搜索兵을 내세워 적정敵情을 염탐해 보니,

"막사 앞에 군기만은 정연하게 세워져 있었으나, 불침번 파수병들조차 모두가 땅에 쓰러져 정신없이 자고 있었습니다."

하는 보고가 아닌가. 소각은 그 보고를 받고 회심의 미소를 지었다.

"어리석은 놈들! 죽을 줄도 모르고 모두가 단꿈만 꾸고 있는 모양이로구나! 그러면 이제부터 함성을 올리고 진고를 울리며 노도와 같이 쳐들어가서, 한 놈도 남기지 말고 닥치는 대로 죽여 버려라!"

명령 일하, 소각의 군사는 승리를 확신하고 일시에 함성을 올리며 노도와 같이 초군 본진을 엄습하였다. 그야말로 천지를 뒤엎을 듯한 기세의 급습이었다.

그러나 웬일일까. 초군 본영에는 군사는 한 명도 없고 오직 섶나무만이 막사 안에 가득히 쌓여 있는 것이 아닌가.

'아차! 속았구나!'

소각이 크게 당황하여,

"적의 함정에 빠졌다. 급히 퇴각하라!"

하고 고함을 지르는 바로 그 순간, 홀연 어둠 속에서 한 줄기 불길이 불끈 솟아오르더니, 그것을 신호로 초군이 사방에서 벌떼처럼 들고일어나 진군을 닥치는 대로 죽여 대는 것이 아닌가.

　어둠 속에서 일대 난투전이 벌어졌다. 그러나 하나는 함정 속에서 빠져 나오려는 군사요, 하나는 어둠 속에 대기하고 있는 군사인지라 죽어 가는 군사는 소각의 군사일밖에 없었다.

　소각은 장한의 군사가 서쪽에 대기중일 것으로 믿고 그리로 도망을 치기 시작하였다.

　그러나 초군은 거기에도 매복하고 있었다. 환초와 우영은 좌편에서 일어나고 옹치와 정공은 우편에서 일어나, 소각의 군사를 낙엽처럼 때려죽이는 것이 아닌가.

　진퇴양난! 소각은 앞이 막혀 뒤로 되돌아오려는데, 이번에는 항우가 나는 듯이 달려오며 장검을 "획!" 하고 휘두르니, 소각의 머리가 땅바닥에 무참하게 뒹굴어 버린다.

　한편 장한은 소각이 전사한 줄도 모르고 함성이 들려오는 곳으로 급히 휘몰아쳐 오는데, 영포가 앞길을 가로막고 나와 두 장수들 간에 백병전이 벌어졌다.

　10합, 20합, 30합, ……50합이 넘도록 승부가 나지 않는데, 초군 측에서는 항우가 달려오고 진군 측에서 맹방이 달려와, 네 장수가 한바탕 엉클어져 70합이 넘도록 싸웠다.

　드디어 장한은 항우를 당해 낼 길이 없어 급히 쫓기니, 환초가 맹렬히 추격해 온다.

　장한은 기진맥진하도록 쫓기다가 마침내 풀밭에 쓰러져 버리고 말았다.

　환초가 급히 쫓아와 창으로 가슴을 찔러 버리려고 하는데, 홀연 한 무리의 군사가 나타나 장한을 급히 구출해 달아난다. 그는 '구호 장군'의 한 사람인 한장韓章이었다.

　한장이 장한을 구출해 급히 쫓겨오는데, 이번에는 초군 대장 우영이 앞을 가로막고 나선다.

그리하여 한장과 우영이 대판으로 싸우는 중에, 초군 측에서는 항우가 가세해 오고, 진군 측에서는 구호 대장의 한 사람인 이우李遇가 가세해 왔다.

그러나 항우를 당해 낼 자는 아무도 없어서, 군사 범증이 급히 쫓아오며 간한다.

"장군! 날이 저물었습니다. 그만 추격하십시오."

추격을 멈추고 바라보기만 하니, 적은 산 속으로 쫓겨 들어가 진지 속에 깊숙이 숨어 버리는 것이 아닌가.

범증이 그 광경을 보고 항우에게 품한다.

"짐작건대, 적은 오늘 밤 우리가 쳐들어오리라 믿고 본진을 텅 비워 놓은 채 모든 군사를 요소요소에 분산 잠복시켜 놓을 것이 분명합니다. 우리는 저들의 계략을 역이용하여 장한을 사로잡을 계략을 꾸며 보는 것이 어떠하겠습니까?"

항우가 크게 기뻐하며 반문한다.

"장한을 사로잡으려면 어떤 계략을 써야 하겠소?"

범증이 대답한다.

"오늘 밤 장군께서는 적의 본진으로 쳐들어가시는 동시에, 다른 군사들은 몇 부대로 분산하여 적이 매복해 있는 곳을 급습하면, 장한을 능히 사로잡을 수가 있을 것이옵니다."

항우는 그 말을 듣고 크게 기뻐하였다. 그리하여 밤이 되면 영포는 1만 기를 가지고 남쪽으로 쳐들어가고, 환초는 1만 기를 가지고 북쪽으로 쳐들어가고, 항우는 3만 기를 거느리고 중앙으로 당당하게 쳐들어가기로 하였다.

한편, 패주에 패주를 거듭한 장한은 절치부심을 하였다. 그리하여 이우·한장 등과 함께 새로운 계략을 꾸민다.

"적은 승리를 거듭한 여세를 몰아 오늘 밤에는 반드시 야습을 감행해 올 것이다. 그러므로 우리는 대비책을 시급히 세워야 한다. 이우는 5천 기를 거느리고 남쪽산 기슭에 잠복해 있고, 한장은 5천 기를 거느리고 북쪽산 기슭에 잠복해 있으라. 그랬다가 적이 나타나기만 하면, 좌우협공으로 적을 송두리째 섬멸시켜 버려라. 나는 본진을 비워 둔 채 사마흔과 함께 본진 후방에 대기하고 있다가, 전투가 시작되면 적을 중앙으로부터 격파해 나가기로 하겠다. 사태가 그렇게 되면, 항우를 사로잡게 될 수도 있을 것이다."

최고 지휘관 한 사람만 생포해 버리면, 전쟁을 승리로 끝내게 될 것은 말할 것도 없다.

그러기에 초군은 장한을 생포할 계략을 면밀히 꾸미고 있었는데, 진군은 진군대로 항우를 생포하는 것을 승리의 첩경으로 삼고 있던 것이다.

양군이 목표하는 계략은 똑같건만, 과연 누가 누구의 손에 생포될 것인지 그 결과는 두고 봐야 할 노릇이었다.

바로 그날 밤 축시丑時.

항우는 좌군左軍과 우군右軍을 적진으로 먼저 쳐들어가게 하고 자기 자신은 3만 군사를 거느리고 적의 본진을 향하여 노도와 같이 휘몰아쳐 들어가기 시작하였다. 후방에서 대기중이던 장한은 항우군의 함성을 아군의 함성인 줄로 잘못 알고 기꺼이 달려나왔다.

그리하여 반갑게 영접하려다 보니, 구름떼처럼 몰려 들어오는 군사들은 모두가 항우의 군사가 아닌가.

"아차!"

장한은 크게 당황하였다. 그러나 사태가 그렇게 되고 보니, 이제는 싫어도 정면으로 싸울밖에 없었다.

양군 사이에는 어둠 속에서 무시무시한 격전이 전개되었다.

그러나 장한은 항우를 당해 낼 기력이 없었다. 오래 싸우기에는 힘이 부쳐서 막 도망을 치려고 하는데, 좌우로부터 또 다른 적군들이 휘몰아쳐 오면서,

"장한은 듣거라. 이우와 한장의 군사는 이미 전멸하였다. 너는 독 안에 들어 있는 쥐로다!"

하고 고함을 지르는 것이 아닌가.

영포와 환초가 어느새 이우와 한장의 군사를 무찔러 버리고, 이제는 항우의 군사와 합류合流해 오는 길이었던 것이다.

장한은 그 소리를 듣자, 그러잖아도 캄캄하던 눈앞이 더욱 캄캄해 와서 말머리를 돌려 무작정 도망을 치기 시작하였다.

항우를 비롯하여 영포·환초 등이 장한을 추격해 오기를 무려 30여 리. 워낙 캄캄한 밤인지라, 그들은 마침내 장한의 행방을 잃어버리고 말았다.

"여기가 어디냐?"

그제사 알고 보니, 그곳은 조왕趙王이 포위되어 있던 거록성鉅鹿城 부근이었다. 항우는 그 사실을 알고 영포에게 명한다.

"그대는 수색을 계속하여 장한을 꼭 생포해 오라! 우리가 출동한 기본 목적은 조왕을 구출하는 데 있었으니, 나는 거록성으로 찾아가 조군趙軍을 구출하리라."

항우가 군사를 몰고 거록성으로 달려오니, 대장 장이와 진여 등이 성문을 활짝 열고 눈물로 영접한다.

"장군께서 도와주시지 않으셨던들, 성안에 갇혀 있던 저희들은 고스란히 아사餓死를 당했을 것이옵니다."

조왕도 항우의 손을 움켜잡고 감격의 눈물을 뿌리며,

"역발산 기개세의 장군의 영명은 진작부터 알고 있었지만, 그 막강한 장한의 군사를 이처럼 쉽게 물리쳐 주실 줄은 정말 몰랐소이다."

하고 치하하며, 환영연을 성대하게 베풀어 주었다.

사실 항우가 아니었던들, 조왕과 조군은 거록성 안에서 고스란히 아사를 면하기가 어려웠을 것이다.

그러면 장한을 계속적으로 추격해 간 영포의 그 후 결과는 어찌 된 것일까.

영포는 항우의 명령을 받기가 무섭게 장한의 행방을 맹렬히 수색하기 시작하였다.

어두운 숲 속으로 달려 들어와 사방을 유심히 살펴보니 장한은 장시간 쫓기느라고 숨이 가빴던지, 저 멀리 나무 그늘에서 쉬고 있는 것이 아닌가.

"이놈 장한아! 네가 가면 어디로 가느냐!"

영포는 벼락 같은 소리를 지르며 비호같이 달려갔다. 장한은 혼비 백산하여 또다시 쫓긴다.

쫓고 쫓기기를 무려 20여 리. 두 사람의 거리가 눈앞에까지 좁혀졌을 바로 그때, 숲 속으로부터 한 무리의 군사가 구름떼처럼 달려 나오며,

"영포야! 내 칼 받아라!"

고함소리와 함께 덤벼드는 장수가 있었다. 그는 구호 대장의 한 사람인 장평章平이었다.

영포는 장평과 싸우기를 장장 30여 합. 장한을 멀리 도망가게 하려고 장평은 결사적으로 싸움을 계속했던 것이다.

그러나 장평은 끝까지 영포의 상대가 될 수는 없었다. 장평이 마침내 도망을 치기 시작하니 영포가 소리친다.

"이놈, 어디로 가느냐. 장한 대신에 네놈이라도 내 칼을 받아라!"

그러나 얼마를 추격해 가다 보니, 이번에는 '구호 대장'의 한 사람인 주웅周熊과 왕관王官이 숲 속에서 앞길을 가로막고 나오는 것

이 아닌가.

세 명의 호랑이 같은 장수들이 한꺼번에 덤벼드니 아무러한 영포도 당해 낼 길이 없었다.

영포는 거록성으로 쫓겨 돌아와, 항우에게 무릎을 꿇고 아뢴다.

"장명을 받들고 장한을 생포하려고 맹렬히 추격했사오나, 도중에서 구호 대장들이 훼방을 놓아 실패하고 돌아왔사옵니다. 군율에 의하여 소장에게 중벌을 내려 주시옵소서."

항우는 껄껄껄 웃고 나서, 영포의 어깨를 정답게 두드려 주며 위로한다.

"장한은 불세출의 명장이므로 그대가 생포하기에는 너무도 벅찬 인물이었다. 혼내 준 것만으로도 공로가 대단한데 어찌 벌을 줄 수 있으랴."

조왕이 항우와 영포를 영접하여 축하연을 베풀어 주려고 하자, 항우가 사양하며 말한다.

"장한은 워낙 지모가 능숙하여, 그냥 내버려 두었다가는 언제 또다시 권토중래捲土重來해 올지 모르기 때문에 장한을 끝까지 추격하여 함양까지 계속 밀고 들어갈 생각입니다."

병서에 '병兵은 졸속拙速을 기해야 한다'고 했던가. 항우는 생포해 온 왕리와 섭간의 목을 그 자리에서 날려 버리고 다시 출동하려 하였다.

그러자 범증이 급히 달려와 말한다.

"장군! 긴히 여쭐 말씀이 있사옵니다."

"무슨 말씀이오?"

항우가 마상에서 반문하자, 범증은 머리를 수그려 보이며 말한다.

"죄송스러운 말씀이오나, 이야기가 약간 길어질 듯하오니 일단 막사로 들어가셔서 들어주시면 고맙겠습니다."

백발이 성성한 범증의 얼굴빛이 심상치 않아 보여서 항우는 막사 안으로 범증을 따라 들어갔다.
 좌정을 하고 나자, 범증은 조용히 입을 열어 말한다.
 "지난 사흘 동안에 장군께서는 아홉 번 싸우셔서 아홉 번을 모두 이기셨사온데, 이는 과거의 어떤 전사戰史에서도 찾아볼 수 없는 혁혁하신 전과戰果이시옵니다. 삼가, 축하의 말씀을 올리옵니다."
 항우는 그 말을 듣고 소리를 크게 내어 웃는다.
 "하하하, 그런 말씀을 들려주시려고 나를 일부러 들어오라고 하셨소? 아무튼 군사께서 칭찬을 해 주시니 대단히 기쁘오이다. 그러나 내가 구전구승九戰九勝을 할 수 있었던 것은 군사의 탁월하신 지도와 막료 장수들이 용감하게 싸워 준 덕택이었소. 그것을 어찌 나 혼자만의 공적이라고 할 수 있겠소?"
 "아니옵니다. 우리 군사가 그처럼 용감했던 것은 장군께서 용감하셨기 때문이었습니다. 옛날부터 '용장지하勇將之下에 약졸弱卒 없다'고 일러 오지 아니하옵니까. 그렇게 따지고 보면 구전구승의 찬란한 승리는 모두가 장군께서 용감하셨던 덕택이었다고 말씀드릴 수 있겠습니다."
 "아무튼 고맙소이다. 나는 이제부터 장한을 추격하여 함양까지 쳐들어갈 참인데, 군사께서는 어떻게 생각하시오?"
 범증은 그제사 자세를 바로잡고 새삼스레 머리를 수그려 보이며,
 "실상인즉, 장군 전에 여쭙고 싶은 말씀은 바로 그것에 대한 말씀입니다."
 항우는 그제서야 범증의 눈치를 알아채고 이렇게 반문한다.
 "군사께서는 나의 작전 계획에 찬성을 못 하시겠다는 말씀인가 보구려."
 "찬성 불찬성보다도, 지금 당장 장한을 추격하여 함양까지 쳐들

어가시는 계획은 일단 보류하심이 좋을 것 같사옵니다."

"그 이유는?"

"첫째, 우리는 애초에 왕명을 받들고 출정할 때 조왕趙王을 구출한다는 군령만 받았을 뿐이지, 멀리 함양까지 쳐들어가라는 명령을 받은 일은 없사옵니다. 따라서 대왕의 윤허도 없이 독단으로 함양까지 쳐들어가는 것은 왕명에 위배되는 참월행위僭越行爲에 해당되는 일이옵니다."

"음! 군사의 말씀을 들어 보니, 과연 그런 것 같기도 하구려. 그러나 우리들의 궁극적인 목적은 진나라를 멸망시켜 버리는 데 있지 않소? 군사적으로 유리할 때에 적을 깨끗이 밀어 버리는 것은 당연한 일이 아닐까요?"

그러나 범증은 그 말에도 고개를 가로젓는다.

"군사적으로도 반드시 우리에게 유리하다고는 볼 수 없사옵니다."

항우는 범증의 말에 모욕감이 느껴져서 은근히 화가 치밀어 올랐다.

"아니, 우리는 구전구승을 한 실적이 있는데, 어째서 군사적으로도 유리하지 않다는 말씀이오?"

승리에 도취해 있는 항우로서는 당연한 의문이었는지 모른다.

범증은 항우의 우직스러운 성품을 잘 알고 있기에 되도록 온건하게 말한다.

"무릇 군사란 연전연승을 하고 난 직후가 가장 경계해야 할 시기인 것이옵니다. 우리 군사는 아홉 번이나 싸워 이기는 바람에 마음은 교만해지고 몸은 지쳐 있사옵니다. 그러므로 우리 군사들에게 무엇보다도 시급한 것은 안정과 휴식입니다."

항우는 그 점에는 수긍이 가는 듯 고개를 끄덕이며 말한다.

"그 말씀은 알아듣겠소이다."

"그뿐이 아니옵니다. 진나라의 군사들이 비록 허약하다고는 하오나 함양에는 아직도 50만 대군이 건재합니다. 20만밖에 안 되는 피로한 군사를 수천 리나 무리하게 끌고 가서 앉아서 기다리는 50만 대군을 상대로 싸운다면, 어느 편이 유리하겠습니까. 우리는 그 점을 깊이 고려해야 할 것이옵니다."

성미가 조급한 항우는 승리에만 급급하여 미처 거기까지는 생각을 못 하고 있었다. 항우는 그제서야 자신의 잘못을 깨닫고 범증의 손을 움켜잡으며 말한다.

"군사의 말씀을 듣고 보니, 과연 내가 너무 서둘렀소이다. 그러면 우리는 이제부터 어떻게 할 것이며, 어떻게 해야 함양을 우리 손으로 함락시킬 수 있겠소?"

"우리는 여기서 멀지 않은 장남漳南이라는 곳에 진을 치고 병사들의 영기英氣를 길러 가면서, 때를 기다리는 것이 상책일 것이옵니다. 그러노라면 저들에게는 반드시 내부에서 혼란이 일어날 것이니, 그때에 본격적으로 쳐들어가면 됩니다."

"저들의 내부적인 혼란이란 어떤 것을 말씀하는 것이오?"

"진나라의 이세 황제는 워낙 혼매昏昧하여 주색밖에 모르고, 조고라는 자는 권력 집중에만 급급하여 외침방어外侵防禦 같은 것은 생각조차 안 하는 위인입니다. 그런데 장한은 많은 군사를 잃었기 때문에 응원병應援兵을 보내 달라고 본국에 성화같이 졸라대고 있을 것은 뻔한 일이옵니다. 그로 인해 조고와 장한은 의견 충돌을 일으켜, 진나라는 결국 그들의 싸움으로 멸망을 초래하게 될 것입니다. 우리는 그때에 가서 적은 힘을 가지고 천하를 얻어내야 합니다."

범증의 말은 마치 천하대세를 손바닥 위에서 바라보는 듯한 느낌이었다.

항우는 범증의 지략에 크게 감동하였다.

"군사의 말씀은 마치 장님인 나를 광명 천지로 인도해 주시는 것만 같구려. 그러면 우리는 '장남'에 주둔하여 '때'를 기다리기로 합시다."

조고의 천하 호령

옛날부터 전해 오는 문자文字에 '지록위마指鹿爲馬'라는 말이 있다. '사슴을 가리켜 말이라고 우긴다'는 소리다.

진나라 이세 황제 때의 승상이었던 조고가 사슴을 말이라고 우겨댄 일이 있는데, 그 문자는 그때부터 생겨난 말이다.

조고는 아첨하는 데는 천재적인 소질이 있는 위인이었다. 그 덕택에 시황제 때에는 일개의 내시로서 천하의 권세를 맘대로 휘둘러 왔었고, 이세 황제가 등극한 뒤에는 놀랍게도 승상의 자리를 타고 앉아 천하를 호령해 오고 있는 중이다.

환관에서 승상으로! 불알조차 없는 내시가 일인지하一人之下요 만인지상萬人之上인 승상의 자리에까지 올랐다는 것은, 인간 사회에서는 있을 수 없는 일이었다.

그러나 조고는 '그 있을 수 없는 일'을 인간 사회에서 실현시켜 놓고야 말았다. 그 한 가지 사실만으로도 조고의 간지奸智가 얼마나 비상한가를 가히 짐작할 수 있을 것이다.

승상이 될 수 없는 사람이 승상이 되었으므로 세상에는 비난이 없을 수 없었다. 조고가 무엇보다도 두려워하는 것은 그러한 비난이었다. 그러기에 조고는 지위의 고하를 막론하고 자기를 비난하는 사람에게는 엉뚱한 죄를 뒤집어씌워 삼족을 몰살시켜 버리곤 하였다.

그로 인해 억울하게 죽어 간 사람이 무려 3천 내지 4천 명. 사태가 그쯤 되고 보니, 이제는 조정의 대부들조차 조고 앞에서는 감히 머리를 들지 못했다.

그 무렵, 항우에게 참패한 진나라의 대장군 장한은 함곡관函谷關에 진을 치고 '응원군을 급히 보내 달라'는 장계문을 본국에 성화같이 올렸다.

초장 항우가 20만 군으로 머지않아 장하를 건너 함양으로 쳐들어갈 기세를 보이고 있습니다. 저들은 가는 곳마다 백성들의 환영을 받아 군사가 자꾸만 불어 가고 있으므로, 저들을 함곡관에서 막아 내지 못하면 나라가 망할 판이니, 시급히 군사를 보내 주소서.

장한의 장계문의 내용은 눈물겹도록 비장하였다.

그러나 조고는 그러한 장계를 일소에 붙여 버린 채 황제에게는 알리지도 않았다.

'장한이라는 자가 무슨 꿍꿍이속으로 함양에 있는 군사를 모조리 자기한테로 보내 달라는 것일까. 그 의중意中이 매우 불온하구나······.'

조고는 자기 이외에는 누구든 권력이 강해지는 것을 경계해 왔다. 대장군 장한에 대해서는 더욱 그랬다. 권력 장악에만 눈이 어두운 조고에게는 국가의 흥망 같은 것은 애당초 염두에도 없었던 것이다.

조정의 대부들은 꼬리를 물고 날아오는 장한의 장계문을 읽어 보고 모두들 불안에 떨었다. 그러나 조고에게 미움을 살까 두려워 누구도 감히 황제에게 그 사실을 직접 품고稟告하지는 못했다.

내시 출신인 조고는 세상 사람들이 자기를 존경하지 않는 것을 잘 알고 있었다. 벼슬이 아무리 높기로 불알도 없는 병신을 누가 존경할 것인가.

그러기에 조고는 승상의 자리에 앉아 있으면서도 마음은 항상 불안하여, 조금이라도 비위에 거슬리는 자가 있으면 가차없이 숙청해 버렸다.

숙청, 숙청, 또 숙청! 피의 숙청이 끊임없이 계속되었다. 나라와 임금을 위한 숙청이 아니라, 자기 자신의 권력을 확보하기 위한 무자비한 숙청이었다.

'나에게 심복心服하는 놈은 아무도 없으니, 나는 저들을 권력으로 굴복시켜 보리라. 힘으로 굴복시키면, 그 결과는 심복과 다를 것이 없지 않은가.'

그것이 조고의 정치철학政治哲學이었고, 그 철학을 현실에 옮겨 놓은 것이 '피의 숙청'이었다. 그것은 조고가 일찍이 진시황에게서 배운 정치철학이기도 했던 것이다.

지금 조정에는 만조 백관들이 가득 차 있다. 그들은 하나같이 조고에게 절대 복종하는 무리들뿐이었다. 조고는 사람을 등용할 때면, 키〔箕〕로 까불고 체〔篩〕로 쳐서 자기에게 절대 복종할 사람이 아니면 절대로 감투를 씌워 주지 않았다. 인사 행정에 그처럼 용의주도한 조고였다.

조고는 그러고도 마음이 놓이지 않아, 한번은 그들의 마음을 직접 시험해 보고 싶은 생각이 들었다.

어느 날, 황제를 모시고 만조 백관들이 조회朝會를 끝낸 직후의 일이었다.

조고는 황제 앞에 머리를 조아리며 아뢰었다.

"폐하! 폐하께서 사냥을 좋아하시옵기에, 신이 좋은 말을 한필 구해 놓았습니다. 사냥하실 때에는 그 말을 애용하시도록 하시옵소서."

황제는 평소부터 말을 유난히 좋아하는지라 조고의 말을 듣고 뛸 듯이 기뻐하였다.

"경이 짐을 위해 좋은 말을 구해 놓으셨다니, 이런 고마운 일이 없구려. 그 말을 만조 백관들과 함께 구경하고 싶으니, 지금 곧 궁정宮庭으로 끌어 오도록 하오."

"분부대로 거행하겠습니다."

황제가 만조 백관들과 함께 뜰에 나와 기다리고 있노라니까, 잠시 후에 조고가 몸소 말을 끌고 정원으로 들어선다.

황제를 비롯하여 만조 백관들은 조고가 끌고 들어오는 동물을 보고 소스라치게 놀랐다. 그도 그럴 것이, 조고가 끌고 들어오는 동물은 말이 아니고 사슴이었기 때문이었다. 그 사슴은 덩치가 워낙 커서 얼른 보기에는 말과 비슷하기는 하였다. 그러나 어디로 보나 말은 아니고 사슴이 틀림없었다.

황제는 어처구니가 없었다.

"승상! 이 어이 된 일이오. 이것은 말이 아니라 사슴이 아니오?"

그러나 조고는 눈썹도 까딱하지 아니하고,

"폐하! 이것은 사슴이 아니옵고 말이옵니다."

하고 대답하는 것이 아닌가.

만조 백관들은 하도 어이가 없어 망연히 관망만 하고 있었다.

황제는 조고의 정신 상태를 의심하며 다시 이렇게 말했다.

"이 짐승은 누가 보아도 사슴이 분명하오. 이것을 말이라고 보았다면, 승상은 눈이 어떻게 된 것이 아니오?"

그러나 조고는 고집스럽게 다시 주장한다.

"아니옵니다. 이것은 분명히 말이옵니다. 폐하께서 그처럼 의심스러우시다면, 소신이 만조 백관들에게 직접 물어 보겠습니다."

그리고 한 사람을 앞으로 불러내어 이렇게 물어 보았다.

"폐하께서는 이 짐승을 사슴이라고 말씀하시지만, 나는 말이라고 여쭈었소. 대부는 어느 말씀이 옳다고 생각하시오?"

조고는 자기에 대한 대부들의 충성심을 시험해 보려고 계획적으로 그런 연극을 꾸몄음은 말할 것도 없었다.

대부들은 조고의 낌새를 알아채고 대답이 매우 난처하였다. 눈앞의 짐승이 사슴임은 틀림이 없으나, 사실대로 말했다가는 후환이 두렵기 때문이다.

그리하여 맨 먼저 불려 나온 대부는 눈 딱 감고 이렇게 대답하였다.

"이 짐승은 승상의 말씀대로 사슴이 아니옵고 말이옵니다."

그러자 그 다음부터는 저마다 서슴지 않고,

"이 짐승은 사슴이 아니옵고 말이옵니다."

하고 대답하는 것이 아닌가.

그러나 대부들 중에는 양심적인 사람이 노상 없지는 않아서 한두 사람만은,

"글쎄올시다. 제가 보기에는 말이 아니옵고 사슴인 것 같사옵니다." 하고 엉거주춤하게 대답하였다.

"아, 그래? 그러면 내 말이 틀렸다는 말이구려."

그런 일이 있고 나서 며칠 후, 사슴이라고 대답한 대부들은 조고의 명령에 의하여 쥐도 새도 모르게 처단을 당하고 말았다.

'지록위마指鹿爲馬'라는 문자는 그때 생겨난 말이거니와, 그런 사건이 있은 다음부터 조고의 권력은 절대적인 것이 되어 버렸던 것이다.

바로 그 무렵 함곡관에 주둔중인 장한은 '응원군을 급히 보내 달라'는 장계를 연달아 올렸다. 그러나 조고는 장한의 장계를 황제에게는 알리지도 않고 번번이 묵살해 버렸다. 대부들은 그러한 사실을 알고 있으면서도 조고가 두려워 감히 입 밖에도 내지 못했다.

그러던 어느 날, 이세 황제가 낮잠을 자고 있노라니까 십여 명의 궁녀들이 얼굴이 새파랗게 질려 우르르 몰려와 황제를 흔들어 깨우며,

"폐하! 큰일났사옵니다. 장한 장군이 대패하여 초나라 군사들이 금명간에 함양으로 쳐들어온다고 하옵니다. 초군이 쳐들어오면 저희들은 모두가 죽게 될 것이 아니옵니까?"

하고 말하며 소리 내어 울기까지 하는 것이 아닌가.

낮잠에서 깨어난 황제는 기절초풍을 하였다.

"뭐야? 초군이 함양으로 쳐들어온다고? 도대체 누가 그런 소리를 하더냐?"

이세 황제는 크게 당황하여 내관(內官)들을 급히 불러 물어 본다.

"초군이 함양으로 쳐들어온다고 하는데, 그게 사실이냐?"

내관들이 머리를 조아리며 아뢴다.

"사실 여부는 확실하지 않사오나 그러한 소문이 파다한 것만은 사실이옵나이다."

"초군을 정벌하려고 30만 대군을 끌고 나간 장한 장군은 무엇을 하고 있다는 말이냐!"

"장한 장군은 초군에게 여지없이 패배하여 본국에 응원군을 십여 차례나 요청해 왔사오나, 조 승상께서는 장한 장군의 요청을 번번이 묵살해 버리셨다고 하옵니다."

"그럴 리가 있느냐! 장한 장군이 응원군을 요청해 왔다면 승상이 어째서 묵살해 버렸겠느냐!"

"그러한 사실은 폐하께서만 모르고 계실 뿐이지, 세상은 다 알고 있는 일이옵니다. 폐하께서는 지금이라도 군사를 빨리 보내 주셔서 백성들을 전화戰火의 비참 속에서 구출해 주시옵소서."

"그렇다면 승상을 당장 이 자리에 불러라!"

황제는 처음으로 제정신으로 돌아와 불안과 분노로 몸을 떨었다.

이윽고 조고가 어전으로 달려와 머리를 조아리자 황제는 벼락 같은 호통을 지른다.

"짐은 그대를 믿고 모든 국사를 그대에게 맡겨 왔었다. 그런데 그대는 천하의 변란이 일어나 나라가 위태롭게 되었는데도 짐을 속여 오기만 했으니, 그 죄 마땅히 능지 처참에 가당하도다! 지금이라도 진상을 분명히 고하라!"

금방 목을 쳐 버릴 듯이 무시무시한 진노였다.

그러나 조고는 조금도 당황하지 않고 머리를 조아리며 차분하게 대답한다.

"아뢰옵기 황공하오나, 신은 승상으로서 내정內政을 담당하여 황제 폐하의 안녕을 전담해 왔사옵고, 외적外敵들에 대한 방비는 대장군 장한과 대장 왕리가 전담하기로 되어 있사옵니다. 자신이 귀신이 아닌 바에야 혼자서 어찌 내정과 외침을 모두 감당해 낼 수 있으오리까. 그러므로 지금이라도 특사를 보내셔서 장한을 문책하시옵고 다른 장수로서 초군을 막아내게 하시면, 별로 문제가 없을 줄로 아뢰옵니다. 세상에 믿을 수 없는 것이 유언비어流言蜚語인 것이옵니다. 게다가 장한은 아직 승상인 본인에게는 아무 기별도 없사온데, 세상에 떠돌아다니는 뜬소문만 들으시고 신을 덮어놓고 처벌하신다면 소신은 너무도 억울하옵나이다."

"장한 장군이 응원군을 보내 달라고 여러 번 장계를 올렸다고 하는데, 그런 일이 전연 없었다는 말이오?"

"그런 장계가 있었다면 신이 어찌 폐하 전에 품고하지 않았겠나이까. 폐하께서는 소신의 충성심을 추호도 의심치 말아 주시옵소서."

조고가 눈물로 호소하는 바람에 황제는 진노가 어이없게 풀려서 이렇게 말했다.

"그러면 승상은 자세한 사정을 장한 장군에게 직접 알아보도록 하오."

'장한이란 놈, 어디 두고 보자.'

조고는 어전을 물러나오면서 장한에 대해 마음속으로 이를 갈았다.

만약 조고에게 나라를 생각하는 마음이 조금이라도 있었다면, 전방 전황前方戰況을 한 번쯤은 알아봤어야 옳을 일이었다. 그것은 승상으로서의 의무이기도 하였다.

그러나 조고에게는 애당초 애국심 따위는 한 푼 어치도 없는 데다가, 장한을 오직 권력 투쟁의 적수敵手로만 생각하고 있었기 때문에 건건사사에 증오심만이 솟구쳐 올랐던 것이다.

조고가 황제에게 호되게 당하고 어전을 물러나온 바로 그 다음 날, 함곡관에 있는 장한으로부터 '응원군을 보내 달라'는 장계문이 또다시 날아 올라왔다. 장한은 '승상 조고가 중간에서 훼방을 놓고 있다'는 풍문이 들려왔기 때문에, 이번에는 장계문을 황제 앞으로 보내지 아니하고, 사마흔을 시켜서 조고에게 직접 전달하게 했던 것이다.

사마흔은 승상부丞相府로 찾아와 조고에게 면회를 신청하였다.

그러나 조고는 만나 주려고 하지 않았다.

"무슨 용무로 왔는지, 네가 나가 만나 보아라."

시자侍者가 사마흔에게서 장계문을 가지고 들어왔다.

그러나 조고는 장계문을 읽어 보지도 않고 시자에게 명한다.

"사흘 안으로 대답해 줄 테니, 사마흔은 어디 가지 말고 그때까지 관문官門 앞에서 기다리고 있게 하여라."

사마흔은 어쩔 수 없어 관문 앞에서 사흘 동안을 꼬박 기다렸건만, 그래도 조고에게서는 감감 무소식이었다.

'승상이라는 벼슬이 아무리 도도하기로 세상에 이럴 수가 있는가.'

조고가 그렇게까지 냉담하게 나오는 데는 반드시 무슨 곡절이 있는 것 같아서 사마흔은 하인들을 매수하여 까닭을 알아보았다.

그러자 하인들은 사마흔에게 다음과 같은 귀띔을 해 주는 게 아닌가.

"승상은 장한 장군이 원수처럼 미워서 머지않아 장한 장군에게 패전의 단죄斷罪를 내리게 될 것이오. 당신은 지금 그물 속에 들어 있으니까, 죽고 싶지 않거든 한시 바삐 여기서 탈출하시오."

사마흔은 그 말을 듣고 나자 전신에 소름이 끼쳐서, 그날 밤으로 함양을 탈출하여 함곡관으로 말을 달렸다.

조고는 그런 줄도 모르고, 사마흔을 억류해 놓은 그날부터 장한·동예·사마흔 등 세 장수의 가족들을 모조리 붙잡아다 옥에 가두어 버렸다.

그리고 나흘째 되는 날 아침에 사마흔을 불러들이려고 하니,

"사마흔은 어젯밤에 쥐도 새도 모르게 도망을 쳐 버렸습니다."

하고 대답하는 것이 아닌가.

조고는 크게 노하여 심복 부하인 네 명의 장수를 불러 추상 같은 명령을 내렸다.

"그대들은 지금부터 사마흔을 추격하여 무슨 일이 있어도 그자를 체포해 오라!"

조고의 명령을 받은 네 명의 장수는 사마흔을 체포하려고 함곡관으로 추격의 말을 달렸다.

그러나 아무리 맹렬하게 추격해 보아도 사마흔은 그림자조차 보이지 않았다.
"어젯밤에 이 길로 말을 달려가는 사람을 보지 못했는가?"
"보았지요. 그대로 달려갔으면 2백 리는 더 갔을 것이오."
백 리쯤 달려와서 다시 농부들에게,
"오늘 새벽에 이 길로 말을 타고 도망가는 사람을 보지 못했는가?"
하고 물어 보니 그들은 한 술 더 떠서,
"보았지요. 그대로 달려갔으면 3백 리는 더 갔을 것이오."
하고 대답하는 것이 아닌가.

그도 그럴 것이, 사마흔은 추격당할 것을 미리 짐작하고 만나는 사람마다 돈을 주어 가면서 추격을 단념하도록 매수를 해 놓았던 것이다.

결국 네 장수가 헛물을 켜고 돌아오자, 조고는 더욱 분격하였다.
그리하여 대궐로 달려 들어와 황제에게 이렇게 품하였다.
"장한과 사마흔은 외지에서 적도賊徒들을 토벌하기는커녕 오히려 그들과 야합하여 반역을 도모하고 있사옵니다. 그러므로 폐하께서는 사령관을 다른 사람으로 경질하시고, 장한은 함양으로 불러 올려 참형에 처해 버리시옵소서. 그러잖으면 나라에 커다란 변란이 생길 것이옵니다."

이세 황제는 '장한이 반역을 도모한다'는 소리에 겁이 시퍼렇게 났다.
"그자가 반역을 도모하다니, 그럴 수가 있는가!"
"장한은 수중에 30만 대군을 가지고 있으면서 아직도 군대를 더 보내 달라고 성화같이 졸라대고 있으니, 그것은 반역을 도모하려는 증거가 아니고 무엇이겠나이까."

황제는 고개를 크게 끄덕인다.

"승상의 말씀은 과연 옳은 말씀이오. 그러면 장한 대신에 누구를 사령관으로 임명하는 게 좋겠소."

"대장 조상趙常이 적임자인 줄로 아뢰옵니다."

조상이란, 다름 아닌 조고의 조카였다.

조상이 사령관으로 임명되자, 조고는 장한에게 보내는 조서詔書를 자기 손으로 써 주면서 조상에게 명한다.

"속히 부임하여 장한을 즉시 함양으로 올려 보내라."

한편, 사마흔은 주야 겸행으로 도망을 쳐서 함곡관으로 돌아오자, 조고의 행패에 대해 장한에게 낱낱이 고해 버렸음은 말할 것도 없다.

장한은 눈물을 뿌리며 통탄한다.

"조정에서는 간신이 날뛰고, 일선에서는 강적이 덤벼 오고 있으니 이 일을 어찌했으면 좋단 말이냐. 아무튼 동예 장군을 불러다가 금후의 대책을 강구해 보기로 하자."

동예 장군을 막 불러올리려고 하는데, 동예가 얼굴이 새파랗게 질려서 급히 달려 들어오며 말한다.

"사령관님! 큰일났사옵니다. 조금 전에 함양에서 저를 찾아온 진희陳希라는 친구의 말에 의하면, 조고는 우리네의 가족들을 모조리 옥에 가둬 놓고, 우리 세 사람을 함양으로 상경하라는 조서를 내려 보냈다고 하옵니다."

"뭐야? 조고가 우리 가족들을 옥에 가둬 놓고 우리들을 함양으로 불러올리려 한다구? 도대체 무엇 때문에 그런 짓을 하는 것인가?"

장한은 가족들이 조고의 손에 체포되어 있다는 소리를 듣고 펄펄 뛰었다.

동예가 대답한다.

"조고는 천하의 간신이어서, 일찍이 이사李斯의 삼족을 몰살했듯이, 이번에는 우리들을 함양으로 불러올려 삼족을 멸해 버리려는 것임이 분명합니다. 조금 전에 함양에서 진희라는 제 친구가 이곳으로 망명을 왔으니, 진희를 이 자리에 부르셔서 자세한 사정을 직접 들어 보심이 좋을 것 같습니다."

진희가 장한의 앞에 불려 나와 이렇게 말했다.

"조고는 장한 장군을 권력 투쟁의 원수로 생각하고, 장군을 함양으로 불러 올려 숙청해 버릴 음모를 진행시키고 있음이 분명합니다. 그러므로 장군께서는 어떤 일이 있어도 함양으로 올라가셔서는 아니 되시옵니다."

마침 그때 밖에서 요령搖鈴 소리가 소란스럽게 들려오더니,

"함양에서 황제 폐하의 칙사가 내려오셨사옵니다."

하고 알린다.

장한이 부리나케 달려나와 영접해 보니, 칙사라는 자는 다름 아닌 조고의 조카인 조상이 아닌가.

조상은 그 자리에서 장한에게 조서를 전달해 주었는데, 조서의 내용은 다음과 같았다.

장한 장군은 여러 해 동안 외지에서 적도들을 토벌하느라고 고생이 너무도 많으셨소. 장군은 공적이 지대하므로 때를 가려 상을 후하게 내리기로 하겠거니와, 우선 과로過勞를 풀어 드리고자 사령관의 직책을 해임하고 대장 조상을 새로운 사령관으로 임명하니, 장군은 모든 군무를 후임자에게 맡기고 함양으로 올라와 오랜만에 가족들과 함께 편히 쉬도록 하오.

장한은 그 조서를 읽어 보고, 울화가 치밀어 올랐다. 그것은 생사람을 감언이설로 꾀어 잡으려는 조고의 간악한 수법임이 분명했기

때문이었다.

그러기에 장한은 즉석에서 조상의 머리채를 움켜잡고,

"이놈! 우선 네놈부터 죽여 버려야 하겠다!"

하고 소리를 지르며 조상의 목을 장검으로 후려갈기려 하였다.

그러자 사마흔이 급히 덤벼들어 만류하며 말한다.

"쥐새끼 같은 놈의 목을 쳐 본들 칼만 더러워질 뿐이지, 무슨 보람이 있겠습니까. 차라리 살려 두었다가 후일에 유용하게 이용하기로 합시다."

그리고 동예 장군도 그 나름대로 이렇게 말한다.

"이자는 조고의 졸도임이 분명하나, 명색은 '칙사'로 되어 있사옵니다. 그러므로 이자를 함부로 처단했다가는 엉뚱한 죄명을 뒤집어쓰기가 쉽사옵니다. 그러므로 죽이는 것만은 삼가서야 합니다."

장한은 그도 그럴 성싶어 조상을 죽이지는 아니하고 영창營舍에 가두어 두기만 하였다.

명장의 변신

장한은 칙사 조상을 영창에 가둬 두기는 했으나, 그 후의 대책에 대해서는 눈앞이 캄캄하였다. 항우가 언제 또다시 쳐들어올지 모르는 형편인데 본국에서는 응원군을 보내 주기는커녕 생사람을 두들겨 잡고 있으니, 장한은 처신할 바를 알 길이 없었다.

궁지에 몰리자, 불현듯 머리에 떠오르는 사람이 시황제였다.

'시황제는 나를 알아보아 주셨건만, 오매한 이세 황제는 사람을 몰라 보아서 나를 이 꼴로 만들어 놓는구나!'

장한은 간신 조고도 밉기 그지없었지만, 그보다도 더 원망스러운 사람은 이세 황제였다. 그러나 장한은,

'황제가 비록 혼매昏昧하더라도, 나는 신하로서의 도리만은 다해야 할 것이 아닌가.'

하고 생각이 여기에 미치자, 최후로 황제에게 상소문을 직접 올려 보기로 하였다.

나라를 구할 수 있는 방도는 오직 하나의 길이 있을 뿐, ……그것은 간신 조고의 일당을 조정에서 깨끗이 몰아내고, 거국적으로 총궐기하여 초군을 섬멸시키는 방도가 있을 뿐이라고 생각했던 것이다.

그리하여 장한이 이세 황제에게 올린 상소문의 내용은 비장하기 이를 데 없었으니, 거기에는 다음과 같은 말도 들어 있었다.

……만약 폐하께서 조고의 간악함을 깨닫지 못하시고 언제까지나 조고의 농락에 놀아나신다면, 폐하 자신도 머지않아 조고의 손에 비참하게 돌아가시게 될 것이옵고, 시황제께서 심혈을 기울여 이루어 놓으신 대진제국도 그로 인해 패망의 비운을 면하기가 어려울 것이옵니다.

그야말로 죽음을 각오한 최후의 간언이었다. 그러나 그와 같은 상소문이 황제의 손에 전달될 리가 만무하였다.
조고는 장한의 상소문을 읽어 보고 분노의 몸을 떨며 명한다.
"어느 놈이 그런 상소문을 가지고 왔는지, 그놈을 내 눈앞에서 당장 물고를 내버려라!"
결국은 애꿎은 사자使者만 죽게 만든 셈이었다.
장한은 그 소식을 전해 듣고 비탄에 빠져 있었다.
그러자 함양에서 망명해 온 진희가 장한에게 말한다.
"장군께서 아무리 나라를 구하려고 애쓰셔도 이미 때가 늦었습니다. 조고는 진작부터 장군의 가족들을 체포해 놓고 있는 만큼, 이제는 장군께서 아무리 전공戰功을 세우셔도 조고는 장군을 절대로 살려 두려고 하지 않을 것이옵니다."
"그러면 이제 앞으로 나는 어찌해야 한단 말이오?"
"조상을 빨리 참형하시고, 장군께서는 새로운 각오를 하셔야 합니다."
"새로운 각오라니? 새로운 각오란 어떤 것을 말하는 것이오?"
"……"
진희는 얼른 대답하기가 거북한 듯, 잠시 주저하는 빛을 보인다.

장한은 눈앞의 현실이 하도 암담하여 진희에게 다시 묻는다.

"나는 이제 앞으로 어떻게 살아가야 좋을지 도무지 알 길이 없구려. 각오를 새롭게 하라는 말이 무엇을 뜻하는 말인지 구체적으로 말해 주시오."

어시호, 진희는 눈 딱 감고 다음과 같이 대답하였다.

"진나라는 머지않아 망해 버릴 나라입니다. 그러므로 이제 앞으로 장군께서 갱생更生하실 수 있는 길은, 초장 항우와 제휴하여 진나라를 신속히 멸망시켜 버리는 길이 있을 뿐이옵니다."

장한은 진희의 말을 듣고 펄쩍 뛸 듯이 놀란다.

"아니, 나더러 항우와 결탁하여 진나라를 내 손으로 때려부수란 말이오? 그건 안 될 말이오. 한평생을 충절忠節로 살아온 나더러 어찌 변절變節을 하라는 말이오?"

진희가 다시금 타이르듯이 대답한다.

"물론 충절은 지극히 고귀한 정신입니다. 그러나 충절을 하려면 반드시 상대가 있어야 하옵는데, 장군은 누구를 위해 충절을 지키겠다는 말씀입니까. 이세 황제는 이미 조고와 결탁하여 장군을 숙청하려는 것이 분명하온데, 나를 죽이려는 사람을 위해 충성을 할 수는 없는 일이 아니옵니까?"

듣고 보니 말인즉 옳은 말이었다. 임금 없이 어찌 충신이 있을 것인가.

그러나 장한은 '변절'이라는 말 자체가 비위에 거슬려서,

"듣기 싫소, 듣기 싫으니 썩 물러가오!"

하고 진희를 쫓아내 버렸다.

그러나 암담한 현실이 일시적인 화풀이로 해결될 리는 만무하였다. 그리하여 날마다 고민에 잠겨 있는데, 어느 날 조趙나라의 진여陳餘 장군으로부터 뜻하지 않은 친필 서한을 받았다.

장군께서 조고의 모함에 빠져 몹시 고민하고 계시다는 소식을 듣고 놀랐습니다. 일찍이 진나라의 명장이셨던 백기白起 장군은, 시황제가 천하를 통일하는 데 공로가 지대했음에도 불구하고 결국은 간신배의 모함으로 사약賜藥을 마시고 죽음을 당했고, 가까이는 만리장성을 쌓는 데 공로가 많았던 몽염蒙恬 장군도 간신 조고의 손에 살해되었습니다. 그런데 이번에는 장군이 조고의 마수에 걸려들었다고 하니, 무슨 재주로 화를 면할 수가 있으오리까. 진나라는 이미 조고의 천하가 되어 버렸는지라, 진나라가 망할 것은 피치 못할 천운天運이라고 봐야 하겠습니다. 그러므로 장군은 그 점을 감안하여 심기일전心機一轉, 제후諸侯들과 협력하여 진나라를 미련 없이 때려부수고, 스스로 대사를 도모해 보심이 어떠하겠습니까. 기회는 언제나 있는 것이 아니옵니다. 지금이라도 차라리 항우와 결탁하여 갱생의 길을 타개해 나가시는 것이 현명한 일이 아닐까 사료됩니다. 깊이 고려해 보시옵소서.

진여의 충고는 수일 전에 들은 진희의 의견과 너무도 흡사하였다. 장한은 진여의 우정 어린 서한을 받아 보고 마음이 크게 동요되었다.

'현군賢君이 없는데 어찌 충신忠臣이 존재할 수 있을 것인가! 백기 장군과 몽염 장군은 우군愚君에게 충성을 다하려고 하다가 결국은 간신의 손에 죽고 만 것이 아닌가. 그와 같은 역사적 사실을 뻔히 알고 있으면서, 나까지 어리석게 전철前轍을 밟을 수는 없는 일이 아닌가!'

그와 같은 회의에 잠겨 있는 어느 날, 진희가 다시 나타나서 지나가는 말처럼 슬쩍 이렇게 물어 보는 것이 아닌가.

"일전에 제가 말씀드린 문제에 대해 생각을 좀 해보셨습니까?"

장한도 이제는 화를 내지 않았다.

"항우와 결탁하여 갱생의 길을 모색해 보라는 말 말이오?"
"예, 그러하옵니다. 어차피 자주 독립하여 대사를 도모하기가 어려울 바에는 항우와 결탁하는 것이 가장 유리하실 것이옵니다."
장한은 고개를 힘차게 가로저으며 단호하게 말한다.
"다른 사람이라면 몰라도, 나와 항우는 결탁할 사이가 못 되네."
"어째서 결탁할 사이가 못 된다는 말씀입니까?"
"그 이유는 뚜렷하오. 항우의 계부季父인 항량項梁을 죽인 사람은 바로 나요! 항우는 나를 '불구대천의 원수'로 알고 있는데, 그러한 항우와 어떻게 손을 잡을 수 있겠소."
진희는 그 말을 듣고 고개를 좌우로 흔들었다.
"장군께서 항우와 결탁할 용의만 있으시다면, 그런 문제는 제가 항우를 직접 찾아가 해결해 보기로 하겠습니다. 천하를 경영하려는 이 판국에, 그와 같은 사사로운 일이 무슨 문제가 되겠습니까."
"음……, 그대는 그만한 자신이 있다는 말이오?"
"자신도 없이 어떻게 그런 말씀을 함부로 올릴 수 있겠습니까?"
"그렇다면 항우를 한번 만나 보도록 하오."
진희는 장한의 허락을 받고, 항우를 만나려고 초진으로 말을 달렸다.
항우는 진희를 만나자 대뜸 큰소리를 치고 나온다.
"장한이 세객說客을 보낸 걸 보니, 그자가 몹시 곤경에 빠져 있는 모양이구려."
진희는 항우가 큰소리를 치거나 말거나 자기 변론을 당당하게 펴나간다.
"진초 양군은 전투태세로 대치對峙해 있는 지가 너무도 오래 되었습니다. 따라서 군사들은 피차간에 몹시 피곤해졌고, 재정적으로도 쌍방이 무척 궁핍하게 되었습니다. 이런 상태는 초군을 위해서

나 진군을 위해서나 결코 바람직한 일이 아니옵니다. 이런 상태가 오래 계속되면 양군은 자멸해 버리고, 제 3자에게 어부지리漁父之利를 안겨 주게 될 것입니다."

그러자 항우는 소리를 크게 내어 웃으며 조롱하듯 말한다.

"하하하, 그러니까 나더러 장한에게 항복을 하라는 말인가?"

항우의 입에서 '항복'이라는 말이 나오자, 진희는 그 말을 교묘하게 이용하여 얼른 이렇게 말했다.

"아니옵니다. 천하의 명장이신 장군에게 누가 감히 항복을 권할 수가 있겠습니까. 저는 장군께서 장한의 항복을 너그럽게 받아 주시기를 권하고 싶어서 찾아온 것이옵니다."

항우는 그 말을 듣고 어리둥절한 표정을 짓는다.

"뭐? 장한이 나에게 항복을 하겠노라고 하더란 말이오?"

"예, 그러하옵니다. 장한은 진작부터 자기가 역부족力不足임을 깨닫고 있는 데다가, 최근에는 조고의 모함에 빠진 원한도 있고 하여, 마침내 장군에게 투항할 결심을 먹게 되었습니다. 그러므로 장군께서는 장한의 투항을 흔쾌한 마음으로 받아들여 주시옵소서. 제가 장군을 찾아뵙게 된 동기는 바로 거기에 있사옵니다."

항우는 그 말을 듣기가 무섭게 고개를 힘차게 흔든다.

"그건 말도 안 되는 소리요. 장한은 나의 계부를 살해한 나의 원수요. 설사 그놈이 항복을 해 오기로 내 어찌 그런 원수놈을 살려 둘 수 있단 말이오."

진희는 그 소리를 듣자, 별안간 앙천대소를 하면서 혼잣말로 이렇게 빈정거렸다.

"아아, 나는 항우라는 인물을 대호大虎로 짐작하고 있었는데, 정작 알고 보니 항우는 보잘것 없는 고양이에 지나지 않았었구나!"

항우에 대한 지독한 모욕임은 말할 것도 없었다.

항우는 크게 분노하여 허리에 차고 있던 검을 뽑아 들며 호통을 지른다.

"너 이놈! 네놈이 목이 달아나고 싶어서 안달이냐!"

진희는 항우가 화를 내거나 말거나 태연스럽게 대꾸한다.

"장군은 그릇이 너무도 작으니, 내 어찌 웃지 않을 수 있으리오. 무릇 참다운 영웅이란, '나라를 위해서는 가문을 잊어버리고〔爲國忘家〕, 어진 사람을 얻기 위해서는 원수를 생각지 말아야〔用賢略仇〕' 하는 법이오. 장한은 장군의 계부를 사원私怨으로 죽인 것이 아니고, 어디까지나 나라를 위해 죽인 것이오. 그것은 누구나가 칭찬해 줘야 할 일이었지, 미워해야 할 일은 아니었소. 그런데 장군은 사사로운 감정에 얽매어 대본大本을 그릇되게 생각하고 있으니, 그 어찌 큰 인물이라고 할 수 있으리오."

항우는 진희의 정정 당당한 변론에 허虛를 찔린 듯한 느낌이었다. 그러면서도 감정이 용납지 않아서,

"너 이놈! 아직도 주둥아리를 방자스럽게 놀릴 생각이냐!"

하고 또 한 번 호통을 지른다.

그러자 아까부터 그 광경을 바라보고 있던 군사 범증이 한걸음 앞으로 나서며 말한다.

"장군 전에 긴급히 여쭐 말씀이 있사옵니다. 저 사람을 숙소에 돌아가 기다리고 있게 해 주시옵소서."

항우는 범증의 요청을 받고 진희에게 말한다.

"장한에 대한 문제는 좀더 신중히 생각해 보아서 대답할 테니, 일단 숙소로 돌아가 기다려 주시오."

진희가 물러가고 나자, 범증이 머리를 조아리며 아뢴다.

"장한이 항복하려고 사람을 보내 왔으니, 장군께서는 그의 항복을 무조건 받아들이시기 바라옵니다."

"그 이유는?"

"함양을 함락시키려면 우선 함곡관부터 점령해야 하겠는데, 우리가 함곡관으로 쳐들어가지 못하고 있는 것은 그곳에 장한이 버티고 있기 때문입니다. 장한은 그처럼 뛰어난 백전 노장입니다. 그러한 장한이 지금 우리에게 항복해 오려는 원인은, 조고의 모함에 빠져서 죽음을 면하기가 어렵게 되었기 때문인 것이옵니다. 그러므로 장군께서 사원을 생각지 마시고 그의 항복을 은의恩義로 받아들이면, 그는 장군에게 신명을 다해 충성할 것이옵니다."

"음……."

"지금 진나라에서 믿을 만한 장수라고는 오직 장한 한 사람이 있을 뿐이옵니다. 그러므로 장한만 우리 편으로 끌어 오면, 진나라는 비어 있는 나라나 다름이 없게 됩니다. 그렇게 되면 함양을 함락시키기는 식은 죽 먹기보다도 쉬울 것이 아니옵니까?"

항우는 아직도 장한에 대한 감정의 응어리가 깨끗이 풀리지 않아서,

"음……."

하고 코대답만 하고 있었다. 범증이 다시 음성을 높여 말한다.

"만약 우리가 장한의 항복을 받아들여 주지 않으면, 장한은 다른 나라로 달려가 우리에게 결사적으로 덤벼오게 될 것입니다. 그렇게 되면 우리는 진나라를 정복하기도 어려우려니와 또 하나의 새로운 적과 싸워야 하는 결과를 가져오게 됩니다."

"음……."

항우는 아직도 설익은 대답만 하고 있다.

백발이 성성한 범증은 목소리를 가다듬어 다시 말한다.

"장한이 진희를 시켜 우리에게 항복을 자원해 온 것은 하늘이 우리에게 베풀어 주신 특전입니다. 옛글에 '하늘이 베풀어 주시는 것

을 받지 않으면〔天與不取〕 오히려 그에 대한 앙화를 입게 된다〔反受其咎〕'는 말이 있사오니, 장군께서는 구원舊怨을 깨끗이 잊어버리시고, 장한의 항복을 흔쾌히 받아들이시는 대인大人의 금도襟度를 보여 주시옵소서. 국가의 대계大計는 사람을 잘 쓰는 데 있는 것이옵니다. 계부의 원수를 갚는 것은 지극히 사사로운 일이옵고, 좋은 장수를 받아들이는 것은 천하의 공사公事입니다. 사사로운 일로써 어찌 천하의 공사를 그르치려고 하시옵니까."

범증이 열화같이 설득하자, 항우는 크게 깨달은 바가 있는 듯 얼굴을 번쩍 들며 결연히 말한다.

"군사의 말씀을 고맙게 들었소이다. 장한의 사자使者를 이리 불러오시오."

항우는 진희를 불러들여 웃음조차 지어 보이며 이렇게 말한다.

"범증 군사의 권고에 따라 장한 장군의 항복을 기꺼이 받아들일 생각이니, 귀공은 함곡관으로 돌아가 장한 장군에게 칙사의 목을 베어 오도록 하시오."

진희가 크게 기뻐하며 함곡관으로 돌아와 모든 것을 사실대로 고하니, 장한은 불안해 하며 말한다.

"범증은 천하에 무서운 도사요. 그는 사술詐術로써 나를 꾀어다가 잡아 죽이려고 그런 꾀를 쓰고 있는 것이 아닐까요?"

"그 점이 의심스러우시다면, 제가 항우를 다시 찾아가 다짐을 단단히 받아 오도록 하겠습니다."

진희가 항우를 다시 찾아와,

"장군께서는 설마 장한을 속임수로 잡아다가 죽이려는 것은 아니시겠지요?"

하고 물어 보니, 항우는 크게 웃으며 대답한다.

"대장부의 일언은 태산보다도 무거운 법이오. 내가 장한 장군을 죽이려고 하거든 어찌 그와 같은 잔꾀를 쓰겠소. 그 점이 의심스럽다면 내가 증표證標를 주리다."

그리고 화살 한 대를 두 개로 부러뜨려, 한 개는 진희에게 주고 다른 한 개는 자기가 간직하면서 말한다.

"이 증표를 가지고 가서, 나를 믿고 안심하고 오게 하시오."

진희가 함곡관으로 돌아와 그 증표를 장한에게 전하니 장한은 크게 기뻐하며, 옥에 갇혀 있는 칙사 조상을 그날로 불러내어 목을 날려 버렸다. 그리고 모든 장수들과 함께 자기가 거느리고 있던 10만 대군을 거느리고 함곡관을 나와, 항우가 주둔하고 있는 장남에서 30리쯤 떨어진 곳에 진을 쳤다.

그리고 수십 명의 장수들과 함께 백기를 높이 들고 항우의 진지를 찾아 들어가니, 항우는 범증을 비롯하여 많은 장수들을 거느리고 원문轅門까지 몸소 영접을 나와 주는 것이 아닌가.

장한은 땅에 엎드려 울면서 항우에게 고한다.

"소장은 장군의 계부를 살해한 죄인임에도 불구하고, 장군께서는 소장을 이처럼 정중하게 맞아 주시니, 감격스러운 말씀 다할 길이 없사옵니다. 차후에는 신명을 다해 장군을 받들어 모시겠습니다."

항우는 장한의 손을 잡아 일으키며 기꺼이 말한다.

"장군은 이미 우리에게 투항해 왔으니, 이제는 우리와 운명을 같이할 동지가 된 것이오. 어제의 적이 오늘에는 생사고락을 같이할 심우心友가 되었으니, 이 얼마나 기쁜 일이오. 나는 장군을 철석같이 믿으니 많이 도와주시기를 바라오. 우리가 후일에 목적을 달성하는 날이면 장군의 공로는 결코 잊지 않을 것이오."

"……."

장한은 너무도 감격스러워 아무 말도 못 하고 흐느껴 울기만 하였다. 실로 착잡하기 짝 없는 장한의 심정이었던 것이다.

노공과 패공

장한이 10만 대군을 거느리고 항우에게 항복했다는 소식이 본국에 알려지자, 승상 조고는 기절초풍을 할 듯이 놀랐다.

그리하여 대궐로 달려와 이세 황제에게 나무라듯이 품한다.

"폐하! 함곡관을 수비하고 있던 장한이 폐하를 배반하고 항우와 손을 잡았다고 하옵니다. 그러잖아도 신은 진작부터 그놈의 모반謀反이 의심스러워 일찌감치 처치해 버리도록 품고하였사옵는데, 폐하께서 결단을 내려주지 않으셔서 기어코 큰일을 초래하고야 말았습니다."

장한이 항우에게 투항한 원인은 오로지 조고의 모함 때문이었건만, 간악하기 짝 없는 조고는 모든 책임을 황제에게 뒤집어씌웠다. 어리석은 이세 황제는 모든 책임이 자기한테 있는 줄로 알고, 어쩔 줄을 모르고 당황해 하면서 말한다.

"그렇다면 이 일을 어찌했으면 좋겠소. 짐은 승상만을 믿으니, 모든 일을 승상의 생각대로 해 주시오."

조고가 머리를 조아리며 대답한다.

"신은 이런 일이 있을까 염려스러워 장한의 가족들을 비밀리에 연금해 놓고 있었습니다. 그러니까 그들을 거리로 끌어내어 중인환시하衆人環視下에 그들의 목을 잘라 만인에게 경계로 삼아야 하겠습니다."

"그거 참 좋은 생각이오. 장한의 가족을 미리 붙잡아 두었다는 것은 참으로 현명한 처사였소이다."

술과 계집밖에 모르는 이세 황제는 조고의 말이라면 덮어놓고 찬성이었다.

이리하여 조고는 장한의 가족들을 거리로 끌어내어 모든 백성들이 보는 앞에서 무참하게 학살해 버렸다.

그리고 나서 전군全軍에 다음과 같은 비상 명령을 내려놓았다.

"장한이 초군과 결탁하여 함양으로 쳐들어올지도 모르니, 50만 전군은 즉각 전투 태세를 갖추고 있으라."

진나라가 비록 부패했다고는 하지만 50만 강군의 위력은 아직도 건재하였다.

한편, 항우에게 투항한 장한은 가족들이 조고의 손에 참살되었다는 비보를 전해 듣고 목을 놓아 울면서 항우에게 이렇게 호소하였다.

"지금 함곡관을 수비하고 있는 진군은 한 명도 없사옵니다. 그러므로 우리는 함곡관을 거쳐 지금 당장 함양으로 쳐들어가십시다. 저는 진나라를 제 손으로 멸망시켜서, 조고에 대한 원수를 기어코 갚아야 하겠습니다."

"그것 참 좋은 생각이오. 그러면 지금부터 함양으로 쳐들어가 장군의 원수를 갚아 주도록 하리다."

성미가 거친 항우는 오로지 승리감에 도취되어 적의 정세는 생각지 아니하고 덮어놓고 발군發軍하려 하였다.

그러자 군사 범증이 즉석에서 제동을 걸고 나온다.

"장군! 그것은 안 될 말씀입니다."

항우는 범증의 반대를 매우 못마땅하게 여겼다.

"함양으로 쳐들어가는 것이 어째서 불가하다는 말씀이오?"

범증이 침착하게 대답한다.

"우리 군사는 오랫동안 외지에 나와 있었기 때문에 군인들이 몹시 피로해진 데다가 재정적으로 매우 궁핍한 형편입니다. 게다가 장한 장군이 우리와 손을 마주 잡은 관계로, 적은 50만 대군이 비상 전투 태세를 갖추고 있는 중이옵니다. 진나라가 정치적으로는 지리멸렬한 상태이지만, 50만 대군은 아직도 건재합니다. 그러므로 지금 당장 함양으로 쳐들어가는 것은 달걀로 바위를 깨려는 것과 다름이 없는 일이옵니다."

"음……, 군사의 말씀을 들어 보니 그럴 것도 같구려. 그러면 우리는 언제까지나 이곳에 머물러 있어야 한다는 말씀이오?"

"회왕懷王께서 그동안에 수도首都를 팽성彭城으로 옮기셨다고는 하오나, 아직 모든 체제가 안정되지 못했을 것이옵니다. 그러므로 우리는 일단 팽성으로 돌아가 국기國基를 튼튼하게 다져 놓은 연후에, 진군에 대한 공략을 추진시키는 것이 순서일 줄로 아뢰옵니다."

"기어이 팽성으로 회군해야 할까요?"

"꼭 그래야만 할 줄로 아뢰옵니다."

"그 이유는……?"

"진군은 지금 보복심이 끓어올라서 팽성의 수비가 허술한 것을 알기만 하면 대거하여 팽성으로 쳐들어오게 될 것입니다. 그러므로 우리는 회왕을 안전하게 수호하기 위해서도 신속히 팽성으로 돌아가야 합니다."

범증의 말은 이로理路가 정연하였다.

항우는 그제야 고개를 끄덕이며 말한다.

"참으로 좋은 말씀을 들려주셨소이다. 그러면 함양 공략은 일단 보류하고 우선 팽성으로 돌아가기로 합시다."

항우가 장한과 그의 군사들까지 모두 거느리고 팽성으로 돌아오니, 회왕은 맨발로 달려나와 항우를 두 손으로 영접하였다.

마침 그 무렵, 남양南陽을 공략중이던 유방도 회왕을 수호하기 위해 군사를 거느리고 팽성으로 돌아오고 있었다.

회왕은 항우와 유방의 환도를 크게 기뻐하며 환영연을 성대하게 베풀어 주었다.

그 연석에는 2백여 명의 장성들이 참석했는데, 그들을 계열별로 분석해 보면 대략 다음과 같았다.

유방계劉邦系 : 소하簫何 · 번쾌樊噲 · 조참曹參 · 주발周勃 · 왕릉王陵 · 하후영夏侯嬰 · 시무始武 · 참합斬合 · 노관盧綰 · 정복丁復 · 부관傅寬 등등…….

항우계項羽系 : 범증范增 · 영포英布 · 우영于英 · 종이매鍾離昧 · 환초桓楚 · 정공丁公 · 옹치雍齒 · 장한章邯 · 사마흔司馬欣 · 동예董翳 · 위표魏豹 · 장이張耳 · 진여陳餘 · 공오共敖 등등…….

계열이 뚜렷하게 다른 두 파의 장성이 하나로 화합해 나가려는 데 초군의 기본적인 문제점이 내재해 있었다.

초회왕은 항우와 유방에게 똑같은 축배를 내리며, 두 사람의 전공을 이렇게 치하하였다.

"장남 전선에서 연전 연승한 항우 장군의 전공과, 남양 전선에서 승리를 거듭한 유방 장군의 전공은 초국 청사青史에 영원히 빛날 것이오. 그러기에 과인은 두 분에게 똑같은 작위爵位를 수여하기로 하겠소. 항우 장군은 '장안후長安侯'로 봉하여 '노공魯公'이라 부르고, 유방 장군은 '무안후武安侯'로 봉하여 패공 '沛公'이라고 부르게 할 것이니, 이 자리에 참석한 만조 백관들은 오늘부터 두 장군을 그렇게 불러 주시도록 하오."

 항우와 유방으로서는 영광스럽기 짝 없는 은총이었다.

 초회왕은 두 사람에게 똑같은 은총을 베풀어 서로 간에 경쟁심을 일으키게 함으로써, 나라를 신속히 발전시켜 나갈 계책이었던 것이다.

 그런데 항우와 유방은 다 같은 무장이면서도 성품이 근본적으로 달랐다. 항우는 용맹하면서도 고집스러워 모든 일을 우격다짐으로 밀고 나가는 경향이 농후하였고, 유방은 우유부단優柔不斷한 듯하면서도 인애심仁愛心이 강하여 매사를 순조롭게 풀어 나가는 성품이었다.

 그러기에 초회왕은 두 사람을 모두 신임하면서도 항우를 대할 때에는 일종의 위압감 같은 것을 느껴 왔었고, 유방을 대할 때에는 마치 자애로운 친구와 만나는 듯한 안도감이 느껴졌다.

 그러나 그것은 아무도 모르는 자기 혼자만의 느낌이었을 뿐, 그런 기색을 표면에 나타내 본 적은 한 번도 없었다.

 항우와 유방이 팽성으로 돌아와 몇 달을 지내는 동안에 초나라의 기틀은 괄목상대刮目相對할 만큼 튼튼하게 다져졌다.

 마침 그 무렵, 함양에 밀파되었던 첩자들이 돌아와 진나라의 정세를 이렇게 보고하였다.

 "이세 황제는 여전히 주색에 빠져 있었고, 조고라는 자는 권력 구축에만 혈안이 되어 사람들을 연방 죽여대는 바람에 국정國政은 난마亂麻같이 어지러웠습니다."

 항우가 그 보고를 듣고 회왕에게 품한다.

 "신은 오래 전부터 도탄 속에 빠져 있는 진나라의 백성들을 구출할 생각이었습니다. 진나라의 국정이 몹시 문란해졌다니 지금이야말로 진나라를 정벌할 때가 아닐까 하옵니다. 바라옵건대, 대왕께서는 소장에게 진나라를 정벌하라는 군령을 내려 주시옵소서."

초회왕은 웃으면서 항우에게 대답한다.

"함양을 공략하겠다는 경의 의견에는 과인도 찬성이오. 그러나 적이 워낙 막강하기 때문에 경이 단독으로 쳐들어가기보다는 패공과 협동하여 양군이 일시에 쳐들어가는 것이 더욱 유리할 것 같구려."

그러나 항우는 별로 달갑지 않은 표정을 지으며 말한다.

"패공과 협동 작전을 펴면 유리할 것은 사실입니다. 그러나 소장 혼자서도 결코 불가능한 일은 아니옵니다."

함양 공략의 전공을 혼자서 차지하려는 항우의 속셈을 회왕은 모르지 않았다. 그러나 국가의 존망에 관계되는 대전쟁을 항우에게만 맡겨 버릴 수는 없는 일이 아닌가. 더구나 양두마차兩頭馬車 정책으로 나라를 운영해 오고 있는 회왕으로서는, 유방에게도 똑같은 기회를 주지 않을 수가 없어서 얼른 이렇게 말했다.

"이번 전쟁은 국가의 존망을 좌우하는 전쟁이니 만큼 싸우려면 총력을 기울여 싸워야 할 것이오. 패공을 불러다가 패공의 의견도 한번 들어 보기로 합시다."

유방이 어전으로 불려 나와 자세한 설명을 듣고 머리를 조아리며 대답한다.

"항우 장군과 소장이 협동 작전을 펴나가면 함양을 함락시키기가 결코 어려운 일은 아닐 것이옵니다."

유방의 의견은 어디까지나 타협적이었다.

초회왕은 그 말을 듣고 크게 기뻐하며, 항우와 유방에게 명한다.

"그러면 두 장군은 두 갈래로 나누어, 동시에 함양으로 쳐들어가 주시오. 함양으로 가려면 동쪽으로 가는 길이 있고, 서쪽으로 가는 길이 있소. 어느 편이 멀고 어느 편이 가까운지 모르겠구려."

그러자 늙은 대부들이 입을 모아 대답한다.

"동쪽으로 가는 길은 지세地勢가 험한 반면에 거리가 약간 가깝사옵고, 서쪽으로 가는 길은 지세가 평이한 반면에 거리가 약간 멀어서 결국은 어디로 가나 비등비등한 거리일 것입니다."

회왕은 그 말을 듣고 더욱 기뻐하며 말한다.

"그렇다면 누가 어느 길을 가느냐 하는 것은 공평하게 제비를 뽑아 결정하기로 합시다."

그리고 회왕 자신이 '동東' 과 '서西' 의 두 글자를 써서 제비를 만들어,

"패공보다는 노공의 나이가 한 살 더 많으니, 제비는 노공이 먼저 뽑도록 하시오."

하고 말했다. 초회왕은 두 사람에게 공평을 기하기 위해 세밀한 데까지 그처럼 신경을 써 왔던 것이다. 이윽고 제비를 뽑고 보니, 항우는 '동로東路'로 진격하고, 유방은 '서로西路'로 진격하게 되었다.

초회왕은 양군이 출정을 하게 되자, 환송연을 성대하게 베풀어 주었다. 이윽고 연락이 끝나 갈 무렵이 되자, 회왕은 두 장군의 손을 좌우에 붙잡고 엄숙한 표정으로 말한다.

"이제 두 장군이 장정長征의 길에 오르게 되었으니, 과인은 두 분 장군께서 기필코 승리하고 돌아오시기를 천지 신명에게 축원하겠소. 진제秦帝의 무도한 학정에 오랫동안 시달려 오고 있는 백성들을 구출해 줄 수 있다면 그 얼마나 거룩한 일이겠소. 그런데 과인은 평소에 생각하고 있던 중대한 문제 하나를 이 자리에서 두 분에게 피력하고 싶소이다."

예기치 못했던 회왕의 발언에 항우와 유방은 똑같이 긴장하였다.

초회왕은 무엇 때문인지 오랫동안 심각하게 침묵에 잠겨 있다가 조용히 입을 열어 말한다.

"나는 초국의 왕족 출신이기는 하지만, 본시는 미천하게 자라온

몸이오. 두 장군은 그러한 나를 왕으로 옹립해 주셔서 진심으로 고맙게 생각하는 바이오. 그러나 나는 왕이 되었다고는 하지만, 본시부터 몸이 허약한 데다가 경륜조차 없어서 왕의 구실을 제대로 해 오지 못한 것을 매우 부끄럽게 생각하오."

그러자 항우와 유방은 똑같이 머리를 조아리며 아뢴다.

"대왕의 말씀은 너무도 겸손하신 말씀이시옵니다. 오늘날 초국의 기틀이 튼튼하게 된 것은 오로지 성은의 덕택임을 거듭 아뢰옵니다."

"두 분의 충성을 내 모르는 바는 아니오. 그러나 패망했던 초나라를 다시 일으켜 오늘에 이르게 된 것은 순전히 두 분의 공로요. 그래서 두 분이 장도壯途에 오르는 이 기회에 즈음하여 나는 두 분에게 중대한 약정約定을 하나 하고 싶소이다."

"대왕께서 소신들에게 무슨 약정을?"

항우와 유방은 똑같이 반문하였다.

"만약 두 분께서 나와의 약정을 꼭 지켜 주시겠다면 말할 것이지만 그렇지 않다면 숫제 말을 아니 하겠소."

항우와 유방은 똑같이 머리를 조아리며 다시 아뢴다.

"대왕의 분부를 소신들이 어찌 거역할 수 있으오리까. 어떤 일이 있어도 그 약정만은 기필코 지키기로 하겠습니다."

"그러면 안심하고 말하겠소. 두 장군은 지금 동과 서로 나뉘어 함양으로 쳐들어가게 되었는데, 누가 먼저 함양을 점령하게 될지 그것은 아무도 모르는 일이오. 그러므로 함양을 먼저 점령하는 사람을 '관중왕關中王'으로 삼고, 뒤떨어진 사람은 그냥 신하로 삼기로 합시다. 내가 두 분과 약정하고 싶은 것은 바로 그것이니, 두 분은 그 약정만은 꼭 지켜 주기 바라오."

약정치고는 너무도 거창한 약정이었다.

항우와 유방은 별안간 가슴이 부풀어 올랐다.

"저희들 두 사람 중에서 하나가 왕이 된다면 대왕께서는……?"

항우가 그렇게 반문하자 초회왕이 대답한다.

"두 분 중에서 어느 한 분을 왕으로 모시게 되면, 나는 왕위에서 물러나 여생을 한가롭게 살아갈 생각이오."

그러자 유방이 머리를 조아리며 아뢴다.

"저희들은 진나라를 평정하고 나면 대왕을 황제로 받들어 모실 계획이오니, 초야로 돌아가시겠다는 말씀은 두 번 다시 하지 말아 주시옵소서."

"내 문제는 차차 하고 두 분은 나와의 약정을 준수하겠다는 뜻에서 내 앞에서 의형제義兄弟의 결의結義를 맺어 주면 고맙겠소이다."

이리하여 항우와 유방은 초회왕 앞에서 의형제를 맺고 장도에 올랐는데, 누가 왕이 되고 누가 신하가 되느냐 하는 거창한 도박이 그때부터 시작된 것이었다.

약법삼장

이세 황제 3년 이른 봄.

함양을 정벌하려고 10만 군사를 거느리고 팽성을 출발한 유방은 거무하에 창성昌城이라는 소읍小邑에 당도하였다.

그러나 창성 성주는 성문을 굳게 걸어 잠그고 응전할 기색을 보이지 않았다. 병력이 4, 5천 명밖에 없어서 감히 싸울 용기는 없었지만, 그런대로 성을 사수하려는 각오만은 분명해 보였던 것이다.

그 광경을 보고 장사 번쾌가 유방에게 큰소리로 진언한다.

"하룻강아지가 범 무서운 줄을 모르는 모양이니, 창성을 송두리째 때려부숴 버립시다."

그러나 유방은 머리를 가로 흔들며 대답한다.

"창성을 때려부수기는 손바닥을 뒤집기보다도 쉬운 일이오. 그러나 성을 때려부수노라면 성 안에 있는 백성들도 희생을 당하게 될 것이 아니겠소. 백성들을 구하기 위해 일어난 우리가 백성을 우리 손으로 희생시키면 누가 우리를 '정의의 군사'로 받아 주겠소. 무력으로 정복할 생각을 단념하고 선무 공작宣撫工作으로 민심을 회유懷柔하기로 합시다."

"어떤 방법으로 민심을 회유하시겠다는 말씀이오?"
"성 안에 있는 백성들에게 격문檄文을 날려 보내면, 백성들은 그 격문을 읽어 보고 모두가 우리한테로 마음을 돌리게 될 것이 아니요? 격문을 내가 직접 써서 보낼 테니 두고 보시오."
유방은 즉석에서 붓을 들어 '성 안에 갇혀 있는 백성들에게 고함'이라는 격문을 썼는데, 그 격문의 내용은 다음과 같았다.

성 안에 갇혀 있는 백성들에게 고하노니, 나 초군 대장 유방은 진나라의 학정에 시달리고 있는 그대들을 구출하려고 왔노라. 선량하기 짝 없는 그대들은 진제秦帝의 살인적인 가렴주구苛斂誅求에 얼마나 많이 시달려 왔는가. 나는 지금 당장 성을 때려부수고 성안으로 돌입하여 그대들을 구출하고 싶은 생각이 간절하다. 그러나 무력으로 창성을 함락시키노라면 선량한 그대들도 전화戰火의 희생을 면하기가 어렵겠기에, 그대들을 위해 무력 행사는 결코 아니 하기로 하였다. 성 안에 있는 백성들은 나의 그러한 고충을 십분 짐작하여, 무슨 방도를 써서라도 나의 진영으로 스스로 귀순해 오도록 하라. 누구를 막론하고 나에게 귀순해 오는 자에게는 신분을 보호해 줄 것은 말할 것도 없고, 금후의 생계에 대해서도 전적으로 책임을 져 주기로 하겠다. 거듭 당부하노니, 사지死地에서 신생新生의 활로活路를 찾고자 하는 백성들은 서슴지 말고 내게로 귀순해 오라. 나는 그대들을 끝까지 애호해 줄 것을 거듭 다짐하노라.
초 서군 대장 유방

유방은 이상과 같은 격문을 써서 화살에 매어 성 안으로 날려 보냈다.
성 안의 백성들은 하늘로부터 격문이 날아 내려온 것을 보고 처음에는 놀라움을 금치 못했다.

그러나 격문의 내용을 읽어 보고 나서는 저마다 감격스러워하면서,

"우리는 이제야 지옥 속에서 구세주를 만나게 된 셈이로구나!"

하고 모두들 큰소리로 외쳤다. 백성들은 그처럼 오랫동안 자애로운 정치에 굶주려 있었던 것이다.

성 안의 백성들은 격문을 돌려가며 읽어 보았는데, 격문을 읽어 보고 나서는 환호성을 올리지 않는 사람이 없었다.

"초군 대장 유방 장군께서 우리들을 구출해 주기 위해 오셨다고 하니, 우리들은 어찌 귀순을 주저할 것인가. 오늘 밤으로 대거하여 유방 장군에게 귀순하기로 하자."

혈기 왕성한 젊은이 하나가 대중을 향하여 그렇게 외치자, 70고개를 넘은 지혜로운 늙은이 하나가 대경 실색하며 그 젊은이를 이렇게 꾸짖는다.

"이 철딱서니 없는 친구야. 만약 이런 격문이 날아온 사실을 관헌官憲에서 알면 우리들은 모두가 죽어날 판인데 어쩌자고 귀순할 것을 선동하는가?"

그러자 젊은이는 화를 벌컥 내면서 묻는다.

"아니 그럼, 우리들은 이런 격문을 읽고도 귀순을 해서는 안 된다는 말씀입니까?"

"에끼 이 사람! 누가 귀순해서는 안 된다고 했는가?"

"그런데 왜 화를 내시는 겁니까?"

"관헌에서 알면 한 사람도 귀순을 못 하게 될 것이니, 귀순하고 싶은 사람은 아무도 모르게 비밀리에 귀순하라는 말일세."

"저희들뿐만 아니라 영감님께서도 귀순해야 할 것이 아니옵니까?"

"우리들은 어차피 오래지 않아 죽을 사람들이니까 자네들이나 빨리 귀순하도록 하게. 이제 앞으로 자네들이 살아날 길은 오직 귀순

이 있을 뿐이네. 그런 줄 알고 비밀리에 귀순하도록 하게."

그리하여 성 안의 젊은이들은 그날부터 밤만 되면 관헌의 눈을 속여 가며 열 명, 스무 명씩 성벽을 기어 넘어 초군 진지로 귀순해 가는 사람이 꼬리를 물고 계속되었다.

유방은 자기를 찾아오는 귀순 청년들을 친자식처럼 따뜻하게 대해 주었음은 말할 것도 없다. 그러기에 귀순 청년들 간에는,

"유방 장군이야말로 우리들을 구해 주기 위해 하늘이 보내 주신 성장聖將이심이 분명하다."

하는 소문까지 떠돌게 되었다.

진나라의 관헌들은 처음에는 그러한 사실들을 까맣게 모르고 있었다. 그러나 '귀순 사건'을 알고 났을 때에는 창성 안에는 젊은이들은 씨가 마르고 집집마다 남아 있는 사람은 아무데도 쓸모없는 늙은이들뿐이었다.

이에 성주는 크게 당황하여 부하 장병들을 거느리고 뒷문으로 도망을 치는 수밖에 없었다.

창성 성주가 성을 비워 둔 채 도망을 쳐 버리자, 성 안에 남아 있는 백성들은 성문을 활짝 열어 유방을 기꺼이 맞아들였다. 그리하여 유방은 선무 공작만으로 창성을 무혈 점령하게 된 것이었다.

유방은 창성에 입성하자 모든 백성들을 한자리에 모아 놓고 위로연을 베풀어 주었는데, 그 자리에서 유방은 이렇게 말했다.

"여러분은 오랫동안 진나라의 학정으로 고초가 얼마나 많으셨소이까. 그러나 오늘부터는 여러분을 괴롭힐 사람은 아무도 없을 것이니, 여러분은 안심하고 생업에 종사해 주시오. 진나라는 그동안 수많은 법령法令으로 여러분을 괴롭혀 왔지만, 오늘부터는 그러한 법령들을 모두 폐기해 버리기로 하겠소. 그러나 사회의 안녕 질서를 도모하려면 법이라는 것이 전연 없을 수는 없는 일이므로, 여러

분의 안녕 질서를 도모해 드리기 위해 '약법삼장約法三章'이라는 것을 새로 선포하겠소."

"'약법삼장'이란 어떤 것을 말씀하시는 것이옵니까?"

"내가 이제부터 '약법삼장'을 설명해 드릴 테니, 그것만은 모든 사람이 꼭 지켜 주셔야 하겠소."

그리고 유방은 약법삼장을 다음과 같이 선포하였다.

"첫째, 사람을 죽인 자는 사형에 처한다. 둘째, 남을 상해傷害하거나 남의 물건을 훔친 자는 엄벌에 처한다. 셋째, 지금까지 백성들을 괴롭혀 온 진나라의 모든 법령은 오늘로서 완전히 폐기해 버린다."

약법삼장이 선포되자, 백성들은 너무도 감격스러워 원근 각지에서 앞을 다투어 유방의 그늘로 모여들었다.

창성의 바로 이웃 고을은 고양성高陽城이다. 고양 성주 왕덕王德은 유방이 '약법삼장'으로 백성들을 평화롭게 다스려 나간다는 소식을 듣고 크게 감동하였다. 그리하여 유방을 일부러 찾아와 머리를 조아리며 아뢴다.

"장군께서 '약법삼장'으로 백성들을 평화롭게 다스려 나가신다 하오니 바라옵건대 저희 고을도 함께 다스려 주시옵소서."

유방은 그 말을 듣고 크게 기뻤다.

"귀공은 싸우지도 아니하고 고양성을 나에게 내맡기겠다는 말씀이오?"

"성주의 사명은 백성들을 평화롭게 살 수 있게 해 주는 데 있다 생각되옵니다. 장군께서 제가 거느리고 있는 백성들을 평화롭게 살아갈 수 있게 해 주신다면, 제가 무엇 때문에 장군과 싸우려하겠습니까? 바라옵건대 저희 고을에도 친히 입성하셔서, 만백성들에게 자애로운 정치를 골고루 베풀어 주시옵소서."

이리하여 유방은 고양성도 무혈 점령하게 되었는데, 알고 보니 성주 왕덕은 좀처럼 찾아보기 어려운 현인이었다.

현인 여이기와의 만남

유방은 고양 성주 왕덕과는 의기상투意氣相投하는 바가 있어서 마음을 터놓고 이런 부탁을 하였다.

"나는 썩어빠진 진나라를 때려부수고, 백성들이 골고루 잘 살아갈 수 있는 새 나라를 건설해 볼 생각이오. 그러니까 이제부터는 귀공도 나하고 행동을 같이해 주면 고맙겠소이다."

"저같이 무능력한 사람을 그처럼 생각해 주시니 영광스럽기 그지없사옵니다. 그러나 저는 고양 백성들과 정이 들어서 이곳을 떠날 생각이 없사옵니다. 만약 장군께서 인재를 구하신다면, 저희 고을에 사는 현인賢人 한 분을 소개해 드리고 싶사옵니다."

유방은 그 말을 듣고 기쁨을 금치 못하며 묻는다.

"이름을 뭐라고 하는 사람이오?"

"이름을 여이기麗食其라고 하는 68세의 노인이옵니다. 날마다 술에 취해 고성방가高聲放歌만 하고 돌아다니기 때문에, 세상 사람들은 그를 '미친 늙은이'라고 부르옵니다. 외모로 보아서는 그처럼 형편이 없사오나, 천문天文에 능통하여 흥망興亡의 천운天運을 알고 난세의 기미機微에 통달한 희대稀代의 현인이옵니다."

"그처럼 천운에 통달한 사람이 어찌하여 날마다 술이나 마시고 고성방가만 하고 돌아다닌단 말이오?"

"젊었을 때에는 학문 연구에 골몰하고 있었사오나, 시황제의 분서갱유焚書坑儒 사건이 있고 나서부터는 갑작스럽게 술미치광이가 되어 버린 것이옵니다. 그러므로 장군께서 거두어 주시면 크게 도움이 되실 것이옵니다."

유방은 그 말을 듣고 '여이기'라는 노인이 무척 마음에 들었다.

"그러면 한번 만나보고 싶으니 귀공이 그 노인을 나한테 좀 데리고 오시오."

"분부대로 거행하겠습니다."

왕덕이 유방의 부탁을 받고 여이기의 집으로 찾아가니, 여 노인은 이날도 술에 취해 노래만 부르고 있었다.

왕덕은 여 노인을 붙잡고 간곡하게 말한다.

"선생은 오늘날까지 명군明君을 만나지 못해 오랫동안 취생몽사醉生夢死로 허송 세월을 하고 계셨습니다. 그러나 관인후덕寬仁厚德하신 유방 장군이 나타나셔서 왕업王業을 새로 일으킨다고 하오니, 선생은 심기일전心機一轉, 이제부터는 그분을 도와 새로운 세상을 성취하도록 하시옵소서. 저는 그 어른의 부탁을 받고 선생을 모시러 온 것입니다."

그러나 여 노인은 고개를 가로 흔들며 대답한다.

"유방이 도량이 넓은 사람이라는 말은 나도 들어 알고 있소. 그러나 그는 현인에 대한 예우禮遇를 모르는 사람이오. 그가 나를 예의로써 맞아 가지 않는데, 내가 귀공을 호락호락 따라가면 더욱 업신여김을 당하게 될 게 아니오. 나는 가고 싶어도 못 가겠소이다."

왕덕은 여 노인이 거절하는 심정을 알고도 남음이 있었다.

그래서 얼른 이렇게 말했다.

"선생의 심정은 충분히 이해하겠습니다. 그러나 선생은 본디 기변機變이 능하시니까, 그런 일은 그 어른을 직접 만나셔서 처리할 수도 있는 일이 아니옵니까?"

"허기는 그렇기도 하구려. 그렇다면 한번 만나 보기로 합시다."

여이기 노인은 즉석에서 왕덕을 따라 유방을 만나러 왔다. 때마침 유방은 걸상 위에 걸터앉아 있고, 두 명의 여인이 발을 씻겨 주고 있어서 여 노인이 방 안에 들어와도 일어설 생각조차 하지 않았다.

여 노인도 방 안에 들어와 두 손을 읍하기만 할 뿐, 머리를 숙여 인사를 하려고는 하지 않았다.

여 노인은 유방의 불손한 태도가 비위에 거슬렸는지, 유방의 얼굴을 정면으로 바라보며 대뜸 퍼붓듯이 묻는다.

"귀공은 진나라를 도와서 제후諸侯들을 치려는 것인가, 혹은 제후들의 도움을 얻어 진나라를 치려는 것인가. 도대체 그 두 가지 중의 어느 편인가?"

초대면의 유방에게 대해 모욕도 이만저만이 아닌 질문이었다. 사태가 그렇게 되고 보니, 제아무리 관인후덕하다는 유방도 불같이 노할밖에 없었다.

유방은 발을 씻다 말고 자리에서 벌떡 일어서며 퍼붓듯이 외친다.

"이 썩어빠진 늙은 것아! 온 천하가 진나라의 가혹한 법령에 시달리고 있기에, 나는 회왕의 명을 받고 서로西路로 진나라를 치러 온 정의지사正義之士다. 그러한 나더러 진을 도우러 왔다는 것은 무슨 소리냐?"

여 노인은 즉석에서 태연스럽게 꾸짖듯 말했다.

"귀공이 진을 치러 온 의장義將이라면, 만천하의 사람들로 하여금 마음으로부터 심복心服할 수 있는 태도를 취하도록 해야 할 게 아닌가. 귀공은 어른이 나타나도 발을 씻으며 예의조차 갖출 줄 모르니, 그런 무례스러운 행실이 어디 있단 말인가. 현인들을 모조리 쫓아 버리면 귀공은 누구와 더불어 천하를 도모할 생각인가? 귀공은 큰 뜻을 품고 있거든 깊이 반성해 보시오."

유방은 그 말을 듣고 크게 깨달은 바 있었다.

그리하여 여 노인을 부랴부랴 상좌로 모셔 놓고 새삼스레 용서를 빌어 말한다.

"실상인즉, 선생께서 그처럼 속히 오실 줄을 모르고 결례缺禮가 많았사오니 너그럽게 용서해 주시옵소서."

여 노인은 그제서야 파안대소하며 말한다.

"하하하, 패공은 역시 관인후덕하신 어른이심이 분명합니다."

그러고 나서 천하 대사에 대한 경륜을 변론하는데, 그의 변론은 장강 유수와 같이 도도하지 않은가.

유방은 여 노인을 진심으로 숭배하는 마음에서 이렇게 물어 보았다.

"저는 지금부터 10만 군사를 거느리고 함양으로 쳐들어가고자 하옵는데, 선생은 그 점을 어떻게 생각하시옵니까?"

여 노인은 고개를 좌우로 흔들며 대답한다.

"패공께서는 지금 여기저기서 주워 모은 10만 군을 이끌고 함양으로 쳐들어가시려고 하오나, 그것은 양의 무리를 이끌고 호랑이 굴로 덤벼 들어가는 것과 다름이 없는 일이옵니다. 여기서 얼마를 더 가면 진류성陳留城이 있사온데, 그곳은 지리적으로나 군사적으로나 반드시 점령해야 할 요충입니다. 게다가 성안에는 군수물자軍需物資도 풍부하게 비축되어 있사옵니다. 그리고 천만 다행하게도 진류 성주 진동陳同은 저하고는 막역한 친구이므로, 제가 그 사람을 만나서 패공의 휘하로 들어오도록 설득을 해보기로 하겠습니다."

"선생께서 그처럼 애써 주시면 이렇게 고마울 수가 없습니다. 선생께서 설득하면 성주가 들어줄 것 같기는 합니까?"

"제가 이해利害로써 설득하면 반드시 들어줄 것이옵니다. 진류성을 근거로 사방에서 군마軍馬를 많이 모집해 기회를 보아 함양으로 쳐들어가면 십중팔구는 성공할 수 있을 것 같사옵니다."

유방은 크게 기뻐서 여 노인을 즉시 진류성으로 보냈다.

여 노인과 진류 성주 진동은 옛날부터 막역한 친구인지라, 진동은 여 노인을 반갑게 맞이하여 후당後堂에서 단둘이 술잔을 나누었다.

여 노인은 술이 거나하게 취해 오자 진동을 설득하기 시작하였다.

"옛날부터 좋은 새는 나무를 가려 살고〔良禽相木而栖〕, 어진 신하는 주인을 택해 돕는다〔賢臣擇主而佐〕고 하였소. 진군秦君은 무도하기 짝이 없어서, 제후들이 저마다 배반을 하고 있는 중이오. 내가 옛날부터 술미치광이 행세를 해 온 것도 명군을 얻지 못했기 때문이었던 것이오. 나는 어제 유방이라는 사람을 만나 보았는데, 그는 관상부터가 제왕지상帝王之相인 데다가 성품이 관인후덕하여, 가는 곳마다 백성들이 친부親父처럼 따르더란 말이오. 그 어른이 이제부터 10만 대군을 거느리고 함양으로 쳐들어가려고 하는데 그러자면 우선 진류성부터 공략하게 될 것이오. 유방이 쳐들어오기만 하면 귀공은 그들을 당해 낼 길이 없을 것이오. 그때에 가서 비참한 죽음을 당하느니보다는, 차라리 마음을 돌려 먹고 패공에게 진류성을 곱게 내줌으로써 후일의 영광을 도모해 보는 것이 어떠하겠소?"

진동은 너무도 뜻밖의 제안에 오랫동안 심사숙고하다가, 조용히 입을 열어 대답한다.

"선생의 말씀에는 일리가 있다고 생각되옵니다. 그러나 오랫동안 진나라의 녹祿을 먹어 온 제가 이제 와서 어찌 배반을 할 수 있으오리까."

여이기 노인은 고개를 끄덕이며 한동안 말이 없다가, 다시 입을 열어 말한다.

"진나라를 배반하기 어려워하는 귀공의 고충은 나도 십분 짐작하오. 그러나 그 문제에 대해 우리들은 다시 한번 신중히 생각해 봅시다. 진나라의 이세 황제는 너무도 황음무도荒淫無道하여, 이제는 군주가 아니라 만천하의 원수일 뿐이오. 그 옛날 무왕武王이 은殷나라의 폭군 주왕紂王을 시해弑害했을 때에 백성들은 쌍수를 들어 기뻐했을 뿐이지, 무왕을 '배신자'라고 비난한 사람은 아무도 없었소. 이세 황제는 백성들의 마음에서 떠나 버린 사람인데, 그를 죽여 없애기로 누가 귀공더러 배신자라고 말할 것이오?"

진동은 그 말을 듣고 크게 깨달은 바 있는 듯, 고개를 힘있게 들며 여 노인에게 이렇게 말한다.

"선생께서 깨우쳐 주신 말씀은 잘 알아들었습니다. 그러면 선생의 말씀대로 저는 진류성을 패공에게 내드리고, 그 어른의 부하가 되기로 하겠습니다."

"참으로 잘 생각해 주셨소이다. 그러면 내가 곧 돌아가 패공에게 그 말씀을 전할 테니, 귀공은 패공을 맞이할 수 있도록 준비를 서둘러 주시오."

그로부터 며칠 후 유방은 성주 진동의 영접을 받으며, 소하簫何 · 조참曹參 등등 모든 참모들을 거느리고 진류성에 무혈 입성하였다.

그로써 유방은 싸우지도 아니하고 창성昌城 · 고양高陽 · 진류陳留의 세 고을을 수중에 넣게 되었다.

그런데 진류성에 입성하여 보니, 여 노인의 말대로 진류성 안에는 무기와 군량 같은 군수 물자가 놀랄 만큼 많이 비축되어 있었다.

유방은 그 곳에서도 '약법삼장約法三章'으로 백성들을 자유롭게 해방시켜 주니, 백성들은 크게 감동하여 젊은이들은 유방의 군사가 되겠노라고 5만여 명이나 모여들었다.

　유방은 크게 기뻐하며 여이기 노인에게 말한다.

　"오늘날 뜻있는 청년들이 이처럼 많이 모여 오게 된 것은 오로지 선생의 덕택입니다. 선생의 은공을 잊을 수가 없어, 선생을 '광야군廣野君'으로 받들어 모시고자 하오니 선생은 금후에도 언제든지 저를 도와주시옵소서."

　여 노인은 작위를 사양하며 말한다.

　"늙은 몸이 현주賢主를 얻지 못해 오랫동안 낙백생활落魄生活을 해 오다가, 다행히 패공을 만나 뵙게 되어 조그만 조언助言을 드렸을 뿐이온데 어찌 무거운 작위를 내려 주시옵니까? 이는 본인이 바라는 바가 아니오니 거두어 주시옵소서."

　"선생의 고매하신 뜻은 알고도 남음이 있사옵니다. 그러나 나의 조그만 정성만은 물리치지 마시고 받아 주시옵소서."

　여 노인은 마지못해 머리를 긁적거리며 이렇게 말한다.

　"그러면 작위를 고맙게 받고 더욱 분발하겠습니다."

장량과의 만남

여이기 노인은 본시 명리名利에는 욕심이 없는 사람인지라, 유방에게서 '광야군廣野君'이라는 작위를 받은 것을 무척 송구스럽게 생각하였다.

'내가 무슨 도움을 드렸다고 나 같은 늙은이에게 작위를 수여하신단 말인가. 이러나저러나 일단 작위를 받은 이상에는 패공을 위해 내 나름대로 도움이 되어 드려야 할 것이 아니겠는가.'

그렇게 생각한 여 노인은, 어느 날 유방에게 이런 제안을 하였다.

"함양을 수비하고 있는 진군이 워낙 막강하기 때문에, 패공께서 함양을 함락시키려면 특출한 지략가智略家가 반드시 필요하실 것이옵니다. 여기서 멀지 않은 곳에 장량張良이라는 현사가 계시니, 그분을 초빙해 오시면 어떠하겠습니까?"

유방은 얼굴에 희색을 띠며 말한다.

"그런 현사가 계시다면 불원 천리하고 만나보고 싶습니다. 장량이라는 분은 어떤 사람입니까?"

"장량은 나이는 40밖에 안 되지만 천문天文·지리地理·경제經濟·군사軍事 등등 백방으로 능통하여, 30세 전후에 이미 한韓나라의 재상까지 지낸 사람입니다. 그 옛날 탕湯나라에는 이윤伊尹이라는 출중한 모사가 있었사옵고, 주周나라에는 태공망太公望이라는 탁월할 모사가 있었사오나, 제가 알기로는 장량은 이윤이나 태공망보다도 더욱 탁월한 지략가인 줄로 알고 있사옵니다. 주공께서 그분을 군사로 모셔 오면, 함양을 어렵지 않게 함락시킬 수 있을 것이옵니다."

유방은 장량을 기어이 군사로 초빙해 오고 싶었다. 그래서 이렇게 반문하였다.

"한나라에서 재상까지 지낸 분이라면, 그런 훌륭한 분이 나 같은 사람한테 와 주실 리가 없지 않습니까?"

"물론 그렇습니다. 이쪽에서 초빙한다고 호락호락 달려올 장량은 아니옵니다. 그러나 제가 계교를 써서 주공을 직접 만나 뵙도록 할 테니, 주공께서는 그때 장량에게 웅대한 포부를 기탄없이 말씀해 주시옵소서. 그러면 장량은 주공의 웅대한 포부에 감동되어 주공을 도와 드리려고 하실 것이옵니다."

"선생의 말씀을 들으니 기쁨을 금할 길이 없소이다. 선생은 어떤 계략으로 장량을 만나게 해 주시렵니까?"

"주공께서 장량을 만나시려면 우선 한왕韓王에게 친서를 써 보내셔야 합니다."

"어떤 내용의 친서를?"

"그 내용은, 주공께서 육국六國의 원수를 갚아 드리기 위해 진나라로 쳐들어가는 중인데, 지금 군량이 부족하여 곤란을 느끼고 있으니 한왕께서는 동정국의 우의友誼로서 군량 5만 석만 도와 달라고 쓰시옵소서. 그러면 한왕은 군량을 도와줄 만한 여유가 없기 때문에 반드시 장량을 특사로 보내 용서를 빌게 될 것이옵니다. 주공께서는 그때를 이용해 장량을 설득하면 되시옵니다."

유방은 여 노인의 절묘한 계략을 듣고 무릎을 치며 감탄하였다. 유방은 여이기 노인의 계략대로 한왕에게 다음과 같은 친서를 보냈다.

초나라의 정서 대장군征西大將軍 패공沛公 유방劉邦은, 삼가 한왕 전하에게 글월을 올리옵니다. 생각하옵건대, 진나라의 시황始皇은 무도하기 짝이 없어서 육국을 강압적으로 통합한 데다가, 이세 황제라는 자가 또한 잔학하기 짝이 없어서 만천하의 백성들은 지금 원한이 골수에 맺혀 있사옵니다. 이에 초왕께서는 크게 격분하시어, 대군을 일으켜 진나라를 정벌해 버리라는 분부를 내리셨습니다. 그리하여 본인은 지금 대군을 거느리고 함양으로 쳐들어가는 중이옵는데, 많은 군사를 움직이자면 비용과 군량이 한없이 소요되옵니다. 그러므로 인근 각 고을에서 도움을 받아 가며 진군하고 있기는 하오나 그것만으로는 부족하오니, 대왕께서는 동맹국의 우의로서 군량미를 5만 석만 보내 주시옵소서. 군사적으로 지원을 아니 해 주시더라도 군량만 보내 주시면, 후일에 전후의 이득을 공평하게 나누도록 하겠습니다. 대왕께서는 그 점을 십분 양찰하시와, 군량만은 꼭 보내 주시옵기를 간곡히 부탁드리옵니다.

유방은 이상과 같은 편지를 여 노인을 통해 한왕에게 직접 전달하게 하였다.

유방의 편지를 받아 본 한왕은, 장량을 비롯하여 중신들을 한자리에 불러 놓고 말한다.

"우리는 진시황으로 인해 국권을 강탈당해 버렸는데, 초회왕이 대병을 일으켜 진나라를 정벌해 주겠다고 하니 우리로서는 국권 회복을 위해 이처럼 좋은 일이 없을 것 같구려. 그런데 초장 유방이 우리더러 군량미를 5만 석만 도와 달라는 글월을 보내 왔구려. 그러나 우리는 여축餘蓄이 없어 군량미를 보내 줄 수가 없는 실정인데, 그렇다고 전연 보내 주지 않으면 신의를 상할 것 같으니 이를 어찌했으면 좋겠소?"

장량이 출반주하여 아뢴다.

"대왕 전하! 우리가 무슨 비축이 있다고 쌀을 5만 석이나 보내 주겠습니까. 대왕께서는 우선 유방의 사신을 융숭하게 대접하시옵소서. 그러면 수일 후에 소신이 유방 장군을 직접 찾아가, 우리의 궁핍한 사정을 잘 이해해 주도록 설득하겠습니다."

한왕은 몹시 걱정스러워 장량에게 이렇게 당부한다.

"잘 알겠소이다. 그러면 경의 말대로 패공의 사신을 극진히 대해 줄 테니, 경은 패공을 만나 양국간에 오해가 없도록 십분 노력해 주기 바라오."

그로부터 며칠 후 장량은 여 노인과 함께 유방을 찾아 나섰다. 여 노인은 장량을 유인해 오게 된 것이 크게 기뻐, 그 기쁨을 노골적으로 얼굴에 나타내고 있었다. 그러자 장량은 여 노인이 까닭 없이 기뻐하는 태도를 보고 불현듯 의아심이 생겼다.

'이 노인이 까닭 없이 기뻐하는 것을 보니, 우리나라를 찾아온 근본 목적은 군량미를 얻어 가려는 데 있지 아니하고, 나를 꾀어가려는 데 있었던 것이 아닐까?'

장량이 여 노인과 함께 초군 진지에 당도하니, 대장 번쾌가 원문轅門까지 마중을 나와 정중하게 맞아들인다.

그리하여 중문으로 들어서려고 하니, 중문 안에서는 유방 자신이 소하 · 조참 · 등공 · 왕릉 등 중신 참모들을 좌우에 거느리고 장량을 몸소 융숭하게 영접해 주는 것이 아닌가.

유방은 장량의 두 손을 반갑게 마주 잡으며,

"선생께서 이처럼 어려운 걸음을 해 주셔서 저로서는 영광스럽기 그지없사옵니다."
하는 말까지 하는 것이었다.

수인사를 끝내고 막사에 들어가 마주 앉아 보니, 유방의 얼굴은 인덕仁德이 넘쳐 보이는 제왕지상이었고, 그 옆에 나열해 있는 소하·조참 또한 영웅의 가상들이었다.

'아아, 이 어른이야말로 치국안민治國安民할 수 있는 진군眞君임이 분명하구나! 나의 스승인 황석공黃石公 선생께서는 일찍이 나에게 그대는 참된 명군을 도와 이름을 만대에 남기도록 하라고 말씀하신 일이 계셨는데, 선생께서 말씀하신 참된 명군이란 바로 이분을 두고 말씀하신 것인가 보구나!'

장량은 속으로 그렇게 생각하면서도, 짐짓 시치미를 떼고 유방에게 이렇게 말했다.

"패공께서 군사를 일으켜 진나라를 정벌하기 시작하자, 만백성들은 모두가 힘을 모아 패공을 도와 드리고 있는 줄로 알고 있사옵니다. 따라서 군량미가 부족하리라고는 생각되지 아니하옵는데, 패공께서는 무슨 까닭으로 우리나라에 사신을 보내시어 군량미를 요구하셨사옵니까. 패공께서 그런 요구를 하신 것은, 혹시 저를 유인해 오기 위한 계략이 아니셨는가 싶사옵니다."

그야말로 유방의 마음을 꿰뚫어보는 듯한 날카로운 질문이었다. 유방은 핵심을 찔리는 바람에 너무도 놀라워 대답을 못 했다.

그러자 옆에 있던 소하가 얼른 대답을 가로맡고 나온다.

"주공께서 귀국에 군량미를 요구하신 목적은, 실상인즉 선생을 모셔 오기 위한 계책이었던 것이옵니다. 그와는 별도로 선생이 이곳에 왕림하신 목적은 주공을 설득하려는 데 있지 않은가 짐작되옵니다. 그럼에도 불구하고 선생이 주공에게 설득의 말씀을 아니 하시는 것은 주공을 '참다운 명군'이라고 생각하셨기 때문이 아니옵는지요?"

그야말로 고답적인 질문에 대한 고답적인 대답이었다. 장량과 소하는 모두가 최대의 지낭智囊들인지라, 서로간에 마음을 꿰뚫어보고 있었던 것이다. 장량은 크게 웃으며 소하에게 말한다.

"내 오늘 선생 같은 지낭을 만나 매우 기쁘오이다."

"과찬의 말씀이시옵니다. 실상인즉, 저희들 참모진은 주공께서 선생 같은 만고의 지낭을 얻으시게 된 것이 무한히 기쁘옵니다."

장량은 소하의 능란한 변론에 감탄해 마지않으며 빙그레 미소만 짓고 있었다.

그러자 소하가 다시 입을 열어 말한다.

"만약 선생께서 주공을 도와 진나라를 정벌하신다면, 한나라는 이렇다 할 노력도 아니 하고 원수를 갚는 셈이니, 그 어찌 선생의 공로가 지대하다고 아니 할 수 있으오리까. 바라옵건대 선생은 패공께서 진나라를 정벌하시는 데 힘이 되어 주시옵소서."

장량은 그 말을 듣자 소하의 손을 덥석 붙잡으며, 자기 자신의 심정을 솔직하게 털어놓는다.

"귀공께서 나의 심중을 그처럼 꿰뚫어보고 계신 줄은 몰랐소이다. 터놓고 말씀드리거니와, 나의 조국인 한나라의 원수를 갚는 것은 나의 한평생의 소원입니다. 따라서 진나라를 정벌하려는 패공을 도와 드리고 싶은 마음은 나 역시 간절합니다. 그러나 나는 한나라에 매여 있는 몸, 대왕 전에 자세한 사정을 여쭈어 대왕의 윤허를 받기 전에는 단독으로 대답할 수 없는 일입니다."

유방은 그 말을 듣고 크게 기뻐하며 장량에게 이렇게 말한다.

"선생의 말씀은 과연 옳으신 말씀입니다. 그러면 선생을 모시고 나 자신이 막료들과 함께 수일 안으로 한왕을 직접 찾아뵙기로 하겠습니다."

그로부터 이틀 후, 유방은 여이기·소하·번쾌 등의 막료들을 거느리고 장량과 함께 한왕을 직접 방문하였다.

한왕은 주연을 베풀어 유방을 극진히 환대하며 말한다.

"패공께서 대의의 군사를 일으켜 진나라를 정벌하시면서 군량미 5만 석을 보내 달라고 말씀하셨사오나, 우리나라는 재정이 워낙 궁핍하여 5만 석을 공출할 능력이 없기에 장량을 보내 패공의 양해를 구했던 것이옵니다. 그 점 오해가 없으시기를 바라옵니다."

패공 유방이 웃으면서 대답한다.

"귀국의 사정으로 군량미를 도와주시기가 어려우시다면, 굳이 무리한 요구는 아니 하겠습니다. 군량미의 도움은 단념할 터이오니, 그 대신 저의 소청을 한 가지만 들어주시면 고맙겠나이다."

"무슨 일인지, 어서 말씀해 보시지요."

"소청은 다름이 아니옵고, 진나라를 정벌하는 동안 장량 선생을 저희들에게 빌려 주셨으면 하옵니다."

한왕은 그 말을 듣고 깜짝 놀라며 크게 당황해 하였다.

"패공의 말씀은 잘 알아들었소이다. 그러나 자방子房은 우리나라의 국정을 전담하고 있는 형편이어서 우리나라로서는 하루도 없어서는 안 될 중신이니, 이를 어찌했으면 좋으오리까."

한왕은 난색을 표명하며 완곡히 거절하는 태도로 나왔다. 그도 그럴 것이, 장량은 한왕이 절대적으로 신임하는 중신이어서, 모든 국정은 그의 보필로 운영해 왔기 때문이었다.

유방은 한왕이 장량을 보내 주지 않으려는 심정을 이해하고도 남음이 있었다. 한나라 조정에는 장량 이외에는 인물다운 인물이 한 사람도 없음을 알고 있었기 때문이었다. 그러나 유방이 진나라를 정복하기 위해서는 장량이야말로 없어서는 안 될 사람이 아니던가.

그러기에 유방은 머리를 조아리며 다시금 간곡하게 청탁한다.

"대왕 전하의 신금宸襟은 충분히 헤아려 모시옵니다. 그러나 진나라가 워낙 강대하기 때문에 장량 선생의 탁월하신 지략이 없이는 진나라를 정복할 수가 없사옵니다. 이번 기회에 진나라를 정복해 버리지 못하면, 초한 양국은 진나라의 속국 신세를 영원히 면하기가 어려울 것이옵니다."

"음……."

"장량 선생을 빌려 주서서 국권을 회복하시느냐, 그러잖으면 장량 선생을 슬하에 붙들어 두심으로써 영원히 진나라의 속국이 되느냐, 우리는 지금 중대한 기로에 처해 있사옵니다. 대왕께서는 그 점을 다시 한번 고려해 주시옵기를 바라옵니다."

유방이 그렇게까지 심각하게 나오자 한왕은 몹시 난처한 듯 말한다.

"패공의 말씀을 들어 보면 그렇기도 하구려."

그리고 이번에는 장량에게 묻는다.

"경은 이 문제를 어떻게 하는 것이 좋겠다고 생각하시오?"

장량이 머리를 조아리며 아뢴다.

"패공의 말씀대로 진나라를 정벌하려면 모든 나라가 지혜를 모아야 할 것은 사실이옵나이다. 그러나 소신은 대왕 전하께서 윤허를 내리시기 전에는 촌보도 움직이지 아니하겠습니다."

"경을 보내자니 나라 안이 텅 비는 것만 같고, 경을 붙들어 두자니 원수를 갚을 수가 없는 형편이고……, 이 일을 어찌했으면 좋을지 모르겠구려."

그리고 이번에는 유방에게 따지듯이 묻는다.

"만약 자방을 모셔 가면 언제쯤 돌려보내 주시겠소?"

유방이 맹세하듯 대답한다.

"진나라를 정벌하고 나면 장량 선생을 그날로 돌려보내 드리겠습니다. 그것만은 굳게 믿어 주시옵소서."

"그렇다면 천하의 대의를 위해 어찌 나의 욕심만 고집할 수 있으리오. ……자방은 수고스러운 대로 패공을 도와 국원國怨을 시원스럽게 풀고 돌아와 주시기 바라오."

이리하여 장량은 유방을 따라가게 되었는데, 유방은 그날부터 장량과 침식을 같이 하면서 장량을 깍듯이 선생으로 모셨다.

어느 날, 장량은 유방의 소청에 따라 황석공黃石公의 병법을 강론해 준 일이 있었다. 그러자 유방은 그 까다로운 병법 내용을 대번에 활달하게 이해해 주었다.

그 총명이 너무도 놀라워, 장량은 마음속으로 이렇게 탄복하였다.

'과연 이분은 하늘이 내신 참다운 명군이로구나. 그렇지 않다면 저렇듯이 두뇌가 명석하고 도량이 활달할 수 있을까!'

지략의 대가인 장량으로서도 패공 유방에게는 머리가 절로 수그러졌던 것이다.

무혈 점령

초 서군 대장군西軍大將軍 패공沛公 유방劉邦은 가는 곳마다 인덕을 베풀고 현사들을 규합하면서, 함양을 향해 순조롭게 전진하고 있었다.

그러면, 초 동군 대장군東軍大將軍 노공魯公 항우項羽의 동태는 어떠했던가.

항우는 30만 대군을 거느리고 있는 관계로 적을 만나기만 하면 무자비하게 싸워서, 성채城砦를 연달아 점령해 가고 있었다.

항우와 유방은 적을 공략하는 방법이 근본적으로 달랐다. 유방은 싸우는 대신에 회유책懷柔策으로 무혈 점령하는 것을 상책으로 삼았고, 항우는 적을 만나기만 하면 무자비하게 공격을 퍼부어 피바다를 만들거나, 혹은 화공법火攻法으로 적성敵城을 초토화焦土化해 버리곤 하였다. 항우가 그처럼 무자비한 전법을 쓰는 데는 뚜렷한 이유가 있었다. '함양을 먼저 점령하는 사람을 관중왕關中王으로 봉한다'는 초회왕의 언약이 있었기 때문에 항우는 무슨 수단을 써서든지 유방보다 먼저 함양을 점령하고 싶었기 때문이었다.

그런데 적진을 피바다로 만들고 불바다로 만들자니, 성 안에 살고 있던 백성들이 비참하게 희생되는 것만은 어찌할 수가 없었다.
그러기에 항우가 성을 하나 점령하고 나면, 백성들은 협조를 하기는커녕 공포에 떨며 저마다 도망을 치기에 바빴었다.
항우의 수법이 너무도 잔혹하므로 군사 범증이 이렇게 간한 일이 있었다.
"성을 빼앗는 것도 중요한 일이기는 하오나, 민심을 수습하는 것은 더욱 중요한 일이옵니다. 그러므로 백성들이 희생되지 않도록 가급적이면 초토작전焦土作戰은 쓰지 않는 것이 좋은 줄로 아뢰옵니다."
그러나 항우는 범증의 말을 귓등으로도 들으려고 하지 않았다.
"무슨 소리를 하고 있소! 백성들의 희생 없이 어떻게 성을 공략할 수 있단 말이오?"
"성을 얻고 민심을 잃으면, 장차 그들을 어떻게 다스려 나갈 생각이옵니까?"
"모르는 소리 그만 하오. 백성이란 힘으로 눌러 버리면 그만인 것이오. 민심을 얻고 잃는 것이 무슨 걱정이란 말이오."
범증은 항우의 무지에 너무도 기가 막혀 아무 말도 못 하고 맘속으로 혼자 탄식하였다.
'아아, 나는 역시 주인을 잘못 선택했었구나. 힘에는 한계가 있는 법인데, 인덕을 모르고서 어떻게 천하를 제대로 다스려 나갈 수 있단 말인가! 유방은 어디까지나 인덕이 넘치는 덕장德將으로 보였었는데, 항우는 천하 만사를 힘으로만 해결하려고 하니, 그러고서야 유방을 어떻게 이겨낼 수 있을 것인가!'
범증은 주인을 잘못 선택한 것이 자꾸만 뉘우쳐졌다.
그러나 일단 주종관계主從關係를 맺어 버렸으므로 이제는 싫든 좋든 간에 항우에게 끝까지 충성을 다할밖에 없다고 생각하였다.

항우는 오로지 무력만으로 적을 공략하기 때문에 눈앞의 전과는 대단한 듯이 보였지만, 그 대신 전투를 수없이 반복해야만 하였다. 왜냐하면 무자비하게 성을 빼앗긴 적군들이 이곳저곳에서 힘을 모아 산발적으로 항전을 계속해 왔기 때문이었다.

그러기에 항우가 싸우면서 전진하는 속도는, 유방이 선무 공작으로 인덕을 베풀면서 전진하는 속도보다 오히려 더딘 편이었다.

유방이 무혈 점령을 계속하면서 무관武關 가까운 곳에 이르렀을 때의 일이었다. 산중에서 홀연 정체 불명의 장수 하나가 말을 달려오더니 유방의 군사들을 향하여,

"패공에게 여쭐 말씀이 있으니 패공을 만나 뵙게 해 주시오."

하고 큰 소리로 고함을 지르는 것이 아닌가.

선봉장이 그 광경을 보고 큰 소리로 분노한다.

"네가 어떤 놈이기에 감히 주공을 만나 뵙겠다는 것이냐. 여봐라! 부관傅寬·부필傅弼은 당장 달려나가 저놈의 목을 베어 오너라."

부관과 부필이 정체 불명의 장수에게 달려나갔다. 그리하여 그들 간에는 싸움이 시작되었는데, 부관과 부필은 그의 목을 베어 오기는커녕, 10여 합을 싸우다가 두 사람이 모두 상대방에게 사로잡히고 말았다.

그 광경을 보고 장량이 생각하는 바 있어서 앞으로 달려나오며 정체 불명의 장수에게 묻는다.

"그대는 패공을 무슨 일로 만나 뵙겠다고 하며, 도대체 그대의 성명이 무엇인가?"

"패공을 직접 만나 뵙기 전에는 내 이름과 용무를 누구에게도 말하지 않겠소. 여러 말 말고 패공을 직접 만나 뵙게 해 주시오."

번쾌가 그 말을 듣고 크게 노하여,

"이 돼먹지 않은 놈아! 네놈이 뭐관데 감히 패공을 만나겠다는

것이냐."
하고 고함을 지르며 장검을 뽑아 들고 덤벼들었다.
　이번에는 번쾌와 싸움이 시작되었다.
　번쾌는 천하에 소문난 맹장이었다. 그러나 정체 불명의 장수는 무술이 이만저만 능란하지 않아서, 두 사람은 20여 합을 싸워도 승부가 나지 않았다.
　유방은 멀리서 그 광경을 바라보다가, '그 사람'의 칼 쓰는 법도에 놀라움을 금치 못했다.
　그리하여 말을 달려 나오며 명한다.
　"번쾌 장군은 싸움을 멈추오."
　그리고 정체 불명의 장수에게 말한다.
　"내가 패공이다. 그대는 무슨 용무로 나를 만나려고 하는가?"
　정체 불명의 장수는 그제야 창검을 거두고 말에서 뛰어내려 큰절을 올리며 말한다.
　"소장은 진작부터 명군明君을 찾아 헤매던 중이옵니다. 패공께서 함양을 공략하신다는 소문을 들어 찾아왔사옵니다. 바라옵건대 소장을 부하로 거두어 주시옵소서."
　유방은 그 말을 듣고 기뻐해 마지않으며 묻는다.
　"그대의 이름은 무엇이며, 지금까지 무엇을 하고 있던 사람인지 정체를 소상하게 밝혀라."
　정체 불명의 장수는 다시금 머리를 조아리며 대답한다.
　"소장의 이름은 관영灌嬰이라고 하옵니다. 본시는 무가武家에 태어나, 어렸을 때에는 남부럽지 않은 무예武藝를 연마했었습니다."
　유방은 고개를 끄덕이며,
　"그러잖아도 자네가 번쾌 장군과 겨루는 광경을 보고 무예가 비상하다는 것을 내 눈으로 직접 보았네. 지금은 무엇을 하고 있는가?"

"부끄러운 말씀이오나, 생계가 어려워 지금은 자관紫關을 넘나들며 장사를 해먹고 있는 중이옵니다."

유방은 그 말을 듣고 적이 실망하였다.

"장사를 해먹는 사람이 무엇 때문에 나를 만나러 왔단 말인가?"

"제 말씀을 조금만 더 들어주시옵소서……. 장사를 해먹느라고 자관을 자주 넘나들다 보니, 그 깊은 산중에 백여 명의 산적山賊들이 은거하면서 장사꾼들을 몹시 괴롭히고 있었습니다. 그래서 제가 혼자서 산적놈들을 모조리 퇴치해 버렸더니, 산적에게 고통을 받아 오던 백성들은 크게 기뻐하면서 저를 의병 대장義兵大將으로 받들어 올려서, 지금은 3천여 명의 부하를 거느리고 있는 의병 대장이 되었습니다."

유방은 그 말을 듣고 크게 웃었다.

"하하하, 장사를 해먹던 사람이 산적들을 퇴치해 준 공로로 일약 의병 대장이 되었다니, 그야말로 놀라운 출세였네그려. 그 한 가지 사실만 보아도 그대가 범상한 인물이 아니라는 것은 알고도 남음이 있네."

"저는 본래가 무가 출신인 데다가 이제는 의병 대장이라는 칭호까지 받고 보니, 마음이 크게 달라졌습니다."

"마음이 어떻게 달라졌단 말인가?"

"이왕 의병 대장이 된 이상에는 불의를 쳐서 세상을 바로잡아 보고 싶사온데, 때마침 패공께서 백성들에게 환대를 받으시며 함양으로 쳐들어가신다고 하기에, 저도 패공의 휘하가 되고자 찾아온 것이옵니다."

"그대가 그처럼 갸륵한 뜻을 가지고 찾아왔다면, 내 어찌 그대를 마다고 하겠는가. 오늘부터라도 생사를 나와 함께하기로 하세나!"

"관후하신 은공, 고맙기 그지없사옵니다. 여기서 조금만 더 가면 함양을 공략하는 데 제일의 요새要塞인 무관武關이 있사옵니다. 제가 다행히 그곳의 지리를 잘 알고 있사오므로, 무관 공략에는 저를 선봉장으로 써 주시면 저는 목숨을 걸고 무관을 함락시키기로 하겠습니다."

 유방은 그 말을 듣고 장량과 상의하여 관영을 무관 공략의 선봉장으로 기용하기로 하였다.

망이궁의 비극

무관武關은 함양으로 가는 도중에 있는 요새이므로, 함양을 공략하려면 우선 무관부터 점령하지 않아서는 안 된다. 그런데 무관은 글자 그대로 난공불락의 험난한 요새다. 유방은 관영을 선봉장으로 내세워 무관에 총공격을 퍼부어 보았다.

그러나 지세가 워낙 험난하여 적은 끄떡도 하지 않았다.

무관의 수장守將 주괴朱蒯는 성문을 굳게 걸어 잠근 채, 응전할 생각은 아니 하고 함양에 다음과 같은 상소문을 급히 올렸다.

지금 유방의 대군이 몰려와 무관을 맹렬하게 공격해 오고 있는 중이옵니다. 적의 세력이 워낙 강대하여 저로서는 성을 지탱해 나가기가 어렵사오니, 응원군 10만을 급히 보내 주시옵소서. 만약 무관이 함락되면 함양을 수비하기도 어려울 것이오니, 그 점을 참작하시와 응원군을 화급히 보내 주시옵소서.

그 상소문은 황제에게 올린 것임은 말할 것도 없었다.

그러나 지금까지의 모든 상소문이 그러했듯이 그 상소문도 승상 조고가 받아 보았다. 조고는 주괴의 상소문을 읽어 보고 크게 놀라며 긴급 안보 회의를 열었다.

"지금 무관이 함락될 위기에 처해 있다고 하는데, 무관이 함락되면 함양도 무사하기가 어려울 것이오. 사태가 매우 위급하게 되었소. 응원군 10만 명을 보낼 테니, 누구든지 사령관으로 출전할 희망자가 있거든 말해 보시오."

지금 조고의 앞에는 수십 명의 장수들이 앉아 있다. 그러나 싸우러 나가겠다는 장수는 한 사람도 없었다. 그도 그럴 것이 천하의 맹장이었던 장한조차 견디다 못해 초군에게 항복해 버린 사실을 모두가 알고 있었기 때문이었다.

진나라에는 장수가 많기는 했으나, 정신적으로는 그처럼 부패해 있었던 것이다.

조고는 화가 치밀어 올라서,

"당신네는 평소에 높은 국록을 먹으며 갖은 호강을 다해 왔건만, 나라를 위해 싸우기가 그렇게도 두렵단 말이오?"

하고 저도 모르게 호통을 질렀다.

그러나 장수들은 조고의 호통을 비웃기만 할 뿐 싸우러 나가겠다는 장수는 아무도 없었다.

마침 그때, 무관으로부터 '응원군을 보내 주지 않으면 무관은 함락당하게 된다'는 급보가 또다시 날아왔다.

그러나 조고는 속수무책이었다. 그러자 문득 이런 생각이 들었다.

'만약 이러한 사실을 황제가 알면, 황제는 승상인 나에게 책임을 추궁할 것이 아닌가. 사태가 그렇게 되면 나의 목숨이 달아날지도 모른다.'

생각이 여기에 미치자 조고는 소름이 끼쳤다. 그리하여 구명책을 골똘히 강구해 보다가, 이런 꾀를 생각해 냈다.

'에라 모르겠다. 꾀병으로 병석에 누워 있으면 그런대로 책임을 회피할 수 있을 게 아닌가.'

조고는 그날부터 자리 보존하고 누워 승상부에는 숫제 등청을 하지 않았다.

한편, 진나라의 이세 황제는 나라에 위급지사가 생긴 줄도 모르고 날마다 미녀들과 더불어 주색만을 즐기고 있었다.

그러한 어느 날 밤, 황제는 매우 흉악스러운 꿈을 꾼 일이 있었다. 많은 미녀들을 거느리고 야외에서 들놀이를 즐기고 있노라니까, 홀연 숲 속에서 하얀 호랑이 한 마리가 달려 나오더니 황제의 애마愛馬를 즉석에서 물어 죽이는 것이었다. …… 소스라치게 놀라 깨어 보니 남가일몽南柯一夢이 아닌가.

황제는 심사가 매우 불쾌하였다.

그리하여 대궐로 돌아와 복자卜者에게 꿈 풀이를 시켜 보았다.

점쟁이는 점을 쳐 보고 나서 대답한다.

"대궐을 수호하는 용신龍神께서 격노하시어, 그런 꿈을 꾸시게 되신 것이옵니다."

"용신이 격노하여 그렇다고? ……그러면 어떻게 해야 화를 면할 수가 있겠느냐?"

"대궐의 용신이 격노하셨으므로, 우선 목전의 화를 면하시려면 폐하께서 거처를 망이궁望夷宮으로 옮기심이 좋은 줄로 아뢰옵니다."

"망이궁으로 거처만 옮기면 화를 면할 수가 있겠느냐?"

"망이궁으로 옮겨 가신 연후에, 백마白馬 한 마리를 제물로 삼아 용신제龍神祭를 지내시옵소서. 그러면 화를 면하실 수가 있사옵니다."

황제는 점쟁이의 말대로, 그날로 거처를 망이궁으로 옮기고 백마를 잡아 용신제를 지냈다.

그러고도 마음이 편하지 않아, 하루는 시신侍臣들을 불러 이렇게 물어 보았다.

"얼마 전에 적도賊徒들이 각지에서 난동을 부린다고 들었는데, 그 후에 그 결과가 어떻게 되었느냐?"

"……."

시신들은 대답을 못 하고, 얼굴을 수그린 채 눈물만 흘린다. 말할 것도 없이 그들은 조고의 질책이 두려워 사실대로 대답할 용기가 없었던 것이다.

황제는 크게 의아스러워 언성을 높여 따진다.

"너희들은 왜 대답을 못 하고 울기만 하느냐. 이는 필연코 짐에게 무엇인가를 속이고 있음이 분명하다. 모든 것을 사실대로 고하라. 만약 이실 직고하지 않으면 엄중하게 처벌하리라."

시신들은 그제서야 마지못해 땅에 엎드려 울면서 다음과 같이 아뢰는 것이었다.

"사실인즉, 초나라 군사들이 동과 서로 나누어 파죽지세破竹之勢로 쳐들어오고 있어서, 각 지방의 제후諸侯들은 저마다 나라를 배반하고 초군에게 항복하는 형편이옵니다. 따라서 함양도 머지않아 적에게 함락되어 버릴지도 모릅니다."

이세 황제는 그 말을 듣고 기절초풍을 할 듯이 놀랐다.

"뭐야……? 나라가 그 꼴이 되도록 도대체 승상은 무엇을 하고 있었단 말이냐! 승상 조고를 당장 이 자리에 불러라!"

추상 같은 칙명이었다.

특사가 '급히 입궐하라'는 어명을 받들고 조고를 찾아갔다.

조고는 중병 환자처럼 기동조차 제대로 못 하는 흉내를 내면서 특사에게 말한다.

"내가 중병으로 기동을 할 수가 없으니, 황제 폐하에게 입궐 못하는 사정을 상세히 여쭈어 주시오."

황제는 특사의 보고를 받고 불같이 진노한다.

"나라가 망해 가는 판인데, 승상이라는 자가 책임을 회피하려고 입궐을 못 하겠다니, 말이 되는 소리냐! 그자가 일찍이 명신名臣 이사李斯를 모함으로 살해해 버렸기 때문에 나라가 이 꼴이 되었으니, 조고를 마땅히 중죄로 다스려야 하겠다."

조고는 밀정들로부터 그러한 정보를 듣고,

'기어코 올 것이 오고야 말았구나! 그렇다고 가만히 앉아서 죽기를 기다리고 있을 수는 없는 일이 아닌가.'

하고 생각이 거기에 미치자, 조고는 비밀리에 함양咸陽 태수太守 염락閻樂과 함양 방위 대장防衛大將 조성趙成을 급히 불러들였다. 함양 태수 염락은 조고의 사위요, 방위 대장 조성은 조고의 아우였던 것이다.

조고는 사위와 아우를 안방에 불러들여 말한다.

"황제가 황음 무도하여 나의 간언을 듣지 아니하고 주색에만 탐닉해 온 까닭에 나라가 이 꼴이 되었다. 그러나 황제는 모든 책임을 승상인 나에게 뒤집어씌워 나를 참형에 처하려 하고 있다. 내가 죽으면 우리 문중은 한 사람도 살아남지 못할 것이다. 너희들도 물론 나와 함께 죽어야 할 판인데, 이 일을 어찌하면 좋겠느냐? 대책이 있거든 말해 봐라!"

염락과 조성은 그 말을 듣고 소스라치게 놀랐다.

조성은 몸을 떨며 말한다.

"나라를 다스리는 책임은 천자에게 있는 법인데, 형님께서 무슨 죄가 있다고 우리 문중이 몰살을 당해야 한다는 말씀입니까?"

"누가 아니라더냐. 내 말이 바로 그 말이다."

사위 염락도 그 말에 덩달아 항의한다.

"장인 어른께서 무슨 잘못이 계시다고 참형을 당해야 하신다는 말씀입니까. 만약 그렇게 된다면, 저로서는 도저히 가만 있을 수 없는 일이옵니다."

조고는 아우나 사위의 입에서 그런 말이 나오기를 진작부터 기다리고 있었다.

"네 심정이나 내 심정이나 조금도 다를 바가 없다. 그러나 상대방은 절대권자인 황제이고 나는 승상에 불과하니, 어쩔 수가 없는 일이 아니냐."

"장인 어른께서는 무슨 말씀을 하고 계시옵니까. 죽느냐 사느냐 하는 이 판국에 황제가 무슨 상관입니까. 황제를 우리 손으로 죽여 버리면 그만이 아니옵니까?"

조고가 진작부터 기대하고 있었던 말이 드디어 사위의 입에서 튀어나왔다.

조고는 진작부터 이세 황제를 죽여 없애고, 부소 태자의 아들인 자영 공자를 삼세 황제로 바꿔 버릴 결심을 품고 있었다. 자기가 살아남기 위해서는 그 길밖에 없다고 생각되었기 때문이었다.

그러면서도 '황제를 시해弑害하자'는 말을 자기 입으로 직접 말하고 싶지 않아, 아우와 사위의 입에서 그런 말이 나오도록 유도하고 있었던 것이다.

그러나 사위 염락의 입에서 정작 '황제를 죽여 없애자'는 말이 나오자 조고는 짐짓 놀라는 표정을 지어 보이며,

"황제를 시해하자는 말이냐?"

하고 새삼스레 다져 물었다.

"우리가 살아남기 위해서는 그런 수단을 쓸 수밖에 없지 아니합니까!"

"허기는 그렇지! 우리가 살아남으려면 그런 수단이라도 쓸 수밖

에 없겠지."

그리고 이번에는 아우 조성에게 묻는다.

"너는 이 문제를 어떻게 생각하느냐?"

"우리가 죽을 판인데, 황제가 다 뭡니까? 저도 염락의 제안에 절대 찬성입니다."

조고는 그제야 고개를 크게 끄덕이며 말한다.

"너희들의 생각이 모두 그렇다면 나 역시 어쩔 수 없는 일이로구나. 그렇다면 이세 황제를 죽여 없애고 자영 공자를 받들어 모시기로 하자. 자영 공자는 성품이 인후仁厚하여 그가 임금이 되면 백성들도 환영하겠지만, 우리 문중도 전과 다름없이 영화를 누릴 수가 있게 될 것이다."

이리하여 세 사람은 지혜를 모아 이세 황제를 시해할 음모를 구체적으로 꾸몄다.

바로 그날 밤이었다.

염락과 조성은 정병 천여 기를 망이궁으로 몰고 들어와, 여기저기서 함성을 올리며 일대 소동을 일으키게 하였다. 그리고 그들 자신은 10여 명의 심복들을 대동하고 망이궁 안으로 달려 들어와,

"역적 도당들이 대궐 안팎에서 난동을 치고 있는데, 경호 군사들은 도대체 무엇을 하고 있었느냐!"

하고 외치며 황제의 경호병들을 닥치는 대로 때려죽였다.

그러고 나서 내전內殿으로 달려 들어오니, 이세 황제는 어둠 속에서 몸을 와들와들 떨며 두 명의 내관內官들과 함께 도망갈 준비를 서두르고 있는 것이 아닌가.

염락과 조성은 황제의 앞길을 창검으로 가로막으며 큰 소리로 외친다.

"천자는 황음 무도하고 학정이 자심하여 천인이 공노할 죄악을

범했도다. 그로 인해 제후들이 저마다 배반을 하고 있으니, 나라를 망친 죄를 용서할 수 없기에, 천자를 우리 손으로 시해하려 하노라."

이세 황제는 몸을 사시나무처럼 떨며 애원하듯 말한다.

"승상은 어디 갔느냐? 승상을 만나게 해 다오!"

염락이 대답한다.

"무슨 낯으로 승상을 만나겠다는 것이오? 승상을 만나게 해 줄 수 없소."

"그러면 나에게 마지막 소원이 하나 있으니, 나를 죽이기 전에 그 소원이나마 승상에게 전해 다오."

죽음을 눈앞에 두고 있는 이 판국에 이세 황제의 '마지막 소원'이란 도대체 무엇이었을까.

그 점은 염락과 조성으로서도 궁금한 일이 아닐 수 없었다. 염락은 측은한 생각조차 들어서,

"마지막 소원이 무엇인지 어서 말해 보시오."

하고 대답을 재촉하였다.

이세 황제는 몸을 덜덜 떨며 대답한다.

"황제의 자리를 곱게 내놓을 테니, 그 대신 나를 어느 지방의 왕으로 봉해 주도록 승상에게 전해 주시오."

염락은 너무도 어처구니가 없어 일언지하에 거절한다.

"그건 말도 안 되는 소리요."

그러자 이세 황제는 비겁하게도 머리를 굽실거려 가면서 또다시 이렇게 나오는 것이 아닌가.

"일국의 왕으로 봉해 주기가 어렵거든 만호후萬戶侯로라도 봉하여 처자식들과 함께 목숨이라도 보존해 갈 수 있게 해 주시오. 이렇게 두 손 모아 빌겠소이다."

이세 황제는 과연 무릎을 꿇고, 두 손을 모아 빌기까지 하는 것이 아닌가.

염락과 조성은 너무도 비겁한 태도에 증오감이 왈칵 솟구쳐 올랐다. 그리하여 창검을 치켜 올리며,

"에잇! 이 비겁한 놈아! 너같이 못난 놈을 황제로 모셔 왔던 우리가 바보였다. 잠꼬대 같은 소리 그만 하고, 이 칼을 받아라!"

하고 외침과 동시에, 황제의 목을 한칼에 날려 버렸다.

진시황의 둘째아들이었던 호해는 이세 황제로 등극한 지 5년이 넘도록 세상이 어떻게 돌아가는 줄도 모르고, 오로지 주색만을 즐기다가 결국은 간신 조고의 손에 무참히 죽어 버린 것이었다.

염락과 조성이 조고에게 달려와 모든 것을 사실대로 고하니, 조고는 병상을 박차고 일어나 승상부로 달려 나왔다.

그리하여 만조 백관들을 한자리에 불러 놓고, 서슬이 퍼렇게 말한다.

"어젯밤 적도들이 대궐로 난입하여 황제 폐하를 시해하였소. 이는 놀랍고도 슬프기 짝 없는 일이나 지나간 일은 이미 어쩔 수 없는 일이오. 새로운 임금님을 즉시 옹립해야 하겠는데, 어느 분을 신제 新帝로 모셔야 하겠소?"

만조 백관들은 조고가 황제를 죽인 사실을 잘 알고 있는지라, 모두가 겁에 질려 대답을 못 한다.

그러자 조성이 출반주하며 아뢴다.

"자영 공자가 시황제의 장손長孫이오니, 그분을 신제로 받들어 모심이 옳을 줄로 아뢰옵니다."

조고는 고개를 크게 끄덕이며 말한다.

"참으로 좋은 생각이로다. 그러면 자영 공자를 새 임금님으로 옹립하기로 합시다. 그러나 그분을 '황제'라는 칭호로 모시면 복잡한

문제가 야기될 우려가 농후한데, 여러분은 그 점에 대해서는 어떻게 생각하시오?"

만조 백관들은 조고가 또 무슨 술책을 꾸미는가 싶어 꿀 먹은 벙어리처럼 여전히 입을 봉하고 있었다. 조성은 조고의 계략을 소상하게 알고 있었다.

그러나 그는 짐짓 시치미를 떼고 형에게 묻는다.

"자영 공자를 '황제'라는 칭호로 부르면 '복잡한 문제가 야기될 것 같다'고 말씀하셨는데, 그것은 무슨 뜻이옵니까?"

조고가 꾸짖듯이 대답한다.

"자네는 그런 이유도 모르는가. 본시 진나라는 옛날부터 임금을 '왕王'이라고 불러오고 있었네. 그러던 것을 시황제가 육국을 무력으로 통합하고 나서 '황제皇帝'라는 새로운 칭호로 불러오게 되던 것일세. 그런데 지금 초왕이 대군을 일으켜 우리한테 덤벼오는 원인은 '황제의 자리'를 빼앗고 싶기 때문이 아닌가. 그러므로 새로 등극하는 임금이 '황제'라는 칭호를 포기하고, 옛날처럼 '진왕秦王'이라고 자칭하면서 옛날과 같이 육국의 독립권을 인정해 주면, 그들은 싸워야 할 목표가 없어져서 절로 물러가 버릴 것이 아니겠는가. 그렇게 되면 우리는 싸울 필요도 없이 적을 저절로 물러가게 할 수 있을 것이 아닌가 말일세."

간지에 능한 조고가 아니고서는 생각조차 못 할 잔꾀였다. 임금의 칭호를 '황제'에서 '진왕'으로 바꾼다고 초군이 과연 곱게 물러가 줄 것인가.

그러나 영화의 자리를 보존하기에만 급급한 조고는 그런 수단을 쓰면 만사가 쉽게 해결되리라고 믿고 있었다.

만조 백관들은 조고의 '눈감고 아웅식'의 얕은 꾀를 속으로는 모두들 비웃고 있었다.

그러나 눈앞의 위기를 모면하려면 그런 수단이라도 부려 볼밖에 없다고 생각되어,

"승상의 말씀은 진실로 탁월하신 계획이시옵니다."
하고 입을 모아 찬의를 표명하였다.

이에 조고는 만조 백관들을 거느리고 회춘궁回春宮으로 자영 공자를 찾아와 머리를 조아리며 아뢴다.

"금상 폐하께서 졸지에 적도의 손에 시해되셨으므로, 공자께서는 5일 동안 목욕재계沐浴齊戒하신 뒤에, '왕위王位'에 올라 주셔야 하겠습니다."

자영 공자는 황제를 죽인 배후의 인물이 조고임을 알고 있었다. 그러기에 조고가 가뜩이나 죽이고 싶게 미운 판인데, '제위帝位'가 아닌 '왕위王位'에 올라 달라는 말까지 하고 있으니, 자영 공자는 분노를 금할 길이 없었다.

"황제께서 돌아가셨다면, 나는 마땅히 '제위'를 계승해야 할 게 아니오. 그런데 어째서 나더러 '제위'가 아닌 '왕위'에 올라 달라는 말씀이오?"

어시호 조고는 만조 백관들에게 들려주었던 계책을 누누이 설명하고 나서,

"만약 공자께서 제위를 포기하고 왕이 되지 않으시면 등극하신 후에 목숨이 위태롭게 되실 것이옵니다."
하고 협박 공갈조로 나왔다.

"알았소이다. 그러면 목욕재계하고 나서 닷새 후에 즉위하기로 하겠소."

자영 공자는 마지못해 겉으로는 일단 응낙했지만, 속으로는 엉뚱한 생각을 품고 있었다. 조고가 회춘궁에서 돌아가 버리자 자영 공자는 두 아들을 급히 불러 다음과 같은 밀명을 내렸다.

"조고는 국정을 망친 죄로 자기가 죽게 되자 선수를 쳐서 황제를 죽이고 나를 임금으로 내세우려 하고 있다. 그것도 '황제'가 아닌 '왕'으로 내세우겠다는 것이다. 나는 이제부터 재궁齋宮에 참배하여 닷새 동안 목욕재계를 하고 있을 터인즉, 너희들은 그동안에 한담韓覃과 이필李畢에게 급히 연락하여 재궁 뒤에 군사를 매복시켜 놓도록 하라. 닷새 후에 내가 칭병稱病하고 대궐에 들어가지 않으면 조고가 재궁으로 나를 모시러 나올 것이다. 그러면 그때에 조고를 죽여서 선조들의 원수를 갚아야 하겠다. 내말 알아듣겠느냐?"

자영의 두 아들은 조고에 대한 증오심에서 입술을 깨물며 대답한다.

"선조님들의 원수를 갚기 위해 추호의 착오도 없이 분부대로 거행하겠습니다."

"대진제국의 흥망은 이번 거사의 성패에 달려 있으니 깊이 명심하고 신속히 거동하라!"

자영은 그날부터 재궁에서 목욕재계를 계속하며, 닷새가 지나도록 병을 핑계로 대궐에는 나가지 않았다.

조고가 자영을 모셔 가려고 재궁으로 수레를 몰아오자, 한담과 이필은 미리 매복시켜 두었던 군사를 일으켜 조고를 급습하였다.

조고는 크게 당황하여 수레에서 뛰어내리며,

"염락은 어디 갔느냐! 이놈들을 당장 물고를 내버려라!"

하고 외치는데, 이필이 비호같이 덤벼들어 조고의 목을 한칼에 날려 버렸다.

그리하여 갖은 작패를 부려 가며 대진제국의 권세를 맘대로 휘둘러 오던 천하의 간신 조고는 비참한 최후를 마쳤다.

조고를 죽이고 나자, 자영은 만조 백관들의 축하를 받으며 대묘전大廟殿에서 즉위식卽位式을 올리고, 자기 자신을 '삼세 황제三世皇

帝'라고 부르게 하였다.

그러나 제위에 올랐다고는 하지만, 초군이 언제 함양으로 쳐들어올지 모르므로 그 자리에서 중신 회의를 열고 긴급 대책을 강구하였다.

"초군이 지금 무관을 공략해 오고 있다는데, 어찌하면 적군을 퇴치할 수 있겠소?"

늙은 중신이 머리를 조아리며 아뢴다.

"무관이 지금 함락 위기에 처해 있는 모양이오니, 폐하께서는 사령관을 오늘로 임명하시와 응원군을 급히 무관으로 보내셔야 합니다."

삼세 황제는 한영韓榮과 경패耿沛를 대장으로 임명하면서,

"그대들에게 군사 5만 명씩을 줄 터인즉, 무관으로 급히 달려가 주괴 장군과 숙의하여 초군을 조속히 격파하도록 하라."

하고 명했다.

자영은 간신 조고를 죽이고 삼세 황제가 되기는 했으나, 앞길은 마냥 험난하기만 했던 것이다.

뇌물 작전

그때, 유방은 무관을 점령하려고 총공격을 여러 차례 시도해 보았다. 그러나 진군은 수비가 워낙 철통 같아서 총공격을 퍼부어도 끄떡하지 않았다.

게다가 한영韓榮과 경패耿沛가 함양에서 10만 응원군까지 몰고 와서, 이제는 오히려 이쪽이 열세劣勢에 몰리게 된 형편이었다.

유방은 장량을 불러 탄식하듯 말한다.

"무관을 함락시키지 못하면 함양으로 전진할 길이 없는데, 지금 형편으로는 무관을 공략할 가망이 없어 보이니 이를 어찌했으면 좋겠소?"

장량은 오랫동안 심사숙고하다가, 얼굴을 고즈넉이 들며 대답한다.

"적세敵勢가 워낙 강하여 무력만으로 함락시키기는 매우 어려울 것 같사옵니다."

"무력만으로 안 된다면, 어떤 방법으로 함락시켜야 하겠다는 말씀이오? 선생께서 지혜로운 방도를 가르쳐 주소서."

장량은 조용히 입을 열어 대답한다.

"병법에 '싸움을 잘하는 장수[善兵者]는 적을 굴복시키되 싸움을 아니 하고〔屈人之兵 而非戰也〕, 성을 점령하되 싸움을 아니 한다〔拔人之城 而非戰也〕'는 말이 있사옵니다. 그러므로 우리는 공격을 퍼부어 성을 빼앗으려고 할 게 아니라, 싸우지 아니하고 계략으로 점령할 수 있는 수단을 강구해야 할 것 같사옵니다."

유방은 장량의 말을 듣고 귓문이 활짝 열리는 것만 같았다.

"싸우지 아니하고 성을 취할 수만 있다면 그보다 더 좋은 일이 어디 있겠소이까. 선생께서는 그러한 방도를 구체적으로 말씀해 주소서."

장량이 대답한다.

"자고로 '전쟁은 속이는 것〔兵者詭道也〕'이라고 일러 옵니다. 그러므로 우리는 적을 속여서 승리할 방도를 강구해야 하겠습니다. 첫째는 우리 병력이 막강한 것처럼 속여서 적의 마음에 겁을 주어 놓고, 둘째는 적장들을 재물로 유인하여〔利而誘之〕 마음을 혼란하게 만들어 적들을 취해야〔亂而取之〕 합니다."

"참으로 신통하신 작전입니다. 저들에게 우리 병력이 막강한 것처럼 속이려면 어떤 방법을 써야 하겠습니까?"

"우리 병력이 막강한 것처럼 보이기 위해서는 산상山上, 산하山下와 동서 사방에 수많은 깃발을 내세워, 병력이 수십만에 달하는 것처럼 보여야 합니다. 그렇게 해 놓으면 저들은 겁에 질려 마음이 동요될 것이 분명하니, 그때에 가서 육가陸賈와 여이기麗食其 같은 변설가辯舌家를 보내 수많은 금은 보화로써 저들에게 매수 공작을 전개하면, 우리가 승리할 수 있는 계기가 마련될 것이옵니다."

그러나 유방은 그 말을 쉽게 믿으려고 하지 않았다.

"금은 보화를 주면 저들이 쉽게 매수되겠습니까?"

장량이 웃으며 대답한다.

"물론 금은 보화를 주면서 설득한다고 저들이 쉽게 매수되리라고는 저 역시 생각하지 아니합니다. 그러나 저들에게는 기본적인 약점이 있어서, 우리가 매수 공작을 잘하면 마음이 흔들려서 수비가 소홀하게 될 것만은 틀림이 없사옵니다. 그러면 그때에 가서 총공격을 퍼부어 승리를 기할 수가 있을 것이옵니다."

유방은 장량의 말을 가로막으며 묻는다.

"선생께서는 지금 '저들에게는 기본적인 약점이 있다'고 말씀하셨는데, 저들의 기본적인 약점이란 무엇을 말씀하시는 것입니까?"

장량이 웃으면서 대답한다.

"적의 지휘관은 한영·경패·주괴의 세 사람뿐이옵니다. 그런데 제가 그동안에 그들 세 사람의 출신 성분을 면밀하게 조사해 보았더니, 그들은 모두가 장사꾼의 아들 출신이었습니다. 장사꾼의 아들이란 이체를 탐내는 근성이 농후한 법이어서, 많은 재물을 보면 마음이 반드시 흔들리게 됩니다. 그러므로 우리가 그 점을 교묘하게 이용해 정신적인 혼란을 일으켜 놓으면, 승리할 수 있는 기회가 절로 생기게 된다는 말씀입니다."

유방은 장량의 말을 듣고 탄복해 마지않으며,

"선생은 어느 틈에 적장들의 출신 성분까지 그처럼 소상하게 조사해 놓으셨습니까?"

"싸움에는 적을 알고 나를 알아야 백전 불패한다고 일러 옵니다. 적장들의 출신 성분을 모르고 어떻게 승리할 수 있겠습니까. 세 사람의 적장들이 한결같이 장사꾼의 아들이라는 점이 우리에게는 매우 고무적인 일이옵니다."

"선생이 아니면 누가 그런 점에 착안할 수 있었겠소이까. 아무튼 선생의 계략을 곧 실천에 옮겨 나가기로 합시다."

유방은 병력이 많은 것처럼 위장하기 위해 산과 들에 수많은 깃발을 세워 놓았다. 그러고 나서 육가와 여이기에게 많은 재화를 주면서 진장들을 만나러 가게 하였다.

육가와 여이기는 '강화 특사講和特使'라는 명목으로 진장 주괴와 한영을 찾아가 다음과 같이 당당한 변론을 펴 나갔다.

"당신네들도 잘 알고 있다시피, 진황秦皇이 워낙 포악 무도하여 만천하의 백성들은 한결같이 도탄 속에서 허덕이고 있는 중이오. 패공은 그러한 백성들을 구출하려고 대군을 일으켜 진나라를 때려 없애려는 것이오. 우리는 50만 대군을 거느리고 왔기 때문에, 마음만 먹으면 오늘이라도 무관을 함락시켜 버릴 수가 있소. 그러나 그렇게 되면 애꿎은 백성들이 많이 희생되겠기에 당신네들과 협상을 하려고 온 것이오. 만약 당신네들이 우리에게 무관을 곱게 내 준다면 패공은 초회왕에게 품하여, 당신들에게 만금의 상을 내림과 동시에 만호후萬戶侯에 봉하도록 하겠으니, 당신네들은 그 점을 깊이 고려해 주기 바라오."

한영과 주괴는 "무관성을 곱게 내주기만 하면 만호후에 봉해 주겠다"는 말에 마음이 크게 흔들렸다. 장량이 예측한 대로 그들은 장사꾼의 아들이어서 이해 타산에는 누구보다도 밝았던 것이다.

그러나 자기가 수비하던 성을 곱게 내준다는 것은 너무도 중대한 일이므로 한영은 머리를 가로 흔들며,

"그것은 안 될 말이오. 우리는 오늘날까지 진나라의 녹을 먹고 살아왔는데, 내가 지켜 오던 성을 어찌 싸우지도 아니하고 당신네에게 내줄 수 있다는 말이오?"

하고 강경하게 거부하는 자세로 나왔다.

그러자 여이기 노인은 크게 웃으면서 다시 입을 열어 말한다.

"하하하, 당신네들은 생각하는 점이 왜 그다지도 어리석소. 패공이 천하를 바로잡기 위해 일단 군사를 일으킨 이상, 진나라는 조만간에 망해 버릴 나라요. 만호후의 영화를 마다하고 어차피 망해 버

릴 나라를 위해 충성을 다하다가 전야戰野의 고혼孤魂이 되겠다니, 세상에 그런 어리석은 일이 어디 있단 말이오."

한영과 주괴는 수긍되는 점이 있는지 고개를 갸웃거리며 아무 말도 안 한다. 대답을 안 한다는 것은 마음이 흔들리고 있다는 증거였다.

여이기는 그 기회를 교묘하게 포착하여 자리를 박차고 일어서며 다음과 같은 폭탄 선언을 내렸다.

"나는 당신네들의 영화를 도와주기 위해 일부러 교섭하러 왔었는데, 당신네들이 끝까지 싸울 각오라면 이 이상 무슨 말이 필요하겠소. 이제는 싸움터에서나 다시 만나기로 합시다."

그러자 한영과 주괴가 크게 당황하며 여이기에게 말한다.

"선생이 제안한 문제에 대해 우리가 오늘 밤 상의를 해보겠으니, 선생은 여기서 하룻밤을 묵고 내일 떠나시도록 하시오."

"당신네들의 소원이 그렇다면 하룻밤 묵어가는 것은 어려운 일이 아니오. 그러면 오늘 밤 여러분이 충분히 상의해 보시오."

그날 밤 한영과 주괴와 경패 등은 부장副將들과 한자리에 모여 앉아 그 문제를 토의해 보았다.

사실대로 말하면 한영·주괴·경패 등의 세 장수는 무관을 곱게 내주고 만호후가 되어 영화를 누리고 싶었다.

그러나 그러한 비밀은 감히 회의석상에는 내놓지도 못했다.

정의감에 불타는 젊은 장수들은 '적과 타협하자'는 제안에 펄쩍 뛸 듯이 놀라며,

"우리가 지켜 오던 무관을 적에게 그냥 내주다니, 그게 어디 말이 되는 소립니까. 유방이라는 자가 뭐가 두려워 싸워 보지도 않고 성을 곱게 내준다는 말씀입니까. 사령관님들이 싸우지 않으신다면 저희들이 대신하여 끝까지 싸워 이겨 보이겠습니다."

하고 핏대를 올려 가며 반대하고 나오는 것이 아닌가.

젊은 장수들이 결사적으로 반대하고 나오니, 노장들로서는 어찌 할 도리가 없었다.

다음날 아침, 한영은 여이기의 숙소로 찾아와 말한다.

"어젯밤 장수들이 한자리에 모여서 토의해 보았으니, 무관성을 그냥 내주는 데는 모두가 반대였소이다."

여이기는 태연하게 웃으며 대답한다.

"그렇다면 어쩔 수 없는 일이니, 나는 그만 돌아가겠소이다."

그리고 자리에서 일어서다가 문득 생각난 듯이,

"아 참, 내가 잊어버린 것이 있군."

하고 혼잣말로 중얼거리며, 허리에 차고 있던 전대纏帶 속에서 값진 패물佩物 몇 개를 한영에게 꺼내 주며 말한다.

"이것은 패공께서 장군에게 특별히 보내 드리는 선물이니, 받아 주시오."

한영은 패물을 보고 깜짝 놀라며 말한다.

"패공과 나는 적대지간敵對之間인데, 패공이 어째서 나에게 이런 선물을 보내 주신다는 말이오."

"장군은 패공이라는 인물을 너무도 모르시는구려. 패공은 비록 적장일지라도 뛰어난 인물에 대해서는 마음으로부터 존경하는 성품이시오. 이 선물은 그런 뜻에서 장군에게 특별히 보내 드리는 것이니까 아무 말씀 말고 받아 주시오."

그러나 한영은 적에게서 선물을 받기가 매우 난처하였다.

"이 선물만은 못 받겠으니, 패공에게 돌려 드리도록 하시오."

이에 여이기는 얼굴에 숙연한 빛을 띠며 노기에 넘친 어조로 한영을 꾸짖듯 나무란다.

"패공께서 정의情誼로 보내 주신 선물을 거절한다는 것은 절교絶

훗를 선언하는 것과 다름이 없는 일이오. 지금 절교를 선언해 놓았다가 후일에 패공이 천하를 장악하게 되면, 장군은 무슨 면목으로 패공을 대할 것이오. 그때에는 패공은 장군을 원수로 처단할 것을 왜 모르시오?"

한영은 그 말을 듣고 전신에 소름이 끼쳤다. 그리하여 얼굴이 질려지며 얼른 번복해서 말한다.

"선물 받지 않는 것을 절교로 오해하신다면, 이 선물은 일단 받아 두겠소이다. 패공이 나에게 그처럼 호의를 베풀어 주시니, 나도 패공에게 응분의 보답을 해 드리기로 하지요."

"무슨 보답을……?"

"동료들과 다시 상의하여 되도록이면 전쟁을 회피하고 타협하는 길을 모색해 보기로 하지요."

"고맙소이다. 장군이 그렇게 노력해 주시면, 패공께서도 장군의 은공을 결코 잊지 않을 것이오."

그 모양으로 여이기는 한영에게 뇌물을 주는 데 기어코 성공하고야 말았다.

그런데 증뢰작전贈賄作戰에 성공한 사람은 여이기만이 아니었다.

여 노인과 동행한 육가도 주괴와 경패의 두 장수를 개별적으로 방문하여, 여 노인과 똑같은 방식으로 뇌물을 안겨 주는 데 보기 좋게 성공하였다.

장량의 예언대로 장사꾼의 아들들은 재물만 보면 사족을 쓰지 못했던 것이다.

함양咸陽 입성

여이기와 육가가 진나라 장수들에게 뇌물을 주는 데 성공하고 돌아오자, 유방은 크게 기뻐하며 장량을 불러 상의한다.

"적장들에게 뇌물을 주는 데 성공했으니, 이제는 어찌했으면 좋겠소이까?"

장량이 대답한다.

"저들이 뇌물을 받았으니, 머지않아 뇌물의 효과가 반드시 나타날 것이옵니다. 우리는 그때까지 기다리고 있어야 합니다."

"뇌물의 효과가 어떻게 나타난다는 말씀이오?"

"지금까지는 적의 수비가 철통같이 삼엄했지만, 오래지 않아 적의 수비가 허술해질 것입니다. 그것이 바로 뇌물의 효과인 것이옵니다."

유방은 얼른 믿어지지 않아서 다시 묻는다.

"뇌물을 받았다고 철통 같던 수비가 과연 허술하게 될까요?"

"뇌물이란 상상 외로 무서운 작용을 하는 법이옵니다. 그러기에 옛날부터 '쇠 먹은 똥 삭지 않는다' 는 속담이 있지 아니하옵니까. 저들은 뇌물을 먹었기 때문에, 정신적으로는 우리와 내통內通한 것이나 다름없는 상태입니다. 그러므로 설사 우리에게 성을 빼앗기더라도 자기만은 결코 죽지 않는다고 생각하고 있을 것이옵니다. 따라서 시간이 흐를수록 저들의 수비가 허술해질 것은 명약관화한 일이옵니다. 지휘관이 결사적으로 싸울 각오가 없는데, 부하 장병들이 어찌 결사적으로 싸우려 들겠습니까. 그러므로 우리는 저들의 수비가 허술해지거든, 그때에 가서 총공격을 퍼부어 무관을 일거에 탈취해 버려야 합니다."

"선생의 계략은 참으로 신출귀몰하시옵니다. 그러나 이왕 매수 작전을 쓰기 시작했으니, 싸우지 아니하고 무혈 점령할 방도는 없겠소이까?"

그러자 장량은 머리를 가로저으며 말한다.

"그것만은 불가능한 일이옵니다. 왜냐하면 저들은 비록 뇌물을 받았다고는 하지만, 세 사람이 제각기 비밀리에 받았기 때문에 성을 그냥 내주자는 발언은 아무도 못 할 것이옵니다. 게다가 그들은 모두가 이름 높은 무장들인 까닭에, 명예를 생각해서라도 자진 항복은 안 할 것이옵니다. 그러므로 우리는 저들의 움직임을 면밀하게 감시하다가 수비 상태가 소홀해졌을 때에 무력으로 탈취할밖에 없사옵니다."

유방은 들을수록 장량의 신통한 계략에 탄복해 마지않았다. 그리하여 그날부터는 군사 행동을 일체 중지하고, 많은 첩자들을 보내 적의 동태만 면밀하게 탐지하고 있었다.

다시 말하면, '뇌물의 효과'가 구체적으로 나타날 때만 기다리고 있었던 것이다.

한편, 진장의 한인·경패·주괴 등은 유방의 '특별 선물'을 자기만이 받은 줄 알고 저마다 마음이 흐뭇하였다. 그리하여 세 사람은 제각기 마음속으로 다음과 같은 생각을 하고 있었다.

'남아 대장부는 의기義氣에 감동할 줄 알아야 한다고 하지 않았던가. 유방이 나를 알아서 특별 선물을 보내 주며, 자기가 천하를 호령하게 되면 나를 만호후에 봉해 주겠노라고 전해 왔으니, 나는 그의 호의에 보답하기 위해서라도 그를 끝까지 물고 늘어질 수는 없는 일이 아닌가.'

뇌물의 효과란 참으로 무섭기 짝 없는 것이어서, 세 장수의 마음속에는 저마다 그러한 사심邪心이 생겼는지라 그들의 방비 태세는 날이 갈수록 소홀해 갈밖에 없었다.

아니, 단순히 방비 태세를 소홀하게 할 뿐만 아니라,

'유방이 무관으로 쳐들어왔을 때, 그에게 적대 행위만 하지 않으면 나는 머지않아 만호후가 될지도 모를 일이 아닌가.'

하는 생각조차 들어서 혼자 축하의 술잔까지 기울이고 있었다. 장량은 첩자들의 보고를 통해 진장들의 그러한 사실들을 소상하게 알고 있었다. 그리하여 적의 방비 상태가 완전히 해이해졌음을 알고 나서, 유방에게 이렇게 건의하였다.

"이제는 언제 쳐들어가도 무관을 쉽게 탈취할 수 있을 것이오니, 패공께서는 출동 명령을 내려 주시옵소서."

유방이 크게 기뻐하며 말한다.

"어떤 방식으로 쳐들어가는 것이 좋을지, 선생께서 작전 계략을 직접 말씀해 주소서."

장량이 대답한다.

"먼저 설구薛歐와 진패陳沛를 적의 후방으로 깊숙이 잠입시켜 심산 유곡에서 불을 놓아 적을 놀라게 만들어 놓은 뒤에, 패공께서 대군을 거느리고 정면으로 쳐들어가시면 무관을 어렵지 않게 탈취할 수 있을 것이옵니다."

"참으로 좋은 작전이외다. 그러나 무관의 지세가 워낙 험악하여 후방으로 잠입하기가 몹시 어려울 것 같은데, 그 점을 어떻게 생각하시오?"

"지세가 험악하여 후방으로 잠입하기가 어려울 것은 저도 짐작하고 있사옵니다. 그러나 저번에 우리에게 귀순해 온 관영灌嬰이 무관 지리에는 자신이 있노라고 했으므로, 관영을 앞잡이로 내세우면 무난히 잠입할 수가 있을 것이옵니다. 관영을 이 자리에 불러 직접 물어 보겠습니다."

즉석에서 관영을 불러 후방으로 잠입할 노순路順을 물어 보니, 관영은 자신만만한 어조로 대답한다.

"지형이 워낙 절벽으로 둘러싸여 있어서 후방으로 직접 잠입할 길은 없사옵니다. 그러나 동쪽으로 70리만 돌아가면 지세가 비교적 순탄하므로, 그곳으로 가면 능히 후방으로 잠입할 수가 있사옵니다."

"그러면 그대가 선봉장이 되어 설구, 진패 등과 함께 후방으로 잠입하도록 하라!"

이리하여 무관 공략은 본격적으로 전개되기 시작하였다.

관영이 설구, 진패 등과 함께 사흘 후 자시子時를 기해 적의 후방에 불을 놓을 것을 약속하고 떠나자, 유방은 번쾌 등과 함께 그때를 기하여 총공격을 퍼부어 무관을 일거에 점령할 준비를 착착 진행시키고 있었다.

그로부터 사흘 후, 드디어 약속한 시각이 되자 유방은 번쾌를 선봉장으로 삼아 10만 대군을 거느리고 무관으로 노도와 같이 쳐들어갔다.

자시……라면, 모든 군사들이 깊은 잠에 든 시간이었다. 유방의 군사가 별안간 함성을 올리며 성벽을 넘어 구름떼처럼 쳐들어가니, 잠들었던 진군들은 크게 당황하여 싸우기보다는 도망을 치기에 바

빠하였다.

대장 주괴와 경패만은 유방에게서 '특별 선물'을 받은 일이 있는지라, 그들은 숫제 항전할 생각조차 아니 하고 백기를 들고 마중을 나오며,

"나는 진장 주괴입니다."

"나는 진장 경패입니다."

하고 자기 이름을 높이 부르는 것이 아닌가.

자기만은 유방에게 귀순하여 만호후가 되려는 심사임이 분명하였다.

선봉장 번쾌는 그러한 꼬락서니를 보고 크게 웃다가,

"이 배신자들아! 뇌물을 받고 나라를 팔아먹는 너희놈들을 무엇에 쓰려고 살려 둔다는 말이냐!"

하고 호통을 지르며 두 장수를 한칼에 베어 버렸다.

적장 한영은 멀리서 그 광경을 목격하고 크게 당황하였다.

'나도 항복을 해보았자, 결국에는 저 꼴이 될 게 아닌가!'

생각이 거기에 미치자 한영은 장병들을 수습하여 결사적으로 싸우려고 하는데 문득 후방으로부터 누군가가,

"적의 선봉은 이미 후방에 깊숙이 침투하여, 산과 들에 불을 놓으며 후방으로부터 공격을 해 나오고 있는 중이다."

하고 급히 알려 오는 것이 아닌가.

적이 전후방에서 일시에 협공을 해 오니 도저히 당해 낼 길이 없었다. 그리하여 한영은 남은 군사들을 거느리고 함양으로 도망을 치기 시작하였다.

유방은 무관을 점령하고 나자 그 여세를 몰아 하후영夏侯嬰을 선봉장으로 삼아 함양을 향해 노도와 같이 전진하였다.

때는 한겨울인 10월 초순 새벽. 엄동 설한이 살을 에는 듯 차갑

다. 그러나 승리에 승리를 거듭한 유방의 군사는 추운 줄도 모르고 파죽지세로 전진하여, 함양이 바로 눈앞에 굽어보이는 패상霸上이라는 곳에 당도하였다.

유방은 패상에서 일단 전열戰列을 가다듬으면서,

"저기, 고루 거각高樓巨閣들이 즐비하게 바라다보이는 저기가 바로 함양 관중關中이다. 최후의 승리가 눈앞에 다가왔으니 모든 장병들은 한 번만 더 분전해 주기 바란다."

하고 최후의 사기를 돋우어 주었다.

한편, 한영은 함양으로 쫓겨 돌아와 삼세 황제에게 급히 아뢴다.

"황제 폐하! 큰일났사옵니다. 유방이 무관을 점령하고 나서 지금은 파죽지세로 함양으로 쳐들어오고 있는 중이옵니다."

삼세 황제는 기절초풍을 할 듯이 놀란다.

"뭐야? 유방이 함양으로 쳐들어온다고? 대책을 강구하게 중신들을 급히 불러라."

중신들이 대궐로 급히 몰려 들어왔다.

그러나 국정에 밝은 중신들은 조고와 함께 모두 목이 달아났고, 새로 부임한 중신들은 한결같이 국정에 생소한 사람뿐이었다.

"유방이 함양으로 쳐들어오는 중이라니, 이를 어찌 했으면 좋겠소? 경들은 대책을 급히 말해 보오."

그러나 중신들은 벙어리처럼 말이 없었다. 그도 그럴 것이, 국정에 어두운 그들에게 신통한 대책이 있을리 없었기 때문이었다.

"이 위급 존망지추에 경들은 왜 말이 없소. 빨리들 말해 보시오."

그러자 상태부上太夫 부필宇畢이 머리를 조아리며 아뢴다.

"지금 우리 형편으로는 승승장구해 오는 유방의 대군을 막아 낼 길이 없사옵니다. 그러므로 폐하와 폐하의 존족尊族들의 존명尊命을 보존하기 위해서는, 폐하께서 백기를 들고 유방을 직접 영접하시어 항복하시는 길밖에 없을 줄로 아뢰옵니다."

"뭐야? 짐더러 백기를 들고 나가 항복을 하라는 말이오?"

"그렇게 하지 않으시면 어찌 존명을 보존하실 수 있으며, 그렇게 하지 않으시면 어찌 백성들의 생명과 재산인들 회진灰塵을 면할 수가 있을 것이옵니까?"

그 소리를 듣자 삼세 황제는 목을 놓아 통곡하며 울부짖듯이 탄식한다.

"아아, 짐은 황제로 등극한 지 두 달도 채 못 되어 시황제께서 이루어 놓으신 대진제국을 망치게 되었으니, 세상에 이런 비운이 어디 있단 말이냐?"

그러나 통곡을 한다고 해결될 문제가 아니었다. 어찌할 바를 몰라서 울고만 있는데 시신侍臣이 급히 달려오더니,

"폐하! 유방의 군사가 관중關中으로 노도와 같이 몰려 들어오고 있다고 합니다."

하고 급히 아뢰는 것이 아닌가.

삼세 황제도 이제는 죽지 않으려면 항복의 길을 택할밖에 없었다.

"그러면 백성들을 구하기 위해 묘의廟議대로 항복을 할 테니, 수레를 급히 대령하여라."

삼세 황제는 마침내 '백성들을 구하기 위해서'라는 대의 명분을 내세우고 항복할 것을 결심하였다.

그리하여 옥새玉璽를 가슴에 안고, 하얀 수레에 올라 백기를 휘날리며 유방을 영접하려고 원문轅門 밖으로 마중을 나왔다.

원문 밖에서는 유방의 군사가 노도와 같이 몰려오고 있는데, 선봉장 번쾌가 백기를 먼저 알아보고,

"진황제가 백기를 들고 항복하러 나오니, 모든 장병은 공격을 멈추라!"

하고 큰소리로 호령을 내린다.

번쾌가 삼세 황제를 유방의 앞으로 인도해 오자 삼세 황제는 땅에 꿇어앉아 유방에게,

"나는 제위에 오르기는 했으나 덕이 없기에, 장군에게 항복하여 만백성들을 구하고자 합니다. 장군께서는 이 옥새를 받아 주소서."

하고 말하며 유방에게 옥새를 두 손으로 받들어 올렸다.

유방은 옥새를 받아 들고 크게 기뻐하며,

"그대가 항복을 청해 왔으니, 나는 초왕 전하에게 상주하여 그대의 목숨은 구해 드리도록 하겠소. 그리고 토지도 많이 증여하여 여생을 불편이 없이 지내도록 해드리겠소."

유방은 즉석에서 번쾌에게 명하여 진황과 황족들을 모두 한곳에 모여 있게 하였다. 유방의 처분은 어디까지나 관대했던 것이다.

그러나 유방의 관대한 처분을 대장들은 모두가 반대하고 나온다.

"진황은 오늘날까지 대대로 백성들을 괴롭혀 왔는데, 패공께서는 그런 놈을 어찌하여 살려 두려고 하시옵니까?"

유방이 웃으면서 대답한다.

"초왕께서 나를 사령관으로 임명하여 진을 치게 하신 것은, 내가 관인寬仁을 베풀 줄 아는 사람이었기 때문이었소. 내가 만약 항복해 온 진황을 죽인다면, 그것은 대왕 전하의 어의御意에 어긋나는 일이오."

그리고 유방은 입성식入城式을 거행하는 자리에서 모든 장병들에게 논공 행상을 후하게 내리고, 학정에 시달리던 백성들을 자유롭게 해방시켜 주었다.

그로써 대진제국은 완전히 멸망해 버린 셈이었다.

일찍이 진왕秦王 조정(趙政:실상인즉, 여불위의 아들인 여정이었음)은 6국을 통일하여 대진제국을 건립하고 나자, 자기 스스로를 '시

황제始皇帝'라고 불러 오게 하면서 이세 황제, 삼세 황제식으로 대진제국을 자손 만대로 계승해 내려가게 하려는 의도였다.

그러나 그의 웅대한 유지도 흥망 성쇠의 철리 앞에서는 어찌할 도리가 없어서, 시황제가 대진제국을 건립(기원전 221년)한 지 불과 14년 만인 을미년乙未年 10월에, 그의 장손인 자영이 삼세 황제로 등극한 지 43일 만에 대진제국은 유방의 손에 깨끗이 망해 버리고 만 것이었다.

자손 만대를 누려 가려던 시황제의 계획으로 보면, '삼세三世' 만에 망해 버렸다는 것은 너무도 서글픈 이야기였고, 더구나 불과 14년이라는 세월은 너무도 짧은 세월이었다.

그러나 통치 기간은 겨우 14년에 지나지 않았음에도 불구하고, 진시황 자신은 권력을 유지해 가기 위해 죄 없는 백성들을 여러 백만 명을 죽였고, 이세 황제 때에는 간신 조고가 또한 권력을 장악하기 위해 여러 만 명의 백성들을 죽였으니, 대진제국의 14년간은 인류 역사상 최악의 살인적인 시대였다고 아니 할 수가 없을 것이다.

간언諫言

일찍이 초회왕楚懷王은 유방과 항우에게 진나라를 정벌하라는 명령을 내릴 때,

"두 장군 중에서 누구든지 함양을 먼저 점령하는 사람을 관중왕關中王으로 삼고, 나중에 들어간 사람은 그의 신하로 삼게 하겠소."
하는 언약을 한 일이 있었다.

그러므로 항우보다도 먼저 함양을 점령한 유방이 '관중왕'이 돼야 할 것은 당연한 일이었다.

유방은 함양에 먼저 입성하자 관중왕의 자격으로 모든 장병들에게,

"계급의 상하를 막론하고, 국가와 백성들의 재물을 약탈하거나 부녀자들을 겁탈하는 자는 용서 없이 엄벌에 처한다."
하는 포고령을 내렸다.

그것은 지극히 시기 적절한 포고령이었다. 그러기에 백성들은 유방을 자부慈父처럼 우러러 모시게 되었다.

그도 그럴 것이, 어떤 군대를 막론하고 전쟁에 이긴 군대는 패전국의 재물을 약탈하고 부녀자들을 겁탈하는 것을 당연한 일처럼 생

각해 왔기 때문이었다.

　유방은 그러한 폐단을 너무도 잘 알고 있었기 때문에, 입성식이 끝남과 동시에 그런 포고령을 내려 백성들의 피해를 사전에 막아 주었던 것이다. 그로 인해 함양성 안의 질서는 단시일 내에 확립되었고, 백성들은 오래간만에 다리를 뻗고 잘 수 있게 되었다.

　그러나 유방도 역시 사람인지라, 그에게도 인간적인 약점은 없을 수 없었다.

　유방은 함양성 안의 치안을 확립하고 나자, 대장들과 함께 진황제가 거처하던 궁전들을 돌아보기로 하였다. 유방은 함양성 안의 궁전들을 둘러보다가, 그 규모가 방대하고도 장엄한 데 놀라움을 금치 못했다.

　진나라의 궁전은, 시황제가 지어 놓은 아방궁阿房宮을 비롯하여 금은 보화로 장식된 궁전이 무려 36궁이나 있었고, 황제가 노닐기 위해 만들어 놓은 유원遊園만도 24원이나 있었다. 그런데 그 중의 어느 것 하나도 호화롭고 수려하지 않은 것이 없어서, 유방은 정신이 황홀해 올 지경이었다.

　게다가 대궐 안에 있는 창고 문들을 열고 보니, 그 많은 창고 안에는 금은 보화가 넘쳐나도록 쌓여 있는 것이 아닌가.

　"전국 각지의 백성들에게서 금은 보화를 이렇게도 많이 수탈해 왔으니 백성들은 기아에 허덕일 수밖에 없지 않았을 것인가."

　유방의 입에서는 역대 진황제들의 죄악상에 대한 매도성罵倒聲이 절로 튀어 나왔다.

　그러면서도 그와 같이 엄청난 보물들이 이제부터는 '관중왕'인 자기에게 귀속되었다고 생각하니, 마음이 자못 흐뭇하였다.

　그러자 유방은 불현듯 '3천 궁녀三千宮女'의 존재가 번개같이 머리에 떠올라서,

"진황은 3천 궁녀를 거느리고 살았다고 하는데, 그 애들은 어디로 갔기에 한 명도 보이지 않느냐?"
하고 궁지기에게 물어 보았다.

궁지기가 머리를 조아리며 대답한다.

"3천 궁녀들이 거처하는 초방(椒房:후비의 궁전)은 대궐 후원에 따로 있사옵니다. 3천 궁녀들은 한 명도 도망가지 아니하였사오니, 초방도 한번 관람하심이 좋을 줄로 아뢰옵니다."

"3천 궁녀를 구경한다는 것은 매우 흥미로운 일이로구나. 그러면 나를 그곳으로 인도하라!"

유방은 '3천 궁녀' 라는 말만 들어도 입안에 군침이 돌았다.

자고로 '영웅호색英雄好色' 이라는 말이 전해 온다. 영웅은 색을 좋아한다는 소리다. 그런 의미에서 본다면, 유방은 불세출의 영웅이니까 누구보다도 색을 좋아하는 셈이었다.

대궐 문을 통해 후원으로 나오니, 거기에는 궁녀들이 거처하는 초방이 여러 백 채가 즐비하게 늘어서 있었다. 난실 초방蘭室椒房이니 경옥 초방瓊玉椒房이니 하는 아담한 궁전 앞에는 궁녀들이 제각기 사오 명씩 늘어서서 유방을 무언의 미소로 영접해 주고 있었다.

아무 말도 아니 하고 미소만으로 오늘의 영웅을 영접해 주고 있는 궁녀들! 그들은 열이 하나같이 20세 안쪽의 절세 가인들뿐이었는데, 그들의 말없는 미소는 대장부의 간담을 녹여 내는 것만 같이 고혹적이었다. 너무도 아름답고 너무도 매혹적이어서, 유방은 걸음걸음에 정신이 현혹되어 오는 것을 어쩔 수가 없었다.

바로 그날 아침에 유방은 예하 장병들에게 자기 입으로,

"수하를 막론하고 부녀자를 겁탈하는 자는 엄벌에 처한다."
하는 엄명을 내린 일이 있었다.

그러나 3천 궁녀들의 미모에 현혹된 유방은 그와 같은 사실을 까

많게 잊어버렸다. 다만 3천 궁녀들을 모조리 즐겨 보고 싶은 욕기에서,

'나는 관중왕이 되었으니, 내게는 저 애들을 맘대로 즐길 수 있는 권리가 있지 않은가!'

하는 생각만이 머리에 꽉 차 올랐다.

그리하여 궁지기에게,

"나는 오늘부터 대궐에 거처할 테니, 나의 숙소를 대궐로 정하라!"

하고 기막힌 명령을 내렸다. 수행하던 번쾌가 그 말을 듣고 깜짝 놀라며, 즉석에서 간한다.

"주공께서는 무슨 말씀을 하고 계시옵니까? 진나라가 망한 것은 화려한 궁전과 아리따운 미희美姬들 때문이었습니다. 그런데 주공께서도 화려한 궁전과 아리따운 궁녀들에게 현혹되신다면, 이제 앞으로 천하를 어떻게 얻으실 수 있으오리까?"

동행하던 소하도 옷깃을 바로잡으며,

"번쾌 장군의 간언은 지당한 말씀인 줄로 아뢰옵니다. 주공께서는 이곳에 머물러 계실 것이 아니옵고, 일단 패상霸上에 진을 치고 항우의 군사가 오기를 기다리고 계셔야 합니다. 그렇게 하지 않으시면 반드시 후환이 있을 것이옵니다."

하고 간곡하게 간언하였다.

그러나 유방은 고개를 저으며 말한다.

"내 이미 함양을 먼저 점령했으니, 궁전과 궁녀들은 모두가 내 것이 아니요?"

그리고 아방궁으로 돌아와 용상龍床 위에 털썩 걸터앉는 것이 아닌가.

소하와 번쾌는 기가 막혔다. 평소에는 사생활이 누구보다도 질박하던 패공이었건만, 3천 궁녀들을 보고 나서는 태도가 그렇게도 돌

변할 수가 없었기 때문이었다.

소하와 번쾌는 그 점을 크게 걱정한 나머지, 장량에게 사람을 보내 그 사실을 급히 알렸다.

장량이 대궐로 달려들어와 유방에게 신랄하게 간한다.

"패공께서는 어인 일로 대궐 안에 머물러 계시옵니까? 자고로 영화와 미색에 현혹되면 신세를 망치게 되는 법이옵니다. 패공께서 이곳에 오신 것은 진나라의 학정을 제거하고 백성들을 구출하기 위한 때문이셨습니다. 만약 패공께서도 진제들과 마찬가지로 영화와 미색에 현혹되신다면, 진나라의 황제들과 무엇이 다르오리까. 충언忠言이 귀에는 거슬리나 행동에는 이로운 법이옵고, 좋은 약이 입에는 쓰오나 병에는 도움이 되는 법이옵니다. 그러므로 패공께서는 모든 부고府庫와 모든 궁문宮門을 굳게 걸어 잠그고, 소하와 번쾌의 간언대로 군사를 패상霸上으로 이동시켜 놓고 항우가 오기를 기다리셔야 합니다. 만약 그렇지 않으시면, 항우 장군의 미움을 사서 돌이키기 어려운 불행을 초래하게 되실 것이옵니다."

장량이 가차없이 충고하니, 유방은 그제야 정신이 번쩍 들었다.

"항우의 미움을 사면 어떤 불행을 초래할지 모른다"는 말에 유방은 쇠망치로 뒤통수를 얻어맞은 듯한 충격을 느꼈던 것이다.

함양을 먼저 점령한 사람은 유방이었다. 따라서 관중왕의 자리는 응당 유방이 차지해야 옳을 일이다.

그러나 자만심이 강하고 성미가 왈패스러운 항우가 과연 관중왕의 자리를 유방에게 곱게 내줄는지, 그것은 유방 자신으로서도 크게 염려되는 일이 아니었던가.

유방은 그제야 자신의 경솔을 깨닫고,

"자방 선생의 말씀을 들어 보니, 과연 내가 잘못했소이다. 그러면 군사를 패상으로 이동시켜 놓고 항우 장군이 오기를 기다리기로 하겠소이다."

하고 군사를 그날로 패상에 이동시켜 놓았다.

패상에 진을 치고 나자, 소하가 다시 간한다.

"백성들이 오랫동안 진나라의 학정에 시달려 왔으니, 주공께서는 노인들을 한 자리에 불러 위안 잔치를 크게 베풀어 주소서. 그리고 주공의 시정 방침인 '약법삼장'도 그 자리에서 널리 선포하시옵소서. 그래야만 백성들의 환심을 사실 수 있사옵니다."

유방은 소하의 충고대로 함양성 안의 노인들을 한자리에 모아 놓고 위안 잔치를 성대하게 베풀어 주었다. 그리고 약법삼장까지 선포하니 백성들은 크게 감동하여,

"바라옵건대, 패공께서는 부디 이 나라의 임금님이 되어 주시옵소서."

하고 축원하며 유방을 에워싼 채 언제까지나 돌아갈 줄을 몰랐다.

10만 군 생매장

초 서군 대장 유방이 무관을 거처 함양으로 쳐들어가는 동안, 초 동군 대장 항우는 무엇을 하고 있었던 것일까. 이번에는 그쪽 사정을 알아보기로 하자.

항우는 장한과의 구전구승九戰九勝을 비롯하여, 가는 곳마다 싸우기만 하면 이기지 않는 곳이 없었다. 싸움에 있어서는 항우를 당할 장수가 없는지라, 그는 하북河北 일대를 쉽게 평정하고 제후들을 모조리 자기편으로 흡수해 가면서, 남전관藍田關으로 맹진격을 계속하고 있었다. 유방보다 함양에 먼저 입성하여 '관중왕'의 자리를 자기가 차지하려고 무리한 전진을 서두르고 있었던 것이다.

그러나 '급히 먹는 밥에 목이 멘다'고 했던가. 유방은 선무 공작으로 적과 화합을 이루면서 전진하는 반면에, 항우는 하나에서 열까지 무력으로 정벌하며 전진했기 때문에 패잔병들의 항전이 끊임없이 반복되어, 전진하는 속도가 자꾸만 지연되어 가고 있었다.

그러한 어느 날 밤, 항우는 부하 장병들의 사기를 알아보려고 혼자서 진중陣中을 비밀리에 순찰한 일이 있었다.

그리하여 어느 막사幕舍 앞을 지나노라니까, 등불 밑에 모여 앉은 병사들이 다음과 같은 말을 쑥덕거리고 있었다.

"우리가 장한章邯 장군을 따라서 항우의 부하가 된 것은 크게 잘못된 일이었어. 항우는 성질이 포악하여 싸움은 잘하지만, 부하 사랑할 줄을 모르거든."

"누가 아니래! 유방은 관인후덕하여 싸우지도 아니하고 벌써 함양에 입성했다고 하는데, 항우는 날마다 싸움만 하고 있으니, 이래가지고서야 함양에 언제 들어갈 것인가. 주인을 잘못 택한 죄로 우리는 죽도록 고생만 하게 되었네."

"제기랄, 지금이라도 항우를 버리고 유방을 따라갈 수는 없을까?"

"이 사람아! 항우와 유방은 앙숙지간怏宿之間이니까, 그럴 수는 없는 일일세."

사병들이 한담삼아 무심코 지껄여 본 불평에 지나지 않았다.

그러나 항우는 그러한 말을 엿듣고 불같이 격노하였다. 자기보다도 유방을 숭배한다는 말도 비위에 거슬렸지만, 유방이 이미 함양에 입성했다는 새로운 사실에는 분노를 금할 길이 없었던 것이다.

'유방이 이미 함양에 입성했다면, 관중왕의 자리를 그자가 차지하려고 할 것이 아닌가. 그 못난 자에게 관중왕의 자리를 빼앗기다니, 그것은 말도 안 되는 소리다!'

항우는 속으로 그렇게 외치며 본영으로 돌아오자, 대장 영포英布를 급히 불러 명한다.

"유방이 함양에 입성했다는 소문이 떠돌고 있는데, 그것이 사실인지 급히 알아보도록 하오."

영포가 즉석에서 대답한다.

"조금 전에 첩자가 알려 주는 말에 의하면, 유방 장군이 함양에 입성한 것은 사실이라고 합니다."

"뭐야? 그자가 함양에 나보다 먼저 입성한 것이 사실이라구?"

항우는 주먹을 불끈 쥐며 펄쩍 뛸 듯이 소리를 지른다.

항우와 유방, 두 사람 중에서 누구든지 함양을 먼저 점령하는 사람이 관중왕이 되라고 말한 것은 초회왕의 어명이었다. 그러나 항우는 설사 유방이 함양을 선점先占했다 하더라도, 그에게 관중왕의 자리를 내줄 생각은 꿈에도 없었다. 어떤 수단을 써서라도 그 자리는 자기가 차지할 결심이었던 것이다.

그 자리를 탈취하기 위해서는 일전一戰도 불사不辭할 각오를 하면서 항우는 영포에게 이렇게 말한다.

"장한과 함께 투항해 온 진병秦兵들은 모두가 나에게 반역심을 품고 있었소. 그들이 반역 모의하는 이야기를 나는 내 귀로 분명히 들었소. 그들은 함양에 들어가기만 하면 나를 배반하고 유방에게로 달려갈 것이 분명하니, 우리는 그런 일이 있기 전에 그들을 모조리 죽여 없애도록 합시다."

영포는 그 말을 듣고 크게 놀랐다.

"장한 장군과 함께 투항해 온 병사들이 10만 명이 넘는데, 그들을 모조리 죽여 버리자는 말씀입니까?"

"10만 명이 아니라 백만 명이라도 반심反心을 품고 있는 놈들은 모조리 죽여 없애야 하오. 장군에게 20만 명의 군사를 줄 테니, 사흘 안에 산 속에 구덩이를 파고 그들을 모조리 생매장을 시켜 버리도록 하오. 군령이오!"

항우가 아니고서는 도저히 내릴 수 없는 무도한 군령이었다. 군령이라는 데는 영포도 어찌할 도리가 없었다.

"진군 출신 병사들을 몽땅 죽여 없애려면 장한 장군과 사마흔, 동예 등도 함께 죽여야 할 것이 아니옵니까?"

"그들은 유능하니까 그냥 살려 두고, 병사들만 죽이면 그만이오."

군사 범증이 그 소식을 듣고 급히 달려와 간한다.

"죄 없는 부하 장병들을 10만 명씩이나 생매장을 한다는 것은 있을 수 없는 일이옵니다. 주공께서는 군령을 거두어 주시옵소서."

그러나 항우는 머리를 흔든다.

"반역심을 품고 있는 놈들이 무슨 나의 부하란 말이오. 그런 놈들은 어떤 일이 있어도 죽여 없애야 하오."

범증은 울면서 다시 간한다.

"병사들이란 본시 취급하기에 따라 충신도 될 수 있고, 역적도 될 수 있는 것들이옵니다. 그들이 주공에게 어떤 반역심을 품고 있는지 모르오나, 주공께서 관대하게 살려 주신다면 어떤 수단을 써서라도 그들의 마음을 바로잡아 놓도록 하겠으니, 부디 죽이지는 말아 주시옵소서."

그러자 항우는 화를 벌컥 내며 벼락 같은 소리를 지른다.

"군사는 무슨 말이 그렇게도 많소?"

그리고 영포에게 다시 명한다.

"영포 장군은 책임을 지고 사흘 안으로 그놈들을 한 놈도 남기지 말고 죽여 버리오!"

그리하여 영포는 진군 출신 10만 명을 사흘 밤에 걸쳐 생매장을 해 버리는 끔찍스러운 참사를 기어코 단행하고야 말았다.

장한을 비롯하여 사마흔과 동예 등은 자기네의 부하 장병들이 사흘 밤 사이에 몽땅 생매장을 당한 사실을 알고 크게 놀랐다.

그리하여 세 장수는 항우에게 달려와 무릎을 꿇고 아뢴다.

"저희들에게 용서받지 못할 죄가 있는 모양이오니, 저희들도 부하 장병들과 같이 처벌해 주소서."

항우가 손을 내저으며 말한다.

"그대들에게는 아무 죄가 없으니, 조금도 두려워하지 마시오. 실상인즉, 수일 전에 야간 순찰을 하다가 사병들이 역적 모의하는 소리를 들었기 때문에 모조리 죽여 버렸을 뿐이오. 그대들만은 끝까지 중용重用할 테니 안심하고 충성을 다해 주기 바라오."

그로써 세 장수는 목숨만은 구할 수 있었다. 그러나 손발이 잘려 버린 장수들이 과연 어느 정도의 충성을 다할 수 있을 것인가.

원체 우둔한 항우는 그처럼 섬세한 면에는 생각이 전연 미치지 못했던 것이다.

10만 군사를 생매장해 버림으로써 화근禍根을 제거해 버린 항우는 전군에 새로운 군령을 내린다.

"최후의 관문인 남전관만 격파하면 함양으로 들어가게 될 테니, 우리는 총력을 기울여 남전관을 격파하자."

항우의 대군은 최후의 관문인 남전관을 향하여 총진격을 개시하였다.

그런데 항우의 군사가 남전관에 맹렬한 공격을 퍼붓다 보니, 성 안에서 완강하게 반격을 가해 오고 있는 군사들은 진나라 군사가 아니라, 우군인 유방의 군사들이 아닌가.

"앗! 성 안에서 우리에게 반격을 가해 오고 있는 군사는 진나라 군사들이 아니고 유방의 군사들이다. 이게 어떻게 된 영문이냐!"

선봉장은 너무도 뜻밖의 일에 크게 놀라며, 그 사실을 즉시 항우에게 알렸다. 항우는 그 말을 믿으려고 하지 않았다.

"너희들이 잘못 알았겠지. 설마 그럴 리가 있겠느냐?"

그러면서도 미심쩍어서 몸소 일선으로 나와 보니, 성벽 위에서 기운차게 휘날리고 있는 군기軍旗들은 모두가 유방의 기장旗章인 붉은 깃발들이 아닌가.

그러면 유방의 군사는 무슨 까닭으로 남전관에서 항우의 군사와 싸움을 하게 되었던 것일까.

그 내막은 다음과 같았다.

항우가 진병 출신 10만 명을 생매장해 버리고 남전관으로 쳐들어 온다는 소식을 듣자, 유방은 번쾌를 불러 이렇게 물어 보았다.

"항우가 남전관을 점령하고 나면 나더러 관중왕의 자리를 내놓으라고 할 터인데, 그 문제를 어떻게 막아냈으면 좋겠소?"

번쾌가 대답한다.

"함양을 먼저 점령한 사람이 관중왕이 되기로 한 것은 철석 같은 약속이었습니다. 그러나 항우는 그와 같은 약속을 지킬 사람이 아니옵니다. 그러므로 우리는 항우의 횡포를 힘으로 막아낼 도리밖에 없사옵니다."

유방은 번쾌의 말을 듣고 깜짝 놀라며 반문한다.

"항우의 횡포를 힘으로 막아내다니요? 관중왕이 되기 위해서는 항우와 싸움이라도 해야 한다는 말씀이오?"

번쾌가 명쾌하게 대답한다.

"물론입니다. 항우가 어거지를 쓴다고 관중왕의 자리를 양보할 수는 없는 일이 아니옵니까. 항우는 남전관을 점령하고 나면, 관중왕의 자리를 빼앗으려고 할 것은 불을 보듯이 뻔한 일이므로, 우리는 항우가 남전관에 들어오지 못하도록 우리 군사를 가지고 항우를 막아내야 합니다."

실상인즉 유방 자신도 관중왕의 자리를 항우에게 양보할 생각은 꿈에도 없었다.

그러기에 유방은 번쾌의 말대로 설구薛歐·진패陳沛의 두 장수로 하여금 남전관에서 항우의 군사를 저지하고 있었던 것이다.

항우는 유방의 군사가 남전관을 철통같이 수비하고 있음을 보자, 전신을 와들와들 떨며 이를 부드득 갈았다.

'유방이란 놈이 관중왕이 되려고 이런 장난을 치고 있는 모양인데, 제가 감히 나에게 이럴 수가 있을까?'

항우는 분노가 머리끝까지 치밀어 올라서 즉시 전군에 추상 같은 군령을 내린다.

"유방은 나의 앞길을 가로막고 있으니, 그자는 이미 우군友軍이 아니고 우리의 적이다. 우리는 30만 대군을 총동원하여 유방을 단숨에 섬멸시켜 버리자."

그러자 범증이 앞으로 달려나와 항우에게 아뢴다.

"유방이 우리를 성 안으로 들어오지 못하게 하는 것은, 자기가 관중왕이 되려는 처사임이 분명합니다. 만약 관중왕의 자리를 유방에게 빼앗기신다면 주공께서는 천추에 유한을 남기시게 되시옵니다. 그러나 두 분 사이에는 형제의 결의結義를 맺으신 일도 있고 하니, 싸울 때는 싸우더라도 우선은 서한을 보내 유방을 설득해 보심이 좋을 줄로 아뢰옵니다."

항우는 범증의 충고를 옳게 여겨, 우선 영포로 하여금 남전관을 포위하게 하고 유방에게 다음과 같은 서한을 화살로 쏘아 보냈다.

나 노공 항우는 의제義弟인 패공 유방에게 글월을 보내오. 공과 나는 지난날 회왕 앞에서 결의 형제를 맺고, 진나라를 함께 치려고 나섰던 것이오. 그 후 공이 나보다 먼저 함양에 입성했다고는 하지만, 나는 진장 장한을 항복시킨 것을 비롯하여 많은 제후들을 굴복시키면서 지금 남전관에 이르렀소. 그런데 공은 나의 공로를 가로채어 관중왕이 되고자 나를 이곳에서 저지하고 있으니 그 어찌 대장부의 할 일이겠소. 내가 만약 남전관을 때려부수고 들어가면 공으로서는 면목 없을 일이니, 관문을 속히 열어 우리 두 사람의 형제지의兄弟之誼를 새롭게 합시다. 후일에 뉘우치는 일이 없도록 거듭 선처하기를 바라오.

의형義兄 노공 항우 씀

유방은 항우의 서한을 받아 보고, 곧 참모 회의를 열었다.
"항우가 이런 글월을 보내 왔는데, 이 문제를 어떻게 처리했으면 좋겠소?"
장량이 대답한다.
"항우는 30만 대군을 거느리고 있는데 우리 군사는 10만에 불과하므로, 힘으로는 항우를 당해 내기가 어려울 것이옵니다. 만약 싸우다가 패하는 날이면 패공께서는 포로의 신세를 면하기가 어려울 것이오니, 저쪽의 요구대로 관문을 순순히 열어 주는 것이 상책일 것 같사옵니다."
"그러면 관중왕의 자리를 항우에게 넘겨 주라는 말씀인가요?"
"그 문제와는 얘기가 다르옵니다. 관중왕의 자리는 어디까지나 패공께서 차지하셔야 합니다."
"그렇게만 된다면 오죽이나 좋겠소. 그 자리를 항우가 빼앗으려고 하기 때문에 문제가 복잡해진 게 아니오?"
"그 문제는 그때에 가서 해결해도 됩니다. 그 문제가 두려워 처음부터 싸움으로 해결하다가는 죽도 밥도 안 되옵니다."
"그러면 나는 선생만 믿고 남전관의 관문을 열어 주기로 하겠소이다."
유방이 관문을 열어 주라는 명령을 내리자, 대장 설구가 관문을 활짝 열고 항우의 선봉장인 영포를 맞아들이며 말한다.
"우리가 남전관을 굳게 지켜 온 것은 항우 장군의 입성을 저지하기 위해서가 아니라, 진나라 패잔병들의 난동을 막기 위한 처사였었소. 패공께서는 항우 장군의 서한을 받아 보시고 관문을 속히 열어 항우 장군을 정중하게 영접하라는 명령이 계셨습니다. 항우 장군께서 신속히 입성하시도록 해 주소서."
영포가 그 말을 항우에게 전하니, 항우는 군사를 거느리고 남전

관으로 당당하게 입성하면서,

"그러면 그렇지! 유방이 제아무리 함양을 먼저 점령했기로 내가 누구라고 감히 내 앞에서야……."
하고 유방을 어디까지나 깔보는 호기를 부렸다.

그나 그뿐이랴. 항우는 남전관에 들어와 홍문鴻門에 진을 치고 나자, 유방이 직접 영접해 주지 않는 것이 매우 못마땅하게 여겨져서,

"유방은 지금 어디 있기에 보이지를 않느냐?"
하고 설구에게 물었다.

"패공께서는 지금 패상에 계시옵니다."

"음, 알았다. 곧 나를 만나러 오겠지."

항우는 유방을 어디까지나 자신의 부하로 생각하고 있는 말투였다.

그러나 범증은 아무래도 마음이 놓이지 않아 항우에게 이렇게 귀띔을 해 주었다.

"유방이 직접 영접을 나오지 않은 것을 보면 그의 태도가 의심스럽습니다. 유방이 지금 패상에서 무슨 짓을 하고 있는지, 그 동안의 그의 행장行狀을 소상하게 염탐해 볼 필요가 있사옵니다."

"필요하다면 지금이라도 조사해 보시오."

범증의 책동

　범증은 항우의 허락을 받고, 많은 첩자들을 보내 유방의 행장을 일일이 조사해 보았다. 그 결과, 유방은 함양을 점령하고 나서 백성들에게 눈부신 선정을 베풀고 있음을 알고 놀라움을 금치 못했다.
　'유방이 그처럼 선정을 베풀고 있음은 관중왕이 되려는 준비 공작이 분명하구나!'
　그렇게 판단한 범증은 항우에게 달려와 다음과 같이 설명하였다.
　"유방이 고향에 있을 때에는 재물을 몹시 탐낼 뿐만 아니라, 계집이라면 사족을 못 쓸 정도로 색을 좋아했었습니다. 그런데 함양을 점령하고 나서는 재물에 청렴할 뿐만 아니라, 아방궁에 있는 3천 궁녀들조차 거들떠보지 않았다고 합니다. 그로 미루어 보면, 유방은 관중왕이 되려는 준비 공작을 착실하게 진행시켜 오고 있음이 분명합니다."
　항우는 그 말을 듣고 코웃음을 치면서,
　"떡 줄 사람은 생각도 안 하고 있는데 김칫국부터 마시는 격이로구먼. 하하하……. 누가 뭐라든 간에 관중왕의 자리만은 내 차지요."

하고 예사롭게 흘려 넘기려 하였다.
 범증은 그럴수록 걱정이 앞선다.
 "그 문제는 결코 가볍게 보아 넘길 일이 아니옵니다."
 "가볍게 보아 넘기지 않으면, 유방이 나에게 어쩔 거란 말이오. 관중왕의 자리를 내놓기를 섭섭해한다면, 어느 변방의 왕 자리를 주어 쫓아내면 될 게 아니오."
 항우는 유방을 어디까지나 대수롭지 않게 취급하고 있었지만, 범증은 절대로 그렇게는 생각할 수 없었다.
 그러나 당장은 어찌할 도리가 없기에, 범증은 그날 밤 항우의 숙부인 항백項伯을 찾아가 그 문제를 상의하였다.
 "노공께서 반드시 관중왕이 되셔야만 하겠는데, 유방이 그 자리를 양보해 줄 것 같지 않으니 이 일을 어찌했으면 좋겠소이까?"
 항백이 대답한다.
 "내 조카가 관중왕이 된다면 난들 얼마나 좋겠소. 그러나 '왕王' 이란 천운天運을 타고난 사람이 아니면 못 되는 법이오. 내 일찍이 장량 선생한테서 천문天文을 배운 일이 있으니, 오늘 밤 군사와 함께 천문을 한번 살펴보기로 합시다."
 이날 밤 범증은 항백과 함께 천문을 살펴보았다.
 만뢰萬籟가 구적俱寂한 깊은 밤에 산에 올라 성좌星座를 살펴보니, 항우가 진을 치고 있는 동쪽 하늘에는 살기殺氣가 감돌고 있는데, 저 멀리 유방이 진을 치고 있는 서쪽 하늘에서는 제왕성帝王星이 찬란하게 빛나고 있는 것이 아닌가.
 '음...... 저럴 수가......'
 범증은 내심으로 탄식해 마지않으며,
 "항백공께서는 천문을 어떻게 보시옵니까?"
하고 항백의 견해를 물어 보았다.

항백은 아무 대꾸도 아니 하고 하늘의 별만 올려다보고 있다. 범증은 그럴수록 불안스러워서,

"공께서는 천운을 어떻게 보셨는지, 솔직히 말씀해 주소서."
하고 대답을 재촉하였다.

그러자 항백은 가벼운 한숨을 쉬며, 이렇게 대답하는 것이 아닌가.

"패공이 진을 치고 있는 서쪽 하늘가에서는 제왕성이 찬란하게 빛나고 있는데, 노공이 진을 치고 있는 동쪽 하늘가에는 살기만이 충만하니, 천운은 패공에게로 기울고 있음이 확실한 것 같구려."

천문을 살펴본 두 사람의 견해는 완전히 일치하였다.

'천운이 그렇다면 관중왕의 자리를 유방에게 빼앗기고 말아야 한다는 말인가!'

전력을 기울여 항우를 보필해 온 범증으로서는 슬프기 그지없는 노릇이었다.

항백은 범증의 그러한 심정을 눈치채고 넌지시 이렇게 물어 본다.

"천수로 보아서는 관중왕의 자리를 유방에게 빼앗길 것이 분명한데, 군사는 장차 처신을 어떻게 하시려오?"

범증은 일대 결심이라도 하는 듯 고개를 힘있게 들며 결연히 대답한다.

"천수로 보아서는 관중왕의 자리를 유방에게 빼앗길 것이 분명합니다. 그러나 성쇠盛衰의 운수란, 반드시 천운만으로 결정되는 것은 아니옵니다. 일찍이 제나라의 신포서申包胥란 사람은 '하늘이 정한 운수는 사람을 이긴다〔天定固能勝人〕. 그러나 노력 여하에 따라서는 사람의 노력으로 천운을 능히 이길 수도 있다〔人定赤能勝天〕'라고 말한 일이 있었습니다. 나는 이미 신명을 다해 항우 장군을 보필하기로 결심한 몸이므로, 천운이야 어찌 되었든 간에 나의 마음에는 추호의 변동도 없사옵니다. 그러므로 주공을 위해 끝까지

싸울 결심입니다. 다만 공에게 부탁드리고 싶은 말씀은, 오늘 밤 우리가 천문을 살펴본 일을 누구에게도 말하지 말아 주시옵소서."

백발이 성성한 범증의 결심은 비장하도록 확고 부동하였다.

바로 그날 밤, 항백과 범증이 산에서 내려오는 길에 항우를 찾아와 한담을 나누고 있었는데, 마침 그때 유방의 부하인 조무상曹無傷이라는 사람으로부터 항우에게 한 통의 밀서密書가 보내져 왔다.

밀서의 내용은 다음과 같았다.

유방은 관중왕이 되려는 맘에서 진황秦皇이었던 자영子嬰을 재상宰相으로 발탁하여, 대각臺閣의 형태를 착착 굳혀 가고 있사오니 노공께서는 시급히 대책을 강구하시옵소서. 소생은 노공을 진심으로 앙모하는 까닭에 급히 알려 드리는 바이옵니다.

조무상은 항우와 내통하여 크게 출세해 보려고 그런 밀서를 보내왔던 것이다.

항우는 그 밀서를 받아 보고 크게 노하였다.

"유방이란 놈이 분수를 모르고 그처럼 방자스럽게 나온다면, 그대로 내버려둘 수는 없는 일이다."

항우는 노발 대발하며 당장 군사를 발동하여 유방을 잡아 죽이겠다고 야단법석이었다.

그러나 범증이 침착하게 간한다.

"유방이 재물과 여색을 멀리하는 것을 보면, 그가 관중왕의 자리를 노리고 있음은 의심할 여지가 없사옵니다. 그러므로 우리로서는 손을 빨리 써야 할 것은 사실입니다. 그러나 이 문제를 무력으로 해결하는 것만은 신중히 검토해 봐야 할 일이옵니다."

"유방이란 놈을 잡아 죽이기만 하면 그만인데, 검토고 자시고가 어디 있단 말이오?"

범증이 다시 아뢴다.

"이 문제를 가볍게 여기셨다가는 큰일나시옵니다. 병법에 '병력이 10배나 되면 포위하고〔十則圍之〕, 5배가 되면 공격하라〔五則攻之〕'는 말이 있사옵니다. 유방은 10만 군사를 가지고 있고 우리는 30만 군사를 가지고 있으니, 병력만으로 본다면 우리가 우세한 것은 사실입니다. 그러나 유방의 휘하에는 번쾌와 주발周勃 같은 만부부당萬夫不當의 장수들이 50여 명이나 있는 데다가, 장량과 소하 같은 탁월한 모사들도 기라성같이 많사옵니다. 그러므로 싸워서 이긴다는 것은 여간 어려운 일이 아니옵니다. 그나 그뿐입니까. 유방은 함양에 먼저 입성하여 민심을 두텁게 얻어 놓고 있는 관계로, 그의 세력은 결코 가볍게 볼 수가 없사옵니다."

"그러면 유방을 어떤 방법으로 때려잡자는 말이오?"

"신에게 한 가지 계략이 있사옵니다."

항우는 그제야 눈에 광채를 올리며 말한다.

"무슨 계략인지, 어서 말씀을 해 보시오."

"내일 밤 삼경에 특공대를 패상에 밀파하여 유방을 사로잡아 오면 모든 문제를 간단히 해결할 수 있사옵니다."

항우는 그 말을 듣고 무릎을 치며 감탄하였다.

"과연 묘책이오. 그러면 내일 밤 특공대를 보내 유방을 생포해 오기로 합시다."

범증이 다시 말한다.

"이왕 특공대를 보낼 바에는 장량도 함께 잡아 오도록 하소서."

"장량은 무엇 때문에……?"

"장량을 그냥 두었다가는 보복을 당할 염려가 있기 때문입니다."

"그렇다면 장량도 함께 잡아다가 죽여 버립시다그려."

옆에 앉아 있던 항백은 그 말을 듣고 소스라치게 놀랐다. 범증이 항우를 위해 유방을 죽이거나 말거나, 자기로서는 관여하고 싶지 않았다. 그러나 자기와 막역한 친구인 장량까지 잡아다 죽이자는 말에는 가슴이 철렁했던 것이다.

항백項伯의 우정

항백은 그날 밤 집에 돌아와서도 마음이 괴로워 잠을 이룰 수가 없었다.

'장량과 나는 옛날부터 지기지우知己之友가 아니던가. 아니, 나는 그에게서 천문학天文學을 배웠으므로 그는 단순한 친구가 아니라 나의 은사恩師이기도 하다. 유방이 항우에게 붙잡혀 죽거나 말거나 그것은 나의 관여할 바가 아니다. 그러나 장량이 죽게 된 것을 뻔히 알고 있으면서 모르는 체하고 있을 수는 없는 일이 아닌가.'

항백은 생각이 거기에 미치자 자리를 박차고 일어나 패상으로 말을 달리기 시작하였다. 오늘 밤 안으로 장량을 구하지 않으면 죽음을 면하기가 어려울 것 같기 때문이었다.

아군 초소를 통과할 때마다 경비병들이 크게 놀라며 묻는다.

"장군님은 이 밤중에 어디를 가시옵니까?"

"군령을 받들고 일선 순찰을 나가는 길이오."

항백이 항우의 숙부임을 군사들은 다 알고 있었기 때문에 아군 초소를 통과하는 데는 문제가 없었다.

그러나 유방의 진영으로 넘어오면서부터는 사정이 크게 달랐다.

유방의 경비 대장 하후영夏侯嬰은 창검으로 항백의 앞을 가로막으며 무섭게 따지고 들었다.

"이 밤중에 남의 영내로 함부로 들어오는 놈이 누구냐? 죽지 않으려거든 정체를 밝혀라!"

항백은 어쩔 수 없이 말에서 뛰어내려 머리를 수그려 보이며 말한다.

"나는 장량 선생에게 급히 알려 드릴 일이 있어서 밤을 무릅쓰고 달려오는 길이오. 나에게 장량 선생을 급히 만나게 해 주시오."

그러나 하후영에게는 그 말이 통할 리가 없었다.

"도대체 당신이 누구이기에 이 밤중에 장량 선생을 뵙겠다는 것이오. 장량 선생을 만나 뵈려거든 당신의 이름부터 밝히시오."

"내가 누구냐는 것은 묻지 말고, 장량 선생에게 '어떤 사람이 급한 용무로 만나 뵈러 왔다'고만 전해 주시면 될 게 아니오."

항백은 자신의 이름만은 누구에게도 알리고 싶지 않았다. 어쩌다가 비밀이 탄로나는 날이면 큰일이기 때문이었다.

그러나 하후영은 그럴수록 의심스러워서 경비병들에게,

"여봐라! 이놈이 장량 선생을 암살하려는 자객인 모양이니 이놈을 당장 결박을 지어라!"

하고 추상 같은 호령을 내리는 것이 아닌가.

항백은 꼼짝 못 하도록 결박을 당하고 나서 다시 애원하듯 말한다.

"결박을 지어도 좋으니 내가 찾아온 사실을 장량 선생에게 급히 알려 주시오. 시간을 지체하면 장량 선생의 신상에 큰일이 일어나게 되오."

하후영은 그 말을 듣고 나서야 장량의 숙소로 급히 달려갔다.

그러나 깊은 밤중임에도 불구하고 장량은 어디로 갔는지 숙소에는 그림자도 보이지 않았다.

장량은 한밤중에 어디로 가고 숙소에 없었던 것일까. 실상인즉 이날 밤 장량은 잠을 자려고 초저녁부터 자리에 누워 있었다.
 그러나 웬일인지 이날 밤따라 잠은 오지 아니하고, 마음이 까닭 없이 심란하였다.
 '그거 참 이상하다. 오늘 밤따라 마음이 어지러워지는 것은 웬일일까?'
 장량은 무엇인지 모르게 불길한 예감이 들어 옷을 다시 추려 입고 밖으로 나와 천문天文을 살펴보았다. 그러다가 자신도 모르게,
 "아!"
하고 놀라는 소리를 내었다. 왜냐하면 동쪽 하늘가에 험악한 살기가 농후하게 감돌고 있었기 때문이었다.
 '동방에 무엇 때문에 살기가 저렇듯이 농후하게 감돌고 있을까. 혹시 오늘이나 내일 중으로 누가 기습이라도 해 올 징조는 아닐까!'
 장량은 자꾸만 불길한 예감이 들어, 그 길로 중군中軍에 들러 보니 유방은 아직도 자지 않고 병서를 읽고 있다가 장량을 보고 적이 놀란다.
 "선생은 웬일로 아직도 주무시지 않고 이곳까지 오셨습니까?"
 장량이 허리를 굽혀 보이며 대답한다.
 "잠이 오지 않기에 밖에 나왔던 길에 천문을 살펴보온즉, 웬일인지 동방에 살기가 충만하기에 이곳까지 걸음을 옮겨 왔사옵니다."
 유방은 그 말을 듣고 새삼 놀라며 묻는다.
 "동방에 살기가 충만하다구요……? 여기서 동방이라면 어디가 되겠습니까?"
 "지금 항우가 진을 치고 있는 곳은 홍문鴻門이온데, 홍문은 우리에게는 동쪽에 해당하는 곳이옵니다."
 그러자 유방은 더욱 놀라며 묻는다.

"그렇다면 항우가 일간 우리한테 기습이라도 해 올 것 같다는 말씀인가요?"

"설마 그렇기야 하겠습니까마는, 항우 장군이 패공을 눈에 가시처럼 여기고 있는 것은 분명합니다. 만일의 경우에 대비하여 경계만은 튼튼히 해 두는 것이 좋을 것 같사옵니다."

"항우는 30만 대군을 거느리고 있어서 그가 쳐들어온다면 우리는 감당하기가 어렵겠는데, 이 일을 어찌했으면 좋겠소이까?"

"당장 쳐들어오는 것은 아니오니 너무 심려치는 마시옵소서. 천문을 자세히 살펴보온즉, 살기가 충만한 중에도 한줄기의 성광聖光이 비쳐 있었으니까, 설사 항우가 기습을 해 오더라도 큰일은 없을 것이옵니다."

장량이 유방과 그러한 말을 나누고 있을 바로 그때에 문득 밖에서 인기척이 나더니 누군가가 숨가쁜 목소리로,

"군사께서는 이곳에 와 계시옵니까?"

하고 장량을 찾는 소리가 들려왔다.

장량은 방문을 열고 어둠 속을 내다보며,

"이 밤중에 나를 찾아온 사람이 누구냐?"

"소장은 경비 대장 하후영이옵니다."

하후영은 정체 불명의 인물이 경계선을 넘어 장량을 찾아왔음을 설명해 주었다.

장량은 수상스러운 듯 고개를 기울이며 말한다.

"이 밤중에 누가 나를……? 아무튼 내가 곧 숙소에 돌아가 있을 테니, 그 사람을 나의 숙소로 데려오도록 하게!"

유방이 그 말을 듣고 걱정스러운 듯,

"밤중에 찾아왔다는 정체 불명의 인물을 선생이 직접 만나셔도 괜찮겠습니까?"

하고 묻는다.
 혹시나 자객이 아닐까 걱정스러웠던 것이다.
 그러나 장량의 태도는 태연하였다.
 "한밤중에 찾아온 것을 보면 급한 용무인 것만은 의심할 여지가 없으니, 제가 그 사람을 직접 만나 보고 나서 패공 전에 곧 보고를 올리도록 하겠습니다."
 그리고 숙소로 돌아와 기다리고 있노라니까, 하후영이 문제의 인물을 데리고 오는데, 그는 다른 사람 아닌 항백이 아닌가.
 장량은 맨발로 달려나와 항백을 방 안으로 맞아들이며,
 "장군께서 이 밤중에 웬일이시옵니까?"
하고 물었다.
 항백은 밤중에 찾아오게 된 연유를 자세하게 설명해 주고 나서,
 "나는 선생을 구하기 위해 목숨을 걸고 찾아왔소이다. 내일 밤에 항우의 특공대가 유방을 생포하려고 습격해 올 것이니까, 선생은 그들이 오기 전에 나와 함께 어디론가 도망을 가기로 합시다. 그렇게 하지 않으면 선생도 목숨이 위태로우십니다."
하고 말하며 둘이 함께 도망갈 것을 졸라대지 않는가.
 장량은 항백의 우정이 매우 고맙기는 하였다.
 그러나 자기만 살기 위해 유방을 배신하고 도망갈 생각은 꿈에도 없었다.
 장량은 항백의 손을 붙잡고 간곡하게 말한다.
 "장군의 우정은 눈물겹도록 고맙소이다. 그러나 패공은 한왕韓王에게서 나를 빌려 온 이후로 오늘날까지 나에게 극진한 대우를 해주고 계시오. 그런데 내가 어찌 그 은공을 배반하고 나만 혼자 살겠다고 도망을 갈 수 있겠소이까. 이왕이면 이 사실을 패공에게도 알려서 다같이 구원을 받기로 합시다."

항백은 그 말을 듣고 기절 초풍을 할 듯이 놀란다.

"나는 선생을 구하러 온 것이지, 유방을 구하러 온 것은 아니오. 이 사실을 유방에게 알리면 내 입장이 어떻게 되겠소이까?"

항백으로서는 당연한 반론이었다.

장량은 대답이 난처하여 한동안 심사묵고만 하고 있었다.

항백은 애원이라도 하듯 장량을 다시 조른다.

"선생은 여러 생각 마시고 당장 나와 함께 도망을 가십시다."

그러나 장량은 굳은 결심이라도 하는 듯 항백의 손을 힘있게 움켜잡으며 말한다.

"내가 살기 위해 패공을 배반할 수는 없소이다. 이왕이면 우리 두 사람이 패공을 직접 만나 뵙고, 세 사람이 다같이 무사할 수 있는 길을 강구해 보는 것이 어떻겠소이까?"

그러자 항백은 더욱 놀라며 묻는다.

"이 사실이 항우에게 알려지면 나는 죽게 되오. 그런데 어쩌자고 유방을 만나자고 하는 것이오?"

"그 점은 걱정 마시오. 패공을 만난다고 비밀이 탄로될 걱정은 없소이다. 패공은 관인후덕하신 장자長者이니까, 어쨌든 만나 뵙고 함께 상의하기로 합시다."

장량은 항백을 중군으로 끌고 와 유방에게 이렇게 소개하였다.

"이 어른은 항우 장군의 숙부가 되시는 항백 장군이온데, 내일 밤 항우 장군의 특공대가 우리 진영에 기습을 가해 올지도 모른다고 일부러 알려 주러 오셨습니다."

유방은 그 말을 듣고 항백을 상좌에 모시며 말한다.

"나를 도와주시기 위해 모험을 무릅쓰고 일부러 찾아와 주셔서 고맙기 그지없소이다. 나는 관중에 들어오자, 진나라의 궁전과 재물들을 소중하게 관리해 오면서 노공께서 하루속히 오시기를 기다리고 있는 중이오. 그런데 노공께서는 내게 무슨 오해를 품고 계신 모양이니, 장군께서는 그 오해를 풀어 주시도록 진력해 주소서."

항백은 그 말을 듣고 적잖이 놀랐다. 유방이 항우에게 그처럼 호의를 품고 있을 줄은 몰랐기 때문이었다.

"그러면 패공께서는 관중왕의 자리를 처음부터 노공에게 양보하실 생각이셨다는 말씀입니까?"

유방이 웃으면서 대답한다.

"애당초 우리가 진나라 정벌의 길에 오를 때 초회왕께서 함양을 먼저 점령하는 사람이 '관중왕'이 되라고 분부하신 것은 사실입니다. 그러나 노공은 나의 의형義兄이시오. 형님께서 관중왕이 되기를 원하신다면, 아우인 내가 어찌 그것을 반대할 수 있으오리까. 장군은 본영에 돌아가시거든 노공에게 그런 말씀을 꼭 전해주소서."

유방은 그렇게까지 말하고 나서, 문득 생각난 듯이 항백에게 엉뚱한 말을 묻는다.

"참, 내가 들건댄 장군께서는 수년 전에 상배喪配를 하시고 아직도 속현(續絃:再娶)을 아니 하셨다고 들었는데, 그게 사실입니까?"

여기서 항백은 또 한 번 놀라지 않을 수 없었다. 유방이 자기 자신의 신상 문제까지 그처럼 소상하게 알고 있을 줄은 몰랐기 때문이었다.

항백은 겸연쩍게 웃으며 대답한다.

"패공께서 그런 일까지 알고 계신 줄은 몰랐습니다. 마누라가 죽고 나서 아직 독신으로 있사옵니다."

"아직 속현을 아니 하셨다면……."

유방은 거기까지 말하다가, 문득 의미 심장한 미소를 지으며 장량의 얼굴을 바라본다.

장량은 유방이 무슨 까닭으로 자기를 보고 웃는지 알 수가 없어서,

"저에게 무슨 하실 말씀이 계시옵니까?"
하고 물어 보았다.

그러자 유방은 여전히 웃음을 지으며 장량에게 이렇게 말하는 것이 아닌가.

"선생께서도 알고 계시다시피, 나에게는 과년한 누이동생이 하나 있지 않소. 항백 장군께서 그 애를 후취로 데려가 주신다면 나로서는 그처럼 고마울 일이 없겠는데, 선생은 어떻게 생각하시오?"

유방은 항백을 매제妹弟로 삼아 항우의 기밀을 수시로 알아내고 싶었던 것이다.

너무도 뜻밖의 말에 장량과 항백은 다같이 놀랐다.

장량은 즉석에서 유방의 의중意中을 알아채고,

"그거 참 좋으신 일이옵니다. 항백 장군은 부디 패공의 매제가 되어 주시옵소서."
하고 항백에게 동의를 구하는 것이 아닌가.

항백도 내심으로는 크게 감동하고 크게 기뻤다. 유방이 자기에게 그처럼 호의를 품고 있을 줄은 몰랐기 때문이었다.

그러나 항백의 입장으로서는 그 청혼을 응낙할 수 없었다.

"매우 고마우신 말씀이오나, 저로서는 그 일을 응낙할 수가 없사옵니다. 노공과 패공은 지금 대립 상태에서 지용智勇을 다투고 있는 형편이온데, 이 판국에 제가 패공과 인척 관계를 맺으면 세론이 너무도 분분할 것이옵니다."

그러자 장량이 얼른 나서며 말한다.

"그것은 쓸데없는 걱정이시오. 노공과 패공은 의형제간義兄弟間이 아니오? 게다가 진나라를 완전히 평정해 버렸으니, 두 분 사이에 이제 무슨 문제가 있겠소이까?"

유방은 항백의 손을 다정하게 움켜잡으며,

"우리가 이렇게 만나게 된 것은 전생부터의 인연임이 분명하니 장군은 부디 나의 매제가 되어 주소서. 그래서 오늘 밤 본영에 돌아가시거든, 노공께서 내게 품고 계신 오해를 부디 풀어 주도록 애써 주소서."

하고 간곡히 부탁하는 것이 아닌가.

항백은 그처럼 간곡한 부탁을 받고 나니 거절하기가 매우 거북하였다.

장량이 그러한 눈치를 재빠르게 알아채고,

"자고로 '좋은 일은 서두르라' 는 속담이 있소이다. 두 분께서는 이 자리에서 옷고름을 서로 맺어 결납結納의 의식儀式을 대신하기로 하십시다."

하며 유방과 항백의 옷고름을 서로 맺어 주었다.

그로써 혼인이 성립되고 나니 항백은 자리에서 서둘러 일어서며 말한다.

"그러면 나는 이제부터 급히 돌아가 내일 밤 특공대가 기습을 해오지 않도록 노공을 설득해 보겠소이다. 그 대신 패공께서는 근일 중에 노공을 직접 찾아오셔서 오해를 깨끗이 풀도록 하소서."

"일간 틀림없이 노공을 찾아뵐 테니, 부디 오해를 풀게 해 주소서."

유방은 그렇게 말하며 항백을 성문 밖까지 정중하게 전송하였다.

범증의 계략

한편, 다음날 밤 항우는 특공대를 보내 유방을 생포해 올 시각이 가까워 오자 모든 장수들에게 비상 소집령을 내렸다.

군령 일하, 모든 장수들이 중군으로 속속 모여들었다. 그러나 항백만은 보이지 않았다. 범증이 좌중을 둘러보며 묻는다.

"항백 장군이 웬일로 나타나지 않는지, 누구 모르오?"

그러자 당직장當直將인 정공丁公이 대답한다.

"항백 장군이 어젯밤 한밤중에 혼자서 패상 방면으로 말을 달려 나가시는 것을 보았는데, 아직 돌아오지 않으신 모양입니다."

범증은 그 말을 듣고 소스라칠 듯이 놀라며,

"항백 장군이 한밤중에 무슨 일로 패상 방면으로 달려가시더란 말인가. 혹시 사람을 잘못 본 것은 아니냐?"

"본인이 직접 보았으니까 틀림없는 사실이옵나이다."

"혹시 항백 장군이 우리의 거사 기밀을 유방에게 알려 주었을지도 모르는 일이 아닌가. 그렇다면 오늘 밤의 계획은 중지를 해야 하겠소."

범증은 분노의 소리로 외쳤다.

그러나 항우는 범증의 말을 대수롭게 여기지 않았다.
"군사는 무슨 소리를 하고 계시오. 항백 장군은 나의 아저씨가 아니오? 나의 숙부를 의심하는 것은 너무 심한 말씀인 것 같구려."
그러나 범증은 고개를 좌우로 흔들며 말한다.
"항백 장군이 주공을 고의로 배반하지는 않을 것입니다. 그러나 누구를 만나 이 말 저 말 해 가다가 무심중에 군기軍機를 누설할 수는 얼마든지 있는 일이옵니다. 그러므로 만일의 경우를 생각해 오늘 밤의 계획만은 일단 중지하는 것이 좋을 줄로 아뢰옵니다."
그 모양으로 항우와 범증이 옥신 각신하고 있을 바로 그때, 문제의 인물인 항백이 좌중으로 급히 달려 들어왔다. 장량과 작별하고 지금 막 돌아오는 길이었던 것이다.
항우는 항백을 보자 분노의 어조로 따져 묻는다.
"숙부는 어디를 갔다가 이제야 오시는 길이오?"
항백은 머리를 숙여 보이며 대답한다.
"나는 내 친구인 장량을 만나러 갔다가 지금 돌아오는 길이오이다."
항우는 그 대답을 듣자 분노가 치밀어 올라서 허리에 차고 있던 장검을 한 손으로 움켜잡으며 벼락같이 큰소리로 외친다.
"무슨 까닭으로 이 밤중에 장량을 만나러 갔는지 그 사유를 사실대로 밝히오. 만약 군기를 누설하고 돌아오는 길이라면, 비록 숙부라 할지라도 용서를 못 하겠소."
항우가 분노하는 것은 당연한 일이었다. 그의 목소리가 얼마나 컸던지 만좌의 장수들이 한결같이 소스라치게 놀랐다. 그로 인해 좌중에는 별안간 살기가 등등하였다. 항백은 침착하게 대답한다.
"나는 장량에게 군사 기밀을 알려 주려고 패상에 갔다 오는 길은 아니오. 그 점만은 오해하지 말아 주시오."

"군사 기밀을 알려 주지 않으려면 무엇 때문에 장량을 만나고 돌아오는 길이란 말이오?"

항백이 다시 대답한다.

"주공께서도 알고 계시다시피, 지금 유방의 휘하에 머물러 있는 장량은 나에게는 둘도 없는 친구요. 오늘 밤 우리가 저들에게 기습을 감행하면 장량이 억울하게 희생될 것 같기에, 나는 그 친구를 구해 주려고 갔던 길이오."

"장량을 구하러 갔다면, 어찌하여 장량을 데리고 돌아오지 않았소?"

항우의 추궁은 가차없이 맹렬하였다. 항백이 다시 대답한다.

"나는 장량의 말을 들어 보고, 우리는 유방을 크게 오해하고 있다는 사실을 알았소. 그래서 이왕이면 모든 사실을 좀더 정확하게 알아보고 싶어서 나중에 대담하게 유방까지 만나 보았던 것이오."

"엣? 유방까지 만나 보았다구요? 그래서 유방을 만나 보니, 유방이 뭐라고 합디까?"

어시호 항백은 '유방은 관중왕이 되려는 의사가 전연 없더라'는 말과, '유방은 진나라의 대궐과 재물을 고스란히 보존해 오면서 항우가 하루속히 입성해 주기를 고대하고 있더라'는 말을 자상하게 설명해 주었다.

그러나 유방의 누이동생을 후취로 맞아 오게 되었다는 사실만은 끝까지 비밀에 붙여 두었다.

항우는 항백의 말을 듣고 입가에 회심의 미소를 띠며,

"숙부의 말씀은 거짓 없는 사실이겠지요?"

하고 다시 한번 따져 물었다.

항백이 머리를 조아리며 대답한다.

"내가 누구를 위해 그런 거짓말을 하겠소이까. 그러잖아도 유방은 수삼 일 안으로 주공을 찾아뵈러 올 테니, 나더러 그 말씀을 꼭 전해 달라고 하더이다."

항우는 그 말을 듣고 기뻐 마지않으며 말한다.

"그러면 그렇지! 유방이 감히 나에게 어쩔 것인가?"

그리고 이번에는 범증을 돌아다보며 말한다.

"지금 숙부의 말씀을 들어 보면, 유방이 딴 뜻을 품고 있지 않음이 분명한 것 같구려. 죄 없는 사람을 함부로 생포해 오면 천하의 웃음거리가 될 것 같으니, 오늘 밤의 계획은 수포로 돌려 버리기로 합시다."

그러나 범증은 항우의 의견에 끝까지 수긍하려고 하지 않았다.

"외람된 말씀이오나, 항백 장군은 지금 유방과 장량의 심오한 계략에 속아 넘어가고 있는 것이옵니다. 그러므로 유방을 지금 처치해 버리지 않으면, 후일에 반드시 큰일을 당하게 되실 것이옵니다. 따라서 어떤 수단을 써서라도 이번 기회에 단호하게 처치해 버리셔야 합니다."

항우는 범증의 충고를 웃음으로 들어 넘기며 말한다.

"군사는 유방을 위대한 인물로 생각하고 계시는 모양이지만, 실상인즉 유방은 촌무사村武士에 불과한 친구요. 그런 친구가 설사 야망을 품고 있기로, 감히 내게 무슨 짓을 할 수 있겠소. 유방이 일간 나한테 인사를 오기로 했다니, 그자를 직접 만나 보고 나서 처치를 하든가 어쩌든가 합시다."

항우는 유방을 어디까지나 깔보고 있었다.

범증은 그 이상 어쩔 수가 없어 일단 숙소로 돌아와 버리고 말았다.

그러나 잠을 자려고 자리에 누워도 잠이 오지 않았다. 유방을 지금 처치해 버리지 않으면 후일에 항우가 반드시 유방의 손에 비참하게 될 것만 같았기 때문이었다.

'안 된다! 나는 이미 항우에게 신명을 다해 충성하기로 결심한 몸이 아닌가. 유방을 살려 두었다가는 항우가 반드시 비참하게 될 것을 뻔히 알고 있으면서 그냥 내버려둘 수는 없는 일이 아닌가.'

범증은 생각이 거기에 미치자, 새벽같이 항우를 다시 찾아와서 간한다.

"유방을 살려 두었다가는 주공에게 크게 불리할 것이오니, 내일이라도 그를 이곳으로 초청하여 죽여 버리셔야 합니다."

항우가 웃으며 반문한다.

"군사는 유방을 그렇게도 큰 인물이라고 생각하시오?"

"유방은 겉으로는 어리석은 듯이 꾸미고 있사오나, 실상인즉 내심은 말할 수 없이 음흉한 인물입니다. 그러므로 이 기회에 기어이 죽여 버리셔야 합니다."

"군사가 그렇게까지 걱정되신다면, 내일이라도 그를 초청하여 죽여 버리기로 합시다그려. 죽인다면 어떤 방도로 죽이는 것이 좋겠소?"

"유방을 죽이는 데는 세 가지 방도가 있사옵니다. 첫번째는, 홍문전鴻門殿에 환영 잔치를 베풀어 놓고 유방이 그 자리에 나타나거든 주공께서 몸소 영접을 나가셔서 즉석에서 목을 베어 버리는 것이온데, 그것을 상책上策이라고 하겠습니다."

"음……. 내 손으로 유방의 목을 직접 쳐 버리라는 말씀인가요?"

항우는 어쩐지 마음이 내키지 않는 듯 고개를 기울이다가,

"또 다른 방법은?"

하고 묻는다.

범증이 다시 대답한다.

"주공께서 직접 손을 쓰시기가 싫으시거든, 막후幕後에 2백여 명

의 장사들을 미리 숨겨 두었다가 연회가 무르익어 갈 무렵에 그들로 하여금 유방의 목을 쳐버리게 하는 것이옵니다. 그러나 이 경우는 주공께서 직접 목을 치시는 것처럼 확실하다고는 볼 수 없겠습니다."

"음……. 또 다른 방도는?"

항우는 무엇이 못마땅한지 또 다른 방도를 묻는다.

"세 번째의 방도는……."

범증은 잠시 주저하는 빛을 보이다가 다시 말을 계속한다.

"세 번째의 방도는 유방을 대취大醉하게 만들어서, 그가 취중에 무슨 실태失態를 부리면 그것을 구실로 유방을 즉석에서 죽여 버리는 방도입니다. 그러나 그 방법은 제가 말씀드린 세 가지 중에서는 최하책最下策이옵니다."

항우는 고개를 끄덕이며 말한다.

"잘 알았소이다. 그러면 이 세 가지 중에서 형편에 따라 내가 알아서 처리할 테니, 지금이라도 유방에게 초청장을 보내도록 하오."

범증은 항우의 이름으로 유방에게 초청장을 보냈는데, 그 내용은 다음과 같았다.

　　나 노공은 패공에게 초청의 글월을 보내오. 우리 두 사람은 회왕의 어명을 받들고 멸진정도滅秦征途에 동시에 올랐건만, 패공은 일찍감치 함양에 들어가 나보다 먼저 개가凱歌를 올렸으니, 이는 진실로 만천하가 다 함께 기뻐해야 할 일이오. 따라서 본인은 장군을 위해 명일 홍문전에서 축하의 대연大宴을 베풀어 드리고자 하니, 아무리 바쁘시더라도 꼭 왕림해 주기를 바라오.

유방은 항우의 초청장을 받아 보고 얼굴에 근심이 그득해졌다.

그리하여 모든 참모들을 불러 진지하게 상의한다.

"노공이 나에게 축하연을 베풀어 주겠다고 초청장을 보내 왔는데, 이것은 어쩌면 나를 죽이기 위한 술책인지도 모르오. 섣불리 달려갔다가는 죽게 될지도 모르는데, 그렇다고 초청에 응하지 않았다가는 노여움을 사서 더욱 곤란할 것 같으니, 이 일을 어찌 했으면 좋겠소?"

소하가 맨 먼저 입을 열어 말한다.

"항우의 세력은 우리와는 비교가 안 될 만큼 막강합니다. 따라서 지금 당장 실력으로 겨루다가는 큰일납니다. 그러므로 변설에 능한 사람을 보내, 관중왕의 자리는 일단 항우에게 내주기로 하고 우리는 조그만 고을(郡)이나 하나 달라고 하면 어떠하겠습니까? 그런 연후에 우리의 세력을 길러 그 자리를 다시 빼앗는 장기정책長期政策으로 나가는 것이 좋을 것 같사옵니다."

옆에 있던 여이기가 소하의 말을 받아 아뢴다.

"저 역시 소하 장군의 의견에 찬동입니다. 만약 항우에게 사람을 보내시려면 저를 보내 주시옵소서."

그러자 그때까지 침묵을 지키고 있던 장량이 문득 반대하고 나온다.

"심히 외람되오나, 두 분의 의견에 대해 저로서는 찬동을 할 수가 없사옵니다."

다른 사람 아닌 장량이 정면으로 반대하고 나오는 바람에 유방은 더욱 불안하였다.

"선생은 무슨 까닭으로 반대하시는지, 그 사유를 말씀해 주소서."

장량은 조용히 입을 열어 대답한다.

"만약 패공께서 항우의 초청을 받으시고도 시해弑害될 것이 두려워 홍문연에 참석을 아니 하신다면, 그 자체가 이미 항우의 기개에 굴복을 당한 결과가 되는 것이옵니다. 정신적으로 굴복을 당한 사람이 어찌 재기再起를 기할 수가 있으오리까. 이러한 일은 절대로 있을 수 없는 일이옵니다."

"음……. 그러니까 죽는 한이 있어도 항우의 초청에는 반드시 응해야 한다는 말씀인가요?"

"물론입니다. 그 옛날 오자서伍子胥는 진왕秦王의 손에 죽을 것을 각오하면서 평왕平王을 따라 임동회臨潼會에 참석했기 때문에 후일에 만천하가 우러러보는 위대한 인물이 되었던 것이옵니다. 만약 오자서가 죽음이 두려워 그 자리에 참석하기를 회피했다면 오늘날 오자서의 이름을 누가 알아주겠습니까?"

"그러니까 선생의 말씀은 어떤 위험이 있더라도 항우의 초청에 반드시 응해야 한다는 말씀입니까?"

"물론입니다. 패공께서 장차 천하를 도모하실 웅지雄志를 품고 계신다면 항우를 조금도 두려워 마시고 정정 당당하게 만나러 가시옵소서. 이번 사건은 범증이 배후에서 꾸민 모계임이 분명하온데, 패공께서는 범증이 그 모계를 쓰지 못하도록 만들어 버리시면 그만인 것이옵니다."

유방은 그 말을 듣고 용기를 크게 얻었다.

"선생은 참으로 천금 같은 말씀을 들려 주셨소이다. 그러나 범증은 술수가 대단한 모사인 모양인데, 어떡해야 그의 술수를 막아낼 수 있을지 매우 걱정스럽소이다."

장량은 잠시 생각에 잠겨 있다가, 얼굴을 들며 아뢴다.

"저는 한대왕韓大王의 어명을 받고 패공을 도와 드리고자 온 몸이옵니다. 만약에 패공께서 홍문연 잔치에 참석하실 때에 저를 데리고 가 주신다면, 제가 어떡해서든지 범증의 모계를 막아내어 불상사가 발생하지 않도록 노력해 보겠습니다."

그 소리를 듣고 나자, 소하와 여이기가 쌍수를 들어서 찬성하였다.

"장량 선생께서 동행해 주시기만 한다면, 그보다 더 마음 든든한 일은 없을 것이옵니다."

유방은 그제서야 얼굴에 희색이 만면해지며 말한다.

"그러면 내일 홍문연 잔치에는 장량 선생과 함께 참석할 것이니, 그 사실을 항우 장군 측에 급히 알리도록 하오."

급사가 달려가서 그 사실을 항우에게 알리니, 범증은 그 소식을 듣고 뛸 듯이 기뻐하였다.

'유방이 죽을 줄도 모르고 온다니, 이제야 나의 그물에 걸려들었구나!'

그러고 보면, 유방의 생사 문제는 오로지 범증과 장량의 지략 싸움에 달려 있게 된 셈이었다. 그 두 사람 중에서 과연 누가 승자가 되고 누가 패자가 될지, 그것은 결과를 두고 봐야만 할 노릇이었다.

홍문鴻門 대연회

유방이 항우의 초대를 받고 홍문전鴻門殿을 찾아오기로 되어 있는 바로 그날, 홍문전 대전각에서는 손님들을 영접할 잔칫상이 새벽부터 부산하게 벌어지고 있었다.

군사 범증은 현장을 상세하게 검증해 보고 나서, 항우를 찾아와 말한다.

"오늘같이 좋은 기회가 다시는 없을 것 같사오니, 주공께서는 제가 말씀드린 대로 유방을 반드시 죽여 없애도록 하시옵소서. 그래야만 주공께서 천하를 얻게 되시옵니다."

항우는 고개를 크게 끄덕이며 말한다.

"잘 알았소이다. 유방을 틀림없이 죽일 테니 경은 군사들을 직접 배치해 놓도록 하시오."

범증은 요소요소에 군사들을 잠복시켜 놓고, 정공丁公과 옹치雍齒의 두 장수로 하여금 출입문을 굳게 지키게 하였다.

이윽고 한낮이 되자, 유방은 백여 기의 군사를 거느리고 나타나는데, 유방의 뒤에는 장량을 비롯하여 번쾌·근흡靳歙·기신紀信·등공滕公 등의 대장들이 따라오고 있었다.

그러나 항우 측에서도 험상궂게 생긴 장수들이 요소요소에서 경비를 삼엄하게 하고 있어서 유방은 불안해 견딜 수가 없었다.

더구나 유방을 마중 나온 장수는 일기당천一騎當千으로 소문 높은 영포英布가 아닌가.

유방은 영포를 바라보며 마상에서 장량에게 속삭이듯 묻는다.

"암만해도 분위기가 심상치 않은데, 그래도 연락宴樂에는 꼭 참석을 해야 하겠소이까?"

장량이 귀엣말로 대답한다.

"저에게 대책이 있사오니, 안심하고 참석하시옵소서. 다만 항우가 묻는 말에 순순히 대답만 하시면 됩니다."

이윽고 유방 일행이 원문轅門에 당도하니, 대장 진평陳平이 유방을 마중 나와서 말한다.

"연락장에는 패공과 장량 선생만 들어오시고, 그 밖의 사람들은 장외場外에서 기다리게 하라는 노공의 분부이시옵니다."

사태가 그렇게 되고 보니, 유방이 데리고 온 번쾌 · 근흡 · 기신 · 등공 등은 원문 밖에 남아 있을 수밖에 없었다.

연락장 문전에 당도하니, 주변에는 무장을 갖춘 군사들이 여기저기 열을 지어 서 있지 않은가.

유방은 더욱 불안하여 장량에게 다시 묻는다.

"이곳 분위기가 마치 도살장 같은데, 그래도 들어가야 하겠소이까?"

장량이 대답한다.

"이미 이곳에 이르렀으므로 이제는 일보도 물러서서는 아니 되시옵니다. 단 한 걸음이라도 후퇴하는 날에는 저들의 계략에 빠지게 됩니다."

그러다가 문득 무엇을 생각했는지,

"여기서 잠깐만 머물러 계시옵소서. 제가 먼저 들어가서 전내殿內의 사정을 한번 살펴보고 나오겠습니다."
하고 말하며 연락장 안으로 들어가려고 하자, 정공과 옹치가 창검으로 앞을 가로막으며 제지하는 것이 아닌가.

"패공께서 들어가시기 전에는 장내에는 아무도 들어가지 못하오."

장량은 수문장 정공의 얼굴을 정면으로 쏘아보며 꾸짖듯이 말한다.

"나는 패공의 명령을 받들고 노공을 먼저 만나 뵈러 오는 사람이오. 노공을 만나 뵈려는 나를 왜 못 들어가게 하오?"

그러나 정공은 녹록하게 굴복하려고 하지 않았다.

"그것은 당신 사정이지, 나의 알 바가 아니오. 패공이 들어오시기 전에는 이 문 안에는 아무도 들여보내지 말라는 상부의 명령이 계셨소."

"그렇다면 내가 여기서 기다리고 있을 테니, '장량이라는 사람이 패공의 분부를 받들고 노공을 찾아뵈러 왔다'는 말씀만이라도 전해 주시오."

"그것은 어렵지 않은 일이오."

수문장 정공이 안으로 들어와 항우에게 그 말을 전하니, 항우가 고개를 갸웃거리며 좌우를 돌아보고 묻는다.

"장량이라는 자가 유방보다도 나를 먼저 만나겠다고 한다니 이거 어떻게 된 일이오?"

그 자리에는 범증과 항백 등이 함께 앉아 있었다.

범증이 얼른 입을 열어 아뢴다.

"장량은 일찍이 한韓나라의 재상까지 지낸 지모가 출중한 모사입니다. 그는 지금 유방을 돕기 위해 패상에 와 있사온데, 장량이 먼저 찾아왔다는 것을 보면, 장량은 필연코 주공을 설득하기 위해 온 것이 분명합니다. 장량은 우리에게는 매우 해로운 인물이오니 차라리 이 기회에 그자도 없애 버리는 것이 상책일 것 같사옵니다."

그러자 옆에 있던 항백이 펄쩍 뛸 듯이 놀라더니, 범증을 호되게 나무란다.

"주공께서 관중왕이 되시려면 이제부터 인심을 너그럽게 베푸셔야 할 판인데, 장량같이 어진 사람을 함부로 죽여서 어떡하자는 것이오. 본시 장량은 나하고는 둘도 없는 친구요. 내가 장량을 설득하여 우리 편 사람으로 만들려고 노력하는 중이니, 장량을 죽여서는 안 되오."

항우는 그 말을 듣고 고개를 끄덕이며 묻는다.

"숙부와 장량은 그렇게도 가까운 사이오?"

항백이 대답한다.

"우리 두 사람은 막역한 친구입니다. 따라서 주공을 도와 달라고 제가 부탁하면 장량은 결코 거절은 못 할 것이옵니다."

"그렇다면 숙부의 말씀을 믿고 장량을 만나 보기로 합시다. 장량 같은 현사를 내 사람으로 만들 수 있다면, 그보다 더 좋은 일이 어디 있겠소?"

그리하여 장량은 잠시 후에 전내殿內로 들어왔는데, 전내의 분위기는 살벌하기 짝이 없었다. 우선 항우 자신부터가 갑옷으로 중무장을 하고 허리에는 장검까지 차고 있는 데다가, 완전 무장을 한 병사들이 잔칫상 좌우에 무시무시하게 늘어서 있는 것이 아닌가.

그것은 환영연을 베풀기 위한 장소라기보다도, 흡사 도살장같이 살벌한 분위기여서 장량은 가슴이 서늘해 올 지경이었다.

장량은 항우에게 큰절을 올리고 나서, 입을 굳게 다문 채 일부러 침묵을 지키고 있었다. 그러자 항우가 궁금한 기색을 보이며 장량에게 말을 먼저 걸어온다.

"장공은 무슨 일로 찾아왔는지 어서 말씀을 해보시오."

장량은 그제야 머리를 조아려 보이며,

"매우 외람된 말씀이오나, 소생은 이곳에 들어와 보고 전내의 분위기가 매우 못마땅하게 느껴졌사옵니다. 만약 노공께서 허락을 해 주신다면, 우선 그 점부터 말씀드리고 싶사옵니다."

하고 말했다.

"전내의 분위기가 못마땅하게 느껴진다고……? 어떤 점이 못마땅하게 느껴지는지, 소원대로 말해 보시오."

"허락을 내려 주시니, 소생이 느낀 바를 기탄없이 여쭙겠습니다. 자고로 명주明主가 천하를 다스리는 요체要諦는 무력으로 위엄을 보이는 데 있지 아니하고, 덕으로 자애를 베푸는 데 있다고 하옵니다. 그러기에 참된 거부巨富는 재산을 믿고 교만하지 아니하고, 참된 강자强者는 약한 듯이 보여 위력을 과시하지 않는다고 하옵니다. 노공께서 패공을 초대하여 축하연을 베풀어 주신다 하옵기에, 필연코 그 자리에는 풍악과 가무歌舞로 그득 차서 분위기가 지극히 화락하리라고 소생은 짐작하고 있었사옵니다. 그러하온데 정작 이 자리에 와 보온즉, 장내에는 중무장을 한 용사들이 좌우에 쭉 도열해 있어서 분위기가 너무도 살벌하게 느껴지옵나이다. 장내의 분위기가 이처럼 살벌해서야 어찌 화락을 즐길 수 있으오리까. 노공께서는 장한과 아홉 번 싸워 아홉 번을 모두 승리하신 만고의 명장이심은 만천하가 다 알고 있는 일이옵니다. 그러므로 용맹을 굳이 과장해 보이지 않으시더라도 노공의 위세를 누가 모르오리까. 그럼에도 불구하고 노공께서는 손님을 초대하는 이 자리를 이처럼 삼엄하게 꾸며 놓으셨으니, 그것은 주인으로서의 예의에 벗어나는 일이 아닌가 하옵니다. 이러고서야 겁이 나서 손님이 어찌 마음을 놓고 기쁨을 같이 나눌 수 있겠나이까. 현명하신 노공께서는 재고해 주시옵기를 바라옵니다."

장량의 변론은 침착하고도 정연하였다. 그러면서도 항우의 부덕 不德을 신랄하게 쏘아붙였다.

장량의 말에 항우는 크게 깨달은 바 있었다. 더구나 이제부터 관중왕이 되려는 그로서는 "명주는 무력으로 위엄을 보이는 데 있지 아니하고 덕으로 자애를 베푸는 데 있다"는 말에 커다란 충격을 받았다. 자기는 어디까지나 '명주明主'가 되고 싶었던 것이다.

그러기에 항우는 즉석에서 군사들에게 명령을 내린다.

"무장한 군사들은 장내에는 한 사람도 남지 말고, 모두들 물러가 있거라."

그리고 자기 자신도 갑옷을 벗어 버리고 평복으로 갈아입었다.

무장병들을 후퇴시키고 나자, 장량은 머리를 조아려 보이며 항우에게 다시 아뢴다.

"오늘의 절차는 패공께서 초대를 받고 오시는 것으로 되어 있사옵니다. 그러나 패공은 진작부터 노공을 찾아뵙고 인사를 올리려고 했던 것이옵니다. 그러므로 오늘의 회견會見은 노공께서 초청하신 것으로 생각지 마시옵고, 패공이 노공 전에 인사로 찾아오신 것으로 생각해 주시기를 바라옵니다."

항우는 그 말을 듣고 기분이 매우 좋았다.

"패공의 내방來訪을 내게 대한 예방으로 생각하고 있으라니 매우 기쁘오이다. 그러면 패공을 속히 만나게 해 주시오."

"패공이 곧 입장하게 되실 것이옵니다."

장량이 물러나 가자, 옆에 있던 범증이 항우의 태도에 걱정해 마지않으며 간한다.

"주공께서는 장량의 변론에 결심이 현혹되셔서는 아니 되시옵니다. 어떤 일이 있어도 기정 방침대로 유방을 죽이도록 하시옵소서.

그렇지 못하면 후일에 커다란 우환을 초래하게 되시옵니다."

"아 그래? 그렇다면 기정 방침대로 단행하기로 하겠소."

이윽고 유방은 장량을 거느리고 홍문전 연락장에 들어섰다.

유방은 옛날에 항우와 의형제의 결의를 맺은 일이 있는지라, 단상에는 올라가지 아니하고 단하에서 허리를 굽혀 절하며 말한다.

"형님을 찾아뵙는 것이 너무도 늦었사옵니다. 너그럽게 용서해 주소서."

그러나 항우는 이미 결심한 바가 있는지라, 단상에서 유방을 굽어보며 다짜고짜 사나운 목소리로 따지듯 묻는다.

"그대는 그 동안에 세 가지 죄를 지었는데, 그대는 자기 죄를 알고 있는가?"

유방은 허리를 정중하게 굽혀 보이며 대답한다.

"소제小弟는 일찍이 패현沛縣의 정장亭長으로 있을 당시 형님 휘하에 들어와, 진나라를 정벌하는 데 있어서도 모든 일을 형님의 명령대로 거동했을 뿐이온데, 저에게 무슨 죄가 있으오리까. 소제 불민하여 자신의 죄를 잘 모르겠사옵니다."

"그대가 자기 죄를 모르겠다니, 내가 분명하게 일러주리라."

그리고 항우는 범증이 미리 일러준 대로 유방의 죄를 다음과 같이 열거하였다.

"첫째, 그대가 함양을 먼저 점령한 것은 좋았으나 왕명王命도 없이 진황秦皇 자영子嬰을 맘대로 석방해 주었으니 그 죄가 하나요. 둘째, 그대는 민심을 회유하기 위해 진나라의 법령을 마음대로 철폐하고 약법삼장을 임의대로 선포해 놓았으니 그 죄가 둘이요. 셋째, 그대는 군사를 파견하여 내가 남전관藍田關에 입성하지 못하도록 방해를 놓았으니 그 죄가 셋이다. 그대는 그래도 자기 죄를 모르겠다는 말인가?"

항우의 논고는 자못 추상 같았다.

항우의 험상險狀으로 보아 유방은 생명이 위태롭게 되었음을 직감하였다.

그러나 당황하는 기색은 추호도 보이지 아니하고 어디까지나 온건하고도 침착한 태도로 이렇게 대답하였다.

"제가 비록 어리석기는 하오나, 어찌 형님의 명예를 생각하지 않을 수 있으오리까. 형님께서는 노여움을 푸시고 제가 그렇게 처리하게 된 사유를 잠깐만 들어 보아주시옵소서."

"무슨 사유로 그랬는지 어서 말해 보라."

유방은 다시금 허리를 굽혀 보이며 말한다.

"첫째는 '진황을 석방해 준 데 관한 문제'이온데, 진황이 항복을 해 오기는 했으나, 그를 죽이고 살리는 것은 오직 형님께서 결정하실 일이지 제가 좌지우지할 문제가 아니라는 것을 저는 잘 알고 있었습니다. 그러기에 그를 붙잡아 놓고 형님께서 입성하시기를 기다리고 있었을 뿐이지, 그를 석방해 준 것은 아니었습니다. 자영 같은 중죄인重罪人을 어찌 감히 제가 맘대로 석방할 수 있으오리까. 그 점 오해를 풀어 주시옵소서."

그 말을 듣고 항우는 수긍하는 듯 고개를 끄덕이며 다시 묻는다.

"그 문제는 그렇다 치고, 진나라의 법령을 어째서 맘대로 철폐했으며, 무슨 이유로 약법삼장을 선포했는가?"

유방이 다시 대답한다.

"함양에 들어가 보니, 진나라의 학정이 얼마나 가혹했던지 백성들은 모두가 기아에 허덕이고 있었습니다. 만약 진나라의 법령을 신속히 철폐해 버리지 않으면 백성들의 고통이 점점 심해질 것 같았습니다. 그러므로 저는 진법을 신속히 철폐함과 동시에, 형님의 덕을 높여 드리고자 약법삼장이라는 것을 선포했던 것이옵니다. 그

랬더니 백성들은 저의 처사를 크게 환영하면서, '선봉장으로 들어온 사람이 이토록 후덕할진댄, 총사령관인 항우 장군이 입성하시면 우리에게 얼마나 더 많은 애호를 베풀어 주실 것인가' 하고 백성들은 저마다 형님께서 하루속히 입성하시기를 고대하고 있었습니다. 그처럼 소제는 모든 일을 형님에게 영광을 돌리기 위해 처리했을 뿐이지, 그 외에 다른 뜻은 추호도 없었사옵니다."

과연 이로理路가 정연한 대답이었다.

항우는 또다시 고개를 끄덕이며 세 번째 죄를 추궁한다.

"그 문제는 그렇다 치고, 남전관에 군사를 배치하여 나를 들어가지 못하게 한 것은 무슨 이유였는가?"

유방이 다시 대답한다.

"남전관에 군사를 배치했던 것은 형님의 입성을 막기 위해서가 아니었고, 진나라의 패잔병들과 도둑들이 난동을 쳤기 때문에 그들을 제압하기 위한 것이었습니다. 형님께서는 형제간의 정의를 생각하시와 부디 오해를 깨끗이 풀어 주시옵소서."

유방은 어디까지나 정리情理에 호소하였다. 항우는 본시 우둔하고도 단순한 성품인지라, 유방의 설명을 들어 보니 하나도 나무랄 데가 없어 보였다.

'음······. 유방은 나를 위해 자기 딴에는 제법 애를 써 온 모양이로구나.'

항우는 그런 생각이 들자 유방을 의심했던 것이 오히려 민망스럽기까지 하였다. 그리하여 몸소 단하로 내려와 유방의 손을 다정하게 단상으로 끌어올리며 말한다.

"패공의 설명을 듣고 나서 나는 모든 오해가 깨끗이 풀렸소. 실상인즉, 패공의 휘하에 있는 좌사마左司馬 조무상曹無傷이라는 자가 '유방은 모반을 도모하고 있는 중이다' 는 밀서를 보내 왔는데, 나는 그 밀서를 믿고 패공을 일시나마 의심하게 되었던 것이니 과히 섭섭하게 생각지 마시오."

유방은 그 말을 듣고 속으로는 소스라치게 놀랐다. 그러나 겉으로는 어디까지나 태연 자약한 자세로,

"조무상이라는 자가 형님 전에 어떤 밀서를 보냈는지는 모르오나, 하찮은 자의 밀서로 인해 이 아우에게 일시나마 의심을 품고 계셨다는 것은 매우 섭섭한 일이옵니다. 하하하!"

하고 일부러 통쾌하게 웃어 보이기까지 하였다.

항우도 따라 웃으면서 말한다.

"내가 아니기로 나를 배반하는 자가 있다는 밀서를 받아 보았다면 누군들 의심을 품지 않을 수 있겠소. 과거지사는 물에 흘려 버리고 오늘은 술이나 마음껏 마시기로 합시다."

두 사람이 단상으로 올라와 주안상 한복판에 좌정하자 범증·진평·장량·항백 등도 좌우에 배석하였다.

그러자 항우가 시종을 돌아보며 명한다.

"지금 막사에는 점령 지대의 제후諸侯들이 나를 찾아와 기다리고 있으니, 그들도 다같이 참석하여 이 자리를 함께 즐기게 하라."

명령 일하. 점령 지대의 지방 장관들 수십 명이 몰려 들어와 연락은 성대하게 벌어지게 되었다.

술잔이 몇 순배 돌아가자, 백여 명의 영인伶人들이 총동원하여 삼현 육각의 풍악 소리가 요란하게 울려 퍼지고 수십 명의 무희舞姬들이 나비처럼 춤을 추고 돌아갔다.

그러나 범증만은 마음이 초조하여 술을 마셔도 술맛이 나지 않았다.

'유방의 능수 능란한 궤변에 속아 넘어가 첫번째 계략이 완전히 실패로 돌아갔으니, 이제는 두 번째 계략으로 유방을 죽여 버려야

할 판인데, 항우 장군은 도대체 어떤 생각을 하고 계실까?'

범증이 항우의 동태를 유심히 지켜보니, 항우는 술을 연방 들이켜며 웃고 떠들기만 할 뿐 유방을 죽일 기색은 전연 있어 보이지 않았다.

두 번째의 계획을 실천에 옮길 때에는 범증이 술잔으로 식탁을 세 번 두드리면 항우가 손을 들어 신호를 내리기로 되어 있었다.

그러나 범증이 아무리 술잔을 두드려도 항우는 손을 들려고 하지 않았다. 그러면 항우는 어째서 약속을 무시하고 손을 들지 않았던 것일까.

말할 것도 없이, 항우는 유방을 죽일 생각이 없었기 때문이었다. 왜냐하면, 유방을 '죽여 버릴 가치가 없는 조무래기 무사武士'라고 생각하고 있었기 때문이었다.

'범증은 유방을 굉장한 인물로 평가하고 있지만, 나로 보면 유방 따위는 보잘것 없는 촌부村夫에 지나지 않는다. 제후들이 보는 앞에서 그런 위인을 마구 죽여 버리면 내 체면이 뭐가 될 것인가.'

항우는 맘속으로 그런 생각을 하고 있었던 것이다.

사태가 그렇게 되고 보니 범증은 점점 초조할밖에 없었다.

제2의 계략마저 실패로 돌아가자, 이제는 제3의 계략대로 유방을 대취大醉하게 만들어 죽일 수밖에 없어서, 범증은 진평에게 눈짓을 해보였다. 유방에게 술을 권하는 책임을 진평에게 맡기고 있었기 때문이었다.

진평은 얼른 유방 앞으로 달려와 커다란 술잔에 술이 넘실거리도록 따라 올렸다.

"패공께서는 이 술잔을 받아 주시옵소서. 오늘 밤의 연락에서 본인은 술을 따라 올리는 책임을 맡고 있사옵니다."

진평은 그렇게 말하며 유방을 정면으로 바라보니, 유방의 얼굴은 첫눈에 보아도 제왕지상帝王之相이 분명하지 않은가.

'아! 이렇듯이 훌륭하게 생긴 인물을 죽여 없애는 것은 천의天意에 어긋나는 일이 아닌가. 범증은 사람을 잘못 보고 유방을 죽이려고 하지만, 제왕지상의 인물을 함부로 죽여서는 안 될 일이 아닌가.'

진평은 불현듯 그런 생각이 들자 유방을 도와주고 싶은 마음이 들었다. 그리하여 유방에게 술잔을 권하면서도 술만은 조금씩 따라 주었다.

유방은 진평의 그러한 눈치를 재빠르게 알아채고, 감사하는 뜻으로 진평에게 무언의 미소를 지어 보였다.

그 모양으로 유방은 술을 많이 마신 것처럼 보였지만, 실상인즉 조금도 취하지 않았다. 술이 취해야만 실태를 부리게 될 것이고, 실태를 부려야만 죽일 구실이 생기겠는데, 유방의 태도는 처음부터 끝까지 예의범절이 분명했던 것이다.

범증은 제3의 계략마저 실패로 돌아가게 되자 초조하기 이를 데 없었다.

'유방을 오늘 밤에 죽여 없애지 않으면 후일에 커다란 화근이 될 것은 분명하지 않은가. 그러므로 이제는 자객을 시켜 유방의 목을 무작정 베어 버리게 하리라.'

범증은 그렇게 결심하고 하수인을 물색하기 위해 바깥으로 달려 나왔다.

그리하여 적당한 인물을 찾아다니고 있노라니까, 문득 저 멀리 어둠 속에서 누군가 장검을 휘두르며 노래를 부르고 있는데, 노래의 내용은 다음과 같았다.

나에게 보검寶劍이 있노라.

곤륜산에서 만들어 내온 보검이 있노라.
칼날이 하도 예리하여
무쇠도 무쪽같이 잘라 버릴 수 있거늘
이 칼을 언제나 써 볼 것인가.
누구에게 써 볼 것인가.

 범증은 노래가 들려오는 곳으로 달려와 보니, 어둠 속에서 장검을 번쩍이며 노래를 부르고 있는 사람은 항우의 종제從弟인 항장項莊이 아닌가.
 범증은 항장에게 이날 밤의 계략을 상세하게 알려 주고 나서 이렇게 말했다.
 "주공은 인정이 많으셔서 유방을 죽이려고 하시지 않으니, 그대가 검무劍舞를 추다가 유방의 목을 베어 버리도록 하라. 만약 그 일을 성공시키는 날이면 그대는 영원한 공신功臣이 될 것이고, 그렇지 못하면 항씨 일문項氏一門은 전멸을 당하게 될 것이다."
 항장이 대답한다.
 "사람을 죽이는 일이라면 걱정 마십시오. 제가 책임지고 임무를 완수하겠습니다."
 항장이 장내로 들어와 항우에게 절을 올리며 말한다.
 "무사들의 술자리에는 검무가 따르는 법이온데, 오늘 밤의 연락에는 풍악은 있어도 검무가 없사옵니다. 제가 검무를 추어 손님을 즐겁게 해드리고 싶사오니, 주공께서는 허락을 내려 주시옵소서."
 "검무……? 그것 참 좋은 생각이로다. 패공이 멀리서 찾아오셨으니, 네가 검무를 재주껏 추어 주빈을 즐겁게 해 드리도록 하여라."
 항우는 남의 속도 모르고 기꺼이 허락해 주었다.
 항장은 그 때부터 유방의 앞을 이리 왔다 저리 갔다 하며 장검을 번개 치듯 춤을 추기 시작하였다.

장량은 그 광경을 보고 큰일났구나 싶어, 맞은편에 앉아 있는 항백에게 구원의 눈짓을 해 보였다.

그러자 항백은 얼른 검을 들고 달려나와 항장과 검무에 어울리면서 말한다.

"검무에는 상대가 있어야 하는 법이네. 나하고 한바탕 어울려 보세나."

유방을 죽이지 못하도록 항백이 방해를 놓고 있기는 했으나, 장량은 아슬아슬한 광경을 방관만 하고 있을 수는 없었다.

그리하여 번쾌를 불러오려고 부리나케 밖으로 달려 나오려니까 수문장 정공과 옹치가 앞을 가로막으며 외친다.

"상사의 분부가 있기 전에는 아무도 이 문을 나가지 못하오."

장량은 일순간 눈앞이 아뜩하였다.

그러나 다음 순간 얼른 기지를 발휘한다.

"패공은 노공에게 드리려고 진나라의 옥새玉璽를 가지고 오셨소. 그런데 그 옥새를 번쾌 장군이 가지고 있기 때문에 옥새를 가지러 나가는 길이오."

그러나 수문장들에게는 그 말도 통하지 않았다.

"당신이 무슨 소리를 하더라도 웃어른의 분부가 있기 전에는 절대로 내보내지 못하오."

마침 그때, 그야말로 천우신조天佑神助라고나 할까. 조금 전에 유방에게 각별한 호의를 보여 주었던 진평 장군이 이쪽으로 걸어오고 있지 않은가.

"아, 진평 장군! 노공에게 바칠 옥새를 가지러 잠깐 밖에 나갔다 와야겠는데, 수문장들이 못 나가게 하고 있으니, 이를 어찌 했으면 좋겠소?"

장량은 진평에게 큰소리로 호소하였다.

진평은 장량이 무엇 때문에 밖으로 나가려는지 그 이유를 대강 짐작하고 있었다. 그러기에 장량을 도와주고 싶은 마음에서 수문장들에게 이렇게 소리를 질렀다.

"주공께서 옥새를 빨리 가져오라고 말씀하셨다. 옥새를 가지러 나가는 사람을 왜 못 나가게 하느냐?"

장량은 그 틈에 밖으로 달려나와 번쾌를 붙잡고 긴급 사태를 말한다.

"항장이 검무를 추면서 패공을 해치려고 하고 있으니, 장군이 빨리 들어와 이 일을 막아 줘야 하겠소."

"알겠습니다. 소장이 목숨을 걸고 패공을 지켜 드리겠습니다."

번쾌가 장내로 들어오려고 하자 수문장들이 앞을 가로막는다.

"저 사람은 노공에게 옥새를 바치려고 들어가는 사람이오."

번쾌는 장량의 기지로 연락장에 들어서자 염라대왕처럼 문간에 버티고 서서 항우를 노려보았다.

번쾌는 키가 9척인 데다가 얼굴은 수염투성이여서, 손에 장검을 들고 항우를 노려보는 품이 보기만 해도 소름이 끼칠 정도로 험상궂은 모습이었다.

항우는 번쾌를 바라보고 적이 놀라며 측근에게 묻는다.

"저 사람이 누구냐?"

장량이 얼른 대답을 가로맡는다.

"저 사람은 패공의 경호장警護將이온데, 이름을 번쾌라고 하옵니다."

"아, 그래요. 과연 장사다운 장사이구려. ……여봐라, 저 사람에게 큰 술잔으로 술을 한잔 따라 주어라!"

번쾌는 커다란 술잔을 받자 선 자리에서 단숨에 들이켜 버렸다.

항우는 그 광경을 보고 거듭 놀라며 말한다.

"과연 장사로다. ……더 마시겠는가?"

번쾌가 대답한다.

"소장은 죽음조차 피하지 않을 각오이온데, 어찌 술 따위를 사양하겠소이까?"

항우가 다시 묻는다.

"죽음조차 피하지 않겠다는 것은 무슨 소린가. 누구를 위해 죽음을 각오하고 있다는 말인가?"

번쾌가 다시 대답한다.

"일찍이 진왕秦王은 호랑虎狼과 같은 마음으로 백성들을 무자비하게 죽였기 때문에 천하가 모두 그를 배반했던 것이옵니다. 초회왕께서는 함양에 먼저 입성한 사람을 관중왕으로 삼겠다고 말씀하신 것은 사실이오나, 패공은 함양을 먼저 점령하고 나서도 재물과 궁녀들에게 일체 손을 대지 아니하고 노공이 입성하시기만 고대하고 계셨던 것이옵니다. 그런데 노공은 그러한 공로에 대한 칭찬은 못해 주시나마 소인배들의 참소의 말만 듣고 항장을 내세워 패공을 해치려고 하고 계시니, 그것은 망진亡秦의 폭거와 무엇이 다르오리까. 만약 항장이라는 자가 패공을 끝까지 해치려고 할진댄, 소장은 목숨을 걸고 패공을 구출할 결심입니다."

그렇게 말하는 번쾌의 눈에는 분노의 빛이 넘쳐흐르고 있었다.

항우는 번쾌의 항변을 듣고 소리를 크게 내어 웃는다.

"하하하, 패공은 나와 함께 이렇게 정답게 앉아 있는데 누가 패공을 죽이려고 한다는 말인가. 자네는 무언가 오해를 하고 있네 그려."

번쾌가 다시 항변한다.

"아니옵니다. 항장이라는 자는 검무를 추다가 패공을 해치려는 것이 분명합니다. 소장이 어찌 그것을 모르고 함부로 항의를 하겠 소이까?"
 "자네가 그토록 의심스럽다면 검무를 더 이상 못 추게 하면 될 게 아닌가!"
 그리고 항우는 항장을 돌아다보며 명령을 내린다.
 "너는 당장 검무를 중지하고 물러가 있거라!"
 명령 일하, 항장은 검무를 중단하고 물러가 버렸다.
 항우가 번쾌에게 묻는다.
 "항장을 쫓아냈으니 이제는 안심이 되는가."
 "이제는 마음이 놓이옵니다."
 "그렇다면 이리 와서 나하고 술을 같이 나누세. 패공을 위해 목숨을 걸고 충성을 다하겠다는 자네의 충성심에는 감탄해 마지않는 바이네."
 이리하여 항우와 번쾌가 주거니 받거니 하며 술을 연달아 퍼마시는 바람에 항우는 마침내 정신을 가누기가 어렵도록 대취해 버렸다.
 장량은 그 틈을 타서 유방을 부추겨 밖으로 빠져 나왔다. 그러나 두 사람이 밖으로 나오려고 하자 정공과 옹치가 출입문에 버티고 서서 앞을 가로막는다.
 그리하여 진퇴 양난에 빠져 있을 바로 그때, 진평 장군이 눈치를 채고 뒤로 따라나와 수문장들에게 소리를 지른다.
 "노공께서 대취하셔서 패공을 돌아가시게 하라는 명령이 계셨으니, 문을 빨리 열어 드려라."
 이리하여 장량이 유방을 모시고 밖으로 나오니, 문 밖에는 근흡·기신·하후영 등의 장수들이 유방을 기다리고 있었다.
 장량이 그들에게 명한다.

"패공을 빨리 패상으로 모시고 돌아가오."

유방은 수레에 올라타며 장량에게,

"선생도 나와 함께 돌아가셔야 합니다. 어름어름하다가는 큰일 나시오."

장량이 대답한다.

"저까지 돌아가 버리면 후환이 두렵습니다. 저는 혼자 남아 있다가 뒷수습을 깨끗하게 하고 나서 돌아가야만 후환이 없을 것이옵니다."

유방은 뛸 듯이 놀라며 말한다.

"이런 위험한 곳에 혼자 남아 계시다니, 무슨 말씀을 하고 계시오. 지금 당장 돌아가셔야 합니다."

"제가 뒤처리를 하지 않고 그냥 돌아가면 하늘이 뒤집힙니다. 제 걱정은 마시고 빨리 돌아가시옵소서. 저도 수일 내로 돌아가겠습니다."

장량은 유방을 서둘러 돌려보내고 혼자만 남았다.

유방이 뺑소니를 쳤다는 말을 듣고 범증은 가슴을 치며 장탄식을 한다.

'아아, 내가 그처럼 치밀한 계획을 세웠건만 유방을 죽이지 못하고 살려 보내 버렸으니, 항우 장군은 너무도 우둔한 인물이로구나!'

범증의 충언

장량은 유방을 먼저 돌려보내고 항우가 술에서 깨어나기를 기다리는 동안 숲 속을 혼자 거닐고 있었다.

그러자 어디선가 난데없는 노랫소리가 들려오고 있었다.

귀를 기울여 들어 보니, 노랫소리는 다음과 같았다.

우직한 곰이 산에 내려와
개미를 집어삼키려다가
목에 걸려 기침이 나도다.
아아 위태로워라 위태로워라.

노래의 내용이 암만해도 심상치가 않기에, 장량은 노래의 주인을 찾아가 보았다.

노래의 주인공은 30을 갓 넘은 젊은이로, 신기神氣가 무척 청상淸爽해 보이는 청년이었다.

장량은 청년에게 말을 걸었다.

"당신은 혼자서 무슨 노래를 부르고 있소?"

청년은 대답 대신 웃기만 하더니, 또다시 노래를 부른다.

늙은 범증이 큰일을 꾸몄건만
장량이 먼저 알아채고
술자리에서 위기를 막아냈으니
후일에 천하를 얻을 사람은
오직 패공뿐이로세.

장량은 그 노래를 듣고 깜짝 놀랐다. 그 청년이야말로 숨은 현사 賢士임이 분명했기 때문이었다.
그리하여 그를 자기 사람으로 만들어 보려고 장량은 말한다.
"당신이 누구인지는 모르나 나와 함께 천하를 도모해 보지 않으려오? 당신이 누구인지 이름부터 압시다."
그러나 청년은 웃기만 하더니 이름도 알려 주지 아니하고 숲 속으로 말없이 사라져 버리는 것이 아닌가.
그러면 그는 누구였을까.
이것은 먼 훗날에야 알게 된 일이지만, 그날 밤의 그 청년은 그 당시 항우의 그늘에서 집극랑執戟郎이라는 하급 벼슬을 지내고 있던 한신韓信이었다.
문제의 청년이 숲 속으로 자취를 감춰 버리는 것을 보고 나서 홍문전에 돌아오니, 때마침 항우가 술에서 깨어나 유방을 찾고 있었다.
"패공은 어디 갔느냐?"
장량이 항우 앞으로 달려와 허리를 굽혀 보이며 아뢴다.
"패공은 술이 대취하여 패상으로 먼저 돌아가시면서, 저더러 남아 있다가 노공에게 인사를 여쭙고 돌아오라고 말씀하셨습니다."
항우는 그 말을 듣고 크게 노하며 말한다.

"아니 그래, 유방이 나에게 인사도 없이 맘대로 돌아가 버렸단 말인가! 세상에 그런 무례스러운 자가 어디 있단 말인가!"

범증은 이때다 싶어서 항우에게 고한다.

"패공은 겉으로는 유약柔弱을 꾸미고 있으나, 내심으로는 웅대한 야망을 품고 있는 효웅梟雄입니다. 그래서 그를 죽여 없애려고 세 가지 계략을 세웠다가 모두 실패했습니다. 우리에게 그와 같은 골탕을 먹인 장본인은 다른 사람 아닌 장량인 것이옵니다. 그러므로 이제는 장량만이라도 참형에 처해 버려야 후환이 없을 것이옵니다. 바라옵건대, 주공께서는 이 자리에서 장량의 목을 당장 베어 버리옵소서."

범증은 쌓이고 쌓였던 울화가 한꺼번에 폭발한 것이었다.

항우는 범증의 충고를 듣고 불같이 노하더니, 장량의 얼굴을 노려보며 추상 같은 호령을 내린다.

"여봐라! 저놈을 당장 끌어내어 목을 베어 버려라!"

명령이 떨어지자 범강장달이 같은 장수 4, 5명이 비호같이 달려와 장량을 밖으로 끌어내려 하였다.

그러나 장량은 조금도 당황하지 않고 항우를 쳐다보며 말한다.

"본인은 죽기 전에 노공 전에 충고의 말씀을 한마디만 여쭙고 싶사옵니다. 죽일 때 죽이더라도 노공 자신의 장래를 위해 제 말씀을 꼭 들어 주시옵소서."

"이놈아! 네가 나한테 무슨 할말이 있다는 말이냐. 하고 싶은 말이 있거든 지금 당장 해봐라!"

장량은 단정하게 꿇어앉아 조용히 입을 열어 말한다.

"우선 노공께서는 제게 대한 오해부터 풀어 주시옵소서. 노공께서는 저를 패공의 부하로 알고 계시는 모양이오나, 저는 한韓나라의 재상일 뿐이지, 패공의 사람은 아니옵니다. 패공의 부하가 아닌

제가 무엇 때문에 패공을 위해 노공을 속이려고 하겠습니까. 항차 노공의 권세가 천하에 떨치고 있음은 천하가 다 알고 있는 일이온데, 제가 왜 어리석게도 패공의 편을 들겠습니까. 노공께서 패공을 잡아 죽이기는 손바닥을 뒤집기보다도 쉬운 일인 줄로 알고 있사옵니다. 그럼에도 불구하고 노공께서 술자리를 빌려 패공을 죽이려고 하셨다면, 그것은 크게 잘못된 계책인 줄로 알고 있사옵니다. 왜냐하면 사람을 죽이는 데도 명분이 있어야 하는 법이온데, 천하의 대왕이 되실 노공께서 술자리를 빌려 패공을 죽였다고 하면 세상 사람들이 노공의 옹졸하심을 얼마나 비웃을 것이옵니까. 세상의 비웃음을 사게 되면, 만인이 우러러보는 대왕은 되기 어려운 법이옵니다. 바라옵건대 노공께서는 저를 죽이지 마시고 패상으로 돌려보내주시옵소서. 그러면 제가 전국傳國의 옥새玉璽와 진나라의 중보重寶들을 모두 노공에게 갖다 바치도록 하겠습니다. 만약 옥새를 손에 넣으셔서 천하의 주인이 되시면 노공을 우러러 받들지 않을 사람이 누가 있으오리까. 그러나 지금 저를 죽여 버리시면 옥새는 노공의 손에 영원히 들어오지 못할 뿐만 아니라, 패공은 옥새를 다른 사람에게 주어 버림으로써 천하는 다른 사람의 손에 넘어가게 될 것은 불을 보는 듯이 뻔한 일이옵니다. 제 한 목숨 죽는 것은 조금도 두려울 것이 없사오나 그로 인해 천하의 주인이 바뀐다면, 이만저만 중대한 일이 아니오니 노공께서는 재삼 고려하시기를 바라옵니다."

흘러가는 물처럼 도도하게 진술하는 장량의 논조에는 일부의 빈틈도 없었다.

항우는 그 말을 듣고 깨달은 바가 있는 듯 고개를 크게 끄덕였다. 더구나 옥새를 손에 넣지 못하면 왕좌王座를 다른 사람에게 빼앗기게 된다는 말에는 가슴이 뜨끔해 오는 충격을 느꼈다.

항우는 오랫동안 침묵에 잠겨 있다가 문득 고개를 들며 장량에게 묻는다.

"만약 그대를 살려 준다면 그대는 진나라의 옥새를 틀림없이 가져오겠는가!"

장량이 대답한다.

"저를 패상으로 돌려보내 주시기만 하면 무슨 짓을 해서라도 옥새를 갖다 바치겠습니다."

범증이 옆에서 참고 듣다 못 해 항우에게 고한다.

"장량은 죽지 않으려고 꾀를 부리고 있는 것이옵니다. 꾐에 넘어가 저자를 살려 보내서는 큰일나시옵니다."

그러나 항우는 '옥새를 갖다 바치겠다'는 말에 혹해서 장량을 죽일 생각은 꿈에도 없었다.

그러기에 오히려 범증을 못마땅하게 여겨 즉석에서 꾸짖어 말한다.

"군사의 말대로 홍문연 잔치에서 유방을 죽여 버렸다면 나는 천하의 웃음거리가 되었을 것이오."

그리고 장량에게 다시 말한다.

"그대를 패상으로 돌려보내 줄 테니, 옥새를 꼭 가져오도록 하오. 약속을 어기면 나는 백만 대군을 일으켜 유방의 군사를 콩가루로 만들어 버릴 것이오."

"천지 신명에 맹세하고 분부대로 거행하겠습니다."

장량은 다시 한번 언약을 굳게 다지고, 패상으로 무사히 돌아오게 되었다.

유방은 장량을 보자 눈물을 흘리며 기뻐하였다.

"내가 죽지 않고 돌아올 수 있었던 것은 오로지 선생의 덕택이었습니다. 나는 돌아오자마자 변절자 조무상의 목을 베어 버렸습니다. 그런데 선생은 무슨 재주로 무사히 돌아오실 수 있었습니까?"

장량은 그간의 사정을 소상하게 설명해 주고 나서 말한다.

"항우 장군은 패공께서 인사도 없이 돌아오셨다고 크게 분노하면서 저의 목을 베어 버리려고 했었습니다. 그래서 저는 진나라의 옥새와 보물들을 항우 장군에게 갖다 바치기로 약속하고, 살아서 돌아올 수가 있게 되었습니다."

유방은 그 말을 듣고 깜짝 놀라며 묻는다.

"옥새란 전국傳國의 보배요. 그것을 항우에게 갖다 주면 나는 어떡하라는 말씀이오? 그 언약은 설마 지키려고 약속하신 언약은 아니겠지요?"

"아니옵니다. 일단 약속한 것은 꼭 지켜야 합니다."

유방은 그 대답을 듣고 노골적으로 노여워하면서 장량에게 따지듯이 말한다.

"이제 알고 보니, 선생은 나를 위한 사람이 아니라 항우를 위한 사람이었구려. 옥새를 내준다는 것은 '관중왕'의 자리를 내준다는 것과 다름없는 일인데 나더러 어떻게 옥새를 내놓으라는 말씀이오?"

유방이 분노하는 것은 너무도 당연한 일이었다.

그러나 장량의 태도는 어디까지나 침착하였다.

"패공께서는 분노를 거두시고 이 문제를 좀더 거시적巨視的으로 생각해 보시옵소서."

"옥새를 내주자면서 무엇을 거시적으로 생각해 보라는 말씀이오."

유방의 분노는 여전히 맹렬하였다.

유방이 장량의 뜻을 이해하지 못하므로, 장량은 다시 입을 열어 설명한다.

"매우 외람된 말씀이오나, 저의 계략을 자세히 들어 주시옵소서. 지금 우리가 옥새를 내주지 않으면, 항우가 백만 대군을 거느리고 우리에게 쳐들어올 것은 명약 관화한 일이옵니다. 그렇게 되면 우리는 옥새를 빼앗길 뿐만 아니라, 패공은 포로의 신세를 면하기가 어려우실 것이옵니다. 옥새란 하나의 물건에 불과한 것이지, 그 자체로써 나라를 다스릴 능력이 생기는 것은 아니옵니다. 옥새를 가지고 있더라도 덕을 쌓지 못하면 천하를 잃게 되지만, 비록 옥새가 없더라도 덕만 쌓으면 천하는 절로 얻어지게 되는 것이옵니다. 그러므로 패공께서는 옥새를 미련 없이 내주어 항우를 기쁘게 해 주시옵소서. 그런 연후에 패공께서는 원대한 포부를 가지고 그 동안에 덕을 쌓도록 하시옵소서. 그러면 옥새가 없더라도 천하는 패공에게 절로 귀속될 것이옵니다."

유방은 장량의 말을 듣고 크게 깨달은 바가 있었다. 그리하여 장량의 손을 힘차게 붙잡으며 말한다.

"선생의 말씀을 듣고 보니, 과연 내가 어리석었소이다. 옥새를 미련 없이 내드릴 테니, 오늘이라도 항우에게 갖다 주소서."

다음날, 장량은 홍문으로 다시 찾아와 항우에게 옥새와 중보들을 헌상하면서 말한다.

"이미 약속드린 대로 옥새를 가지고 왔사옵니다. 실은, 패공께서 직접 가지고 오셔야 옳을 일이오나, 어제 대취하셨던 관계로 몸이 불편하시어 소생이 대신 가져 왔사옵니다."

항우는 크게 기뻐하며 옥새와 보옥들을 책상 위에 늘어놓고 황홀한 눈으로 바라본다. 한 점의 티도 없는 보옥들은 이상한 광채를 발하고 있었다.

"과연 천하의 보물들임이 틀림없구나!"

항우는 더할 수 없이 기뻐하다가, 옥玉으로 되어 있는 술잔 하나를 범증에게 집어 주면서,

"이 옥배玉杯를 군사에게 선사할 테니, 이제 앞으로는 이 술잔으

로 술을 마시도록 하시오."
하고 말했다.

　백발이 성성한 범증은 그 옥배를 받아들고 잠시 머뭇거리다가 다음 순간 땅바닥에 동댕이쳐 버리더니, 허리에 차고 있던 검으로 산산조각이 나도록 깨뜨려 버리며,

　'아아, 수자豎子하고는 더불어 도모할 바가 못 되는구나! 장차 천하를 얻을 사람은 패공이 분명하다. 우리에게는 패공의 수급首級만이 필요하지, 이까짓 술잔 따위가 무슨 보배란 말인가. 우리는 언젠가는 패공에게 포로의 신세를 면하기가 어려우리라.'
하고 혼잣말로 장탄식을 하고 있었다.

　항우는 범증이 옥배를 깨뜨리는 것을 보고 크게 분노하며 말했다.

　"내가 특별히 내려 준 옥배를 군사는 무슨 이유로 깨뜨리오!"

　범증은 눈물을 흘리며 대답한다.

　"그 옛날 제齊나라의 위왕威王은 위魏나라의 혜왕惠王이 조차照車라는 보배를 자랑하는 것을 보고 은근히 비웃으면서 '나에게는 네 명의 현신賢臣이 있으니, 그보다 더 고귀한 보배가 어디 있겠느냐'하고 말한 일이 있었습니다. 물질적인 보배를 가볍게 여기고, 어진 신하를 귀하게 여겨 온 그 지혜를 주공께서는 많이 배우시도록 하소서. 우리에게 필요한 것은 오직 유방의 목일 뿐이지, 그가 보내 온 옥새나 보물 따위는 아니옵니다. 그런데 주공은 그가 보내 준 옥새나 보물 따위를 받아 들고 더없이 기뻐하시니, 이 어찌 탄식할 일이 아니오리까. 주공께서 신에게 옥배를 하사하신 그 은총은 십분 고맙게 생각하고 있사오나, 지난날의 일들이 너무도 한탄스럽사옵니다."

　항우는 그제야 노여움을 풀고 범증을 달래듯이 말한다.

　"유방은 됨됨이가 워낙 나약한 까닭에 큰일을 도모할 인물이 못

되오. 군사는 유방 따위에게 왜 그다지도 겁을 내시오?"

범증이 다시 대답한다.

"그 옛날 등왕鄧王은 초문왕楚文王을 죽이지 않았다가 초나라에 망했고, 초왕楚王은 진문공晉文公을 죽이지 않았다가 진나라에 망한 역사가 있사옵니다. 주공께서는 패공을 죽이지 않고 살려 보냈사옵는데, 그것은 마치 용龍을 바다에 놓아주고 호랑이를 산에 놓아준 것과 같아서 다시는 붙잡고 싶어도 잡을 수가 없을 것이옵니다."

장량은 그 말을 듣고 가슴이 뜨끔하여 얼른 항우에게 이렇게 말했다.

"노사老師께서는 지나친 기우杞憂를 하고 계시옵니다. 패공은 노공을 형님으로 받들어 모시고 계시온데, 어찌 다른 뜻이 있으오리까. 부디 지나친 걱정을 거두어 주시옵소서."

항우는 회심의 고개를 끄덕이며 말한다.

"장공의 말씀은 옳은 말씀이오. 유방같이 나약한 자가 어찌 감히 내게 항거할 수 있으리오."

그리고 잠시 말을 중단했다가 장량에게 다시 말한다.

"장공은 유방의 그늘에 머물러 있어 보았자 별 볼일 없을 테니, 이제부터는 그를 떠나 나를 도와주면 어떠하겠소?"

범증은 그 말을 듣고 또 한 번 놀라며 항우의 귓가에 입을 갖다 대고 간한다.

"우리는 장량을 죽이려다가 실패했는데, 그런 자를 붙잡아 두어서 무엇에 쓰실 것이옵니까. 내놓고 우리를 해치려는 자는 방어하기가 쉬워도, 장량처럼 그늘에 숨어서 우리를 해치려는 자는 막아 내기가 어려운 법이옵니다."

참으로 옳은 말이었다.

그러나 항우는 범증의 간언을 우습게 여기며 대답한다.

"우리에게 갇혀 있는 몸이 무슨 용을 쓸 수 있다고 그런 걱정을 하시오? 내가 알아서 할 테니 군사는 조금도 걱정 마시오."

이리하여 장량은 본의 아니게 항우의 진영에 연금軟禁되어 있게 되었다.

항우의 횡포

　항우는 옥새를 손에 넣자 위세가 더욱 등등해져서 그때부터는 홍문에 버티고 앉아 본격적으로 '관중왕'의 행세를 하기 시작하였다.
　그나 그뿐이랴. 그때부터는 범증의 간언諫言을 역겹게 여기고 오히려 장량의 말만 귀담아들었다. 항우가 하루는 중신들을 한 자리에 불러 놓고 매우 노여운 어조로 이렇게 말하였다.
　"나는 진나라의 옥새를 손에 넣었으니, 이제부터 이 나라의 주인은 바로 나다. 그런데 내가 이곳에 머물러 있은 지 달포가 넘도록 진왕이었던 자영子孾이라는 자가 아직도 패공의 그늘에 머물러 있는 채 나에게는 항복하러 오지 않으니, 이럴 수가 있느냐. 패공에게 서신을 보내 자영을 당장 내게로 보내도록 하라."
　항우의 명령이고 보니 어느 누가 감히 거역할 수 있으랴.
　항우의 이름으로 유방에게 보낸 서한의 내용은 다음과 같았다.

　나는 패공과 함께 진나라를 정벌하고, 이 나라의 주인이 된 지 이미 달포가 넘었소. 그런데 패공은 삼세 황제三世皇帝였던 자영을 붙들어 놓고 나에게는 항복하러 보내지 않으니, 혹시라도 그대는 나에게 다른 뜻이 있는 것이 아니오? 이 나라의 통치권을 가지고 있는 사람은 오직 한 사람뿐이오. 그대가 만약 나에게 다른 뜻을 품고 있다면 나는 무력으로 다스릴 결심이니, 그리 알고 자영을 빨리 항복하러 오게 하시오.

그야말로 협박장과 다름없는 서한이었다.
유방은 그 편지를 받아 읽고, 즉시 중신 회의를 열었다.
"항우는 '관중왕'임을 자칭하면서 자영을 자기한테 항복하러 오게 하라고 강요하고 있으니, 이 일을 어찌했으면 좋겠소. 만약 진황을 보내 주지 않으면 싸움을 각오해야 할 것이오. 그를 보내 주면 항우가 관중왕임을 인정해 주는 셈이니, 나로서는 이 문제를 어떻게 처리해야 좋을지 모르겠구려."
그러자 소하가 대답한다.
"항우는 세력이 워낙 막강하기 때문에 우리로서는 도저히 싸울 형편이 못 되옵니다. 그러므로 자영을 보내 주심이 좋을 줄로 아뢰옵니다."
"그러면 관중왕의 자리를 빼앗기게 되는 셈이 아니오?"
"그 점은 너무 염려하지 않으셔도 좋을 것 같사옵니다. 왜냐하면 자영을 보내기만 하면, 항우는 자영을 반드시 죽이고 말 것입니다. 그렇게 되면 항우의 악명이 높아져서 민심이 주공한테로 돌아올 것이니, 항우가 관중왕이라고 제아무리 날뛰어 본들 무슨 소용이 있겠습니까?"
유방은 소하의 말을 옳게 여겨 자영을 불러 말한다.
"항우 장군이 당신더러 항복하러 오라는 편지를 보내 왔으니, 당신은 항우를 찾아가 항복을 해야 하겠소."
그러자 자영은 얼굴빛이 새파래지며 대답한다.
"저는 차라리 여기서 죽을지언정 항우 장군은 못 찾아가겠습니다."

유방은 자영의 얼굴을 의아스럽게 쳐다보며 묻는다.

"당신은 이미 나에게 항복한 일이 있으니, 항우 장군에게 다시 한 번 항복하기로 뭐가 두려워 못 가겠다는 것이오?"

그러자 자영은 울면서 이렇게 대답하는 것이었다.

"저는 인자하신 패공에게 항복했기 때문에 목숨을 보존할 수가 있었습니다. 그러나 항우 장군은 성품이 포악하시기 때문에 제가 항복하고 나면 저를 반드시 죽여 버릴 것이옵니다. 그러니 인자하신 패공의 그늘을 떠나서 어찌 죽음의 길을 택해 가겠나이까?"

유방은 자영의 신세가 너무도 측은하게 여겨져서 억지로 보낼 수는 없었다.

그러나 늙은 중신 하나가 앞으로 나서며 유방에게 아뢴다.

"만약 진왕(자영)을 보내 주지 않으면 항우 장군은 백만 대군을 거느리고 쳐들어와, 함양 성 안의 수십만 백성들을 모조리 죽여 버리게 될 것입니다."

자영은 그 말을 듣고 눈물을 흘리며 유방에게 고한다.

"항우 장군은 족히 그럴 만한 사람입니다. 저로 인해 수십만 백성들이 떼죽음을 당하게 된다면, 제가 어찌 그런 고통을 감당할 수 있으오리까. 그러면 죽음을 각오하고 항우 장군을 찾아가 항복하겠습니다."

자영은 그날로 항우를 찾아와 항복장降伏狀을 올렸다.

항우는 용상龍床에 높이 올라앉아 자영을 오연히 굽어보며 큰소리로 외친다.

"너의 조부祖父는 육국六國 백성들을 포로로 삼아 10여 년간이나 괴롭혀 왔으니, 그 죄가 막중하도다. 그로 인해 너를 참형에 처할 터인데 죽기 전에 무슨 할말이 없느냐?"

자영은 눈물을 뿌리며 아뢴다.

"육국을 정벌한 사람은 제가 아니옵고 제 조부님이었습니다. 그러나 장군께서 저를 죽임으로써 원한을 푸시고 백성들에게 선정을 베풀어 주시기만 한다면, 저는 기쁜 마음으로 죽을 각오가 되어 있사옵니다."

"예끼 이놈! 여기가 어느 안전이라고 네가 감히 방자스러운 주둥아리를 놀리느냐. 여봐라! 이 자리에서 당장 저놈의 목을 쳐 버려라."

명령이 떨어지자 옆에서 대기하고 있던 영포가 자영의 목을 한칼에 날려 버렸다.

자영의 머리가 땅 위에 뒹굴어 떨어짐과 동시에 붉은 핏줄이 공중으로 솟아올라 방바닥은 순식간에 피바다를 이루었다. 실로 처참하기 짝 없는 살인극이었다.

그러나 항우는 피를 보고 쾌연히 웃으며 말한다.

"이제야 나의 원한을 풀었다!"

자영의 죽음이 진나라 백성들에게 알려지자, 그들은 눈물을 뿌리며 항우의 잔학성을 비난하였다.

"패공은 덕이 높고 인자한데 항우는 잔학하기 이를 데 없으니, 그렇다면 진시황과 무엇이 다르단 말인가?"

항우에 대한 백성들의 비난은 날이 갈수록 높아갔다.

"민성民聲은 천성天聲이다"라는 말이 있거니와 항우의 횡포에 대한 백성들의 비난은 요원의 불길처럼 퍼져 나가서, 그 소리는 마침내 항우 자신의 귀에도 들어가 버렸다.

항우는 그러한 소문을 듣고 불같이 노했다.

"아니 그래, 유방은 명주明主이고 나는 악군惡君이라고 하니, 그게 어디 말이 되는 소리냐. 그런 비난을 받을 바에는 진나라 백성들을 모조리 죽여 버려야 하겠다."

항우가 격노하자 범증이 머리를 조아리며 간한다.

"패공은 함양에 들어가 '약법삼장'으로 민심을 평화롭게 수습했사온데, 주공께서는 항복해 온 자영을 죽이셨습니다. 이제 다시 백성들까지 죽이시면 천하를 얻지 못하시게 되시옵니다. 거듭 바라오니, 백성들만은 죽이지 말아 주시옵소서."

항우가 말한다.

"나는 진나라의 무도無道를 징벌하러 왔으므로 자영을 죽인 것은 당연한 일이오. 그로 인해 백성들이 나를 비난한다면 그것은 내게 대한 반역임이 분명한데, 그런 놈들을 그냥 살려두란 말이오?"

범증은 머리를 조아리며 다시 아뢴다.

"그 옛날 노魯나라의 임금님은 죄 없는 궁녀宮女 한 명을 죽였다가 9년 동안 가뭄을 겪은 일이 있었습니다. 옛글에 '한 사내가 원한을 품으면 유월에도 서리가 내리고[一夫啣恨 六月飛霜], 한계집이 원한을 품으면 3년 동안 비가 오지 않는다[一婦懷怨 三年不雨]'는 말이 있사옵니다. 자영 한 사람을 죽인 것만으로도 원성이 이처럼 자자하온데, 이제 다시 진나라 백성들을 모조리 죽여 버리면 하늘의 노여움을 무엇으로 막아낼 수 있으오리까. 그냥 내버려 두어도 백성들의 원성은 머지않아 가라앉을 것이오니 주공께서는 부디 노여움을 진정하시옵소서."

항우는 마지못해 4, 5일 동안 분노를 참고 있었다.

그러나 백성들의 원성은 좀처럼 가라앉지 않으므로, 항우는 마침내 분통이 터져서 영포로 하여금 진나라의 왕족王族 8백여 명과 관인官人과 백성들 4천 6백여 명을 본보기로 몰살을 시켜 버렸다.

그로 인해 함양 거리는 시산혈해屍山血海를 이루어 눈을 뜨고 다닐 수가 없을 지경이었다.

항우는 그러고도 성이 풀리지 않아 더 많은 사람들을 죽이려고 하므로, 범증은 항우의 발을 부둥켜잡고 울면서 간한다.

"그 옛날 탕왕湯王은 오랫동안 가뭄이 들자 자기 자신을 제물로 삼아 기우제祈雨祭를 지내려고 했던 바, 하늘이 크게 감동하시어 많은 비를 내려 주신 일이 있었습니다. 지난날의 군주들은 그처럼 백성들을 위해 자기 자신을 희생시킬 각오까지 있었던 것이옵니다. 백성들을 마구 죽이시면 하늘의 노여움을 무엇으로 막아 내시겠나이까."

항우는 그제야 마음을 고쳐먹고 백성들을 그 이상은 죽이지 않았다.

초패왕楚覇王

항우는 자영과 많은 백성들을 죽여 버린 뒤에 대군을 거느리고 함양에 당당하게 입성하였다.

그보다 앞서 유방은 함양을 일단 점령했다가 항우의 후환이 두려워 일부러 패상霸上으로 이동해 갔건만, 항우는 마치 자기가 처음으로 점령한 것처럼 함양에 당당하게 입성했던 것이다.

말할 것도 없이 그것은 '관중왕'이 되기 위해서였다. 함양에 입성하여 진나라의 궁전들을 두루 둘러보니, 아방궁阿房宮을 비롯하여 모든 궁전들이 눈이 부시도록 호화롭지 않은가.

"아아, 진황秦皇은 이와 같은 부귀를 남겨 둔 채 망해 버렸으니, 그들은 죽기가 얼마나 서러웠을 것인고!"

항우는 호화 찬란한 궁전들을 둘러보며 자기도 모르게 그런 감탄을 하고 있었다.

범증은 그 말을 듣고 항우에게 아뢴다.

"진황이 나라를 망친 것은 부귀에 눈이 어두워 백성들을 돌보지 않고, 충신들의 간언에 귀를 기울이지 않았기 때문이었습니다. 그러므로 나라를 오래 유지해 가려면 백성들을 괴롭히지 말고, 충신들의 간언을 소중하게 들으셔야 합니다."

항우는 그 말에는 입을 다문 채 대답조차 하지 않았다.

이윽고 본영으로 돌아오자, 항우는 범증의 의견을 묻는다.

"나는 함양을 점령하고, 진나라의 옥새도 손에 넣었소. 따라서 이제는 정식으로 관중왕에 즉위했으면 싶은데, 군사는 그 점을 어떻게 생각하시오?"

범증이 대답한다.

"주공께서 관중왕에 즉위하시려면 팽성에 계신 회왕懷王의 조명詔命을 받으셔야 합니다. 그러므로 팽성으로 사신을 보내 조명을 받아 오시기로 하고, 그 동안에 모든 대장들에게 논공 행상을 베푸시도록 하시옵소서."

"논공 행상을 베푸는 것은 급한 일이 아니니, 회왕에게 사신부터 보내기로 합시다."

항우는 관중왕이 빨리 되고 싶어 숙부인 항백을 팽성으로 보내 회왕의 조명부터 받아 오게 하였다.

그런데 회왕은 항백을 만나자 머리를 흔들며 이렇게 말하는 것이 아닌가.

"항우 장군과 유방 장군이 출병할 때, 나는 두 분에게 '함양을 먼저 점령하는 사람을 관중왕으로 임명하겠소' 하고 언약했던 것이오. 함양을 먼저 점령한 사람은 항우 장군이 아니라 유방 장군임은 천하가 다 알고 있는 일이오. 그런데 내가 어찌 지난날의 약속을 어기고 항우 장군을 관중왕에 임명할 수 있겠소. 그것은 무리한 요구요."

항백이 다시금 머리를 조아리며 아뢴다.

"항우 장군은 전공이 지대했을 뿐만 아니라, 덕망이 매우 높사옵니다. 게다가 유방 장군은 성품이 나약하여 왕의 중책을 감당하기가 어려울 것이오니, 부디 항우 장군에게 관중왕의 조명을 내려 주시옵소서."

항백이 무리한 요구를 해 오자 회왕은 정색으로 진노하며 항백을 꾸짖는다.

"그대는 무슨 그런 이치에 합당치 않은 말씀을 하고 계시오. 인군人君은 신의信義를 어겨서는 안 되는 법이오. 나는 지난날 두 장군에게 분명히 언약한 바가 있는데, 그 언약을 어떻게 무시하고 항우 장군을 관중왕에 제수하라는 말씀이오. 그런 얘기는 두 번 다시 입 밖에도 내지 마시오. 그대는 여러 말 말고 빨리 돌아가 항우 장군에게 내 말을 그대로 전해 주시오."

회왕의 결심은 확고 부동해 보였다.

항백이 면목없이 돌아와 항우에게 사실대로 말하니, 항우가 펄쩍 뛰면서 노한다.

"회왕이라는 자는 우리 가문에서 받들어 모신 왕이 아닌가. 진나라를 정벌하는 데 제까짓 게 무슨 공로가 있었다고 관중왕의 자리를 맘대로 좌지우지하겠다는 거야. 그자가 그렇게 나온다면 숫제 그자를 무시해 버린 채 나는 길일吉日을 택하여 내 맘대로 왕위에 오르기로 하리라."

권세가 커지고 나니 이제는 초회왕 따위는 안중에도 없다는 어투였다.

'큰일났구나. 초나라의 중심 인물인 초회왕을 무시하면 나라꼴이 뭐가 될 것인가.'

범증은 한숨을 쉬며 강력하게 간한다.

"초회왕은 어디까지나 초나라의 대왕이시옵니다. 그 어른을 무시하고 법통을 유린하면 나라가 파괴되오니, 그 점은 각별히 삼가주시기 바라옵니다."

항우는 그제야 자기 언사가 지나쳤던 것을 깨달았는지 고개를 끄덕이며 말한다.

"알겠소이다. 아무리 그렇기로 관중왕의 자리를 유방에게 넘겨줄 수는 없는 일이 아니오?"

"주공께서 관중왕이 되셔야 한다는 점에 대해서는 소신도 동감이옵니다. 그러나 주공께서 관중왕에 즉위하시려면 회왕의 격격을 한 층 더 높여서, 제위帝位의 존칭으로 부르게 하셔야 합니다. 그렇게 하지 않으면 국가의 법통이 성립되지 못하옵니다."

"내가 관중왕이 되는데 그런 법통이 꼭 필요하다면 그렇게 합시다그려. 그렇다면 나의 칭호는 뭐라고 부르게 하는 것이 좋겠소?"

범증이 다시 대답한다.

"왕의 존칭은 역사를 상고해 제정해야 할 것이지, 경솔하게 경질할 수는 없는 일이옵니다. 다행히 역사에 정통한 장량이 지금 우리한테 머물러 있사오니, 그 사람의 의견을 한번 들어 보심이 좋을 것 같사옵니다. 그가 좋은 이름을 제시해 주면 그대로 사용할 것으로되, 만약 나쁜 이름을 제시해 주면 그것은 우리에게 반심을 품고 있는 증거이므로, 그때에는 장량을 죽여 없애야 하옵니다."

범증은 장량이라는 존재를 눈엣가시처럼 고깝게 여겨서, 그런 수법으로 장량을 죽여 없앨 생각이었던 것이다.

항우는 범증의 말대로 장량을 불러다가 이렇게 부탁하였다.

"나는 이제부터 관중왕에 즉위할 생각인데, 칭호稱號를 뭐라고 해야 좋을지 모르겠구려. 자방(子房:장량의 호)은 역사에 밝으시니, 역대 제왕帝王들의 존호尊號를 참작하여 나에게 좋은 칭호를 하나 지어 주기 바라오."

장량은 뜻밖의 부탁에 대뜸 의아심이 솟아올랐다.

'범증이 있음에도 불구하고 그처럼 중대한 문제를 무슨 이유로

나에게 부탁하는 것일까.'

장량은 그런 의심이 솟아올라서,

"역사에는 저보다도 범증 군사께서 더 밝으신데, 그처럼 중대한 문제를 어찌하여 저에게 부탁하시옵니까?"

하고 넌지시 항우의 대답을 떠보았다.

항우가 대답한다.

"범증 군사는 역사에 자신이 없는지, 그 문제를 자방에게 부탁하는 것이 좋겠다고 하더군요."

장량은 그 대답을 듣고 범증이 무서운 음모를 꾸미고 있음을 직감적으로 깨달았다.

'그렇다! 범증은 무슨 트집을 잡아 나를 죽이기 위해 나더러 존호를 제정하게 하라고 했구나. 그렇다면 나는 책잡힐 대답은 하지 말아야 하겠다.'

내심으로 그렇게 결심한 장량은 항우에게 이렇게 대답하였다.

"우리나라 역사에는 성군聖君으로 삼황 오제三皇五帝가 계셨사옵니다. 삼황이란 하늘에서 내려오신 임금님을 부르는 존호였사옵고, 오제란 사람을 죽이지 아니하고 천하를 덕으로 다스린 임금님들을 부르는 존호였습니다. 그러므로 항우 장군께서는 마땅히 제호帝號로 부르셔야 옳을 줄로 아뢰옵니다."

항우는 그 말을 듣고 기분이 매우 좋았다.

그러나 수십만 명의 백성들을 죽인 자기가 감히 '제왕帝王'이라고 자칭하기에는 양심에 꺼려서,

"굳이 제호를 쓰지 않아도 좋으니 다른 칭호는 생각나는 것이 없으시오?"

하고 물었다.

장량이 다시 대답한다.

"오제 이후에는 삼왕三王이라는 성왕聖王들이 계셨습니다. 은殷나라의 주왕周王과 하夏나라의 우왕禹王과 주周나라의 무왕武王이 모두 그런 성군이었습니다. 그분들 역시 인의仁義를 소중히 여기고, 백성들을 덕으로 다스려 나가셨습니다. 항우 장군께서는 그들의 성덕聖德을 본받아 왕호王號를 쓰셔도 무방하실 것이옵니다."

장량은 범증에게 트집을 잡히지 않으려고 항우를 무작정 추켜세워 주었다. 항우는 그럴수록 기분이 좋았다.

그러나 그에게도 양심은 있는지라, 수많은 생명들을 죽인 주제에 성왕이라고 자칭하기는 역시 마음에 꺼려서,

"삼왕 이후의 왕들은 뭐라고 불러 왔소?"
하고 물었다. 장량이 다시 대답한다.

"왕王은 아니면서, 실질적으로 천하를 지배해 온 사람들 중에는 '오패五霸'라고 불리어 온 사람들이 있었습니다. 제齊나라의 환공桓公, 송宋나라의 양공襄公, 진秦나라의 목공穆公, 진晉나라의 문공文公, 초楚나라의 장공莊公 등이 모두 그런 어른들이었습니다. 그들은 비록 '왕'이라고 자칭하지는 아니했지만, 만민을 위해 폭정暴政을 물리치고 위엄을 천하에 떨쳤던 분들이옵니다. 그래서 세상 사람들은 그들 다섯 분을 '오패'라고 칭송해 오고 있는 것이옵니다. 항우 장군의 위세는 지금 천하에 떨치고 있사오니, 장군께서는 '패霸'자에 '왕王'자를 겸하여 '패왕霸王'이라고 부르시면 어떠하겠습니까?"

항우는 '패왕'이라는 말을 듣고 무릎을 치며 기뻐하였다.

"단순히 왕이라는 칭호는 너무 낡은 냄새가 풍기지만, 자방이 말씀하신 '패왕'이라는 칭호는 위엄도 있으려니와 싱싱한 맛이 풍겨서 좋소이다. 나는 본시가 초나라 태생이니, 그러면 나를 '초패왕楚霸王'이라 부르고, 초회왕은 한 계급을 높여서 '의제義帝'라고 부르

게 하겠소. 좋은 칭호를 제정해 주셔서 매우 고맙소이다."

항우는 즉석에서 시종을 불러 '초패왕'이라는 칭호를 만천하에 널리 알리도록 명령하였다.

그러자 범증이 그 소식을 듣고 항우에게 급히 달려와 간한다.

"주공께서는 관중왕에 즉위하시더라도 '패왕'이라는 칭호를 써서는 아니 되시옵니다."

항우는 범증의 반대를 못마땅하게 여기며 반문한다.

"나는 '패왕'이라는 칭호가 마음에 꼭 드는데, 군사는 어째서 그 칭호를 써서는 안 된다는 말이오?"

범증이 대답한다.

"정치에는 왕도王道가 있고, 패도霸道가 있는 법이옵니다. '왕도'라 함은 나라를 인의仁義로 다스려 나가는 정치를 말하는 것이옵고, '패도'라 함은 인의를 무시하고 무력과 권모술수權謀術數로 공리功利만을 도모하는 정치를 말하는 것이옵니다. 그러니 왕의 칭호를 어찌 '패왕'이라고 부를 수 있으오리까. 장량은 주공에게 욕을 보이려고 그런 칭호를 권고한 것이 분명하니, 그자를 당장 처단해 버리셔야 하옵니다."

그러나 항우는 고개를 가로저으며 오히려 범증을 나무란다.

"군사는 모르는 소리 그만 하오. '패왕'이라는 칭호는 내가 좋아서 결정한 것인데, 장량에게 무슨 죄가 있다고 그를 처벌하란 말이오. 내가 무력으로 천하를 잡은 것만은 사실인데, '패왕'이라고 부르기로 뭐가 나쁘단 말이오?"

항우는 범증의 충고를 일축해 버리고 '패왕'이라는 칭호를 사용하기로 결심하였다. '왕도'와 '패도'의 정치 철학을 이해할 리 없는 항우에게는 '패왕'이라는 칭호가 기운차게 느껴져서 좋았던 것이다.

금의 환향

항우는 '초패왕'에 즉위하고 나서부터는 범증을 매우 고깝게 여기며 장량의 말만 믿게 되었다.

초패왕에 즉위하고 나자, 당장 선결 문제가 왕도王都를 어디로 정하느냐 하는 문제였다. 그 문제에 대해 범증이 품한다.

"왕도는 반드시 요해지要害地로 정해야 합니다. 함양은 사방이 험준한 산악으로 둘러싸여 있어서 외침外侵의 우려가 없는 유서 깊은 도읍지인 데다가, 땅도 비옥肥沃하여 물산物産이 풍부하오니 왕도는 반드시 함양으로 정하도록 하시옵소서."

그러나 항우는 대뜸 고개를 좌우로 흔든다.

"나는 함양에 도읍할 생각은 꿈에도 없소."

"그러면 서울을 어디로 정하실 생각이시옵니까?"

"나는 침주를 왕도로 정할 생각이오."

너무도 뜻밖의 대답에 중신들이 한결같이 놀랐다. '침주'라는 곳은 함양에서 남쪽으로 멀리 떨어져 있는 벽지僻地였기 때문이었다.

범증도 깜짝 놀라며 묻는다.

"침주는 너무도 동떨어진 벽지입니다. 어찌하여 그런 곳을 왕도로 삼으시려는 것이옵니까?"

항우가 대답한다.

"함양은 진나라 땅이지만 침주는 초나라 땅이오. 초패왕인 내가 초나라 땅을 내버리고 어찌 진나라 땅에 도읍하겠소?"

범증은 그 대답을 듣고, 항우의 옹졸한 생각에 아연 실색하였다. 그러나 잠자코 있을 수는 없어서 다시 입을 열어 간한다.

"함양이 옛날에는 진나라 땅이었습니다. 그러나 대왕께서 점령하신 지금에는 함양도 역시 어엿한 초나라 땅이옵니다. 그러므로 함양에 도읍하셔도 조금도 어색할 것이 없으십니다."

그러나 항우는 여전히 고개를 흔들며 말한다.

"몸이 귀하게 되어 고향에 돌아가지 않는 것은 마치 비단 옷을 입고 밤길을 걸어가는 것과 마찬가지로 어리석은 일이오. 모처럼 귀한 몸이 되어 고향에 돌아가지 않으면 누가 나를 알아주겠소. 나는 금의환향錦衣還鄕을 하고 싶어서 침주에 도읍을 하려는 것이오."

범증은 그 말을 듣고 맘속으로 통탄을 금할 길이 없었다.

'아아, 이 사람은 대진제국大秦帝國을 정벌해 놓고 나서도 눈에 보이는 것은 초나라뿐이로구나. 무식하고 우매한 항우를 주공으로 받들고 천하를 도모해 보려고 하는 내가 너무도 어리석었구나!'

그러나 이제 와서 항우를 배반하고 유방한테로 달려갈 수도 없는 일이 아닌가. 범증은 울분을 삼키며 항우에게 다시 묻는다.

"침주를 도읍지로 결정하시는 데 대해, 대왕께서는 혹시 장량의 의견을 들어 보신 일은 없으십니까?"

범증이 느닷없이 장량의 얘기를 물어 본 것은 혹시나 장량이 배후에서 그런 모략을 쓰지 않았는가 의심스러웠기 때문이다.

아니나다를까, 항우는 이렇게 대답한다.

"장량에게 물어 보았더니, 그도 역시 침주를 도읍지로 결정하는

데 대해서 대찬성입디다."

"엣? 그 사람이 무슨 이유로……?"

"사람은 누구나 부귀해지면 '금의 환향하는 본능'이 발동하는 법이니까, 나의 도읍지로서는 침주가 좋겠다는 거였소."

범증은 그 대답을 듣고 침통한 분노를 금할 길이 없었다. 장량이 뒤에 숨어서 항우를 망하게 꾸며 가고 있음이 분명했기 때문이었다.

그러기에 범증은 정색을 하고 다시 간한다.

"대왕 전하! 장량이라는 자는 유방을 위해 대왕을 망하도록 꾸며 가고 있는 인물임이 분명합니다. 그런 자를 살려 두었다가는 커다란 화를 입게 되실 것이니, 국가의 백년 대계를 위해 그 자를 죽여 버리셔야만 합니다."

범증의 입에서 그 말이 떨어지자, 항우는 크게 노하며 범증을 호되게 꾸짖는다.

"군사는 어찌하여 건건사사에 자방을 헐뜯기만 하오. 내가 자방을 가까이 한다고 투기妬忌가 나서 그러는 모양인데, 사내 대장부가 투기를 부려서는 못 쓰는 법이오."

범증은 너무도 어처구니가 없어 입을 굳게 다문 채 항우의 앞을 물러나오고 말았다.

항우는 침주로 옮겨 오자, 대왕으로서의 위세를 보이기 위해 모든 장수들에게 논공행상論功行賞을 성대하게 베풀기로 하였다.

그러나 논공행상을 베풀려면 돈이 막대하게 필요하였다.

초패왕 항우는 범증을 불러 상의한다.

"모든 장수들에게 상금을 후하게 주려면 막대한 돈이 있어야 하겠는데, 그 돈을 어디서 마련해야 하겠소?"

범증이 대답한다.

"함양에 있는 진나라 창고에는 많은 금은 보화가 있을 것이오니, 사람을 보내 그것을 가져 올 수밖에 없사옵니다."

항우는 그 말을 듣고 함양으로 사람을 보내 금은 보화를 모조리 침주로 가져오게 하였다. 그러나 그들은 빈손으로 돌아와서, 항우에게 다음과 같이 보고하는 것이 아닌가.

"함양에 가 보았사오나, 진나라의 창고는 모두가 텅텅 비어 있었습니다."

실상인즉, 전쟁에 승리하고 나자 항우의 부하들은 진나라 창고로 달려가 모든 보물을 죄다 훔쳐 갔건만 항우는 그러한 사실을 전연 모르고 있었던 것이다.

그러기에 항우는 크게 놀라며 범증을 불러 묻는다.

"진나라 창고에 가득 차 있던 금은 보화가 깡그리 없어졌다고 하니, 어떻게 된 일이오?"

범증에게는 금은 보화가 없어진 일 따위는 별로 문제가 되지 않았다. 금은 보화를 산더미처럼 가지고 있어도 유방에게 천하를 빼앗겨 버리는 날이면 보물이 무슨 소용이란 말인가.

그러기에 범증은 이 기회에 보물이 없어진 죄를 유방에게 뒤집어 씌워 그를 죽여 버릴 계획을 또다시 세웠다.

그리하여 항우에게 이렇게 말했다.

"진나라의 보물들이 깡그리 없어졌다면, 그것은 패공이 가져갔을 것임이 분명합니다. 패공이 아니고서야 누가 감히 그 보물에 손을 댈 수 있겠습니까. 대왕께서는 패공을 불러다가 자세한 내막을 직접 알아보시도록 하시옵소서."

"음…… 그렇다면 사람을 보내 패공을 곧 불러오도록 하오. 만약 패공이 나도 모르게 보물을 맘대로 처분했다면, 결코 용서할 수 없는 일이오."

항우는 크게 노하여 유방에게 호출장을 보냈다.

장량이 그 사실을 알고 비밀리에 사람을 보내 유방에게 이렇게 밀고하였다.

"항왕項王이 패공을 호출한 것은 보물이 없어졌기 때문입니다. 패공은 호출장을 받아 보시거든 즉시 이리로 찾아오시옵소서. 그래서 보물에 대한 이야기를 묻거든 그 일은 장량이 잘 알고 있다고만 대답하시옵소서. 그러면 제가 책임지고 모든 문제를 원만하게 해결하도록 하겠습니다."

유방은 장량의 통보를 받아 보고, 마음 놓고 항우를 찾아올 수 있었다.

항우는 유방을 만나자 대뜸 큰소리로 따지듯이 묻는다.

"함양에 먼저 들어간 사람은 내가 아니고 패공이었소. 창고에 가득 차 있던 금은 보화가 모두 없어졌다고 하니, 그 물건들을 어디다 갖다 두었소? 만약 그 물건의 소재를 분명하게 말해 주지 않으면 나는 패공에게 책임을 물을 것이오."

유방은 머리를 수그려 보이며 대답한다.

"저는 군무軍務가 다망多忙했던 관계로, 보물 따위는 장량에게 점검點檢해 보도록 일렀던 것이옵니다. 마침 장량이 지금 이곳에 체류滯留중이오니, 장량을 직접 불러 물어 보시도록 하시옵소서."

항우는 그 말을 듣고 즉석에서 장량을 불러 따져 묻는다.

"자방은 진나라 보물의 소재를 잘 알고 있으면서, 어찌하여 지금까지 그 일에 대해서는 나에게 일언 반구도 말이 없었소?"

장량이 대답한다.

"진나라 보물에 대해 제가 잘 알고 있는 것은 사실이옵니다. 그러나 대왕께서 물어 보시지 않으셨기 때문에 저는 아무 말씀도 여쭙지 않고 있었던 것이옵니다."

"그러면 그 보물들이 어디 있는지 어서 말해 보오."

항우는 진나라 보물에 대해 각별한 관심을 가지고 있었다.

장량은 진나라 보물들에 관해 항우에게 이렇게 설명하였다.

"진나라에서는 일찍이 효왕孝王과 소왕昭王 때부터 보물을 수집蒐集하기 시작하여, 시황제의 시대에 와서는 그 수효가 엄청나게 많아졌던 것이옵니다. 그러나 시황제는 여산驪山에 자기 자신의 거대한 제능帝陵을 조축하는 데 많은 재화를 소비하였고, 그가 죽은 뒤에는 나머지 보화들은 모두 부장품副葬品으로 무덤 속에 넣어 버렸습니다."

항우는 그 말을 듣고 적이 실망하였다.

"아무리 그렇기로, 그 엄청난 보물들을 설마 송두리째 무덤 속에 넣어 버리지는 않았을 것이 아니오. 상당수의 보물들이 아직도 남아 있을 것이 틀림없는데, 그것들은 어디다 두었소?"

장량이 다시 대답한다.

"대왕께서 문의하신 대로 시황제의 부장품으로 파묻고 나서도 보물들이 상당히 남아 있은 것은 사실이었습니다. 그러나 이세 황제二世皇帝가 생활이 또한 사치스럽기 짝이 없어서 그 역시 많은 보물들을 아낌없이 탕진해 버렸고, 그가 죽은 뒤에도 많은 보물을 부장품으로 무덤 속에 넣어 버렸습니다. 두 차례나 그런 일을 당하고 보니, 지금에야 무슨 보물이 남아 있으오리까."

"그러면 지금은 남아 있는 보물이 하나도 없다는 말이오?"

"지상에 남아 있는 보물은 거의 없사옵니다. 그러나 무덤 속에는 그 많은 보물들이 고스란히 들어 있으므로, 만약 대왕께서 보물이 기어이 소요되신다면 무덤을 파도록 하시옵소서. 그러면 모든 보물을 고스란히 손에 넣으실 수가 있을 것이옵니다."

항우는 그 말을 듣고 크게 기뻐서 범증을 불러 말한다.

"진나라의 보물들이 모두 시황제의 무덤 속에 들어 있다고 하니, 무덤을 파헤치고 그 보물들을 꺼내어 모든 장수들에게 논공행상으로 나눠 주는 것이 어떻겠소?"

범증은 그 말을 듣고 대경 실색하였다.

"제왕의 능을 맘대로 파헤친다는 것은 도의道義에 어긋나는 일이옵니다. 자고로 부장품이란 죽은 사람이 생전에 애용하던 물품을 무덤 속에 함께 파묻는 것을 말하는 것이온데, 시황제의 무덤 속에 얼마나 많은 보물이 들어 있다고 무덤까지 파헤치옵니까?"

그러자 옆에 있던 장량이 웃으면서 범증에게 말한다.

"군사는 실정을 잘 모르셔서 그런 말씀을 하시는 것이오. 시황제의 무덤으로 말하면, 둘레가 80리나 되고 높이가 50척이 넘는 거대한 무덤이라오. 규모가 어떻게나 큰지 무덤 속에는 주옥珠玉으로 북두칠성北斗七星과 은하수銀河水도 꾸며져 있고, 보석으로 지하궁전地下宮殿까지 만들어 놓았다오. 그러므로 무덤을 파헤치기만 하면 갖은 금은 보화가 한없이 쏟아져 나올 것이오."

항우는 장량의 말을 듣고 시황제의 무덤을 파헤치기로 결심하였다. 그리하여 범증에게 명한다.

"시황제의 무덤을 파헤치기만 하면 보물들이 한없이 쏟아져 나온다니까, 병사들을 동원하여 무덤을 속히 파헤치도록 하오."

범증은 기가 막혔다. 누구의 무덤임을 막론하고 무릇 무덤이란 함부로 파헤쳐선 안 될 신성한 것이다. 하물며 여염 사람의 무덤도 아닌 제왕의 무덤임에 있어서랴.

물론 시황제의 무덤을 파헤치면, 무덤 속에서 엄청난 보물들이 쏟아져 나올 것임을 범증도 알고는 있었다. 그러나 보물에 눈이 어두워 제왕의 무덤을 파헤치면 백성들은 항우의 무지막지한 행실을 얼마나 저주할 것인가.

장량은 그러한 결과가 올 것을 뻔히 알고 있으면서도 무덤을 파헤치라고 부추기고 있으니, 그것은 항우를 망하게 꾸미려는 음모가 아니고 무엇이란 말인가.

그런데 항우는 장량의 그러한 음모를 깨닫지 못하고 제왕의 무덤을 파헤치라고 고집을 부리고 있으니, 범증은 기가 막힐밖에 없었다.

범증은 한숨을 쉬며 다시 간한다.

"대왕 전하! 진시황이 비록 잔인 무도한 임금님이었다 하더라도, 그의 무덤은 신성 불가침의 제왕의 무덤입니다. 수하를 막론하고 그의 무덤은 함부로 파헤칠 수가 없는 일이옵니다. 이제 만약 그의 무덤을 마구 파헤치고, 무덤 속에서 보물을 꺼내 보십시오. 그러면 백성들은 그 일을 얼마나 저주할 것이옵니까. 대왕은 이번에 왕위에 새로 즉위하신 어른이시옵니다. 그러므로 무엇보다도 인정仁政을 베풀어 민심을 얻으셔야 하오니, 진시황의 무덤을 파헤치는 일만은 삼가심이 좋을 줄로 아뢰옵니다."

그러나 일단 결심한 항우에게는 그러한 간언이 먹혀 들어갈 리가 없었다.

항우는 범증을 나무란다.

"군사는 내가 단순히 보물이 탐이 나서 무덤을 파헤치라는 줄로 알고 있는 모양인데, 그것은 나의 뜻을 잘못 알고 하는 말이오. 진시황이라는 자는 육국六國을 정벌하면서 수백만의 백성들을 무참하게 죽였소. 게다가 소위 분서갱유焚書坑儒로 천하의 선비들까지 모조리 쓸어 버렸소. 그래서 내 비록 진나라를 멸망시켰다고는 하지만, 그것만으론 원한이 다 가셔지지 아니하오. 그래서 무덤 속에서 그의 시체를 파내어 부관참시剖棺斬屍를 하려는 것이니까, 여러 말 말고 무덤을 파헤치도록 하오."

말할 것도 없이 부관참시란 무덤을 파헤치고 보물을 꺼내기 위한 구실이었다. 그러나 죽은 사람에게 매질을 한다는 일이 어찌 대의명분이 될 수 있을까.
 범증은 하늘을 우러러 맘속으로 혼자 이렇게 탄식할 뿐이었다.
 '아아, 개선 장군이 되어 고작 한다는 짓이 남의 무덤을 파헤치는 일이란 말인가.'

여산궁驪山宮 발굴

다음날 아침, 범증은 항우를 찾아와 울면서 또다시 간한다.
"대왕 전하! 진시황의 무덤을 파헤쳤다가는 백성들의 저주를 막아낼 길이 없사옵니다. 무덤을 파헤치는 것만은 중지하시옵소서. 그래야만 대왕 전하의 전도가 양양하실 것이옵니다."

그렇게 간하는 백발이 성성한 범증의 모습은 처량해 보이기까지 하였다. 항우는 그제야 깨달은 바 있는 듯 고개를 끄덕이며,
"군사가 그토록 반대하신다면 단념하기로 하지요."
하고 말했다.

제왕의 무덤을 파헤치는 일이 도의에 어긋나는 일임을 항우도 모르지는 않았던 것이다. 그리하여 그 문제는 일단 낙착이 되어 버린 듯이 보였다.

그런데 그날 밤에 뜻하지 않았던 일이 발생하였다.

항우가 진종일 정무政務를 보고 저물녘에 내전內殿에 들어오니, 사랑하는 아내 우미인虞美人이 보이지 않았다.

눈에 넣어도 아프지 않을 정도로 사랑하는 아내인지라, 항우는 궁금할밖에 없었다.

"왕후가 어디를 가셨느냐?"

"어디 가셨는지, 곧 찾아 모시겠사옵니다."

시녀들은 사방으로 흩어져 우미인을 찾았다. 그러나 우미인은 아무 데서도 보이지 않았다. 사랑하는 아내가 보이지 않아 항우는 매우 불쾌하였다. 백년 가약을 맺은 그날부터 줄곧 생사 고락을 같이해 오던 아내가 아니었던가. 백만 대군보다 더욱 소중하게 여겨 오는 아내가 아니었던가. 그토록 사랑하는 아내가 행방 불명이 되었다는 것은 커다란 사건이 아닐 수 없었다.

항우는 화가 치밀어 올라 시녀들에게 벼락 같은 호통을 지른다.

"이것들아! 왕후가 어디 가셨는지도 모르고 너희들은 도대체 무엇을 하고 있었단 말이냐. 왕후가 어디 가셨는지 당장 찾아오너라!"

마침 그때 우 왕후虞王后가 빨래 광주리를 옆에 끼고 뒷문으로 들어오고 있었다.

항우는 우미인을 보자 허겁지겁 마주 달려오며 다급하게 묻는다.

"여보! 당신은 어디를 갔다 오는 길이오?"

우 왕후는 빨래 광주리를 내려놓고 방그레 미소를 지으며,

"제가 가기는 어딜 가겠어요. 개천에 흘러가는 물이 하도 맑기에 빨래를 빨아 돌아오는 길인걸요. 당신께서 퇴청하시기 전에 다녀온다는 것이 늦어서 미안합니다."

하고 대답하는 것이 아닌가.

항우는 그 말을 듣고 어처구니가 없었다.

"뭐야? 빨래하러 갔다 온다고……? 당신은 보통 여자가 아닌, 왕후라는 사실을 알아요. 왕후가 무슨 빨래질을 한다는 말이오?"

우미인은 얼굴도 아름답지만 마음씨는 얼굴보다도 훨씬 더 아름다운 여인이었다.

그녀는 상냥한 웃음을 지어 보이며 남편에게 말한다.

"저는 왕후이기보다도 평범한 지어미로 살고 싶어요. 당신은 남자니까 잘 모르시겠지만, 여자들은 남편의 옷을 손수 빨아 드릴 때가 가장 행복한 법이에요."

귀엽기 짝 없는 대답이었다.

그러나 항우는 여자들의 그처럼 섬세한 감정을 이해할 턱이 없었다.

"당신은 무슨 소리를 하고 있는 거야. 나는 천하를 호령하는 초패왕이고, 당신은 당당한 왕후라는 것을 알아요! 어느 왕후가 빨래질을 손수 하더냐 말야. 이제부터는 행여 빨래에는 손도 대지 말아요!"

그러나 우미인은 고개를 살래살래 가로저으며 말한다.

"다른 빨래는 몰라도 당신 옷만은 제가 직접 빨고 싶어요. 그것만은 반대하지 말아 주세요."

그것은 사실이었다. 우미인은 워낙 여자다운 성품을 타고났기 때문에 왕후로서 거드럭거리며 호강을 누리기보다는 알뜰한 주부로서 귀여움을 받는 여인이 되고 싶었던 것이다.

그러나 항우는 아내의 그러한 성품을 전연 이해하지 못하고,

"무슨 소리를 하고 있어? 왕후는 왕후로서의 체통을 세워야 하는 법이야. 빨래질이 말이 되는 소리야!"

하고 정색을 하며 꾸짖어 주었다.

그러다가 문득 깨닫고 보니, 아내의 목에 걸려 있는 목걸이는 싸구려 자연석 목걸이가 아닌가.

그 목걸이는 지난날 항우가 결혼 기념으로 걸어 준 목걸이였다. 항우는 그때만 해도 보석을 살 돈이 없어서 파란 빛깔의 자연석 목걸이를 선물로 주었던 것이다.

그러나 지금은 사정이 크게 달랐다. 항우 자신은 '대왕'이요, 우미인은 '왕후'가 아닌가.

"아니 그래, 당신은 왕후가 된 지금에도 그런 싸구려 목걸이를 걸고 있는가?"

우미인은 너무도 뜻밖의 말이라는 듯 눈을 커다랗게 떠 보이며,

"당신은 무슨 말씀을 하고 계세요. 이 목걸이는 당신이 결혼 기념으로 주신 선물이에요. 따라서 제게는 어떤 보석보다도 귀중한 보물이에요."

"쓸데없는 소리 그만하라구! 그때에는 돈이 없어 부득이 그런 것밖에 주지 못했지만, 지금의 나는 초패왕이 아닌가. 일국의 왕후인 당신이 창피스러워서 어떻게 그런 싸구려 목걸이를 몸에 지니고 다니느냐 말이오."

그러나 우미인의 생각은 남편과는 근본적으로 달랐다.

"창피스럽기는 뭐가 창피스러워요. 왕후이거나 말거나 당신의 아내이기는 마찬가지인걸요. 제게는 이 목걸이만이 유일한 보물이에요."

"허어…… 정말 안 되겠는걸."

항우는 혼자 개탄하다가, 문득 시황제의 무덤 속에 들어 있을 수많은 보물들이 머리에 떠올라,

"가만 있자. 시황제의 무덤을 파헤쳐서 기막힌 보물을 선사할테니, 제발 그 싸구려 목걸이만은 벗어 버리도록 하라고!"

하고 말했다.

우미인은 '시황제의 무덤을 파헤쳐서 기막힌 보물을 선사하겠다'는 말을 듣고 소스라치게 놀랐다.

그리하여 남편의 팔을 와락 움켜잡으며 따져 묻는다.

"시황제의 무덤을 파헤치다뇨? 그게 무슨 말씀이에요?"

항우가 대답한다.

"시황제의 무덤 속에는 희귀한 보물들이 산더미처럼 들어 있거

든. 그 보물들을 죄다 꺼내 그 중에서도 가장 희귀한 보물을 당신한테 선사할 테니, 그 싸구려 목걸이만은 벗어 던지란 말야."

그러자 우미인은 남편의 팔을 두 손으로 움켜잡으며 애원하듯 말한다.

"저는 아무것도 필요치 않으니, 제발 시황제의 무덤만은 파헤치지 마세요. 제왕의 무덤을 파헤친다는 것은 절대로 안 될 말씀이에요. 당신이 시황제의 무덤을 파헤쳐 보세요. 그러면 세상 사람들이 당신을 얼마나 저주하겠어요?"

"나는 이 나라의 절대 군주야. 내가 하는 일에 어느 놈이 감히 반대를 하겠어?"

"아무리 그렇기로 남의 무덤을 파헤치는 것은 끔찍스럽고도 옳지 못한 일이에요. 옳지 못한 일을 강행하면 하느님이 노여워하세요. 저는 싸구려 목걸이로도 충분히 행복스러우니까, 제발 무덤만은 파지 마세요."

"알았어. 알았으니까 그 얘기는 그만 하고 잠이나 잡시다!"

항우는 적당히 휘갑을 쳐 버리기는 했지만, 맘속으로는 시황제의 무덤을 파헤칠 결심을 굳게 먹었다.

오늘 아침까지만 해도 황제의 무덤을 파헤치지 않겠노라고 범증에게 굳게 약속했던 항우였다. 내전으로 들어오기 직전까지도 그 결심에는 변함이 없었다. 그러나 사랑하는 아내의 목에 걸려 있는 목걸이가 싸구려 자연석임을 알고 난 지금에는 그의 결심은 산산조각으로 와해되고 말았다.

'나는 이 나라의 절대 군주다. 절대 군주인 내가 사랑하는 왕후에게 주기 위해 무덤 속에서 보물을 파내기로 뭐가 나쁘단 말인가. 자고로 부부는 일신이라고 일러 온다. 왕후를 기쁘게 해 주는 것은 왕으로서의 나의 의무가 아니겠는가.'

그리고 또 생각한다.

'아내가 무덤 파헤치는 것을 반대하는 것은 진심인 것 같다. 그러나 그것은 무덤을 파헤치는 것이 끔찍스럽게 여겨져서 반대할 뿐이지, 정작 보물들을 듬뿍 안겨 주면 아내는 틀림없이 기뻐할 것이 아닌가.'

항우는 자기 나름대로 간단하게 판단하고, 아내를 기쁘게 해 주기 위해 시황제의 무덤을 기어코 파헤칠 결심을 먹었다.

사실 항우와 우미인은 누가 보아도 진심으로 사랑하는 부부지간이었다. 우미인은 남편을 사랑하기 때문에 남의 무덤 파헤치는 것을 극력 반대하였고, 항우는 항우대로 아내를 사랑하기 때문에 남의 무덤을 파헤쳐서라도 아내에게 많은 보석을 안겨 주고 싶었다. 똑같은 사랑이었음에도 불구하고 두 사람의 견해가 그처럼 엇갈리게 된 것은 순전히 인생관에서 오는 차이였다.

그로부터 며칠 후, 항우는 범증과 우미인의 반대를 무릅쓰고 시황제의 무덤을 파헤치려고 1만 군사를 동원하였다. 그리하여 군사들을 직접 인솔하고 여산궁驪山宮으로 향하였다. 여산궁은 거창하고도 호화로운 능궁陵宮이었다. 입구에서부터 아름드리 거목巨木들이 햇볕조차 새어들지 못하도록 무성한 데다가, 울울 창창한 수목 사이사이에는 호화롭기 그지없는 전각殿閣들이 수없이 산재해 있었다.

그처럼 전각이 수다한 밀림 지대를 20리쯤 걸어 들어가면, 거기에는 호랑이와 사자와 코끼리의 석상石像들이 즐비하게 늘어서 있었고, 동물 석상 지대를 다시 20리쯤 걸어 들어가면 거기서부터는 철의鐵衣를 입은 문무 백관文武百官들의 입상立像이 능침陵寢을 향하여 두 손을 읍하고 좌우에 도열해 있었다. 능침을 향하여 도열해 있는 문무 백관들의 입상이 무려 3천 개나 도열해 있어서, 그 거리만도 20리가 넘었다.

 그런 지대를 통과해야만 비로소 능침으로 들어가는 문호門戶가 나온다. 그런데 문호 자체도 휘황 찬란하거니와 멀리 바라다보이는 능침은 마치 하늘에 솟아오른 태산처럼 장엄하여 아득히 우러러보기만 해도 머리가 절로 수그러질 지경이었다.

 게다가 능침 기슭에는 오만 가지 기화요초奇花妖草가 무성하여 때를 가리지 아니하고 백화가 만발해 있지 않는가.

 "아아, 진실로 엄청난 규모로구나. 시황제가 생전에 무덤을 호화롭게 꾸며 놓았다는 소문은 들어 왔지만, 이렇게도 거창한 규모일 줄은 정말로 몰랐구나."

 앞장서서 걸어오던 항우의 입에서는 자기도 모르게 감탄성이 절로 나왔다. 그 규모의 거창함과 그 구조의 치밀함과 그 시공의 절묘함이란 필설筆舌로는 이루 다 설명할 수가 없었던 것이다.

 생각건대 시황제는 '사후死後의 영화榮華를 억만세億萬歲까지 누릴 생각'에서 생전에 국력을 기울여 여산궁을 호화 찬란하게 꾸며 놓았을 것이 분명하였다.

 그러나 시황제가 무덤 속에 들어간 지 10년도 채 못 되어 여산궁은 지금 항우의 손에 의하여 파헤침을 당하게 되었다.

 항우가 여산궁을 파헤치려는 목적은 무덤 속에서 보물을 파내어 '생전의 영화'를 누려 보자는 데 있는 것이다.

 그렇게 따지고 보면, '사후의 영화를 억만세까지 누리려고 여산궁을 조축했던 시황제'나 '생전의 영화를 누리기 위해 여산궁을 파헤치려는 항우'나 모두가 제왕의 길을 그릇되게 걸어가고 있음은 피차가 일반이었다.

 시황제와 항우는 다같이 '통치자의 기본적인 책무'를 전연 몰랐기 때문에, 개인적인 욕리에만 눈이 어두워 그처럼 똑같은 과오를 범해 오고 있었다.

"사슴을 쫓는 자에게는 산이 보이지 아니하고〔逐鹿者不見山〕, 돈을 붙잡으려는 자에게는 사람이 보이지 아니한다〔攫金者不見人〕"는 옛말이 있거니와, 통치자가 '본연의 임무'를 그르치면 나라는 자꾸만 어지러워 가게 마련이었던 것이다.

지난날 시황제가 국고를 탕진하고 수백만 명의 백성들을 혹사해 가며 여산궁이라는 자기 무덤을 조축한 것은 용서할 수 없는 죄악이었다. 그로 인해 얼마나 많은 백성들이 목숨을 빼앗겼으며, 그로 인해 얼마나 많은 백성들이 기아에 허덕였던 것인가.

그것은 돌이킬 수 없는 죄악의 역사였다. 그러나 돌이킬 수 없는 것이 역사이기는 하면서도, 잘못된 역사를 거울삼아 두 번 다시 그와 같은 과오를 범해서는 안 될 것이 아니겠는가. 역사를 교훈삼기 위해 역사를 올바르게 인식해야 할 필요성은 바로 그 점에 있다고 하겠다.

항우가 만약 진시황의 여산궁을 그냥 내버려두기만 했던들 그것은 후세에까지 두고두고 '통치자에 대한 좋은 교훈'이 되었을 것이고, 오늘날에 와서는 '만고에 빛나는 고적'도 될 수 있었으리라.

그러나 오로지 권력 행사에만 도취되어 버린 통치자란 어디까지나 어리석은 법이어서, 항우는 마침내 1만 군사들에게 다음과 같은 호기로운 명령을 내렸다.

"이 무덤 속에는 수많은 보물이 들어 있으니, 이제부터 이 무덤을 파헤쳐라!"

실로 안타깝기 짝 없는 명령이었다. 만약 항우가 조금만 지혜로운 통치자였다면 '여산궁의 허무성'에서 많은 교훈을 얻어냈어야 옳을 일이었다.

그러나 항우에게는 그런 현명은 추호도 없었다. 그는 오로지 보물에만 탐이 났기 때문에, 그와 같이 파괴적인 명령을 내렸던 것이다.

1만 군사들을 총동원하여 여산궁을 헐기 시작하였다.

그러나 여산궁은 전체가 집채 같은 돌로 쌓아 올린 무덤인 까닭에, 그것을 헐어 내는 것도 결코 용이한 일이 아니었다.

1만여 군사가 총동원되었다고는 하지만, 나무를 베어 내고 전각을 헐어 내고 돌을 추려 내고 흙을 파 옮기고 하자니 한 달이 지나도 발굴 작업은 좀처럼 진척되지 않았다.

그런 속도로 파내려 가면 몇 해가 걸릴지 모를 형편이므로, 항우는 마침내 새로운 명령을 내렸다.

"이거 안 되겠다. 발굴 작업을 석 달 안으로 끝낼 수 있게 10만 군사를 더 동원하여라."

그러나 좁은 지역에 사람만 많이 동원한다고 공사가 쉽게 진척될 일이 아니다.

항우는 지지 부진한 발굴 작업에 조바심을 느끼면서,

"보물을 어느 곳에 넣어 두었는지 그곳만 파 들어가면 될 터인데, 누구 그곳을 아는 사람은 없겠느냐. 중상重賞을 줄 테니 그 사람을 찾아내도록 하여라."

그러자 영포英布가 달려와 아뢴다.

"지난날 소신이 노역부로서 이 공사에 참여했던 일이 있는 관계로, 보물 넣어 둔 곳을 소신이 잘 알고 있사옵니다."

"그러면 그대가 진두 지휘를 하여 그곳만을 파헤치도록 하라. 보물이 나오거든 그대에게는 중상을 주리라."

이번에는 영포의 진두 지휘로 무덤을 파헤쳐 내려가기 시작하였다.

북쪽에서 남쪽으로 5백 자쯤 파 들어가니, 홀연 백 평 가량 되어 보이는 널따란 광장廣場이 나온다. 그 광장을 남쪽으로 50보쯤 걸어가면 돌로 만들어진 누문樓門이 있었다. 돌문을 열고 안으로 들어가니 거기서부터는 기다란 복도였는데, 복도에는 돌로 아로새긴 용龍들이 살아서 꿈틀거리는 것처럼 좌우에 도열해 있었다.

그러한 복도를 천 보쯤 걸어가니 그제야 분문墳門이 나온다.

그 분문을 열어 제치자, 그 안에는 대전大殿 · 향전享殿 · 침전寢殿 등등 삼궁三宮 육원六院이 있었다. 시황제의 시체가 들어 있는 석관石棺은 침전 한복판에 놓여 있었던 것이다.

그리고 석관 앞에는 금은 보화가 60만 근이나 산더미처럼 쌓여 있는데, 그것도 모두가 천하의 보물들이었다.

항우는 그 보물들이 너무도 희귀한 것들뿐인 데 놀라움을 금치 못했다.

"밖에 놓여 있는 보물들조차 이렇듯 뛰어난 물건들일진대, 관속에 들어 있는 보물은 더 좋은 것들이 아니겠느냐. 이왕이면 석관을 때려부수고, 그 속의 것을 꺼내도록 하여라."

그러자 영포가 뛸 듯이 놀라며 아뢴다.

"대왕 전하! 석관을 건드렸다가는 큰일나시옵니다."

"무슨 큰일이 난다는 말이냐?"

"석관 속에는 철포鐵砲와 대노大弩를 설치해 놓아서, 관을 부수면 철전鐵箭과 포석砲石들이 빗발치듯 쏟아져 나와서, 여기 있는 사람들이 한 사람도 살아 남지 못하게 됩니다. 그러니까 석관만은 절대로 건드리지 마셔야 합니다."

"허어……, 관 속에는 그토록 무서운 시설이 있는가. 그렇다면 건드리지 말고 그냥 내버려 두어라."

항우도 죽기는 싫어서 밖에 노출되어 있는 보물만 반출하도록 명령하고, 이번에는 침전 뒤에 있는 '지하 아방궁地下阿房宮'으로 가보았다. '지하 아방궁'도 '지상 아방궁'과 똑같은 규모로 거대하고 정교하였다. 항우는 지하의 아방궁조차 너무도 호화로움에 일종의 의분을 느꼈다.

"아아, 국가의 재물을 이렇듯 탕진했으니 진나라가 망한 것은 당연한 일이었구나. 꼴도 보기 싫으니 당장 불을 놓아 송두리째 태워 버려라."

병사들은 곧 불을 놓아 지하 아방궁을 태워 버리기 시작했는데, 그 규모가 어떻게나 방대했던지 지하 아방궁이 타오르는 불길이 석 달이나 계속되었다.

함양 백성들은 그 광경을 보고 항우의 무지하고 잔학함에 모두들 몸서리를 쳤다.

그러나 항우는 백성들의 원성 따위는 아랑곳 아니 하고, 보물 중에서도 가장 값진 보물만을 골라 집으로 돌아왔다. 말할 것도 없이 사랑하는 아내에게 선사하기 위해서였다.

항우의 아내 우미인은 이날도 남편 모르게 시냇가에서 빨래를 한 후, 일찌감치 집에 돌아와 있었다.

사랑하는 남편의 옷을 직접 빠는 것은 무엇과도 바꿀 수 없는 그녀의 즐거움이었다. 맑은 물이 좔좔 흘러가는 시냇가에서 사랑하는 남편의 옷을 빨고 있노라면, 그녀는 전신에 행복감이 충만해 오는 것만 같았던 것이다.

그러나 남편은 그것을 못 하게 하였다. '왕후는 빨래질을 해서는 안 되는 법'이라고 하면서 빨래질을 엄금하였다.

우미인은 내심 그것이 크게 불만이었다.

'왕후이거나 황후이거나 간에, 일단 출가한 여인은 남의 지어미가 틀림이 없지 않은가. 그렇다면 지어미가 지아비의 옷을 빨아 주는 것이 뭐가 나쁘단 말인가. 그것은 여자들의 본연의 임무임에 틀림이 없는데, 그처럼 중요한 임무를 왜 포기하라는 말인가.'

우미인은 여자 본연의 임무를 포기해 버리고 싶지 않아서 이날도 남편 모르게 빨래를 해 가지고 일찌감치 집에 돌아온 것이었다.

이윽고 항우가 싱글벙글 웃으며 돌아오더니, 힘찬 포옹을 해 주며 아내에게 묻는다.

"당신, 오늘은 빨래질하지 않았겠지?"

"안 했어요. 대왕님께서 하지 말라는 짓을 제가 왜 하겠어요?"

우미인은 양심이 괴로웠지만, 꾸지람을 들을까 두려워 거짓말을 하는 수밖에 없었다.

"음, 잘했어! 당신이 내 말을 잘 들어 주니 오늘은 대왕의 자격으로 왕후에게 특별 선물을 하사하겠어."

항우는 그렇게 말하며 호주머니에서 보석 목걸이 하나를 꺼내더니,

"당신이 지금 목에 걸고 있는 싸구려 목걸이는 창피스러우니까 오늘부터는 이것을 걸고 다녀요!"

하고 말하며, 낡은 목걸이를 풀어내고 새 목걸이를 걸어 주는 것이 아닌가.

항우가 우미인의 목에 걸어 준 보석 목걸이는 황옥黃玉·청옥靑玉·벽옥碧玉·자정紫晶·비취翡翠·호박琥珀·마노瑪瑙·옥수玉髓·남보석藍寶石·홍보석紅寶石·녹보석綠寶石·담황옥淡黃玉 등등……, 오색五色이 영롱한 열두 가지 보석에 십이지신상十二支神像이 정교하게 아로새겨져 있는, 눈이 부시도록 아름다운 목걸이였다.

말할 것도 없이 그것은 시황제의 무덤 속에서 파낸 목걸이였던 것이다.

우미인도 여자인지라 남편이 목에 걸어 주는 휘황 찬란한 목걸이가 싫을 리는 없었다.

"어마! 어디서 이렇게도 굉장한 목걸이를 구해 오셨어요?"

우미인은 뛸 듯이 기뻐하였다.
항우는 소리 내어 웃으면서,
"어때? 그만했으면 마음에 드는가. 나는 천하의 대왕이라는 걸 알아요. 내가 구하고자 하면 무엇인들 못 구해 내겠어……! 왕후의 목걸이는 이 정도는 돼야 체면이 서니까 오늘부터는 이것만 걸고 다녀요."
"그래도 내게는 자연석 목걸이가 더 소중한 걸요."
우미인은 거기까지 말하다가, 별안간 무슨 예감을 느꼈는지 얼굴빛이 심각해지며 따지듯 묻는다.
"도대체 이 목걸이는 어디서 난 거예요?"
항우는 문제의 보석 목걸이가 '무덤 속에서 파낸 목걸이'임을 아내에게는 알려 주고 싶지 않았다. 왜냐하면 아내 우미인은 시황제의 무덤을 파헤치는 것을 극력 반대해 왔기 때문이었다.
그래서 항우는 얼른 이렇게 둘러대었다.
"제후諸侯들이 왕후인 당신에게 선사하기 위해 각 지방에서 특산 보물 하나씩을 모아 가지고 이와 같은 목걸이를 만들어 왔더군그래. 그런 줄 알고 소중히 걸고 다녀요."
그러나 우미인은 그 말을 믿으려고 하지 않았다. 여자들은 본시 감성이 예리한 법이어서, 우미인은 모든 것을 직감으로 깨닫고 머리를 좌우로 흔들며 부르짖듯 말했다.
"아니에요. 이것은 시황제의 무덤 속에서 파내 온 물건임이 분명해요. 그렇지 않다면 무엇 때문에 십이지신十二支神들의 귀신상이 새겨져 있겠어요. 속이지 말고 모든 것을 사실대로 말씀해 주세요."
우미인이 워낙 진지하게 나오는 바람에 항우는 끝까지 속일 수가 없었다.
"무덤 속에서 파낸 물건이면 어떻다는 거야. 옛날에 황후가 사용하던 물건이라는 걸 알아야지. 어디서 생긴 물건이든 간에 내가 주는 물건임에 틀림없으니까, 그런 줄 알고 걸고 다니면 될 게 아냐."

"비록 당신이 주시는 물건이라도 무덤 속에서 파낸 물건은 전 싫어요. 이런 물건을 몸에 지니고 다니면 귀신이 쫓아다니는 것 같아서 언젠가는 우리가 반드시 불행하게 될 것만 같아요."

우미인은 그렇게 말하며 목에 걸고 있던 목걸이를 끌어내리려고 하였다.

그러자 항우는 버럭 화를 내었다.

"못난 소리 그만 하라구! 나는 천하를 호령하는 대왕이야. 귀신 따위가 어찌 감히 우리를 불행하게 만들 수 있겠느냐 말야. 잠꼬대 같은 소리는 작작 하라구."

"이런 물건은 몸에 지니고 다니기가 싫은 걸 어떡해요."

"못난 소리만 하고 있네."

"아무리 싫어도 목에 꼭 걸고 다녀야만 하겠어요?"

"물론이지! 남편이 주는 선물을 마다고 하면, 그것은 남편에 대한 배반이나 다름없는 짓이야. 당신이 내 말을 듣지 않으면 목을 쳐 버리지, 그냥 살려 둘 줄 아는가!"

사랑에 겨워서 하는 말이기는 하겠지만, 농담치고는 무시무시한 폭언이었다.

우미인은 남편의 성품을 잘 알고 있었다. 그러기에 그 말이 단순한 농담만이 아님을 깨닫고 보석 목걸이를 다시 목에 걸면서,

"당신이 그토록 원하신다면 무슨 일이 있어도 목에 걸고 다니겠어요."

하고 말했다.

그러면서도 결혼 선물로 받았던 싸구려 자연석 목걸이를 소중하게 간직하는 것만은 잊지 않았다.

그날부터 우미인의 마음 속에는 어두운 그림자가 가셔질 때가 없었다. 마치 누군가가 눈에 보이지 않는 가느다란 줄로 목을 죄는 것 같은 불안감이었다. 그것은 남편에게조차 말할 수 없는 혼자만의 슬픔이었다.

(제 ③권에 계속)

소설 초한지 ②

발행일 | 2003년 1월 10일 초판 1쇄 발행
2024년 1월 10일 초판 20쇄 발행

지은이 | 정비석
펴낸데 | 범우사
편 집 | 김지선
펴낸이 | 윤형두
교 정 | 오유미 · 이경민
인쇄처 | 상지사

등록번호 | 제406-2003-000048호 (1966년 8월 3일)
(10881) 경기도 파주시 광인사길 9-13 (문발동)
대표전화 | 031-955-6900   **팩 스** | 031-955-6905
홈페이지 | www.bumwoosa.co.kr   **이메일** | bumwoosa1966@naver.com

ISBN 978-89-08-04235-0 04810
978-89-08-04233-4 (세트)

* 책값은 뒤표지에 있습니다.
* 잘못된 책은 바꾸어드립니다.

최근 서울대·연대·고대 권장도서 및
미국의 〈뉴스위크〉〈타임〉지 '역대

범우비평판

1 토마스 불핀치 1 그리스·로마 신화 최혁순 ★●
　　　　　　　2 원탁의 기사 한영환
　　　　　　　3 샤를마뉴 황제의 전설 이성규
2 도스토예프스키 1-2 죄와 벌(전2권) 이철 ◆
　　　　　　　3-5 카라마조프의 형제(전3권) 김학수 ★●
　　　　　　　6-8 백치(전3권) 박형규
　　　　　　　9-11 악령(전3권) 이철
3 W. 셰익스피어 1 셰익스피어 4대 비극 이태주 ★●◆
　　　　　　　2 셰익스피어 4대 희극 이태주
　　　　　　　3 셰익스피어 4대 사극 이태주
　　　　　　　4 셰익스피어 명언집 이태주
4 토마스 하디 1 테스 김회진 ◆
5 호메로스 1 일리아스 유영 ★●◆
　　　　　　2 오디세이아 유영 ★●◆
6 존 밀턴 1 실낙원 이창배

7 L. 톨스토이 1 부활(전2권) 이철
　　　　　　3-4 안나 카레니나(전2권) 이철 ★●
　　　　　　5-8 전쟁과 평화(전4권) 박형규 ◆
8 토마스 만 1-2 마의 산(전2권) 홍경호 ★●◆
9 제임스 조이스 1 더블린 사람들·비평문 김종건
　　　　　　　2-5 율리시즈(전4권) 김종건
　　　　　　　6 젊은 예술가의 초상 김종건 ★●◆
　　　　　　　7 피네간의 경야(抄)·詩·에피파니 김종건
　　　　　　　8 영웅 스티븐·망명자들 김종건
10 생 텍쥐페리 1 전시 조종사(외) 조규철
　　　　　　　2 젊은이의 편지(외) 조규철·이정림
　　　　　　　3 인생의 의미(외) 조규철
　　　　　　　4-5 성채(전2권) 염기용
　　　　　　　6 야간비행(외) 전채린·신경자
11 단테 1-2 신곡(전2권) 최현 ★●◆
12 J. W. 괴테 1-2 파우스트(전2권) 박환덕 ★●◆
13 J. 오스틴 1 오만과 편견 오화섭
　　　　　　2-3 맨스필드 파크(전2권) 이옥용
　　　　　　4 이성과 감성 송은주
　　　　　　5 엠마 이옥용
14 V. 위고 1-5 레 미제라블(전5권) 방곤
15 임어당 1 생활의 발견 김병철
16 루이제 린저 1 생의 한가운데 강두식
　　　　　　　2 고원의 사랑·옥중기 김문숙·홍경호
17 게르만 서사시 1 니벨룽겐의 노래 허창운
18 E. 헤밍웨이 1 누구를 위하여 종은 울리나 김병철
　　　　　　　2 무기여 잘 있거라(외) 김병철 ◆
19 F. 카프카 1 성(城) 박환덕
　　　　　　2 변신 박환덕 ★●◆
　　　　　　3 심판 박환덕
　　　　　　4 실종자 박환덕
　　　　　　5 어느 투쟁의 기록(외) 박환덕
　　　　　　6 밀레나에게 보내는 편지 박환덕
20 에밀리 브론테 1 폭풍의 언덕 안동민 ◆

셰익스피어 4대작품

溫故知新으로 21세기를! 범우사
T.031)955-6900 F.031)955-6905
www.bumwoosa.co.kr

미국 수능시험주관 대학위원회 추천도서!

'100大 도서' 범우사 책 최다 선정(28종) 1위

세계문학

158권
▶계속 출간

▶크라운변형판
▶각권 7,000원~15,000원
▶전국 서점에서 낱권으로 판매합니다

★ 서울대 권장도서
● 연고대 권장도서
◆ 미국대학위원회 추천도서

21 마가렛 미첼 1-3 바람과 함께 사라지다(전3권) 송관식·이병규
22 스탕달　1 적과 흑 김붕구 ★●
23 B. 파스테르나크　1 닥터 지바고 오재국 ◆
24 마크 트웨인　1 톰 소여의 모험 김병철
　　　　　　　2 허클베리 핀의 모험 김병철
　　　　　　　3-4 마크 트웨인 여행기(전2권) 박미선
25 조지 오웰　1 동물농장·1984년 김회진 ◆
26 존 스타인벡 1-2 분노의 포도(전2권) 전형기 ◆
　　　　　　　3-4 에덴의 동쪽(전2권) 이성호
27 우나무노　1 안개 김현창
28 C. 브론테 1-2 제인 에어(전2권) 배영원 ◆
29 헤르만 헤세　1 知와 사랑·싯다르타 홍경호
　　　　　　　2 데미안·크눌프·로스할데 홍경호
　　　　　　　3 페터 카멘친트·게르트루트 박환덕
　　　　　　　4 유리알 유희 박환덕
30 알베르 카뮈　1 페스트·이방인 방 곤
31 올더스 헉슬리　1 멋진 신세계(외) 이성규 허정애 ◆
32 기 드 모파상　1 여자의 일생·단편선 이정림
33 투르게네프　1 아버지와 아들 이철 ◆
　　　　　　　2 처녀지·루딘 김학수
34 이미륵　1 압록강은 흐른다(외) 정규화
35 T. 드라이저　1 시스터 캐리 전형기
　　　　　　　2-3 미국의 비극(전2권) 김병철 ◆
36 세르반떼스　1 돈 끼호떼 김현창 ★●●
　　　　　　　(속) 돈 끼호떼 김현창
37 나쓰메 소세키　1 마음·그 후 서석연 ★
　　　　　　　명암 김정훈
38 플루타르코스 1-8 플루타르크 영웅전(전8권) 김병철
39 안네 프랑크　1 안네의 일기(외) 김남석·서석연
40 강용흘　1 초당 장문평
　　　　　　　2 동양선비 서양에 가시다 유영
41 나관중 1-5 원본 三國志(전5권) 황병국
42 귄터 그라스　1 양철북 박환덕 ★●
43 아쿠타가와류노스케1 아쿠타가와 작품선 진웅기·김진욱

44 F. 모리악　1 떼레즈 데께루·밤의 종말(외) 전채린
45 에리히 M.레마르크　1 개선문 홍경호
　　　　　　　2 그늘진 낙원 홍경호 박상배
　　　　　　　3 서부전선 이상없다(외) 박환덕 ◆
　　　　　　　4 리스본의 밤 홍경호
46 앙드레 말로　1 희망 이가형
47 A. J. 크로닌　1 성채 공문혜
48 하인리히 뵐　1 아담 너는 어디 있었느냐(외) 홍경호
49 시몬느 드 보봐르　1 타인의 피 전채린
50 보카치오 1-2 데카메론(전2권) 한형곤
51 R. 타고르　1 고라 유영
52 R. 롤랑 1-5 장 크리스토프(전5권) 김창석
53 노발리스　1 푸른 꽃(외) 이유영
54 한스 카로사　1 아름다운 유혹의 시절 홍경호
　　　　　　　2 루마니아 일기(외) 홍경호
55 막심 고리키　1 어머니 김현택
56 미우라 아야코　1 빙점 최현
　　　　　　　2 (속)빙점 최현
57 김현창　1 스페인 문학사
58 시드니 셸던　1 천사의 분노 황보석
59 아이작 싱어　1 적들, 어느 사랑이야기 김회진
60 에릭 시갈　1 러브 스토리·올리버 스토리 김성렬·홍성표
61 크누트 함순　1 굶주림 김남석
62 D.H.로렌스　1 채털리 부인의 사랑 오영진
　　　　　　　2-3 무지개(전2권) 최인자
63 어윈 쇼　1 나이트 워크 김성렬
64 패트릭 화이트1 불타버린 사람들 이종욱

온고지신(溫故知新)으로 희망찬 21세기를!

현대사회를 보다 새로운 시각으로 종합진단하여
그 처방을 제시해주는

범우사상신서

1 자유에서의 도피　E. 프롬/이상두
2 젊은이여 오늘을 이야기하자 렉스프레스誌/방곤·최혁순
3 소유냐 존재냐　E. 프롬/최혁순
4 불확실성의 시대　J. 갈브레이드/박현채·전철환
5 마르쿠제의 행복론　L. 마르쿠제/황문수
6 너희도 神처럼 되리라　E. 프롬/최혁순
7 의혹과 행동　E. 프롬/최혁순
8 토인비와의 대화　A. 토인비/최혁순
9 역사란 무엇인가　E. 카/김승일
10 시지프의 신화　카뮈/이정림
11 프로이트 심리학 입문　C.S. 홀/안귀여루
12 근대국가에 있어서의 자유　H. 라스키/이상두
13 비극론·인간론(외)　K. 야스퍼스/황문수
14 엔트로피　J. 리프킨/최현
15 러셀의 철학노트　B. 페인버그·카스릴스(편)/최혁순
16 나는 믿는다　B. 러셀(외)/최혁순·박상규
17 자유민주주의에 희망은 있는가　C. 맥퍼슨/이상두
18 지식인의 양심　A. 토인비(외)/임현영
19 아웃사이더　C. 윌슨/이성규
20 미학과 문화　H. 마르쿠제/최현·이근영
21 한일합병사　야마베 겐타로/안병무
22 이데올로기의 종언　D. 벨/이상두
23 자기로부터의 혁명 ①　J. 크리슈나무르티/권동수
24 자기로부터의 혁명 ②　J. 크리슈나무르티/권동수
25 자기로부터의 혁명 ③　J. 크리슈나무르티/권동수
26 잠에서 깨어나라　B. 라즈니시/길연
27 역사학 입문　E. 베른하임/박광순
28 법화경 이야기　박혜경

29 융 심리학 입문　C.S. 홀(외)/최현
30 우연과 필연　J. 모노/김진욱
31 역사의 교훈　W. 듀란트(외)/천희상
32 방관자의 시대　P. 드러커/이상두·최혁순
33 건전한 사회　E. 프롬/김병익
34 미래의 충격　A. 토플러/장을병
35 작은 것이 아름답다　E. 슈마허/김진욱
36 관심의 불꽃　J. 크리슈나무르티/강옥구
37 종교는 필요한가　B. 러셀/이재황
38 불복종에 관하여　E. 프롬/문국주
39 인물로 본 한국민족주의　장을병
40 수탈된 대지　E. 갈레아노/박광순
41 대장정—작은 거인 등소평　H. 솔즈베리/정성호
42 초월의 길 완성의 길　마하리시/이병기
43 정신분석학 입문　S. 프로이트/서석연
44 철학적 인간 종교적 인간　황필호
45 권리를 위한 투쟁(외)　R. 예링/심윤종·이주향
46 창조와 용기　R. 메이/안병무
47 꿈의 해석(상·하)　S. 프로이트/서석연
48 제3의 물결　A. 토플러/김진욱
49 역사의 연구 ①　D. 서머벨 엮음/박광순
50 역사의 연구 ②　D. 서머벨 엮음/박광순
51 건档록 무쓰 무네미쓰/김승일
52 가난이야기　가와카미 하지메/서석연
53 새로운 세계사　마르크 페로/박광순
54 근대 한국과 일본　나카스카 아키라/김승일
55 일본 자본주의의 정신　야마모토 시치헤이/김승일·이근원

▶ 계속 펴냅니다

범우사

온고지신(溫故知新)으로 21세기를!

범우고전선

시대를 초월해 인간성 구현의 모범으로 삼을 만한 책을 엄선

1. 유토피아 토마스 모어/황문수
2. 오이디푸스 王 소포클레스/황문수
3. 명상록·행복론 M.아우렐리우스·L.세네카/황문수·최현
4. 깡디드 볼떼르/염기용
5. 군주론·전술론(외) 마키아벨리/이상두
6. 사회계약론(외) J. 루소/이태일·최현
7. 죽음에 이르는 병 키에르케고르/박환덕
8. 천로역정 존 버니언/이현주
9. 소크라테스 회상 크세노폰/최혁순
10. 길가메시 서사시 N.K. 샌다즈/이현주
11. 독일 국민에게 고함 J.G. 피히테/황문수
12. 히페리온 F. 횔덜린/홍경호
13. 수타니파타 김운학 옮김
14. 쇼펜하우어 인생론 A. 쇼펜하우어/최현
15. 톨스토이 참회록 L.N. 톨스토이/박형규
16. 존 스튜어트 밀 자서전 J.S. 밀/배영원
17. 비극의 탄생 F.W. 니체/곽복록
18-1. 에 밀(상) J.J. 루소/정봉구
18-2. 에 밀(하) J.J. 루소/정봉구
19. 팡 세 B. 파스칼/최현·이정림
20-1. 헤로도토스 歷史(상) 헤로도토스/박광순
20-2. 헤로도토스 歷史(하) 헤로도토스/박광순
21. 성 아우구스티누스 고백록 A. 아우구스티누/김평옥
22. 예술이란 무엇인가 L.N. 톨스토이/이철
23. 나의 투쟁 A. 히틀러/서석연
24. 論語 황병국 옮김
25. 그리스·로마 회곡선 아리스토파네스(외)/최현
26. 갈리아 戰記 G.J. 카이사르/박광순
27. 善의 연구 니시다 기타로/서석연
28. 육도·삼략 하재철 옮김
29. 국부론(상) A. 스미스/최호진·정해동
30. 국부론(하) A. 스미스/최호진·정해동
31. 펠로폰네소스 전쟁사(상) 투키디데스/박광순
32. 펠로폰네소스 전쟁사(하) 투키디데스/박광순
33. 孟子 차주환 옮김
34. 아방강역고 정약용/이민수
35. 서구의 몰락 ① 슈펭글러/박광순
36. 서구의 몰락 ② 슈펭글러/박광순
37. 서구의 몰락 ③ 슈펭글러/박광순
38. 명심보감 장기근
39. 월든 H.D. 소로/양병석
40. 한서열전 반고/홍대표
41. 참다운 사랑의 기술과 허튼 사랑의 질책 안드레아스/김영락
42. 종합 탈무드 마빈 토케이어(외)/전풍자
43. 백운화상어록 백운화상/석찬선사
44. 조선복식고 이여성
45. 불조직지심체요절 백운선사/박문열
46. 마가렛 미드 자서전 M.미드/최혁순·최인옥
47. 조선사회경제사 백남운/박광순
48. 고전을 보고 세상을 읽는다 모라야 히로시/김승일
49. 한국통사 박은식/김승일
50. 콜럼버스 항해록 라스 카사스 신부 엮음/박광순
51. 삼민주의 쑨원/김승일(외) 옮김
52-1. 나의 생애(상) L. 트로츠키/박광순
52-2. 나의 생애(하) L. 트로츠키/박광순
53. 북한산 역사지리 김윤우

▶ 계속 펴냅니다

범우사 서울시 마포구 구수동 21-1호 TEL 717-2121, FAX 717-0429
http://www.bumwoosa.co.kr (천리안·하이텔 ID) BUMWOOSA

범우학술·평론·예술

독서의 기술 모티머 J./민병덕 옮김	아동문학교육론 B. 화이트헤드
한자 디자인 한편집센터 엮음	한국의 청동기문화 국립중앙박물관
한국 정치론 장을병	겸재정선 진경산수화 최완수
여론 선전론 이상철	한국 서지의 전개과정 안춘근
전환기의 한국정치 장을병	독일 현대작가와 문학이론 박환덕(외)
사뮤엘슨 경제학 해설 김유송	정도 600년 서울지도 허영환
현대 화학의 세계 일본화학회 엮음	신선사상과 도교 도광순(한국도교학회)
신저작권법 축조개설 허희성	언론학 원론 한국언론학회 편
방송저널리즘 신현응	한국방송사 이범경
독서와 출판문화론 이정춘·이종국 편저	카프카문학연구 박환덕
잡지출판론 안춘근	한국민족운동사 김창수
인쇄커뮤니케이션 입문 오경호 편저	비교텔레콤論 질힐/금동호 옮김
출판물 유통론 윤형두	북한산 역사지리 김윤우
통합적 마케팅 커뮤니케이션 김광수(외) 옮김	한국회화소사 이동주
'83~'97출판학 연구 한국출판학회	출판학원론 범우사 편집부
자아커뮤니케이션 최창섭	한국과거제도사 연구 조좌호
현대신문방송보도론 팽원순	독문학과 현대성 정규화교수간행위원회편
국제출판개발론 미노와/안춘근 옮김	겸재진경산수 최완수
민족문학의 모색 윤병로	한국미술사대요 김용준
변혁운동과 문학 임헌영	한국목활자본 천혜봉
조선사회경제사 백남운	한국금속활자본 천혜봉
한국정치의 이해 장을병	한국기독교 청년운동사 전택부
조선경제사 탐구 전석담(외)	한시로 엮은 한국사 기행 심경호
한국전적인쇄사 천혜봉	출판물 판매기술 윤형두
한국서지학원론 안춘근	우루과이라운드와 한국의 미래 허신행
현대매스커뮤니케이션의 제문제 이강수	기사 취재에서 작성까지 김숙현
한국상고사연구 김정학	세계의 문자 세계문자연구회/김승일 옮김
중국현대문학발전사 황수기	불조직지심체요절 백운선사/박문열 옮김
광복전후사의 재인식 I, II 이현희	임시정부와 이시영 이은우
한국의 고지도 이 찬	매스미디어와 여성 김선남
하나되는 한국사 고준환	눈으로 보는 책의 역사 안춘근·윤형두 편저
조선후기의 활자와 책 윤병태	현대노어학 개론 조남신
신한국사의 탐구 김용덕	교양 언론학 강좌 최창섭(외)
독립운동사의 제문제 윤병석(외)	통합 데이타베이스 마케팅 시스템 김정수
한국현실 한국사회학 한완상	문화간 커뮤니케이션의 이해 최윤희·김숙현

범우사

범우 셰익스피어 작품선

범우비평판세계문학선 3-①②③④

셰익스피어 4대 비극
W. 셰익스피어 지음 / 이태주 옮김
크라운 변형판 · 값 10,000원 · 544쪽

우리에게 너무도 잘 알려진 〈햄릿〉〈맥베스〉〈리어왕〉〈오셀로〉 등 비극 4편을 싣고 있으며, 셰익스피어의 비극세계와 그의 성장과정·극작가로서 그가 차지하는 문학사적 지위 등을 부록(해설)으로 다루었다.

셰익스피어 4대 희극
W. 셰익스피어 지음 / 이태주 옮김
크라운 변형판 · 값 10,000원 · 448쪽

영국이 낳은 세계최고의 시인이요 극작가인 셰익스피어의 희극 4편을 실었다. 〈베니스의 상인〉〈로미오와 줄리엣〉〈한여름밤의 꿈〉〈당신이 좋으실 대로〉 등을 통하여 우리의 영원한 세계문화 유산인 셰익스피어를 가까이 만날 수 있을 것이다.

셰익스피어 4대 사극
W. 셰익스피어 지음 / 이태주 옮김
크라운 변형판 · 값 12,000원 · 512쪽

셰익스피어 사극은 14세기 말에서 15세기 말에 이르기까지 영국사의 정권투쟁을 다루고 있다. 여기에는 〈헨리 4세 1부, 2부〉〈헨리 5세〉〈리차드 3세〉를 수록하였는데 셰익스피어는 이러한 역사극을 통해 세계인들에게 이상적인 군주의 모습이 어떤 것인지를 잘 보여주고 있다.

셰익스피어 명언집
W. 셰익스피어 지음 / 이태주 편역
크라운 변형판 · 값 10,000원 · 384쪽

이 책은 그의 명언만을 집대성한 것으로 인간의 사랑과 야망, 증오, 행복과 운명, 기쁨과 분노, 우정과 성(性), 처세의 지혜 등에 관한, 명구들이 일목요연하게 엮어져 있다.

서울대 권장 '동서고전 200선' 선정도서

무삭제 완역본으로 범우사가 낸 성인용!

전 10권

아라비안 나이트

리처드 F. 버턴/김병철(중앙대 명예교수·문학박사) 옮김

1000일 밤 하고 하루 동안 펼쳐지는 280여 편의 길고 짧은 이야기!

영국의 한 평론가가 말했듯이, 오늘의 세계문학은 거의 《아라비안 나이트》에
등장하는 이야기들을 소재로 씌어졌다고 해도 과언이 아닙니다.
아라비아, 페르시아, 인도, 이란, 이집트 등지의 문화를
솔직담백하게 엮어낸 전승문학(傳承文學)의 총화(叢話)!
목숨을 연장시키기 위해 밤마다 침실에서 펼쳐놓았던 이야기,
천일야화(千一夜話)!
250여 편에 달하는 설화의 보고(寶庫)에서 쏟아져나오는 고품격 에로티시즘.
천일야화는 지금도 계속되고 있습니다!

신국판/500면 안팎/각권 값 8,000원

 범우사

서울대 선정도서인 나관중의 '원본 삼국지'

범우비평판세계문학 41-①②③④⑤
나관중/중국문학가 황병국 옮김

新개정판

원작의 순수함과 박진감이 그대로 담긴 '원본 삼국지'!

원작에 가장 충실하게 번역되어 독자로 하여금 읽는 즐거움을 느끼게 합니다.
이 책은 편역하거나 윤문한 삼국지가 아니라 중국 삼민서국과 문원서국
판을 대본으로 하여 원전에 가장 충실하게 옮긴 '원본 삼국지' 입니다.
한시(漢詩) 원문, 주요 전도(戰圖), 출사표(出師表) 등
각종 부록을 대거 수록한 신개정판.

·작품 해설: 장기근(서울대 명예교수, 한문학 박사) ·전5권/각 500쪽 내외·크라운변형판/각권 값 10,000원

제갈량

* 중·고등학생이 읽는 사르비아 〈삼국지〉
1985년 중·고등학생 독서권장도서(서울시립남산도서관 선정)
최현 옮김/사르비아총서 502·503·504/각권 6,000원

* 초등학생이 보면서 읽는 〈소년 삼국지〉
나관중/곽하신 엮음/피닉스문고 8·9/각권 3,000원

 범우사

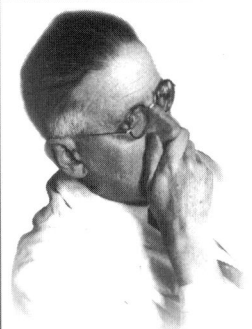

20세기 최고의 모더니스트 제임스 조이스의 정수(精髓)를 맛본다!

제임스 조이스 전집
김종건(고려대 교수) 옮김

한국 제임스 조이스 학회장 김종건 교수(고려대 영문과)가 28년간에 걸쳐 우리 말로 옮긴 제임스 조이스 전집의 결정판이다.
고뇌와 정열이 낳은 이 일곱 권의 책을 통해 우리는 비로소 진정한 모습의 조이스를 만날 수 있다.

전7권

비평판세계문학선 **9**

더블린 사람들 - ❶
제임스 조이스 지음/김종건 옮김

'의식의 흐름'이란 수법을 대담하게 소설에 도입, 현대문학에 큰 영향을 미친 제임스 조이스의 단편(短篇) 모음집. 더블린 시민들의 삶의 단편들을 열거함으로써 내재되어 있는 정신적 마비의 양상을 특유의 에피파니(Epiphany)를 통해 묘사하고 있다.
크라운변형판/448쪽/값 10,000원

율리시즈(전4권) - ❷,-❸,-❹,-❺
제임스 조이스 지음/김종건 옮김

현대 인간 심리의 백과사전적 총화(總和)로 불리우는 제임스 조이스의 대표작! 가장 행복한 장수(長壽)의 책, 난해한 책, 인간 희극으로 읽으면 읽을수록 위대한 고전 등으로 불리는 조이스 최대의 걸작소설로서 원고지 1만 8,000장으로 옮긴, 한국 최초의 완역본(개역본)이다.
크라운변형판/(1)464쪽(2)464쪽(3)416쪽(4)416쪽/각권 값 10,000원

젊은 예술가의 초상 - ❻
제임스 조이스 지음/김종건 옮김 404쪽

〈젊은 예술가의 초상〉은 스티븐 디덜러스라는 한 젊은 예술가의 성장을 그린 대표적 교양소설이라 할 수 있다.
작가는 의식의 흐름, 에피파니, 신화 구조 등과 같은 새로운 소설 기법을 사용함으로써 주인공의 인생에 대한 도약과 그의 예술세계의 창조를 향한 웅비를 가장 고무적으로 다루고 있다.
크라운변형판/400쪽/값 10,000원

피네간의 경야(抄)·詩·에피파니 - ❼
제임스 조이스 지음/김종건 옮김 339쪽

피네간의 경야(經夜)(抄)
그 아름다운 낭만성과 서정성 및 언어의 율동성으로 세계문학사상 산문시의 극치를 이룬다.
조이스의 시(詩)
〈실내악〉, 〈한푼짜리 시들〉 등은 전원(田園)과 도시의 아름답고 서정에 넘치는 우아한 교향시들이다.
에피파니(Epiphany)
작가가 구상했던, 품위있는 운문에 대한 사실적 산문 대구로 이루어진 일종의 산문시라 할 수 있다.
크라운변형판/352쪽/값 10,000원

범우사

유럽 문단에 꽃피운 한국인의 얼과 혼(魂)!
이미륵 박사 주요 작품
정규화(성신여대 교수) 옮김

이미륵(1899~1950) 박사의 타계 50주기를 맞아 그가 남긴 여러 작품들이 더욱 빛을 발하고 있다. 그의 문학의 특성은 주로 한국을 중심으로 동양의 전통과 민족성을 소재로 하고 있으며, 우리 문화에 대하여 항상 사랑과 예찬으로 묘사하고 있다. 여기에 수년 동안 인기리에 판매되어 온 그의 작품들을 소개한다.

비평판 세계문학선 34-1
압록강은 흐른다(외)
정규화 옮김 크라운변형판/464쪽/값 10,000원
낭만이라기 보다도 작가의 모험과 성장을 내면의 유기적인 힘으로 이해하려는 휴머니즘의 정신이 짙게 깔려 있는 자전적인 글들을 모았다.
〈압록강은 흐른다〉 외에 〈무던이〉〈실종자〉 〈탈출기〉〈그래도 압록강은 흐른다〉를 실었다.

사르비아총서 301
압록강은 흐른다
전혜린 옮김 변형국판/224쪽/값 6,000원
사르비아 총서로 재편집되어 나온 개정판이다.
그의 소년 시절, 교우 관계, 학교 생활, 정신적이며 실제적인 관심사들을 한국의 윤리나 풍습을 곁들여 서술하였다.

사르비아총서 302
그래도 압록강은 흐른다
정규화 옮김 변형국판/296쪽/값 6,000원
독일에서 생활하면서 자기의 두 생활권과 성장 과정을 그린 자전적인 작품이다.
장기간의 유럽 생활에도 불구하고 동양의 전통적인 미덕과 한국 사상을 우아한 스타일로 서구 기계주의 문명에 투입시켰다.

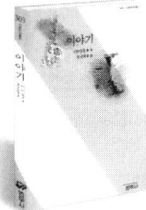

사르비아총서 303
이야기(무던이)
정규화 옮김 변형국판/224쪽/값 6,000원
이 책은 중편 〈무던이〉 외에 〈신기한 모자〉, 〈어깨기미와 복심이〉 등 21편의 단편을 모아 실었다.
〈무던이〉를 포함한 이 단편들은 독일에서 베스트 셀러가 되었다. 한국의 정서와 고유한 풍습, 동양적 내면 세계가 다루어져 있다.

범우 아믹총서
(Animation · Movie · Illustration · Comics)

영화 역사가들은 애니메이션 기원을 서양에서만 찾고 있지만,
이 책은 400여 컷의 도판과 함께 국내외 주요 작가와 작품들을 소개,
우리 나라에서 그 기원을 찾는다.
이 책은 기원전 1만~5천 년경의 것으로 추정되는 동굴벽화에서부터
오늘에 이르기까지 애니메이션 역사를 각 나라별로 총망라하여 보여주고 있다.

애니메이션 영화사 – 기원 전에서부터 현대까지
황선길 지음 범우아믹총서 – ①/4×6배판/368면/15,000원

부천 애니페스티발 교수상 작품 (2000년)

남녀노소를 불문하고 향유할 수 있는 문화로 자리잡은 애니메이션은 이제 국내 창작물도
수적, 질적으로 증가하면서 과거 하청작업의 틀에서 벗어나고 있다.
이 책은 이러한 시점에서 국내 애니메이션의 기획 · 제작에 몸 담아온 저자가 그 동안의
경험을 살려서 애니메이션의 바탕이 되는 시나리오 작업에 대해서 소개하고 있다.

애니메이션 시나리오 – 발상에서 스토리보드까지
황선길 지음 범우아믹총서 – ②/4×6배판/224면/10,000원

영상(실사 · 애니메이션 · 다큐멘터리) 번역에 대한 체계화를 시도한 이 책은,
외국어를 우리말로 옮기는 의미 해석작업이 아니라 우리말로 옮겨 놓은 대사를
더빙 언어로 다듬는 작업방법을 다루고 있다.
이 책은 실사 영화, 애니메이션, 다큐멘터리 등에도 폭넓게 적용된다.

문법파괴 영상번역
황선길 지음 범우아믹총서 – ③/4×6배판/240면/10,000원

국내에 애니메이션과 만화가 대중문화로 각광받으며, 이와 관련한 책들도
쏟아져 나오고 있다. 그러나 출판만화이론 분야는 연구가 척박하다.
이 책은 만화분야에 종사하는 사람, 종사할 사람, 또 만화에 관심 있는 많은 일반인들에게
출판만화에 대한 안목을 깊게 해 줄 것이다.

서사만화 개론
김용락 · 김미림 지음 범우아믹총서 – ④/신국판/400면/13,000원

일본 최초의 출판인 전문 양성기관인 일본 에디터 스쿨 출판부가 이 책의 출판원(元)이다.
이 책에서는 언제부터 어떻게 그림책이라는 것이 만들어지게 되었으며,
모든 것이 수공업으로 이루어지던 활자 매체에 그림과 삽화가 도입된 기원에서
부터 제작 공정, 발전 과정 등이 그 시대의 그림 · 삽화와 함께 서술되어 있다.

일러스트레이션의 전통과 문화
요시다 신이치 지음/이민정 옮김/윤재준 감수
범우아믹총서 – ⑤/4×6배판/256면/15,000원

대영박물관 신화 시리즈
최상의 연구진들에 의한 권위있는 신화 입문서!

대영박물관 출판부에서 펴낸 신화시리즈는 일반인을 대상으로 각 분야의 권위자들이 전문적인 연구 성과를 쉽게 풀이한 내용을 토대로 하여 많은 화보들과 함께 펴낸 것입니다. 따라서 시중에 나와 있는 억측과 가상으로 신화이야기에 접근하는 책과는 그 격이 현저히 다름을 알려드립니다.

아즈텍과 마야 신화
칼 토베/이용균·천경효 옮김
신국판 · 180면 · 값 7,000원
고대 아즈텍과 마야 신화들은 현대 멕시코와 중앙 아메리카의 민간 전승 속에서 여전히 살아있는 메소아메리카 문화적 전통을 담고 있는데 이 책은 많은 부족들이 서로 다른 문화 속에서도 천 년의 세월 동안 광범위한 접촉을 해왔음을 재평가해 보이고 있다.

이집트 신화
조지 하트/이용균·천경효 옮김
신국판 · 186면 · 값 7,000원
이집트 신화는 시각적, 문헌적 이미지가 복잡하게 얽혀 있는 한 편의 풍부한 파노라마라 할 수 있는데 이는 각종 무덤 회화, 신전 조각과 파피루스를 통해 살아남아 왔음을 알 수 있다.

그리스 신화
루실라 번/이경희 옮김
신국판 · 184면 · 값 7,000원
대다수의 신화들이 그리스 문명만큼이나 오래되었다는 그리스 신화! 가장 흥미롭고 영향력 있는 이야기들과 트로이 전쟁의 서사, 오디세우스의 방랑, 오이디푸스의 비극적 운명, 올림피아 신과 여신의 복잡한 만신전 등등 지속적인 그리스 신화의 상상적 유산을 고찰하고 있다.

로마 신화
제인 F. 가드너/이경희 옮김
신국판 · 186면값 · 값 7,000원
로마 신화는 신들에 관한 이야기가 아니라 로마 초기의 역사와 로마인 자신들의 이야기다. 아에네아스·로물루스와 레무스·일곱 왕의 이야기 등 갖가지 신화들을 로마 고대의 사회, 종교, 문학 속에서 새롭게 검토 재구성하였다.

메소포타미아 신화
헬리에타 맥컬/임웅 옮김
신국판 · 184면 · 값 7,000원
고대 메소포타미아(서남아시아-현재 이라크와 시리아 북부)인들에 의해 기원전 3000년 이전에 점토판에 새겨진 쐐기 모양의 상징들로 이루어진 설형문자를 19세기 학자들이 가까스로 해독함에 따라 광범위한 전설이 그 모습을 드러냈다.

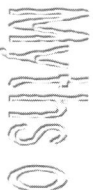

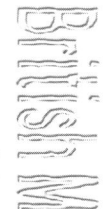

 범우사

범우희곡선

희곡선 ㉔

피그말리온
버나드 쇼 지음 | 신정옥 옮김

자신이 만든 상아 여인상을 사랑하게 된 조각가가 여신에게 기도하여 그 여인상을 진짜 여인으로 화하게 한 뒤 결혼했다라는 설화〈피그말리온〉. 영국 최고의 극작가인 버나드 쇼는 이를 현대적으로 재해석하여 이 작품을 만들었다. 원작의 결말을 비틀어 숙녀로 탈바꿈된 여인이 자신을 인격체로 대우하는 다른 청년과 도망가는 내용이라는 새로운 결말이 창조되었다.

4×6판 | 254쪽 | 값 6,000원

희곡선 ㉕

억척어멈과 그 자식들
브레히트 지음 | 이연희 옮김

전쟁으로 인해 자식들을 잃은 죽음의 상인이 여전히 정신을 못 차리고 계속해서 남의 집 자식들을 죽음으로 몰아넣는 군수물자를 파는 모습을 고발한다. 죽음의 상인에게는 평화가 오는 것이 전혀 달갑지가 않다. 전쟁이 끝났으니 군대 간 자식들이 돌아올 수 있다는 반가움보다 '내일부터는 뭘로 먹고 살아야 하지?'라는 걱정이 앞선다.

4×6판 | 194쪽 | 값 6,000원

1. **세일즈맨의 죽음** 아서 밀러/오화섭 옮김
   고도로 발달된 산업사회에서 생겨난 물질 만능주의, 내적 갈등을 예리하게 파헤친 밀러의 대표작.

2. **코카시아의 백묵원** 베르톨트 브레히트/이정길 옮김
   동독의 극작가로서 현대극의 완성자라 불리는 브레히트의 시적·서사적 대작.

3. **몰리에르 희곡선** 몰리에르/민희식 옮김
   희곡작가로 유명한 몰리에르의 작품〈서민귀족〉,〈스카팽의 간계〉,〈상상병 환자〉를 모았다.

4. **간계와 사랑** 프리드리히 실러/이원양 옮김
   괴테와 함께 고전주의의 쌍벽을 이루는 독일의 시인이며 극작가인 실러의 희곡 작품.

5. **욕망이라는 이름의 전차** 테네시 윌리엄스/신정옥 옮김
   미국 희곡의 금자탑, 극문학의 정점. 옛 추억과 이상 속에서 사는 삶과 비열한 삶의 대립을 묘사.

6. **에쿠우스** 피터 셰퍼/신정옥 옮김
   현실의 굴레와 원초적 욕망 사이에서 분열된 삶의 절규와 인간의 자유를 심도있게 표출함.

7. **뜨거운 양철지붕 위의 고양이** 테네시 윌리엄스/오화섭 옮김
   현대문명이 지닌 인간의 온갖 죄악과 부패와 비정상적 관계로 한 가족을 다룬 작품.

8. **유리동물원** 테네시 윌리엄스/신정옥 옮김
   겨울안개처럼 슬픔의 빛깔과 가락만을 간직한 사람들이 엮어내는 환상의 추억극.

9. **빌헬름 텔** 프리드리히 실러/한기상 옮김
   완전무결한 존재의 자유와 현실세계의 조화를 위해 투쟁하는 인간의 모습을 그린 작품.

10. **아마데우스** 피터 셰퍼/신정옥 옮김
    인간의 원초적 감정의 실체를 날카롭게 파헤친 무대언어의 마술사 피터 셰퍼의 역작.

11. **탤리 가의 빈집(외)** 랜퍼드 윌슨/이영아 옮김
    현대의 체호프라 불리는 윌슨의 대표작〈탤리 가의 빈집〉과〈토분 쌓는 사람들〉수록.

12. **인형의 집** 헨릭 입센/김진욱 옮김
    개인과 가정과 사회의 관계 속에서 일어나는 갈등과 모순을 사실주의적으로 드러낸 입센의 회심작.

13. **산 불** 차범석 지음
    민족사의 비극을 바탕으로 인간 본연의 삶과 사랑에 대한 갈등을 그린 한국 리얼리즘 희곡의 걸작.

14. **황금연못** 어니스트 톰슨/최 현 옮김
    노부부의 사랑과 신뢰, 죽음을 앞두고 겪는 인간적 갈등과 초월을 다룬 작품.

15. **민중의 적** 헨릭 입센/김석만 옮김
    지역 온천개발을 둘러싸고 투자자인 지역주민들과 개발계획자들 간의 흥미있는 대립을 그린 작품.

16. **태(외)** 오태석 지음
    생의 근원적인 문제를 신화적, 우의적인 형태로 표현한 가장 한국적인 작품.

17. **군 도** 프리드리히 실러/홍경호 옮김
    격심한 자아 주장과 깊은 종교 감정이 서로 교착하는 처녀작으로, 가족과 조국에 대가를 치러야 했던 작품.

18. **유 령** 헨릭 입센/김진욱 옮김
    소포클레스의 '오이디푸스 왕'에 비견되는 입센의 1881년 발표 작품.

19. **느릅나무 밑의 욕망** 유진 오닐/신정옥 옮김
    인간의 소유욕과 애욕의 극명한 대립으로, 발표 당시 상연이 금지된 오닐의 화제작.

20. **지평선 너머** 아메리카 최고 문화상인 퓰리처상 수상작품 유진 오닐/오화섭 옮김
    농가의 두 형제와 한 여성과의 삼각관계가 사실적이면서도 낭만성을 잃지 않고 그려졌다.

21. **굴원(屈原)** 곽말약/강영매(외) 옮김
    희곡적 특성과 낭만주의 색채를 대담하게 사용, 초나라의 충신 굴원을 이상적인 영웅으로 그린 작품.

22. **채문희(蔡文姬)** 곽말약/강영매(외) 옮김
    한나라 말기에 유비, 공명, 조조 등과 같은 시대를 살면서 활동했던 걸출한 여성 채문희를 표현한 작품.

23. **새야 새야 파랑새야** 차범석 지음
    녹두장군 전봉준과 일진회의 모습을 그린〈새야 새야 파랑새야〉와, 단재 신채호의 인격과 삶을 묘사한〈꿈하늘〉을 엮었다.

범우비평판세계문학 38-❶~❽
책 속에 영웅의 길이 있다…!!
플루타르크 영웅전
플루타르코스/김병철(중앙대 명예교수) 옮김

국내 최초 완역, 99년 개정판 출간!
프랑스의 루소가 되풀이하여 읽고, 나폴레옹과 베토벤, 괴테가 평생 곁에 두고
애독한 그리스·로마의 영웅열전(英雄列傳)!
영웅들의 성격과 인물 됨됨이를 사실적으로 묘사한 영웅 보감!

그리스와 로마의 영웅들과 위인들의 파란만장한 생애를 통해 그들의 성격과 도덕적 견해를 대비시켜
묘사함으로써 정의와 불의, 선과 악, 진리와 허위, 이성간의 사랑 등 인간의 모든 문제를 파헤쳐 보이고 있다.

지금 전세계의 도서관에 불이 났다면 나는 우선 그 불속에 뛰어들어가 '셰익스피어 전집'과 '플루타르크 영웅전'을
건지는데 내 몸을 바치겠다. ── 美 사상가·시인 에머슨의 말 ──

새로운 편집 장정 / 전8권 / 크라운 변형판 / 각권 8,000원